ROBERT HARRIS

Robert Harris est né en 1957 à Nottingham, en Grande-Bretagne. Après des études à l'université de Cambridge, il entre en 1978 à la BBC comme reporter et réalisateur pour des émissions prestigieuses comme *Panorama*. Il quitte la télévision en 1987 pour devenir éditorialiste politique à l'*Observer*, puis au *Sunday Times* ; il est élu « éditorialiste de l'année » en 1992.

Depuis 1984, il a publié trois essais, parmi lesquels *Selling Hitler* (1986), portant sur les carnets intimes de Hitler, ainsi que deux biographies de personnalités politiques britanniques. Il se tourne ensuite vers la fiction avec *Fatherland* (1992) et *Enigma* (1995), qui sont rapidement reconnus comme des modèles du thriller historique. Ils ont été traduits dans une trentaine de langues et se sont vendus à plus de six millions d'exemplaires dans le monde.

Robert Harris, poursuivant son œuvre romanesque avec *Archange* et *Pompéi*, vit actuellement dans le Berkshire, en Grande-Bretagne, avec son épouse et leurs trois enfants.

D0556446

POMPÉI

ROBERT HARRIS

POMPÉI
roman

Traduit de l'anglais par
Natalie Zimmermann

PLON

Titre original :
Pompeii

© Robert Harris, 2003.
© Plon, 2004 pour la traduction française.
ISBN : 2-266-16130-X

Pour Gill

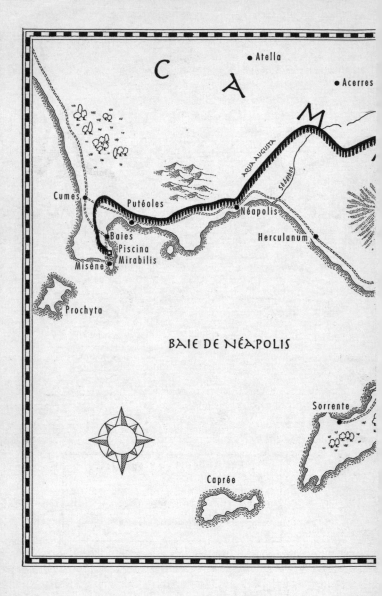

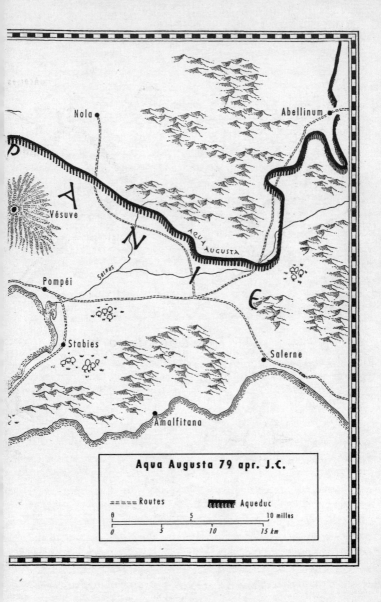

Nola

Abellinum

Vésuve

AQUA AUGUSTA

Pompéi

Sarnus

Stabies

Salerne

Amalfitana

Aqua Augusta 79 apr. J.C.

===== Routes   Aqueduc

0		5		10 milles
0	5	10		15 km

NOTE DE L'AUTEUR

Les Romains divisaient les journées en douze heures. La première, *hora prima*, commençait au lever du soleil. La dernière, *hora duodecima*, s'achevait avec la tombée de la nuit.

La nuit était divisée en huit veilles – *Vespera, Prima fax, Concubia et Intempesta* avant minuit ; *Inclinatio, Gallicinium, Conticinium* et *Diluculum* après.

Les jours de la semaine étaient Lune, Mars, Mercure, Jupiter, Vénus, Saturne et Soleil.

Pompéi se déroule sur quatre jours.

Dans le golfe de Naples, lors de la quatrième semaine du mois d'août de l'an 79 de notre ère, le lever du soleil est intervenu vers 6 h 20 mn.

« La supériorité américaine dans tous les domaines de la science, de l'économie, de l'industrie, de la politique, des affaires, de la médecine, de l'ingénierie, de la vie sociale, de la justice sociale et, bien entendu, de l'armée, était totale et indiscutable. Même les Européens affligés des affres d'un chauvinisme blessé considéraient avec respect l'exemple lumineux que les États-Unis présentaient au monde alors que commençait le troisième millénaire. »

TOM WOLFE, *Hooking up*

« Dans le monde entier et sous la vaste étendue de la voûte céleste, il n'est pas de contrée plus belle, et qui pour toute chose mérite mieux le premier rang dans la nature, que l'Italie, reine et seconde mère du monde ; l'Italie, que recommandent ses hommes, ses femmes, ses généraux, ses soldats, ses esclaves, sa supériorité dans les arts, et les génies éclatants qu'elle a produits. »

PLINE L'ANCIEN, *Histoire naturelle* [1]

« Comment pourrions-nous taire notre respect pour un système d'adduction d'eau qui, au premier siècle, fournissait à la ville de Rome nettement plus d'eau que n'en disposait la ville de New York en 1985 ? »

A. TREVOR HODGE, auteur de *Roman Aqueducts & Water Supply*

---

1. Toutes les citations de Pline l'Ancien sont extraites de la traduction d'Émile Littré, Paris, Dubochet, 1848 (N.d.T.)

MARS

22 août
Deux jours avant l'éruption

Conticinium

4 h 21 mn

Une forte corrélation a été établie entre la magnitude des éruptions et la durée du repos qui les a précédées. Pratiquement toutes les très grandes éruptions de l'histoire sont le fait de volcans endormis depuis des siècles.

Jacques-Marie Bardintzeff
Volcanologie *(deuxième édition)*

Ils quittèrent l'aqueduc deux heures avant l'aube, gravissant au clair de lune les monts qui dominaient le port : six hommes en file indienne, l'ingénieur ouvrant la marche. Il avait lui-même tiré ses hommes du lit – ils avaient tous les membres raides, le visage maussade et les yeux troubles – et il les entendait à présent se plaindre de lui derrière son dos, leurs voix portant davantage qu'ils ne se l'imaginaient dans l'air doux et tranquille.

— Tout ça pour rien, marmonna quelqu'un.

— Les gosses ne devraient pas quitter leurs livres, renchérit un autre.

Il allongea le pas.

Ils peuvent toujours parler, pensa-t-il.

Il sentait déjà monter la chaleur du matin, promettant une nouvelle journée sans pluie. Il était plus jeune que la plupart de ses ouvriers, et plus petit qu'aucun d'entre eux : silhouette compacte et musclée aux cheveux bruns coupés en brosse. Le manche des outils qu'il portait en travers de l'épaule – une lourde hache à tête de bronze et une pelle en bois – frottait contre son cou brûlé par le soleil. Il se contraignit pourtant à tirer au maximum sur ses jambes nues, se hissant rapidement d'un appui à l'autre jusqu'à ce qu'il soit arrivé bien au-dessus de Misène, à un endroit où le sentier formait une fourche, avant de poser son fardeau pour attendre les autres.

Il essuya la sueur de ses yeux sur la manche de sa tunique. Quels cieux enfiévrés et chatoyants ils avaient ici, dans le sud ! Même aussi près du lever du jour, une immense voûte étoilée s'étirait jusqu'à l'horizon. Il distinguait les cornes du Taureau, ainsi que la ceinture et l'épée du Chasseur ; il y avait Saturne, et aussi l'Ourse, et la constellation qu'on appelait du Vendangeur, qui se montrait toujours pour César le vingt-deuxième jour d'août, juste après les Vinalies, et indiquait qu'il était temps de récolter le raisin. Demain soir, la lune serait pleine. Il leva la main vers le ciel, ses doigts rugueux paraissant noirs et fuselés contre les constellations lumineuses. Les étirer, les refermer, les étirer à nouveau... pendant un instant, il eut l'impression d'être l'ombre, le néant ; seule la lumière avait de la substance.

Du port montait le clapotis de l'eau tandis que la sentinelle de nuit ramait entre les trirèmes amarrées. Les lanternes jaunes d'un couple de bateaux de pêche clignotaient de l'autre côté de la baie. Un chien aboya et un autre lui répondit. Attilius perçut alors les voix des ouvriers qui gravissaient le sentier à sa suite : l'accent local âpre de Corax, le contremaître – « *Regardez ça, notre nouvel aquarius fait signe aux étoiles !* » – puis les ricanements et la respiration sifflante des esclaves et des hommes libres essoufflés, égaux pour une fois, ne fût-ce que dans leur ressentiment.

L'ingénieur laissa retomber ses mains.

— Au moins, déclara-t-il, avec un ciel pareil, nous n'avons pas besoin de torches. Il faut continuer, ajouta-t-il, recouvrant soudain toute sa vigueur pour se baisser et ramasser ses outils, qu'il reposa sur son épaule.

Il plissa le front dans l'obscurité. Un sentier partait vers l'ouest, contournant la base de la flotte romaine. L'autre menait au nord, vers la station balnéaire de Baïes.

— Je crois que nous tournons ici.

— Il croit, souligna Corax d'un ton méprisant.

L'ingénieur avait décidé la veille que la meilleure façon de traiter le contremaître était de l'ignorer. Il tourna sans un mot le dos à la mer et aux étoiles et entama l'ascension du coteau plongé dans l'obscurité. À quoi se résumait le rôle de chef, au bout du compte, sinon au choix arbitraire d'une voie plutôt que d'une autre en feignant de fonder son choix sur la raison ?

Le chemin devenait ici plus abrupt et il dut se placer de côté, s'aidant parfois de sa main libre alors que ses pieds dérapaient et envoyaient une pluie de cailloux dévaler la pente sombre. Les gens contemplaient ces monts brunis, calcinés par les feux de broussailles, et les croyaient aussi arides qu'un désert, mais l'ingénieur savait qu'il n'en était rien. Il sentait cependant sa belle assurance faiblir, et s'efforçait de se rappeler à quoi ressemblait le chemin à la pleine lumière de la veille après midi, lorsqu'il était venu le reconnaître. Les lacets d'un sentier tout juste assez large pour le passage d'une mule. Les traînées d'herbes sèches. Puis, à un endroit où le sol s'aplanissait, de petites taches vert pâle sur le noir – des signes de vie qui se révélèrent être des pousses de lierre parties à l'assaut d'un rocher.

Arrivé à mi-hauteur d'une pente, il redescendit puis s'arrêta et exécuta lentement un demi-tour complet. Soit ses yeux s'accoutumaient à l'obscurité, soit l'aube était proche, auquel cas ils étaient déjà presque en retard. Les autres s'étaient immobilisés derrière lui. Il les entendait souffler. Cela leur ferait une nouvelle histoire à raconter à Misène – comment leur nouvel aquarius, tout frais émoulu, les avait tirés du lit au milieu de la nuit pour les faire crapahuter dans la montagne, et *tout ça pour rien*. Il avait un goût de cendre dans la bouche.

— Alors, joli cœur, on est perdu ?

Encore la voix moqueuse de Corax.

Il commit l'erreur de mordre à l'hameçon.

— Je cherche une pierre.

Cette fois, ils ne tentèrent même pas de dissimuler leur hilarité.

— Il tourne en rond comme une souris dans un pot de chambre !

— Je sais que c'est par ici. Je l'ai marquée à la craie.

D'autres rires, qui le poussèrent à les affronter : Corax, trapu et large d'épaules ; Becco au long nez, le plâtrier ; Musa, le joufflu qui s'y entendait pour poser des briques ; et les deux esclaves, Polites et Corvinus. Même leurs silhouettes indistinctes semblaient se moquer de lui.

— Allez-y, riez. Mais je vous promets une chose : si nous ne la trouvons pas avant l'aube, nous reviendrons la nuit prochaine. Et cela vaut pour toi aussi,

Gavius Corax. Seulement, cette fois, essaye d'être plus sobre.

Un silence. Puis Corax cracha et esquissa un pas vers l'ingénieur, qui se prépara à se battre. Il y avait trois jours maintenant que l'affrontement couvait, depuis que l'aquarius était arrivé à Misène. Pas une heure ne s'était écoulée sans que Corax n'essaye de le ridiculiser devant ses hommes.

Et si nous nous battons, pensa l'ingénieur, il va gagner – à cinq contre un – et ils jetteront mon corps par-dessus la falaise en disant que j'ai glissé dans le noir. Mais comment cela passera-t-il à Rome, si un deuxième aquarius de l'Aqua Augusta disparaît en moins de quinze jours ?

Pendant un long moment, ils se défièrent à un pas l'un de l'autre, si proches que l'ingénieur pouvait sentir les relents de vin dans l'haleine de son aîné. Mais alors, l'un des autres – c'était Becco – poussa un cri d'excitation et tendit le bras.

À peine visible derrière l'épaule de Corax, il y avait un rocher, soigneusement marqué en son milieu par une épaisse croix blanche.

L'ingénieur s'appelait Attilius – en fait Marcus Attilius Primus, mais il se serait contenté d'Attilius tout simplement. Homme pragmatique, il n'avait jamais perdu de temps à se trouver tous ces surnoms après lesquels couraient nombre de ses contemporains. (« Lupus », « Panthera », « Pulcher » – « le Loup », « le Léopard », « le Glorieux » – qui pensaient-ils pouvoir tromper ?) En outre, comment trouver plus honorable dans l'histoire de sa profession que le nom de la *gens* Attilia, ingénieurs des aqueducs depuis quatre générations ? Son arrière-grand-père avait été recruté

21

par Marcus Agrippa dans la section des balistes de la légion « XII Fulminata » et chargé de construire l'Aqua Julia. Son grand-père avait conçu l'Anio Novus. Son père avait achevé l'Aqua Claudia, lui faisant emprunter sept milles d'arches sur le mont Esquilin pour le déposer, le jour de sa consécration, comme un tapis d'argent aux pieds de l'empereur. Et maintenant, à vingt-six ans, c'était lui qui avait été envoyé dans le Sud, en Campanie, pour prendre la direction de l'Aqua Augusta.

Une dynastie construite sur l'eau !

Il scruta l'obscurité. Oh, mais c'était un sacré morceau, l'Augusta – l'un des plus grands exploits que l'ingénierie eût jamais eu à son actif. Ce serait un honneur d'en avoir la charge. Quelque part au loin, de l'autre côté de la baie, au sommet des montagnes boisées de sapins des Apennins, l'aqueduc capturait les sources du Serinus et emportait leurs eaux vers l'ouest, leur faisait prendre de sinueux passages souterrains, franchir des ravins sur plusieurs niveaux d'arcades, traverser des vallées *via* d'énormes siphons... tout cela jusqu'aux plaines de Campanie, où l'Aqua Augusta contournait le mont Vésuve avant de plonger au sud vers Néapolis, puis suivait l'arête de la péninsule de Misène jusqu'à la ville navale poussiéreuse, soit une distance de quelque soixante milles, avec une dénivellation moyenne de deux pouces à peine tous les cent cinquante pas sur toute sa longueur. C'était le plus long aqueduc du monde, plus long même que les grands aqueducs de Rome, et beaucoup plus complexe puisque là où ses frères du Nord ne desservaient qu'une seule ville, les canalisations sinueuses d'Augusta – sa matrice, comme on appelait la ligne mère – n'alimentaient pas moins de neuf villes réparties dans la baie de Néapolis : d'abord Pompéi, au bout d'un long embranchement, puis Nola, Acerres, Atella, Néapolis, Putéoles, Cumes, Baïes et enfin Misène.

Or, de l'avis de l'ingénieur, c'était bien là le problème. On lui en demandait trop. Rome disposait à elle seule de plus d'une demi-douzaine d'aqueducs ; s'il y avait un problème avec l'un d'eux, les autres pouvaient compenser la pénurie. Mais ici, il n'y avait aucune réserve, surtout par cette sécheresse, qui entrait maintenant dans son troisième mois. Des puits qui donnaient de l'eau depuis des générations s'étaient mués en trous de poussière. Des cours d'eau s'étaient asséchés. Des lits de rivière n'étaient plus que des chemins qui servaient aux fermiers à conduire leurs bêtes au marché. L'Augusta lui-même montrait des signes de faiblesse, et le niveau de sa gigantesque citerne baissait d'heure en heure. C'est ce qui avait amené l'ingénieur à gravir cette montagne juste avant l'aube alors qu'il aurait dû se trouver dans son lit.

Du sac de cuir accroché à sa ceinture, Attilius tira un petit morceau de cèdre poli sur un côté duquel on avait creusé une mentonnière. Le grain du bois brillait à cet endroit, lissé par le menton de ses ancêtres. Son arrière-grand-père l'avait, disait-on, reçu en talisman de Vitruve, architecte d'Auguste le Divin, et le vieil homme avait toujours soutenu que l'esprit de Neptune, dieu des eaux, vivait en ce morceau de cèdre. Attilius n'avait pas de temps à perdre avec les dieux – des garçons avec des ailes aux pieds, des femmes chevauchant des dauphins, des vieillards arrachant des éclairs au sommet des montagnes dans des accès de colère. Tout cela n'était que des histoires destinées aux enfants, pas aux hommes. Il préférait s'en remettre aux pierres et à l'eau, et au miracle quotidien qui consistait à mélanger deux parts de chaux éteinte pour cinq parts de putéolanum – le sable rouge local –, créant une substance qui prenait sous l'eau et devenait plus dure que la pierre.

Néanmoins... il fallait être un imbécile pour nier l'existence de la chance, et si cet héritage familial pouvait la lui apporter... Il suivit le contour de bois du bout du doigt. Il était prêt à tout essayer.

Il avait laissé ses rouleaux de Vitruve à Rome. Cela importait peu. On les lui avait assénés depuis l'enfance, comme d'autres devaient apprendre leur Virgile. Il pouvait encore en réciter des passages entiers par cœur.

« *Voici les végétaux qui indiquent à coup sûr la présence de l'eau : les joncs élancés, les saules sauvages, les aulnes, les petites baies, le lierre et autres plantes de cette sorte, qui ne peuvent apparaître sans présence d'humidité...* »

— Corax, par ici, ordonna Attilius. Corvinus, làbas. Becco, prends le piquet, et plante-le là où je te le dirai. Vous deux, soyez vigilants.

Corax le défia du regard en passant devant lui.

— Plus tard, dit Attilius.

Le surveillant exhalait le ressentiment presque autant qu'il empestait le vin, mais il serait toujours temps de régler leur querelle lorsqu'ils seraient rentrés à Misène. Pour l'instant, ils devaient se hâter.

Un halo grisâtre avait obscurci les étoiles. La lune avait disparu. À quinze milles à l'est, au milieu de la baie, la pyramide boisée du Vésuve apparaissait maintenant. Le soleil se lèverait derrière.

« *Voici comment vérifier s'il y a de l'eau : se coucher face contre terre, avant le lever du soleil, là où la recherche doit être effectuée, et, le menton soutenu, bien appuyé au niveau du sol, examiner ces régions. De cette façon, la ligne de vision ne s'égarera pas plus*

haut qu'elle ne devrait car le menton restera immo-
bile... »

Attilius s'agenouilla sur l'herbe roussie, s'inclina et posa le morceau de bois dans l'axe de la croix à la craie, à cinquante pas de distance. Puis il posa le menton sur le support et écarta les bras. Le sol recelait encore la chaleur de la veille. Des particules de cendre flottèrent devant son visage lorsqu'il s'allongea par terre. Pas de rosée. Soixante-dix-huit jours sans pluie. Le monde se desséchait. À la frange de son champ de vision, il vit Corax faire un mouvement obscène du bas-ventre – « Notre aquarius n'a pas d'épouse, alors il cherche à baiser la Terre notre Mère à la place ! » – tandis qu'à sa droite, le Vésuve s'obscurcissait pour laisser passer un rayon de lumière. Un trait chaud heurta la joue d'Attilius. Il dut lever la main pour scruter le coteau sans être ébloui.

« *Là où l'on peut voir de l'humidité s'élever en volutes dans les airs, il convient de creuser car ce signe ne saurait exister en un lieu sec...* »

On le voyait très vite, avait coutume de lui dire son père, ou on ne voyait rien du tout. Il essaya de scruter le sol rapidement et avec méthode, faisant passer son regard d'une portion de terrain à la suivante. Mais tout semblait se télescoper – ces zones de terre grises, brunes, parfois veinées de rouge, qui commençaient déjà à frissonner sous le soleil. Sa vision se brouilla. Il se hissa sur les coudes et se frotta les yeux avec ses deux index avant de reposer le menton sur l'appui.

Là !

C'était aussi mince qu'un fil de pêche – loin de « s'élever en volutes », comme le promettait Vitruve, mais plutôt suspendu juste au-dessus du sol, comme un crochet qui serait pris dans un rocher et qu'on secoue-rait pour l'en dégager. Il zigzaguait vers lui. Puis il disparut. Attilius cria en montrant l'endroit :

— Là, Becco, là ! Derrière, ajouta-t-il alors que le plâtrier s'avançait d'un pas lourd. Oui, c'est ça. Marque l'endroit.

Il se releva et se précipita vers ses compagnons tout en brossant la terre rouge et les cendres noires du devant de sa tunique. Le sourire aux lèvres, il brandissait le morceau de cèdre magique. Les trois hommes s'étaient rassemblés autour de l'endroit où Becco essayait de ficher le piquet dans le sol, mais la terre était trop dure pour qu'il puisse l'enfoncer suffisamment.

— Vous avez vu ? Vous avez forcément vu. Vous étiez plus près que moi, fit Attilius, triomphant.

Ils le dévisagèrent sans comprendre.

— Vous avez remarqué comme c'était étrange ? Ça montait comme ça, dit-il en effectuant du plat de la main de petites coupes horizontales. Comme de la vapeur qui sortirait d'un chaudron qu'on secoue.

Il les regarda les uns après les autres, son sourire à l'origine assuré mourant sur ses lèvres.

— Tes yeux te jouent des tours, joli cœur, dit Corax en secouant la tête. Il n'y a pas de source ici, je te l'ai dit. Et je connais ces montagnes depuis plus de vingt ans.

— Et moi, je vous dis que j'ai vu de la vapeur.

— De la fumée, corrigea Corax en frappant du pied contre la terre desséchée, soulevant un nuage de poussière. Un feu de broussailles peut continuer de brûler sous terre pendant des jours.

— Je sais reconnaître de la fumée. Et je sais reconnaître de la vapeur. Là, c'était de la vapeur.

Ils feignaient d'être aveugles. Sûrement. Attilius tomba à genoux et tapota la terre rouge et sèche. Puis il se mit à creuser à mains nues, glissant ses doigts sous les pierres pour les écarter, tirant sur une longue racine carbonisée qui refusait de venir. Quelque chose était sorti de là, il en était sûr. Pourquoi le lierre serait-il revenu à la vie si rapidement s'il n'y avait pas de source ?

— Apportez les outils, dit-il sans se retourner.

— Aquarius...

— *Apportez les outils !*

Ils creusèrent toute la matinée, alors que le soleil s'élevait lentement au-dessus de la fournaise bleue qu'était devenue la baie, passant d'un disque jaune à une étoile blanche gazeuse. Le sol se tendait et se fissurait sous la chaleur, comme la corde des gigantesques machines de guerre, lors des sièges de son arrière-grand-père.

À un moment, un garçon passa non loin d'eux, se dirigeant vers la ville et tirant derrière lui une chèvre émaciée au bout d'une longe. Ce fut la seule personne qu'ils croisèrent. Misène demeurait cachée par le bord de la falaise. De temps à autre, des sons montaient jusqu'à eux – des ordres criés à l'école militaire, des bruits de marteau et de scie en provenance des chantiers navals.

Attilius, un vieux chapeau de paille ramené sur le visage, travaillait plus dur que les autres. Alors même que ses compagnons s'éclipsaient parfois pour aller s'affaler dans le premier coin d'ombre qu'ils pouvaient trouver, il continuait à manier sa hache. Le manche, glissant de sueur, tournait dans ses mains et lui couvrait les paumes d'ampoules. Sa tunique lui collait au corps comme une seconde peau. Mais il ne voulait pas montrer de signe de faiblesse devant les hommes. Au bout d'un moment, Corax lui-même se résolut au silence.

Lorsqu'ils eurent fini de creuser, le cratère était deux fois aussi profond qu'un homme est grand, et sa largeur permettait à deux ouvriers d'y travailler. Il y avait bien une source à cet endroit, effectivement, mais elle ne cessait de leur échapper. Ils creusaient. La terre rouillée au fond du trou devenait humide. Puis elle séchait au soleil. Ils creusaient encore, et le même phénomène se reproduisait.

Il fallut attendre la dixième heure, après que le soleil eut passé son zénith, pour qu'Attilius se déclare vaincu. Il regarda une dernière tache d'eau se réduire et s'évaporer puis lança sa hache par-dessus le bord de la fosse et se hissa à l'extérieur. Il retira son chapeau et éventa ses joues brûlantes. Corax s'assit sur un rocher pour l'observer. Pour la première fois, Attilius remarqua qu'il était nu-tête. Il commenta :

— Ton cerveau va finir par bouillir, par cette chaleur.

Il ouvrit sa gourde, se versa un peu d'eau dans le creux de la main pour s'asperger le visage et la nuque, puis il but. C'était chaud, aussi peu rafraîchissant que d'avaler du sang.

— Je suis né ici. La chaleur ne me dérange pas. En Campanie, on appelle ça un temps frais, commenta Corax, qui se racla la gorge et cracha. Qu'est-ce qu'on fait de ça ? demanda-t-il en désignant le trou de son large menton.

Attilius regarda la fosse – vilaine trouée à flanc de coteau, entourée par de gros tas de terre. Son monument. Sa folie.

— On laisse comme ça, dit-il. Tu la feras recouvrir de planches. La source montera dès qu'il pleuvra, vous verrez.

— Quand il pleuvra, on n'aura que faire d'une source.

Attilius dut concéder que ce n'était pas faux.

— D'ici, nous pourrions faire partir une canalisation, dit-il pensivement.

Il devenait romantique dès qu'il s'agissait d'eau. Dans son imagination, toute une scène pastorale prit aussitôt forme.

— Nous pourrions irriguer ce coteau tout entier. Il pourrait y avoir des citronniers, ici. Des oliviers. Il faudrait aménager des terrasses. De la vigne...

— De la vigne ! s'exclama Corax en secouant la tête. Alors nous voilà cultivateurs, maintenant ! Écoute-moi, jeune spécialiste de Rome. Laisse-moi t'expliquer quelque chose. L'Aqua Augusta ne nous a jamais fait défaut en plus d'un siècle. Et ça ne va pas commencer aujourd'hui. Même si c'est toi qui t'en occupes.

— Espérons.

L'ingénieur termina l'eau de sa gourde. Il se sentait devenir cramoisi sous l'humiliation, mais la chaleur dissimulait sa honte. Il enfonça fermement son chapeau de paille sur sa tête et en rabattit le bord sur son visage avant de dire :

— C'est bon, Corax, rassemble les hommes. Nous en avons fini ici pour aujourd'hui.

Il ramassa ses outils et partit sans attendre les autres. Ils sauraient retrouver leur chemin.

Il devait faire attention où il mettait les pieds. Chaque pas faisait s'enfuir des lézards dans les broussailles desséchées. Il songea que cela évoquait davantage l'Afrique que l'Italie, et, lorsqu'il arriva au chemin côtier, Misène apparut à ses pieds, miroitant dans la brume de chaleur telle une oasis, frémissant – ou c'est du moins ce qu'il lui semblait – en rythme avec les cigales.

La base de la flotte impériale d'Occident constituait

un triomphe de l'Homme sur la Nature puisqu'il fallait bien reconnaître qu'aucune ville n'aurait dû exister à cet endroit. Il n'y avait pas de rivière pour l'alimenter, fort peu de sources ou de puits. Mais comme Auguste le Divin avait décrété que l'empire avait besoin d'un port pour contrôler la Méditerranée, elle était là, incarnation de la puissance romaine : les disques d'argent miroitant de ses ports intérieur et extérieur, les poupes en éventail et proues dorées de ses cinquante navires de guerre rutilant au soleil de cette fin d'après-midi, les terrains de manœuvres bruns et poussiéreux de l'école militaire, les toits de tuiles rouges et les murs blanchis à la chaux de la ville civile qui s'élevait au-dessus de la forêt de mâts du chantier naval.

Dix mille marins et dix mille autres citoyens s'entassaient sur une étroite bande de terre, sans eau fraîche qui valût la peine d'être mentionnée. Seul l'aqueduc rendait l'existence de Misène possible.

Il repensa au mouvement curieux de la vapeur, ce matin, et à la façon dont la source avait paru s'enfoncer dans le sol. Quel étrange pays, pensa-t-il. Il contempla avec regret ses mains meurtries.

— *Et tout ça pour rien...*

Il secoua la tête, clignant des yeux pour en chasser la transpiration, et reprit sa descente pénible en direction de la ville.

Hora undecima

17 h 42

> *Une question, de la plus haute importance
> en matière de prévision se pose : combien
> de temps sépare le phénomène de mélange
> du début de l'éruption proprement dite ?
> Pour de nombreux volcans, cet intervalle
> peut se compter en semaines ou en mois,
> mais pour d'autres, ce délai peut être
> beaucoup plus court, de l'ordre de
> quelques jours ou même quelques heures.*

Volcanologie *(deuxième édition)*

À la villa Hortensia, la grande résidence côtière
située en périphérie nord de la ville, on se préparait à
mettre à mort un esclave. On allait le jeter aux
anguilles.

Ce n'était pas une pratique si rare dans cette région
d'Italie où tant des immenses maisons qui parsemaient
la baie de Néapolis disposaient de bassins de piscicul-
ture élaborés. Le nouveau propriétaire de la villa Hortensia, le millionnaire Numerus Popidius Ampliatus, en

avait entendu parler alors qu'il était enfant – un aristocrate sujet d'Auguste, Vedius Pollio, jetait ses serviteurs maladroits dans son bassin à anguilles pour les punir d'avoir brisé de la vaisselle – et il y faisait souvent référence avec une nuance d'admiration comme étant la parfaite illustration de ce que c'était que d'avoir le pouvoir. Le pouvoir et de l'imagination, de l'esprit et un certain *style*.

Ainsi, lorsque, bien des années plus tard, Ampliatus se retrouva lui aussi en possession d'un bassin d'élevage de poissons – à quelques milles à peine au sud de cette même côte où Vedius Pollio avait eu sa propriété de Pausilypon – et que l'un de ses esclaves fut à l'origine de la destruction d'un bien d'une rare valeur, ce précédent lui revint tout naturellement à l'esprit. Ampliatus était né esclave, et c'était l'idée qu'il se faisait de la façon dont un aristocrate devait se comporter.

L'homme fut déshabillé, ne gardant que son pagne, et on lui lia les mains derrière le dos pour le conduire au bord de la mer. On lui entailla les deux mollets afin de faire couler suffisamment de sang et on l'arrosa de vinaigre, qui était censé affoler les anguilles.

L'après-midi touchait à sa fin et il faisait très chaud.

Les anguilles disposaient de leur propre parc, très vaste et situé à l'écart des autres poissons afin de les garder isolées. On y accédait par une sorte d'étroite jetée en béton qui s'avançait jusque dans la baie. Ces anguilles étaient en fait des murènes, connues pour leur agressivité. Elles étaient aussi grandes qu'un homme et aussi épaisses qu'un tronc humain, dotées d'une tête plate, d'une sorte de groin et de dents acérées comme des rasoirs. Les bassins piscicoles de la villa avaient cent cinquante ans, et personne ne savait combien de ces bêtes rôdaient dans le labyrinthe de tunnels et les recoins sombres aménagés au fond du bassin. Une multitude, certainement ; sans doute des centaines. Les murènes les plus vieilles étaient de véritables monstres, et certaines portaient des bijoux. L'une d'elles, qui avait une boucle d'oreille fixée à sa nageoire pectorale, avait été, disait-on, la favorite de l'empereur Néron.

Ampliatus appréciait particulièrement l'ironie de la situation : les murènes étaient justement la terreur de cet esclave, qui était depuis longtemps chargé de les nourrir. Le malheureux se mit donc à hurler et à se débattre bien avant d'être poussé sur la passerelle. Il avait vu les anguilles à l'œuvre chaque matin, lorsqu'il leur jetait leur pitance de têtes de poissons et d'entrailles de poulet – la surface de l'eau qui frémissait, puis bouillonnait lorsqu'elles sentaient l'approche du sang, leur façon de bondir de leurs cachettes pour se disputer la nourriture, qu'elles réduisaient en pièces.

À la onzième heure, malgré la chaleur accablante, Ampliatus lui-même descendit de la villa pour assister à la scène, accompagné par son jeune fils Celsinus, par l'intendant de la propriété, Scutarius, par quelques-uns de ses clients (qui l'avaient suivi de Pompéi et traînaient là depuis l'aube dans l'espoir d'être retenus à dîner) et par une foule d'une centaine d'esclaves mâles qui, avait-il décidé, tireraient profit d'une telle leçon. Il avait ordonné à son épouse et à sa fille de ne pas quitter la villa : ce n'était pas un spectacle pour les femmes. Un grand fauteuil avait été installé à son intention, ainsi que des sièges plus petits pour ses invités. Il ne connaissait même pas le nom de l'esclave fautif. Celui-ci faisait partie du lot lorsque Ampliatus avait acheté la villa et ses bassins pour la coquette somme de dix millions de sesterces, plus tôt cette même année.

Toutes sortes de poissons étaient élevées, à grands frais, le long du rivage de la propriété – des loups à chair d'un blanc laineux ; des mulets, dont le bassin devait être entouré de hauts murs pour les empêcher de s'enfuir d'un bond ; des poissons plats, des poissons perroquets et des daurades ; des lamproies, des congres et des colins.

Mais, de loin les plus coûteux parmi les trésors aquatiques d'Ampliatus – il tremblait en songeant à la fortune qu'il les avait payés alors qu'en fait il n'aimait pas vraiment le poisson –, il y avait les rougets, ces poissons délicats ornés de barbillons et connus pour être difficiles à élever, dont la couleur allait du rose pâle à l'orangé. Et c'était ceux-là que l'esclave avait tués. Par méchanceté ou par incompétence, Ampliatus n'en savait rien et s'en moquait, mais le résultat était là : aussi imbriqués dans la mort qu'ils l'avaient été dans la vie, ils formaient comme un tapis en camaïeu flottant à la surface de leur bassin et avaient été trouvés ainsi, plus tôt dans l'après-midi. Certains vivaient encore quand Ampliatus avait découvert la scène, mais ils étaient morts alors même qu'il les observait, se retournant comme des feuilles mortes au fond de l'eau puis remontant rejoindre les autres. Empoisonnés, tous sans exception. Ils auraient atteint six mille pièces au prix courant du marché – un rouget coûtait cinq fois plus que le misérable esclave qui était censé s'en occuper – et maintenant, ils n'étaient plus bons qu'à être jetés au feu. Ampliatus avait prononcé sa sentence aussitôt :

— Qu'on le jette aux anguilles !

L'esclave hurlait alors qu'on le tirait et qu'on le poussait vers le bord du bassin. Ce n'était pas de sa faute, criait-il. Ce n'était pas la nourriture, c'était l'eau. Il fallait aller chercher l'aquarius.

L'aquarius !

Ampliatus plissa les yeux devant le scintillement de la mer. Il était difficile de distinguer les formes de l'esclave qui se débattait, des deux autres qui le retenaient et d'un quatrième qui tenait une gaffe comme une lance et l'enfonçait dans le dos du condamné – on aurait dit de simples pantins dans le halo formé par la chaleur et les flots étincelants. Il leva le bras comme l'aurait fait un empereur, poing serré, pouce parallèle au sol. Il se sentait la puissance d'un dieu, et pourtant rempli de simple curiosité humaine. Il attendit un moment, savourant la sensation, puis, brusquement, il tourna le poignet et abaissa le pouce vers le sol. La mort !

Les cris perçants de l'esclave qu'on traînait au bord du bassin à anguilles portaient au-delà du front de mer, par-delà les terrasses et la piscine et jusque dans la maison silencieuse où les femmes se cachaient.

Corelia Ampliata s'était enfuie dans sa chambre et jetée sur son lit pour s'enfouir la tête sous l'oreiller, mais il était impossible d'échapper aux cris. Contrairement à son père, elle savait que l'esclave s'appelait Hipponax, qu'il était grec, et aussi comment s'appelait sa mère, Atia, qui travaillait aux cuisines et dont les lamentations, une fois déclenchées, furent plus terribles encore que celles de son fils. Incapable de supporter plus longtemps ces cris, la jeune fille se releva d'un bond et traversa en courant la villa désertée pour trouver la mère éplorée, qui s'était effondrée au pied d'une colonne du jardin clos.

Dès qu'elle vit Corelia, Atia saisit le bord de la robe de sa jeune maîtresse et se mit à sangloter à ses pieds chaussés de mules, répétant à l'envi que son fils était innocent et qu'il le lui avait crié alors qu'on l'emmenait. C'était l'eau, l'eau qui n'allait pas. Pourquoi personne ne voulait l'écouter ?

Corelia caressa les cheveux gris d'Atia et essaya de

se montrer aussi apaisante que possible. Elle ne pouvait pas faire grand-chose d'autre. Inutile d'en appeler à la clémence de son père, elle le savait. Il n'écoutait jamais personne, et encore moins une femme, sa fille moins que toute autre, dont il n'attendait qu'une obéissance aveugle. Une intervention de sa part ne ferait que précipiter la mort de l'esclave. Aux supplices d'Atia, elle ne pouvait répondre que par des aveux d'impuissance.

Alors, la vieille femme – elle n'avait en fait qu'une quarantaine d'années, mais, de l'avis de Corelia, les années comptaient quasi doubles pour les esclaves, et Atia paraissait en avoir au moins soixante – se dégagea soudain et s'essuya brusquement les yeux d'un revers de bras.

— Il faut que je trouve de l'aide.

— Atia, Atia, murmura Corelia, qui t'en accordera ?

— Il en a appelé à l'aquarius. Tu l'as entendu, non ? Je vais chercher l'aquarius.

— Où le trouver ?

— Il doit être à l'aqueduc, au pied de la montagne, là où travaillent les gens de la compagnie des eaux.

Elle s'était relevée maintenant, tremblante, mais déterminée, cherchant fiévreusement autour d'elle. Ses yeux étaient rouges, sa robe et ses cheveux en désordre. Elle avait l'air d'une folle, et Corelia comprit tout de suite que personne ne l'écouterait. On se moquerait d'elle, ou on la chasserait à coups de pierres.

— Je viens avec toi, dit-elle, et, alors qu'un nouveau cri horrible leur parvenait du front de mer, elle prit ses jupes d'une main et le poignet de la vieille esclave de l'autre.

Les deux femmes traversèrent le jardin en courant, passèrent devant le tabouret vide du gardien et sortirent par une porte latérale dans la chaleur éblouissante de la voie publique.

Le terminus de l'Aqua Augusta, une vaste citerne souterraine située à quelques centaines de pas au sud de la villa Hortensia, était creusé dans la pente qui dominait le port et était connu, d'aussi loin qu'on s'en souvenait, comme étant la Piscina Mirabilis – le Bassin des Merveilles.

Vu de l'extérieur, ce bassin n'avait rien de très remarquable, et la plupart des citoyens de Misène passaient devant sans lui accorder un regard. Ce n'était en surface qu'un bâtiment de brique, décoré de lierre vert pâle, bas et plat de toiture, long comme un pâté de maisons et moitié aussi large, entouré par des boutiques et des entrepôts, des bars et des appartements, dissimulé dans les ruelles sombres et poussiéreuses au-dessus de la base de la flotte romaine.

Il fallait attendre la nuit, quand les bruits de la circulation et les cris des marchands se taisaient, pour entendre le grondement bas et souterrain de la chute d'eau, et il fallait pénétrer dans l'enceinte, ouvrir l'étroite porte de bois et descendre les quelques marches qui menaient dans la Piscina elle-même pour apprécier pleinement la splendeur du réservoir. Le toit voûté était soutenu par quarante-huit piliers hauts chacun de plus de cinquante pieds, en grande partie immergés dans l'eau de la citerne, et l'écho de l'aqueduc se déversant en cataractes suffisait à ébranler n'importe qui.

L'ingénieur pouvait rester là pendant des heures, à écouter, perdu dans ses pensées. Le bruit de l'Augusta n'avait rien pour lui d'un grondement morne et monotone, mais sonnait au contraire à ses oreilles comme les notes d'un gigantesque orgue hydraulique : la musique de la civilisation. Il y avait des puits d'air dans le toit de la Piscina et, l'après-midi, lorsque des gerbes de gouttelettes jaillissaient dans la lumière, faisant danser des arcs-en-ciel entre les piliers, ou, le soir, alors qu'il verrouillait tout pour la nuit et que la flamme de sa torche luisait contre la surface lisse et noire comme l'or contre l'ébène, il avait à ces moments-là l'impression de ne plus être du tout dans un réservoir mais dans un temple dédié au seul dieu qui valût la peine qu'on croie en lui.

Dès son retour de la montagne, en fin d'après-midi, le premier réflexe d'Attilius avait été de vérifier le niveau du réservoir. C'était devenu son obsession. Mais en arrivant devant la porte, il s'aperçut qu'elle était verrouillée et se rappela alors que c'était Corax qui avait la clé à sa ceinture. Il se sentait tellement épuisé que, pour une fois, il n'y pensa plus. Il entendait le grondement lointain de l'Augusta – l'aqueduc fonctionnait toujours et c'était tout ce qui importait. Lorsqu'il en vint par la suite à analyser la façon dont il avait agi, il décida qu'il ne pouvait pas vraiment considérer cela comme une négligence. Il n'aurait rien pu faire. Les choses auraient pu tourner différemment pour lui sur un plan personnel, certainement, mais cela n'aurait guère eu d'influence dans le contexte plus large de la catastrophe.

Il tourna donc le dos à la Piscina et contempla la cour déserte. La veille au soir, il avait ordonné qu'on mît de l'ordre et balayât l'endroit pendant son absence, et il fut satisfait de voir que cela avait été fait. Il trouvait toujours quelque chose de rassurant dans un entrepôt bien ordonné. Les piles bien nettes de feuilles de plomb, les amphores de chaux grasse, les sacs de putéolanum, les segments rougeâtres de conduites en terre cuite, tout cela était le cadre de son enfance. Les odeurs aussi : l'âcreté de la chaux ; le parfum de la terre cuite laissée toute la journée au soleil.

Il entra dans le magasin, laissa tomber ses outils sur le sol en terre battue et fit faire plusieurs rotations à son épaule meurtrie, puis il s'essuya le visage sur la manche de sa tunique et ressortit dans la cour à l'instant où le reste de la troupe arrivait. Ils se précipitèrent sur la fontaine d'eau potable sans même prendre la peine de le saluer, buvant chacun à leur tour de grosses gorgées puis s'aspergeant la tête et les épaules – Corax, puis Musa et enfin Becco. Les deux esclaves attendaient, patiemment accroupis à l'ombre, que les hommes libres en aient terminé. Attilius savait qu'il s'était ridiculisé au cours de cette journée. Mais leur hostilité ne le dérangeait pas plus que ça. Il avait connu pire.

Il cria à Corax que les hommes pouvaient débaucher dès maintenant et reçut en réponse un petit salut moqueur. Il gravit alors l'étroit escalier de bois qui menait à ses appartements.

La cour formait un quadrilatère. Le côté nord était occupé par le mur de la Piscina Mirabilis. À l'ouest et au sud se trouvaient les magasins et les bureaux administratifs de l'aqueduc. L'est était réservé aux locaux d'habitation – le quartier des esclaves au rez-de-chaussée, et un appartement affecté à l'aquarius au-dessus. Corax et les autres hommes libres habitaient en ville avec leur famille.

Attilius, qui avait laissé sa mère et sa sœur à Rome, songea que, le moment venu, il faudrait qu'il les fasse venir à Misène et loue une maison que sa mère tiendrait pour lui. Mais, en attendant, il dormait dans la garçonnière encombrée de son prédécesseur, Exomnius, dont il avait entreposé les affaires dans la petite chambre supplémentaire au bout du couloir.

Qu'était-il arrivé à Exomnius ? Cela avait été naturellement la première question qu'Attilius avait posée en arrivant au port. Mais personne n'avait pu lui fournir de réponse, ou tout au moins, personne ne l'avait voulu. Ses interrogations furent accueillies par un silence buté. On aurait dit que le vieil Exomnius, un Sicilien qui s'occupait de l'Augusta depuis près de vingt ans, était simplement sorti de chez lui un beau matin, une quinzaine de jours plus tôt, et qu'on n'en avait plus entendu parler depuis.

D'ordinaire, le département du curator aquarium de Rome qui administrait les aqueducs des régions une et deux (Latium et Campanie) aurait préféré laisser les choses reposer un peu. Mais, étant donné la sécheresse, l'importance stratégique de l'Augusta, et le fait que les vacances d'été du Sénat avaient commencé la troisième semaine de juillet et que la moitié de ses membres séjournaient dans leurs villas du golfe de Néapolis, on avait jugé plus prudent d'envoyer un remplaçant au plus tôt. Attilius avait été convoqué pour les Ides d'août, en fin de journée, au moment où il finissait des travaux de maintenance de routine sur l'Anio Novus. Amené en présence du curator aquarium lui-même, Acilius Aviola, dans sa résidence officielle du mont Palatin, il s'était vu proposer officiellement le poste. Attilius était brillant, énergique et dévoué – le sénateur savait comment flatter un homme quand il en attendait quelque chose –, et il n'avait ni femme ni enfants pour le retenir à Rome. Pouvait-il partir dès le lendemain ? Bien entendu, Attilius avait accepté aussitôt car c'était une chance à saisir pour sa carrière. Il avait fait ses adieux à sa famille et pris le bac qui partait quotidiennement d'Ostie.

Il avait commencé à écrire une lettre à sa mère et à sa sœur. Elle était posée sur sa table de chevet, près du lit de bois. Il n'était pas très bon épistolier. Des informations de routine – *je suis bien arrivé, le voyage s'est bien passé, il fait chaud* – rédigées de son écriture scolaire, voilà tout ce qu'il parvenait à produire. Cela ne donnait aucune idée du tumulte qu'il ressentait à l'intérieur : de la tension que lui faisaient subir ses responsabilités, de sa peur que l'eau vienne à manquer, de l'isolement dans lequel il se trouvait. Et puis c'étaient des femmes, alors que pouvaient-elles savoir de ces choses ? De toute façon, il avait été éduqué à l'école stoïcienne : ne pas perdre son temps en stupidités, faire son travail sans se plaindre, rester le même en toutes circonstances, dans la souffrance comme dans le deuil ou la maladie, et mener une existence simple – le lit de camp et les vêtements utiles.

Il s'assit au bord du matelas. Son esclave domestique, Phylo, avait préparé un broc d'eau et une bassine, des fruits, une miche de pain, un pichet de vin et une tranche de fromage de chèvre sec. Il se lava soigneusement les mains et le visage, mangea toute la nourriture, mêla un peu de vin à son eau et but. Puis, trop épuisé pour prendre la peine d'ôter tunique et chaussures, il s'allongea sur le lit, ferma les yeux et sombra instantanément dans ce territoire entre sommeil et veille sans cesse hanté par son épouse défunte, sa voix l'appelant avec toujours plus de force... suppliante, pressante :

— Aquarius ! Aquarius !

Son épouse venait d'avoir vingt-deux ans quand il avait vu son corps livré aux flammes du bûcher funéraire. Cette femme était plus jeune – dix-huit ans, peut-être. Pourtant, le rêve s'accrochait assez à lui, et la fille de la cour évoquait suffisamment Sabine, pour que son cœur fasse un bond dans sa poitrine. Les mêmes cheveux noirs. La même peau blanche. La même silhouette voluptueuse. Elle se tenait sous sa fenêtre et appelait :

— Aquarius !

Les cris avaient attiré certains des hommes dehors et, lorsqu'il arriva au bas de l'escalier, ils formaient un demi-cercle ahuri autour d'elle. Elle était vêtue d'une ample tunique blanche largement ouverte au col et aux manches – le genre de robe à porter en privé, qui révélait un peu plus des rondeurs laiteuses de ses bras et de sa poitrine qu'il ne seyait à une dame respectable de montrer en public. Une esclave l'accompagnait – une vieille femme tremblante et décharnée dont les maigres cheveux gris s'échappaient à moitié de son chignon défait.

La jeune femme était essoufflée et bafouillait – quelque chose au sujet d'un élevage entier de rougets qui étaient morts cet après-midi dans les bassins de son père, de poison dans l'eau et d'un homme qu'on allait jeter aux anguilles et qu'il fallait qu'il vienne tout de suite. Il était difficile de saisir tout ce qu'elle disait.

Il leva la main pour l'interrompre et lui demanda son nom.

— Je suis Corelia Ampliata, fille de Numerus Popidius Ampliatus, propriétaire de la villa Hortensia, se présenta-t-elle avec impatience. Es-tu l'aquarius ?

Au nom d'Ampliatus, Attilius remarqua les regards échangés entre Corax et certains autres.

— L'aquarius n'est pas là, intervint Corax.

— Je suis le responsable de l'aqueduc, oui, dit l'ingénieur en l'écartant d'un geste.

— Alors viens avec moi.

Elle se dirigea vers le portail et parut surprise de constater qu'Attilius ne la suivait pas aussitôt. Les hommes commençaient à rire ouvertement d'elle à présent. Musa imita l'ondulation de ses hanches et redressa la tête pour déclamer :

— « Ô aquarius, viens avec moi... »

Elle se retourna, des larmes de frustration dans les yeux.

— Corelia Ampliata, dit patiemment et non sans douceur Attilius, il n'est peut-être pas dans mes moyens de manger du rouget, mais je crois savoir que ce sont des poissons de mer. Et je ne suis pas responsable de ce qui se passe dans la mer.

— Vous entendez ça ? fit Corax, ricanant, en montrant l'ingénieur. Elle le prend pour Neptune !

Il y eut d'autres rires. Attilius pria sèchement les hommes de se taire.

— Mon père est en train de faire exécuter un homme. L'esclave en appelait à l'aquarius. C'est tout ce que je sais. Tu es son seul espoir. Vas-tu venir ou non ?

— Attends, demanda Attilius en désignant la vieille femme qui pleurait, tête baissée, les mains pressées contre son visage. Qui est-ce ?

— C'est sa mère.

Les hommes s'étaient tus à présent.

— Tu comprends ? dit Corelia en levant la main pour lui toucher le bras. Viens, souffla-t-elle, je t'en prie.

— Ton père sait-il que tu es venue ?

— Non.

— Ne t'en mêle pas, dit Corax. C'est mon conseil.

Et c'est un sage conseil, pensa Attilius, car si on devait intervenir à chaque fois qu'un esclave subissait un traitement cruel, on n'aurait même plus le temps de manger ou de dormir. Un parc d'eau de mer plein de rougets morts ? Cela ne le concernait en rien. Il regarda Corelia. Néanmoins, si le malheureux le demandait expressément...

Présages, signes, augures...

De la vapeur qui tressautait comme une ligne de

43

pêche. Des sources qui s'enfonçaient dans la terre. Un aquarius qui disparaissait purement et simplement dans l'air étouffant. Sur les pentes herbeuses du Vésuve, des bergers assuraient avoir vu des géants. À Herculanum, d'après les hommes, une femme avait donné naissance à un bébé qui avait des nageoires à la place des pieds. Et voilà qu'un parc entier de rougets venait de mourir à Misène en l'espace d'un seul après-midi, sans cause apparente.

Il convenait d'essayer de donner du sens à tout cela.

— Elle est loin, cette villa ? demanda-t-il en se grattant l'oreille.

— Je t'en prie. Quelques centaines de pas. C'est tout près, en vérité.

Elle le tira par le bras et il se laissa entraîner. Il n'était pas facile de lui résister, à cette Corelia Ampliata. Peut-être devait-il au moins la raccompagner jusqu'à chez elle ? Il n'était pas très prudent pour une femme de son âge et de sa condition de sortir dans les rues d'une ville peuplée de marins. Il cria derrière lui à Corax de le suivre, mais celui-ci se contenta de hausser les épaules.

— Ne t'en mêle pas ! répéta-t-il.

Puis Attilius, sans même en avoir vraiment conscience, passa le portail et se retrouva dans la rue, perdant les autres de vue.

C'était ce moment de la journée, une heure environ avant le coucher du soleil, où les Méditerranéens commençaient à sortir de chez eux. Non que la ville eût perdu beaucoup de sa chaleur. Les pierres semblaient des briques tout juste sorties du four. De vieilles femmes se tenaient assises près de leur perron, sur des tabourets, et s'éventaient pendant que les hommes allaient boire et discuter dans les bars. Dalmates et Besses barbus, Égyptiens portant des anneaux d'or aux oreilles, Germains roux, Grecs et Ciliciens à la peau olivâtre, grands Nubiens musculeux, noirs comme du charbon et l'œil injecté de sang d'avoir bu trop de vin... des hommes venus de tous les coins de l'Empire, tous suffisamment désespérés, ambitieux ou stupides pour vouloir consacrer vingt-cinq ans d'une vie à ramer en échange de la citoyenneté romaine. D'un peu plus bas, en ville, près du port, montaient les notes flûtées d'un orgue hydraulique.

Corelia gravissait les marches d'un pas vif, tenant ses jupes à deux mains, ses mules souples et silencieuses sur le pavé tandis que la vieille esclave courait devant. Attilius clopinait derrière elles. « "Quelques centaines de pas, marmonnait-il dans sa barbe. C'est tout près, en vérité" – oui, mais chaque pas est en fait une marche à monter ! » Sa tunique trempée de sueur lui collait au dos.

Ils arrivèrent enfin en terrain plat, devant une grande muraille brune percée d'une entrée voûtée surmontée de deux dauphins en fer forgé qui bondissaient pour échanger un baiser. Les femmes franchirent précipitamment la porte non gardée, et Attilius, après un coup d'œil alentour, les suivit, quittant aussitôt la réalité bruyante et poussiéreuse pour plonger dans un monde de bleu qui lui coupa le souffle. Turquoise, lapis-lazuli, indigo, saphir – les bleus les plus précieux jamais dispensés par mère Nature s'élevaient en couches superposées devant lui : hauts fonds cristallins, profondeurs insondables, horizon marqué et ciel infini. La villa elle-même se dressait en contrebas en une suite de terrasses adossées à la colline, face à la mer, construite uniquement pour ce sublime panorama. Amarré à la jetée, il y avait un bateau de plaisance de vingt rameurs, tout de rouge et d'or, garni d'un tapis de pont assorti.

Il n'eut guère le temps de remarquer autre chose que cette marée de bleu. Ils étaient déjà repartis, Corelia devant à présent, filant entre les statues, les fontaines, les pelouses arrosées, sur une mosaïque à motif de créatures marines, puis une terrasse agrémentée d'une piscine, bleue également, cernée de marbre et formant saillie en direction de la mer. Un ballon gonflable rebondit doucement contre le muret carrelé, comme abandonné en plein jeu. Attilius fut soudain frappé par le fait que la grande maison semblait déserte, et, lorsque Corelia lui montra la balustrade et qu'il se pencha en posant prudemment les mains sur le parapet de pierre, il comprit pourquoi. Toute la maisonnée semblait s'être regroupée sur le rivage.

Il lui fallut un moment pour rassembler tous les éléments de la scène. Le décor était composé de bassins d'élevage – une suite de murs en mortier qui jaillissaient des rochers pour former des bassins rectangulaires – comme il s'y était attendu, mais beaucoup plus importants qu'il ne l'avait imaginé et de facture visiblement très ancienne, sans doute construits pendant les dernières années décadentes de la République, lorsque les élevages de poissons étaient devenus du plus haut chic. La surface de l'un d'eux était parsemée de poissons morts. Autour du plus éloigné, un groupe d'hommes regardait quelque chose dans l'eau, un objet que l'un d'eux poussait avec une gaffe. Attilius dut s'abriter les yeux pour mieux voir et, lorsqu'il y parvint, il sentit son cœur lui manquer. Cela lui rappela le moment de la mise à mort dans l'amphithéâtre, le même aspect figé, la complicité érotique entre la foule et la victime.

Derrière lui, la vieille femme émit un son bas, comme une douce ululation de chagrin et de désespoir. Il recula d'un pas et se tourna vers Corelia en secouant la tête. Il avait envie de fuir cet endroit. Il lui tardait de retrouver les problèmes pratiques simples et respectables de sa profession. Il n'y avait rien qu'il pût faire ici.

Mais elle lui barrait le chemin, se tenant tout près de lui.

— Je t'en prie, dit-elle. Aide-la.

Elle avait les yeux bleus, plus bleus encore que ceux de Sabine. Ils semblaient capturer le bleu de la baie pour le darder sur lui. Il hésita, serra la mâchoire et, à contrecœur, fit de nouveau face à la mer.

Il se força à quitter l'horizon du regard, évitant délibérément la scène du drame pour examiner le rivage, s'efforçant d'appréhender l'ensemble avec un œil professionnel. Il vit des vannes d'écluse en bois. Des poignées de fer pour les soulever. Du grillage métallique sur certains bassins pour empêcher les poissons de s'échapper. Des passerelles. Des canalisations. *Des canalisations.*

Il s'interrompit, puis pivota à nouveau pour scruter la colline. Le mouvement des vagues passait à travers les grilles métalliques insérées dans les parois de mortier des bassins à poissons, juste sous la surface, afin d'empêcher l'eau des parcs de stagner. Cela, il le savait. Mais ces canalisations... il pencha la tête, commençant à comprendre. Les conduites devaient apporter de l'eau fraîche de la terre pour la déverser dans l'eau de mer et la rendre saumâtre. Comme dans un lagon. Un lagon artificiel. Et créer ainsi les conditions parfaites pour l'élevage des poissons. Or, l'un des poissons les plus difficiles à élever, ce qui le rendait accessible uniquement aux plus riches, était le rouget.

— Où l'aqueduc est-il relié à la propriété ? demanda-t-il d'une voix posée.

— Je ne sais pas, dit Corelia en secouant la tête.

Ce doit être assez gros, pensa-t-il. *Un endroit de cette taille...*

Il s'agenouilla près de la piscine, recueillit de l'eau tiède dans sa paume, la porta à ses lèvres et, le front plissé, la goûta en la faisant tourner dans sa bouche comme un connaisseur de vin. Pour autant qu'il pût en juger, l'eau était pure. Mais là encore, cela ne signifiait rien. Il essaya de se rappeler la dernière fois qu'il avait vérifié le débit de l'aqueduc. Pas depuis la veille au soir, avant d'aller se coucher.

— À quelle heure les poissons sont-ils morts ? Corelia contempla brièvement l'esclave, mais celle-ci semblait perdue dans son monde.

— Je ne sais pas. Il y a deux heures, peut-être ?

Deux heures !

Il passa par-dessus la balustrade et se laissa tomber sur la terrasse en contrebas, puis se dirigea vers le rivage.

Au bord de l'eau, le spectacle n'avait pas tenu complètement ses promesses. Mais qu'attendre d'autre, de nos jours ? Ampliatus avait de plus en plus souvent le sentiment d'avoir atteint un niveau – était-ce l'âge ou la richesse ? – où l'excitation de l'attente se révélait invariablement plus délicieuse que le vide laissé par l'accomplissement. La voix de la victime hurle, le sang jaillit, et puis... quoi ? Une mort de plus, c'est tout.

Le meilleur avait été le début : les lents préparatifs suivis par le moment où l'esclave avait simplement flotté à la surface – quasi immobile à cet instant, pour ne pas attirer l'attention de ce qui se trouvait sous lui, concentré, faisant du surplace. Amusant. Mais même là, le temps avait traîné en longueur dans la chaleur, et Ampliatus avait commencé à penser que toute cette affaire d'anguilles était très surestimée et que Vedius Pollio n'était pas aussi raffiné qu'il l'avait imaginé. Mais non : on pouvait toujours se fier à l'aristocratie ! Au moment où il s'apprêtait à renoncer au reste de l'opération, l'eau s'était mise à s'agiter, et puis – plop ! – le visage s'était brusquement enfoncé, comme le flotteur d'un pêcheur, pour réapparaître presque aussitôt avec une expression de surprise du plus haut comique avant de disparaître pour de bon. Cette expression avait été, rétrospectivement, le summum du spectacle. La suite s'était avérée plutôt ennuyeuse et désagréable à regarder dans la chaleur du soleil couchant.

Ampliatus retira son chapeau de paille et s'éventa le visage en se tournant vers son fils. Celsinus avait au début donné l'impression d'observer ce qui se passait devant lui, mais à y regarder de plus près, on s'apercevait qu'il avait les yeux fermés. C'était typique de ce garçon. Il paraissait toujours faire ce qu'on attendait de lui, mais on se rendait compte qu'il n'obéissait que mécaniquement, avec son corps, alors que son attention restait ailleurs. Ampliatus lui enfonça le doigt dans les côtes, et Celsinus ouvrit brusquement les yeux.

Qu'avait-il donc dans la tête ? De ces stupidités orientales, sans aucun doute. Il s'en voulait. Lorsque l'enfant avait six ans, soit douze années plus tôt, Ampliatus avait à ses frais fait reconstruire un temple à la gloire d'Isis. En tant qu'ancien esclave, il n'aurait pas été bien vu qu'il fît ériger un temple à Jupiter, le plus Grand, le Meilleur, ou à Vénus Mère ou à n'importe quel autre dieu gardien parmi les plus sacrés. Mais Isis était égyptienne, et c'était une déesse que vénéraient les femmes, les coiffeurs, les acteurs, les fabricants de parfums et leurs semblables. Il avait donc fait restaurer le temple au nom de Celsinus, dans le but de donner à son fils accès au conseil dirigeant de Pompéi. Et son plan avait fonctionné. Mais il n'avait pas prévu que Celsinus prendrait tout cela tellement au sérieux. Tel était pourtant le cas, et il ressassait sûrement en ce moment même ces histoires où Osiris, le dieu soleil, époux d'Isis, est tué chaque soir à la tombée de la nuit par son traître de frère, Seth, par qui l'obscurité arrive. Et où tous les hommes, lorsqu'ils meurent, sont jugés par le souverain du Royaume des Morts qui, s'il les en estime dignes, leur accorde la vie éternelle pour se lever à nouveau au matin tel Horus, héritier d'Osiris, nouveau soleil vengeur par qui la lumière arrive. Celsinus croyait-il réellement à tous ces contes de bonne femme ? Pensait-il réellement, par exemple, que cet esclave à demi dévoré pourrait revenir d'entre les morts au coucher du soleil pour assouvir sa vengeance à l'aube ?

Ampliatus allait lui poser la question quand il fut distrait par un cri venu de derrière lui. Il y eut des remous parmi les esclaves rassemblés, et Ampliatus fit volte-face sur son siège. Un homme qu'il ne reconnut pas descendait à grands pas les marches de la villa en agitant les bras au-dessus de sa tête et en vociférant.

Les principes généraux de la technique étaient simples, universels, impersonnels, identiques à Rome, en Gaule ou en Campanie, et c'était ce qu'Attilius aimait en eux. Sans cesse de courir, il se représentait ce qu'il ne pouvait voir. La conduite principale de l'aqueduc se trouvait en haut de cette colline, derrière la villa, enfouie trois pieds sous terre, suivant un axe nord-sud de Baïes à la Piscina Mirabilis. Et celui qui possédait la villa à l'époque de la construction de l'Aqua Augusta, soit plus d'un siècle auparavant, devait très certainement avoir fait partir de l'aqueduc deux conduites d'amenée privées. La première devait se déverser dans une grande citerne destinée à alimenter la maison, la piscine, les fontaines du jardin. S'il y avait contamination de la matrice, il faudrait une bonne journée pour que le poison parcoure l'ensemble du système, selon la taille de la citerne. En revanche, l'autre conduite amènerait une partie de l'eau de l'Augusta directement aux bassins d'élevage. S'il y avait le moindre problème avec l'aqueduc, l'impact sur les parcs serait immédiat.

Devant lui, la scène de l'exécution commençait elle aussi à s'éclaircir : le maître des lieux – Ampliatus, vraisemblablement – se levait, surpris, de son fauteuil ; les spectateurs, qui tournaient à présent le dos au bassin, avaient tous les yeux rivés sur lui tandis qu'il dévalait les dernières marches au pas de course. Il courut jusqu'à la rampe cimentée des installations, ralentit lorsqu'il arriva devant Ampliatus mais ne s'arrêta pas.

— Sortez-le de là ! lança-t-il en passant devant le maître.

Ampliatus, son visage mince devenu blême, lui cria quelque chose, et Attilius se retourna sans cesser de courir, levant ses mains ouvertes tout en trottant à reculons.

— Je vous en prie. Sortez-le tout de suite.

Ampliatus en resta bouche bée, mais alors, sans quitter l'intrus du regard, leva lentement la main – geste énigmatique qui déclencha néanmoins toute une série de mouvements, comme si chacun n'attendait que ce signal. L'intendant de la propriété porta deux doigts à sa bouche et siffla à l'adresse de l'esclave armé d'une gaffe en faisant avec l'autre main un geste vers le haut. L'esclave pivota aussitôt pour plonger l'extrémité de sa perche vers la surface du bassin à murènes. Il accrocha bientôt quelque chose qu'il entreprit de ramener.

Attilius était presque arrivé aux canalisations. Vues

de près, elles étaient plus grosses qu'elles n'avaient paru depuis la terrasse. De la terre cuite. Deux. Plus d'un pied de diamètre. Elles sortaient de la pente, suivaient ensemble la rampe puis se séparaient au bord de l'eau, prenant des directions opposées le long des installations. Un regard rudimentaire était ménagé dans chacune des canalisations – la partie supérieure de la conduite découpée sur une longueur de deux pieds – et l'ingénieur constata en s'approchant que le couvercle de l'un d'eux avait été déplacé et mal remis. Un ciseau gisait tout près, comme si celui qui l'avait utilisé avait été dérangé.

Attilius s'agenouilla et glissa l'outil dans l'interstice, le faisant pénétrer presque entièrement sous la plaque. Là, il le retourna afin d'avoir assez d'espace pour glisser les doigts et soulever le couvercle. Il arracha celui-ci à son logement et le laissa retomber lourdement de côté. Son visage se retrouva au-dessus de l'eau courante, et il sentit instantanément l'odeur. S'échappant de l'espace confiné de la conduite, elle était assez puissante pour lui donner envie de vomir. L'odeur bien reconnaissable de la décomposition. De l'œuf pourri.

Le souffle de Hadès.

Le soufre.

L'esclave était mort. C'était évident, même de loin. Attilius, accroupi près de la canalisation ouverte, vit qu'on tirait ses restes du bassin à murènes et qu'on les recouvrait d'un sac de toile. Il vit l'assistance se disperser et retourner d'un pas traînant vers la villa tandis que l'esclave aux longs cheveux gris se frayait un chemin entre eux pour aller dans l'autre sens, vers la mer. Les autres évitaient de la regarder et s'écartaient d'elle comme si elle était atteinte d'un mal virulent. Lorsqu'elle arriva près de la dépouille, elle leva les mains vers le ciel et se mit à se balancer silencieusement d'un côté puis de l'autre. Ampliatus ne la remarqua même pas. Il s'avançait d'un pas décidé vers Attilius. Corelia se trouvait derrière lui, ainsi qu'un jeune homme qui lui ressemblait – le frère de la jeune femme, sans doute – et quelques autres personnages. Deux des hommes portaient des poignards à la ceinture.

L'ingénieur reporta son attention sur l'eau. Était-ce son imagination ou le débit ralentissait-il ? L'odeur était certainement beaucoup moins puissante maintenant que la surface de l'eau était en contact avec l'air. Il plongea la main dans le flot, fronçant les sourcils, s'efforçant d'estimer son débit alors que l'eau pliait et se tordait sous ses doigts comme un muscle, comme une chose vivante. Un jour, lorsqu'il était enfant, il avait vu tuer un éléphant aux Jeux – traqué par des chasseurs armés d'arcs et de lances et vêtus de peaux de léopard. Mais ce dont il se souvenait avec le plus d'acuité n'était pas tant la chasse que la façon dont le dresseur, qui avait certainement accompagné l'animal géant depuis l'Afrique, s'était accroupi pour lui parler à l'oreille alors que l'éléphant gisait, mourant, dans la poussière. Attilius avait à présent la même impression. L'aqueduc, l'immense Aqua Augusta, semblait mourir entre ses mains.

— Tu es sur ma propriété, fit une voix.

Il leva les yeux et trouva Ampliatus, qui se dressait devant lui. Le propriétaire de la villa avait une bonne cinquantaine d'années. Petit, mais large d'épaules et puissant.

— Ma propriété, répéta Ampliatus.

— Ta propriété, oui. Mais c'est l'eau de l'empereur, répliqua Attilius, qui se releva en s'essuyant les mains sur sa tunique.

Le gaspillage de tant de précieux liquide au cœur même de la sécheresse pour agrémenter les poissons d'un homme riche le mettait en colère.

— Il faut fermer les vannes de l'aqueduc. Il y a du soufre dans la matrice, et les rougets ne supportent pas les impuretés. C'est *cela* – et il insista bien sur le mot – qui a tué tes précieux poissons.

Ampliatus pencha légèrement la tête, flairant l'insulte. Il avait un visage fin, plutôt séduisant. Ses yeux étaient du même bleu que ceux de sa fille.

— Et qui es-tu, exactement ?

— Marcus Attilius, aquarius de l'Aqua Augusta.

— Attilius ? s'étonna le millionnaire. Qu'est devenu Exomnius ?

— J'aimerais le savoir.

— Mais Exomnius est toujours aquarius ?

— Non, comme je l'ai dit, je suis l'aquarius, maintenant.

L'ingénieur ne se sentait pas d'humeur à présenter ses respects. Méprisable, stupide, cruel... en une autre occasion, peut-être, il aurait été heureux de lui faire ses compliments, mais pour l'instant il n'en avait pas le temps.

— Je dois retourner à Misène. Nous avons une urgence à l'aqueduc.

— Quelle sorte d'urgence ? Serait-ce un présage ?

— On peut dire ça.

Il s'apprêtait à partir, mais Ampliatus fit un rapide mouvement de côté pour lui bloquer le passage en disant :

— Tu m'insultes. Sur ma propriété. Devant ma famille. Et maintenant tu voudrais partir sans même t'excuser ?

Il approcha tant son visage de celui d'Attilius que l'ingénieur put voir la sueur perler à son front dégarni.

Il émanait de lui un parfum douceâtre d'huile de crocus, onguent coûteux entre tous.

— Qui t'a donné la permission de venir ici ?

— Si je t'ai offensé en quelque façon..., commença Attilius.

Mais il repensa aux malheureux restes sous leur suaire de grosse toile, et ses excuses s'étouffèrent dans sa gorge.

— Écarte-toi.

Il essaya de passer tout de même, mais Ampliatus le saisit par le bras, et quelqu'un sortit un couteau. En un instant, se dit-il – un simple coup –, tout pouvait se terminer.

— C'est à cause de moi qu'il est venu, père. C'est moi qui l'ai fait venir.

— Quoi ?

Ampliatus se retourna brusquement vers Corelia. Qu'aurait-il pu lui faire, l'aurait-il frappée, Attilius ne le saurait jamais car, à cet instant, retentit un terrible hurlement. La femme aux cheveux gris remontait lentement la rampe. Elle avait maculé son visage, ses bras et sa robe, du sang de son fils, et tendait la main droit devant elle, gardant dressés le premier et le dernier de ses doigts bruns et noueux. Elle criait dans une langue qu'Attilius ne comprenait pas. Mais ce n'était pas utile : une malédiction est une malédiction dans n'importe quelle langue, et celle-ci s'adressait directement à Ampliatus.

Il lâcha le bras d'Attilius et se tourna pour l'affronter, recevant toute la force de l'imprécation avec une expression d'indifférence. Puis, quand le torrent de mots commença à faiblir, il éclata de rire. Il y eut un instant de silence, ensuite les autres se mirent à rire aussi. Attilius jeta un coup d'œil vers Corelia, qui lui adressa un signe de tête presque imperceptible et lui désigna la villa du regard – *Ça va aller*, semblait-elle lui dire. *Va-t-en*. Ce fut la dernière chose qu'il vit ou entendit avant de tourner le dos à la scène et de monter l'escalier quatre à quatre, courant avec des jambes de plomb, comme quelqu'un qui fuit dans un rêve.

Hora duodecima

18 h 48

Juste avant l'éruption, on note une augmentation nette des rapports S/C, SO₂/CO₂, S/Cl, ainsi que de la teneur totale en HCl... Une nette augmentation des proportions des composantes du manteau indique souvent que du magma est remonté dans un volcan endormi et qu'il convient de s'attendre à une éruption.

Volcanologie *(deuxième édition)*

Un aqueduc était l'œuvre de l'Homme, mais il obéissait aussi aux lois de la Nature. Les ingénieurs pouvaient capturer une source et la détourner de son lit, mais une fois qu'elle avait commencé à jaillir, elle coulait, inéluctable, implacable, à la vitesse moyenne de deux milles et demi à l'heure, et Attilius ne pouvait rien faire pour l'empêcher de polluer l'eau de Misène.

Il lui restait encore le faible espoir que, pour une raison ou pour une autre, le soufre soit confiné à la villa Hortensia ; que l'écoulement se produise dans les canalisations situées sous la maison ; que la propriété d'Ampliatus ne soit qu'une poche fétide isolée dans la courbe magnifique de la baie.

Cet espoir ne dura que le temps qu'il lui fallut pour dévaler la colline jusqu'à la Piscina Mirabilis, tirer Corax de ses quartiers, où il disputait une partie d'osselets avec Musa et Becco en lui expliquant ce qu'il en était, et d'attendre impatiemment que le contremaître déverrouille la porte du réservoir. Là, cet espoir s'évapora complètement, chassé par la même puanteur qui l'avait assailli au-dessus de la conduite de la villa Hortensia.

— Quelle haleine de chien ! s'exclama Corax en soufflant avec dégoût. Ça doit s'accumuler depuis des heures.

— Deux heures.

— Deux heures ? répéta le contremaître sans parvenir à dissimuler sa satisfaction. Pendant que tu nous faisais perdre notre temps sur cette montagne ?

— Et si nous avions été ici, quelle différence ça aurait fait ?

Attilius descendit quelques marches, le revers de sa main pressé contre son nez. Le jour baissait. Hors de vue, derrière les piliers, il entendait l'aqueduc se déverser dans la citerne, mais sans sa puissance percutante habituelle, loin s'en fallait. Il ne s'était pas trompé aux bassins d'élevage : la pression chutait, rapidement.

Il cria à l'esclave grec, Polites, qui attendait en haut de l'escalier, qu'il avait besoin de certaines choses : une torche, un plan de la conduite principale de l'aqueduc et l'une des bouteilles à bouchon qu'ils gardaient au magasin pour faire des prélèvements. Polites s'exécuta aussitôt, et Attilius scruta la pénombre, heureux que le contremaître ne puisse voir son expression, car un homme correspondait toujours à son visage ; tel visage, tel homme.

— Tu travailles depuis combien de temps à l'Augusta, Corax ?

— Vingt ans.

— Ce genre de chose s'est-il déjà produit ?

— Jamais. Tu nous as apporté la poisse.

Se tenant au mur, Attilius descendit les dernières marches jusqu'au bord du bassin. Le bruit de l'eau tombant de la bouche de l'Augusta ainsi que l'odeur et la lumière mélancolique de cette fin de journée lui donnaient l'impression de descendre en enfer. Il y avait même une barque amarrée à ses pieds : de quoi lui faire traverser le Styx.

Il essaya d'en plaisanter, de masquer la panique qui s'emparait de lui.

— Tu peux être mon Charon, dit-il à Corax, mais je n'ai pas d'obole à te donner.

— Bon, eh bien, te voilà condamné à errer en enfer pour l'éternité.

C'était drôle. Attilius se frappa la poitrine du poing, comme toujours lorsqu'il réfléchissait, puis lança vers l'entrepôt :

— Polites ! Dépêche-toi !

— J'arrive, aquarius !

La mince silhouette de l'esclave se découpa dans l'encadrement de la porte, tenant une petite bougie et une torche qu'il s'empressa de remettre à Attilius. Celui-ci porta la mèche allumée au mélange d'étoupe et de poix. Il s'enflamma avec un *oumpf !* et une bouffée de chaleur graisseuse. Leurs ombres dansèrent sur les murs de béton.

Attilius monta prudemment dans la barque, tenant la torche bien haut, puis pivota pour prendre les plans roulés et le flacon. L'embarcation était légère et peu profonde, ne servant qu'à l'entretien du réservoir, et elle s'enfonça à ras bord quand Corax y monta à son tour.

Je dois combattre ma peur, se dit Attilius. Il faut que je sois le maître.

— Si une telle chose s'était produite pendant qu'Exomnius était là, qu'aurait-il fait ?

— Je n'en sais rien. Mais je peux te dire qu'il connaissait cette eau mieux que n'importe qui. Il aurait vu venir le problème.

— Peut-être qu'il l'a vu venir et que c'est pour ça qu'il est parti.

— Exomnius n'était pas un lâche. Il n'est parti nulle part.

— Alors où est-il, Corax ?

— Je te l'ai dit cent fois, joli cœur : je ne sais pas.

Le contremaître se pencha pour défaire la corde de l'anneau d'amarrage et les pousser loin de l'escalier, puis s'assit en face d'Attilius et prit les rames. À la lueur de la torche, il avait le visage basané, l'air fourbe et il faisait plus âgé que ses quarante ans. Il avait une femme et toute une nichée d'enfants entassés dans un appartement en face du réservoir. Attilius se demanda pourquoi Corax le détestait tant. Était-ce simplement parce qu'il avait convoité le poste d'aquarius pour lui-même et prenait mal l'arrivée d'un homme plus jeune envoyé par Rome ? Ou y avait-il quelque chose d'autre ?

Il demanda à Corax de les emmener au centre de la Piscina, puis, lorsqu'ils l'eurent atteint, lui tendit la torche, ouvrit le flacon et roula les manches de sa tunique. Combien de fois n'avait-il pas vu son père faire ceci, dans le réservoir souterrain de la Claudia ou de l'Anio Novus, sur l'Esquilin ? Le vieil homme lui avait montré que chaque matrice avait son goût propre, aussi différent des autres qu'un millésime peut l'être pour les vins. L'Aqua Marcia était la plus douce au palais et provenait des trois sources claires de la rivière

Anio ; l'Aqua Alsietina la plus mauvaise, charriant une eau de lac impure convenant uniquement à l'arrosage des jardins ; l'Aqua Julia, douce et légèrement tiède ; et ainsi de suite. Un bon aquarius, disait son père, ne devait pas seulement connaître les lois immuables de l'architecture et de l'hydraulique – il devait aussi avoir le palais, le nez et les doigts formés à sentir l'eau, mais aussi les pierres et le terrain qu'elle avait rencontrés avant d'atteindre la surface. De cette aptitude pouvaient dépendre des vies humaines.

Une image de son père lui traversa l'esprit. Tué avant même d'avoir cinquante ans par le plomb sur lequel il avait travaillé toute sa vie, il avait laissé à Attilius encore adolescent la charge de chef de famille. Il n'était à la fin plus que l'ombre de lui-même, simple suaire de peau blanche tendu sur des os saillants.

Son père aurait su quoi faire.

Tenant le flacon renversé à la verticale de l'eau, Attilius se pencha par-dessus bord et le plongea le plus profondément possible avant de le retourner, laissant l'air s'échapper en une chaîne de bulles. Puis il le reboucha et le remonta à la surface.

Il se rassit dans le bateau, déboucha la bouteille et la fit passer sous son nez à plusieurs reprises. Il prit ensuite une gorgée d'eau, s'en gargarisa et l'avala. Amère, mais buvable, tout juste. Il passa le flacon à Corax, qui l'échangea contre la torche et le vida d'un seul trait avant de s'essuyer la bouche d'un revers de la main.

— Ça pourrait aller, commenta-t-il, en la mélangeant avec assez de vin.

La barque heurta un pilier, et Attilius remarqua la ligne de plus en plus large entre le mortier sec et mouillé – une ligne nette déjà un pied au-dessus de la surface de l'eau. Le réservoir se vidait plus vite que l'Augusta ne pouvait le remplir.

La panique, à nouveau. *Repousse-la*.

— Quelle est la capacité de la Piscina ?

— Deux cent quatre-vingts quinariae.

Attilius monta la torche vers le plafond, qui disparaissait dans l'obscurité à une quinzaine de pieds au-dessus d'eux. Cela signifiait que l'eau arrivait peut-être à trente-cinq pieds de profondeur, avec le réservoir plein aux deux tiers. Supposons qu'il contienne à présent deux cents quinariae. À Rome, on travaillait en comptant qu'il fallait environ un quinaria pour deux cents personnes. À Misène, la garnison de la flotte était forte de dix mille hommes, auxquels s'ajoutaient une dizaine de milliers de civils.

Le calcul était simple.

Ils avaient de l'eau pour deux jours. À supposer qu'ils puissent rationner le flux à peut-être une heure à l'aube et une heure au crépuscule. Et à supposer que la concentration de soufre fût aussi faible au fond de la Piscina qu'elle l'était près de la surface. Il essaya de réfléchir. Dans les sources naturelles, le soufre était chaud et montait à la surface. Mais lorsqu'il avait refroidi à la même température que l'eau, que devenait-il ? Se dispersait-il ? Flottait-il ou au contraire tombait-il au fond ?

Attilius regarda vers la partie nord de la citerne, là où débouchait l'Augusta.

— Il faut vérifier la pression.

Corax se remit à ramer avec force, les conduisant adroitement vers la chute d'eau parmi le labyrinthe de piliers. Attilius tenait la torche d'une main tout en déroulant les plans de l'autre, les aplatissant du bras sur ses genoux.

Dans toute la partie occidentale de la baie, de Néapolis à Cumes, le sol contenait du soufre – cela, il le savait. Des blocs de soufre d'un vert translucide étaient extraits des mines des monts Leucogaei, à deux milles au nord de la canalisation principale de l'aqueduc. Et puis il y avait des sources chaudes d'eau soufrée autour de Baïes, où les convalescents venaient de tous les coins de l'empire. Il y avait un bassin appelé Posidian, du nom d'un homme libéré par Claudius, qui était assez chaud pour y faire cuire de la viande. Il arrivait même que la mer exhale parfois des vapeurs de soufre aux abords de Baïes, les malades s'allongeant alors dans les eaux peu profondes dans l'espoir d'y trouver un soulagement. Ce devait être quelque part dans cette région fumante – là où Sibylle avait son antre et que des fosses brûlantes donnaient accès aux enfers – que l'Augusta avait dû être pollué.

Ils étaient arrivés au tunnel de l'aqueduc. Corax laissa l'embarcation glisser un moment, puis donna quelques coups de rames précis dans le sens opposé, les immobilisant exactement au pied d'un pilier. Attilius posa ses plans de côté et leva sa torche. La lumière éclaira le vert émeraude de la pourriture, puis la tête gigantesque d'un Neptune taillée dans la pierre et de la bouche duquel l'Augusta jaillissait habituellement en torrent d'un noir d'encre. Or, même durant le simple moment qu'il avait fallu pour ramer depuis l'escalier, le flot s'était réduit. Ce n'était à présent guère plus qu'un filet d'eau.

Corax émit un petit sifflement.

— Je ne pensais pas voir un jour l'Augusta asséché. Tu avais raison de t'inquiéter, joli cœur, dit-il en regardant Attilius avec, pour la première fois, une expression de peur sur le visage. Sous quelles étoiles es-tu donc né pour nous apporter ceci ?

L'ingénieur avait du mal à respirer. Il pressa à nouveau la main contre son nez et promena la torche au-dessus de la surface de l'eau. Le reflet de la lumière sur l'eau encore noire suggéra un brasier dans les profondeurs.

C'est impossible, songea-t-il. Les aqueducs ne se bouchent pas – pas comme ça, en quelques heures. Les matrices étaient constituées de murs de brique rendus étanches par plusieurs couches de mortier hydraulique et par un coffrage de moellons épais d'un pied et demi. Les problèmes habituels – défauts de structure, fuites, dépôts de calcaire qui rétrécissaient les conduites – mettaient des mois, parfois même des années à se produire. L'Aqua Claudia avait mis toute une décennie à se tarir peu à peu.

Ses pensées furent interrompues par un appel de l'esclave Polites :

— Aquarius !

Il se tourna à demi. Il ne pouvait voir les marches à cause des piliers, qui se dressaient comme les chênes pétrifiés d'un marais ténébreux et nauséabond.

— Que se passe-t-il ?

— Il y a un cavalier dans la cour, aquarius ! Il vient nous dire que l'aqueduc ne fonctionne plus !

— On peut le voir par nous-mêmes, pauvre imbécile de Grec, marmonna Corax.

— D'où vient-il ? s'enquit Attilius en reprenant les plans.

Il s'attendait à ce que l'esclave lui réponde Baïes ou Cumes. Au pire, Putéoles. Néapolis aurait été un désastre. Mais la réponse lui porta comme un coup à l'estomac :

— Nola !

Le messager était tellement recouvert de poussière qu'il ressemblait davantage à un spectre qu'à un homme. Alors même qu'il délivrait son message –

l'eau avait fait défaut dans le réservoir de Nola à l'aube, et la coupure avait été précédée par une vive odeur de soufre qui avait commencé dès le milieu de la nuit – un nouveau martèlement de sabots se fit entendre sur la route au dehors, et un deuxième cheval pénétra dans l'enceinte de l'entrepôt.

Le cavalier sauta prestement de sa monture et tendit un rouleau de papyrus. Un message des édiles de Néapolis. Là-bas, l'Augusta n'avait plus donné d'eau depuis midi.

Attilius lut attentivement, s'efforçant de garder un visage impassible. Il y avait à présent tout un rassemblement dans la cour. Deux chevaux, deux cavaliers, toute l'équipe des ouvriers de l'aqueduc qui avaient abandonné leur dîner pour venir aux nouvelles. Le remue-ménage commençait à attirer l'attention des passants et des boutiquiers du coin.

— Eh, fontainier, appela le propriétaire de la gargote d'en face, que se passe-t-il ?

Il ne faudrait pas grand-chose, se dit Attilius – un simple petit souffle de vent – pour que la panique se répande comme un feu de colline. Lui-même en sentait une nouvelle étincelle brûler en lui. Il ordonna à deux esclaves de fermer le portail de l'entrepôt et demanda à Polites de veiller à ce que les deux messagers eussent à boire et à manger.

— Musa, Becco... trouvez une charrette et chargez-la. De la chaux vive, du putéolanum, des outils – tout ce dont nous pourrions avoir besoin pour réparer la matrice. Autant que ce que peuvent tirer deux bœufs.

Les deux hommes s'interrogèrent du regard.

— Mais nous ne savons pas d'où vient le problème, objecta Musa. Notre charrette ne suffira peut-être pas.

— Eh bien nous nous procurerons du matériel supplémentaire en traversant Nola.

Il se dirigea alors vers son bureau, le messager de Nola sur ses talons.

— Qu'est-ce que je vais dire aux édiles ? questionna le cavalier, à peine sorti de l'adolescence – le creux de ses yeux était la seule partie de son visage à n'être pas recouverte de poussière, et ses deux globes rougis accentuaient encore son air effrayé. Les prêtres veulent offrir un sacrifice à Neptune. Ils disent que le soufre est un présage terrible.

— Dis-leur que nous sommes déjà au courant du problème, répondit Attilius en faisant un geste vague avec les plans. Dis-leur que nous sommes en train d'organiser les réparations.

Il s'engouffra dans la petite pièce par l'entrée basse. Exomnius avait laissé les archives de l'Augusta dans le plus grand désordre. Contrats de vente, reçus et factures, billets à ordre, conditions et avis juridiques, rapports d'ingénieurs et inventaires d'entrepôt, lettres du département du curator aquarium et ordres du commandant de la flotte à Misène – certains remontant à vingt ou trente ans – sortis des coffres et répandus sur la table et le sol de mortier. Attilius balaya la table d'un coup de coude et déroula les plans.

Nola ! Comment était-ce possible ? Nola était une grande ville à trente milles à l'est de Misène, loin des champs de soufre. Il se servit de son pouce pour déterminer les distances. Avec une charrette et des bœufs, il ne leur faudrait pas moins de deux jours pour y arriver. La carte lui montrait aussi explicitement qu'un tableau comment la calamité avait dû se répandre tandis que la matrice se vidait avec une précision mathématique. Il retraça le chemin avec son doigt, remuant silencieusement les lèvres. Deux milles et demi par heure ! Si Nola n'avait plus d'eau depuis l'aube, Acerres et Atella avaient dû suivre en milieu de matinée. Si Néapolis, à douze milles de Misène le long de la côte, n'avait plus d'eau non plus depuis midi, Putéoles avait dû subir le même sort vers la huitième heure, Cumes à la neuvième et Baïes à la dixième ; et voilà que maintenant, inévitablement, leur tour venait à la douzième heure.

Huit villes sans eau. Seule Pompéi, à quelques milles en amont de Nola, semblait pour le moment ne pas être touchée. Mais même ainsi, cela faisait déjà plus de deux cent mille personnes privées d'eau.

Il eut conscience de l'entrée qui s'obscurcissait derrière lui, de Corax qui s'approcha et s'appuya contre le chambranle de la porte pour l'observer.

Il roula les plans et les coinça sous son bras.

— Donne-moi la clé des vannes.

— Pour quoi faire ?

— N'est-ce pas évident ? Je vais fermer le réservoir.

— Mais c'est l'eau de la marine. Tu ne peux pas faire ça. Pas sans l'autorisation de l'amiral.

— Eh bien va chercher l'autorisation de l'amiral ! Je ferme les vannes, annonça Attilius alors que, pour la seconde fois de la journée, leurs visages n'étaient plus qu'à une main de distance. Écoute-moi, Corax. La Piscina Mirabilis est une réserve stratégique. C'est compris ? Elle est là pour ça – pour être fermée en cas d'urgence – et chaque instant que nous perdons à discuter nous fait gaspiller de l'eau. Alors donne-moi cette clé, maintenant, ou tu auras à en répondre devant Rome.

— Très bien, fais comme tu veux, joli cœur, dit Corax en prenant la clé à l'anneau de sa ceinture sans quitter Attilius du regard. Je vais aller voir l'amiral et je vais lui raconter ce qui se passe. Et alors on verra bien qui aura à répondre de ça.

Attilius saisit la clé et sortit en passant devant Corax.

— Polites, lança-t-il à l'esclave le plus proche.

Ferme le portail derrière moi. Personne ne devra entrer sans ma permission !

— Bien, aquarius.

Il y avait toujours un petit rassemblement de curieux dans la rue, mais ils s'écartèrent pour le laisser passer. Il ne prêta pas attention à leurs questions. Il prit à gauche, puis à gauche encore, et descendit une volée de marches raides. L'orgue hydraulique jouait toujours dans le lointain. Du linge séchait au-dessus de sa tête, suspendu entre les murs. Les gens se retournaient sur lui lorsqu'il les bousculait. Une prostituée en robe safran, de dix ans plus âgée que la plupart, s'accrocha à son bras et ne le lâcha que lorsqu'il eut puisé deux pièces de cuivre dans sa bourse. Il la vit alors fendre la cohue pour aller les remettre à un gros Cappadocien – son maître, visiblement – et il s'éloigna en se reprochant sa crédulité.

Le bâtiment qui abritait les vannes était un petit cube de brique rouge, à peine plus haut qu'un homme. Une statue d'Égérie, déesse des sources, se dressait dans une niche, près de la porte. Il y avait à ses pieds quelques tiges de fleurs fanées et des morceaux de pain et de fruits moisis, offrandes laissées par des femmes enceintes pour qu'Égérie, conseillère de Numa, Prince de la Paix, les aide à accoucher le moment venu. Encore une sotte superstition. Un gaspillage de nourriture.

Il tourna la clé dans la serrure et tira avec emportement la lourde porte de bois.

Attilius se trouvait à présent au niveau du fond de la Piscina Mirabilis. Avec la pression, l'eau du réservoir se déversait dans un tunnel ménagé dans la paroi, franchissait une grille de bronze, bouillonnait dans le canal découvert à ses pieds et était distribuée dans les trois conduites qui se déployaient sous les dalles, derrière lui, pour alimenter le port et la ville de Misène. Le débit était contrôlé par une vanne, dans l'alignement du mur, commandée par une poignée en bois, elle-même reliée à une roue métallique. Elle était grippée par le manque d'usage, et l'aquarius dut la cogner avec le bas de la paume pour la décoincer. Puis il s'arc-bouta de toutes ses forces contre la poignée et finit par la faire tourner. Il la poussa aussi loin que possible, et la vanne se mit à descendre, grinçant comme une herse, réduisant peu à peu le flot jusqu'à le tarir complètement, ne laissant plus qu'une odeur de terre mouillée.

Il ne subsistait plus qu'une flaque dans le canal de pierre, et elle s'évaporait si rapidement dans la chaleur ambiante qu'il la voyait rétrécir. Il se baissa pour tremper les doigts dans la flaque puis les porta à ses lèvres. Aucun goût de soufre.

Et voilà ! pensa-t-il. Il venait de priver la marine de son eau, en pleine sécheresse et sans autorisation alors qu'il n'avait ce poste que depuis trois jours. Des hommes étaient dégradés et punis pour moins que ça. Il lui vint à l'esprit qu'il avait été stupide de laisser Corax parler en premier à l'amiral. Il ne manquerait pas d'y avoir une commission d'enquête. Même maintenant, le contremaître ferait tout pour lui faire porter le chapeau.

Il referma la porte des vannes et jeta un coup d'œil des deux côtés de la rue animée. Personne ne faisait attention à lui. Personne ne savait ce qui allait se passer. Il se sentit investi d'un secret immense, et ce savoir le rendait furtif. Il prit une ruelle étroite pour gagner le port, rasant les murs, les yeux baissés, évitant le regard des gens.

La villa de l'amiral se trouvait de l'autre côté de Misène et, pour y arriver, l'ingénieur dut parcourir près d'un demi-mille, marchant la plupart du temps, mais se mettant parfois à courir dans des accès de panique, sur la chaussée étroite et par le pont de bois mobile qui séparait les deux ports naturels de la flotte.

On l'avait prévenu au sujet de l'amiral avant son départ de Rome.

— Le commandant en chef est Caius Plinius, lui avait dit le curator aquarium. Pline. Vous le rencontrerez tôt ou tard. Il croit savoir tout sur tout. C'est peut-être vrai. Il faudra aller dans son sens. Vous devriez jeter un coup d'œil à son dernier ouvrage, *Histoire naturelle*. Tout ce qu'on peut savoir sur Mère Nature en trente-sept volumes.

Il y en avait un exemplaire à la bibliothèque publique du Portique d'Octavia. L'ingénieur n'avait pas eu le temps d'aller au-delà de la table des matières.

« *Le monde est-il fini, est-il un ? ; De sa forme ; De son mouvement ; Des éclipses de la lune et du soleil ; Pourquoi la foudre a-t-elle été assignée à Jupiter ? ; Des astres : considérations musicales ; Prodiges célestes puisés dans l'histoire. Poutres célestes, cieux entr'ouverts ; Des couleurs du ciel et flamme céleste ; Des couronnes célestes ; Des cercles formés soudainement ; Éclipses prolongées du soleil ; Des pierres qui tombent du ciel...* »

Il y avait d'autres livres de Pline à la bibliothèque. Six volumes qui traitaient de la formation d'un jeune orateur. Huit sur la grammaire. Vingt volumes sur l'histoire des guerres de Germanie, auxquelles il avait participé en commandant une aile de la cavalerie. Trente volumes sur l'histoire contemporaine de l'empire, qu'il avait servi en tant que procurateur financier en Espagne et en Gaule Belgique. Attilius se demanda comment il réussissait à écrire autant tout en montant si haut dans l'administration impériale.

— Parce qu'il n'a pas de femme, avait déclaré le curator, riant à sa propre plaisanterie. Et parce qu'il ne dort pas non plus. Fais attention à ne pas te faire prendre en défaut par lui.

Le ciel était empourpré par le soleil couchant, et, à droite d'Attilius, la grande lagune où l'on construisait et réparait les bateaux de guerre était désertée pour la nuit ; quelques oiseaux de mer lançaient des cris sinistres dans les roseaux. Sur sa gauche, dans le port extérieur, un transporteur de passagers approchait dans la lumière dorée, toutes voiles carguées, une douzaine de paires d'avirons s'enfonçant lentement, à l'unisson, de part et d'autre de la coque qui louvoyait entre les trirèmes de la flotte impériale mouillées là. Il était trop tard pour qu'il s'agisse de la ligne du soir en provenance d'Ostie, ce qui signifiait que c'était sûrement une liaison locale. Le poids des passagers entassés sur le pont enfonçait profondément l'embarcation dans l'eau.

« Pluies de lait, de sang, de chair, de fer, de laine, de brique cuite ; Choses merveilleuses arrivées sur la terre ; La terre est au milieu du monde ; Des tremblements de terre ; Des ouvertures qui se forment dans la terre ; Signes d'un tremblement futur ; Merveilles réunies du feu et de l'eau : le malthe, le naphte, lieux où le feu brûle toujours ; Règle harmonique du monde... »

Il avançait plus vite que les conduites d'eau ne se vidaient, et, lorsqu'il passa devant l'arche triomphale qui marquait l'entrée du port, il constata que la grande fontaine publique agrémentant le carrefour coulait toujours. La foule du soir habituelle se pressait autour – marins qui rafraîchissaient leur tête embrumée, enfants en haillons qui hurlaient et s'aspergeaient, une file de femmes et d'esclaves qui attendaient, un pot en terre cuite sur la hanche ou l'épaule, de puiser de l'eau pour la nuit. Une statue de marbre d'Auguste le Divin, judicieusement édifiée près de l'intersection très fréquentée pour rappeler aux citoyens à qui ils devaient un tel bienfait, jetait un regard froid au-dessus de leurs têtes, figé dans une jeunesse perpétuelle.

Le transporteur surchargé s'était rangé le long du quai. Deux passerelles de débarquement, une à l'avant, l'autre à l'arrière, avaient été jetées, et les planches ployaient déjà sous le poids des passagers qui se pressaient pour descendre. Les bagages passaient de mains en mains, un propriétaire d'attelages de location, surpris par la rapidité de l'exode, ne cessait de courir pour secouer ses porteurs et les mettre debout. Attilius lui demanda depuis l'autre côté de la rue d'où venait le bateau, et ce dernier lui répondit par-dessus son épaule :

— Néapolis, l'ami... et avant ça, Pompéi.

Pompéi.

Sur le point de s'éloigner, Attilius se ravisa soudain. Curieux, pensa-t-il. Curieux qu'ils n'aient pas eu de nouvelles de Pompéi, la première ville sur la matrice. Il hésita, fit volte-face et alla à la rencontre des voyageurs.

— Quelqu'un se trouvait-il à Pompéi ce matin ? demanda-t-il en agitant ses plans roulés pour attirer l'attention. Quelqu'un se trouvait-il à Pompéi ce matin ?

Mais personne ne répondit. Les gens avaient soif après le voyage, ce qui n'était pas étonnant s'ils venaient de Néapolis, puisque l'eau y avait été coupée à partir de midi. Presque tous lui passèrent devant pour se précipiter à la fontaine, tous sauf un prêtre d'un certain âge, portant le chapeau conique et la crosse recourbée des augures, et qui marchait lentement, scrutant le ciel.

— J'étais à Néapolis cet après-midi, dit-il quand Attilius l'eut arrêté, mais ce matin, j'étais à Pompéi. Pourquoi ? Y a-t-il quelque chose que je puis faire pour toi, mon fils ? Ne sois pas timide, ajouta-t-il en baissant la voix, ses yeux chassieux prenant une expression rusée. Je suis expert dans l'interprétation de tous les phénomènes habituels – tonnerre, entrailles, comportement des oiseaux, manifestations anormales. Mes prix sont raisonnables.

— Puis-je te demander, saint père, dit l'ingénieur, quand tu as quitté Pompéi ?

— À l'aube.

— Les fontaines coulaient-elles encore ? Y avait-il de l'eau ?

Tant de choses dépendaient de cette réponse qu'Attilius craignait presque de l'entendre.

— Oui, il y avait de l'eau, répondit l'augure en plissant le front et en levant sa crosse dans le jour déclinant. Mais quand je suis arrivé à Néapolis, les rues étaient asséchées, et j'ai senti une odeur de soufre aux bains. C'est pour cela que j'ai décidé de reprendre le bateau pour venir ici, dit-il en plissant les yeux pour regarder le ciel, à la recherche d'oiseaux. Le soufre est un très mauvais présage.

— C'est vrai, reconnut Attilius. Mais tu es bien sûr ? Il y avait vraiment de l'eau qui coulait ?

— Oui, mon fils, j'en suis sûr.

Il y eut de l'agitation autour de la fontaine, et les deux hommes se retournèrent pour voir ce qui se passait. Ce ne fut au départ pas grand-chose, juste un peu de bousculade, mais on en vint bientôt aux coups. La foule parut se contracter, se précipiter sur elle-même et devenir plus dense. Un grand pot de terre finit par voler dans les airs, tournoya lentement puis atterrit sur le quai, se brisant en mille morceaux. Une femme cria.

Se faufilant entre les dos, en bordure de la foule, un homme en tunique grecque surgit en tenant une outre serrée contre sa poitrine. Il avait du sang qui coulait d'une blessure à la tempe. Il tomba, se releva et s'éloigna en trébuchant pour disparaître dans une ruelle.

Ça commence, pensa l'ingénieur. D'abord cette fontaine, puis toutes celles qui se trouvent le long du port et enfin le grand bassin du forum. Ensuite, ce seront les bains publics et les robinets de l'école militaire et des grandes villas – il ne sortira plus rien d'autre des conduites vides que le bruit métallique du plomb qui vibre et le sifflement de l'air dans les tuyaux...

L'orgue hydraulique, resté coincé sur une note, dans le lointain, mourut sur une longue plainte.

Quelqu'un hurla que c'étaient ces salauds de Néapolis qui avaient tout pris pour eux et, comme si elle formait une entité répondant à un seul cerveau et à une même impulsion, la foule se mit à dévaler la rue étroite. L'émeute s'était terminée aussi brusquement qu'elle avait commencé, laissant derrière elle un décor de pots fracassés et abandonnés, ainsi que deux femmes accroupies dans la poussière, les mains pressées sur la tête pour se protéger, tout près de la margelle de la fontaine silencieuse

Vespera

20 h 07

> *Des tremblements de terre peuvent se pro-*
> *duire en masses dans des régions où les*
> *contraintes sont particulièrement intenses*
> *– comme en cas de failles proches – et*
> *dans la proximité immédiate de magma*
> *connaissant des changements de pression.*

Haraldur Sigurdsson (sous la direction de)
Encyclopaedia of Volcanoes

La résidence officielle de l'amiral se trouvait assez haut sur la colline dominant le port, et, le temps qu'Attilius y arrive et soit conduit sur la terrasse, il faisait nuit. Tout autour de la baie, dans les villas du bord de mer, on allumait torches, lampes à huile et braseros, de sorte que, peu à peu, une ligne brisée de lumières jaunes commençait à apparaître, tremblotant sur des milles et des milles en suivant la courbe de la côte avant de se fondre dans la brume violacée en direction de Caprée.

Un centurion de la marine en pectoral et casque à cimier, une épée se balançant à sa ceinture, partit d'un pas vif au moment où l'ingénieur arrivait. Sous la treille d'une pergola, on débarrassait les restes d'un grand repas d'une table de pierre. Attilius ne vit pas l'amiral tout de suite, mais à l'instant où l'esclave l'annonça, « Marcus Attilius Primus, aquarius de l'Aqua Augusta ! », un homme massif d'environ cinquante-cinq ans se retourna au bout de la terrasse et s'approcha de lui en se dandinant, suivi par plusieurs personnages qu'Attilius supposa être les invités de son dîner inter-rompu : quatre hommes en train de transpirer dans leur toge, dont un au moins, à en juger par la bande pourpre de son habit de fonction, était un sénateur. Derrière eux – obséquieux, malveillant, inévitable – il y avait Corax.

Attilius s'était pour quelque obscure raison imaginé que le célèbre savant serait mince, mais Pline était gros, le ventre aussi proéminent qu'une figure de proue sur l'un de ses navires de guerre. Il se tamponnait le front avec sa serviette.

— Faut-il que je te fasse arrêter dès maintenant, aquarius ? Je le pourrais, et tu le sais déjà, de toute évidence.

Il avait une voix d'homme gros, haut perchée et sif-flante, de plus en plus étranglée à mesure qu'il dénom-brait les charges sur ses doigts boudinés.

— Incompétence, pour commencer – qui pourrait en douter ? Négligence – où étais-tu quand le soufre a pollué l'eau ? Insubordination – quelle autorité avais-tu pour fermer notre alimentation ? Trahison – oui, je pourrais arriver à prouver que tu t'es rendu coupable de trahison. Que dirais-tu d'avoir fomenté la rébellion dans le port impérial ? J'ai dû envoyer une centurie de soldats de la marine – cinquante soldats en ville pour briser quelques têtes et essayer de restaurer l'ordre public, et cinquante autres à la citerne, pour garder ce qui reste d'eau. Trahison...

Il s'interrompit, à bout de souffle. Avec ses joues rebondies, ses lèvres retroussées, et ses maigres boucles grises collées à son crâne par la transpiration, il évoquait un vieux chérubin en colère, tombé de quelque plafond peint et écaillé. Le plus jeune de ses hôtes, un garçon boutonneux pas encore sorti de l'adolescence, s'avança pour lui soutenir le bras, mais Pline le repoussa d'un geste. À l'arrière du groupe, Corax sourit, montrant une pleine bouche de dents noirâtres. Il s'était montré plus efficace encore à répandre son poison qu'Attilius ne l'avait escompté. Quel fin politique ! Il pourrait probablement en remontrer au sénateur.

Attilius remarqua qu'une étoile avait surgi au-dessus du Vésuve. Il n'avait jamais bien regardé la montagne auparavant, et en tout cas jamais sous cet angle. Le ciel était sombre, mais la montagne l'était plus encore, presque noire, dressant massivement son sommet pointu au-dessus de la baie. C'était là que se trouvait la source du problème, pensa-t-il. Quelque part par là, sur cette montagne. Pas du côté de la mer, non, mais du côté continental, sur la pente nord-est.

— Qui es-tu, de toute façon ? finit par émettre Pline d'une voix rauque. Je ne te connais pas. Tu es bien trop jeune. Qu'est devenu l'aquarius en titre ? Comment s'appelait-il, déjà ?

— Exomnius, répondit Corax.

— Exomnius, c'est cela. Où est-il ? Et à quoi Acilius Aviola joue-t-il, en nous envoyant des enfants pour faire un travail d'homme ? Eh bien ? Parle ! Qu'as-tu à dire pour ta défense ?

Derrière l'amiral, le Vésuve formait une pyramide naturelle parfaite, avec comme une fine couche de lumière en provenance des villas du bord de mer disposées à sa base. En deux endroits, le contour formait une légère protubérance, là où, devina l'ingénieur, devaient se trouver des villes. La plus proche devait être Herculanum. La plus lointaine, Pompéi. Attilius se redressa et déclara :

— J'ai besoin d'emprunter un bateau.

Il étala la carte sur la table de la bibliothèque de Pline, et en maintint les deux bords avec deux blocs de magnétite qu'il prit dans une vitrine. Un vieil esclave traînait des pieds derrière le dos de l'amiral pour allumer un candélabre de bronze ouvragé. Les murs étaient bordés de meubles de cèdre bourrés de rouleaux de papyrus rangés de front dans des alvéoles poussiéreux et, malgré les portes grandes ouvertes sur la terrasse, aucune brise ne venait de la mer pour dissiper la chaleur. Les filets de fumée grasse et noire s'élevaient tout droit des chandelles. Attilius sentait la sueur lui dévaler les flancs, le chatouillant comme des insectes rampants.

— Dis aux dames que nous les rejoindrons directement, indiqua l'amiral à l'esclave avant de faire signe à l'ingénieur. C'est bon. Nous t'écoutons.

Attilius parcourut les visages de l'assistance, tendus à la lumière du candélabre. On lui avait dit leurs noms avant qu'ils ne prennent place, et il voulait être sûr de les avoir retenus : Pedius Cascus, vieux sénateur qui, se rappelait-il vaguement, avait été consul des années auparavant et possédait une grande villa sur la côte, à Herculanum ; Pomponianus, vieux compagnon d'armes de Pline, venu dîner en bateau de sa villa de Stabies ; et Antius, capitaine du vaisseau amiral de la flotte impériale, le *Victoria*. Le jeune boutonneux était le neveu de Pline, Caius Plinius Caecilius Secundus.

Il posa un doigt sur la carte, et tous se penchèrent en avant, même Corax.

— C'est d'ici que je pensais au départ que provenait la panne, amiral. Ici, dans les champs de feu autour de Cumes, ce qui aurait expliqué le soufre. Mais alors, nous avons appris que l'alimentation avait été coupée aussi à Nola – ici, à l'est. Ça s'est passé à l'aube. L'heure est cruciale parce que, selon un témoin, qui se trouvait à Pompéi aux premières lueurs du jour, les fontaines y coulaient encore à cette heure-là. Comme vous voyez sur la carte, Pompéi se trouve en amont sur la matrice par rapport à Nola, alors, en toute logique, Pompéi aurait dû ne plus avoir d'eau depuis le milieu de la nuit. Le fait que cela n'ait pas été le cas ne peut signifier qu'une chose : la panne s'est produite par ici – il entoura l'endroit –, quelque part sur cette portion de vingt-cinq milles, là où l'aqueduc est le plus près du Vésuve.

Pline fronça les sourcils en regardant la carte.

— Mais pourquoi un bateau ? À quoi va-t-il servir ?

— Je pense qu'il nous reste de l'eau pour environ deux jours. Si nous partons de Misène par la terre pour tenter de découvrir ce qui a pu se passer, il nous faudra au moins tout ce temps, ne serait-ce que pour trouver où la panne s'est produite. Mais si nous nous rendons à Pompéi par la mer – en voyageant légers et en prenant ce dont nous aurons besoin là-bas –, nous devrions pouvoir entamer des réparations dès demain.

— Dans le silence qui suivit, l'ingénieur entendait le bruit régulier de la clepsydre près des portes. Des moucherons qui tournoyaient autour des bougies s'étaient pris dans la cire.

— De combien d'hommes disposes-tu ? demanda Pline.

— Une cinquantaine en tout, mais la plupart sont

répartis le long de la matrice, pour l'entretien des citernes et réservoirs des villes. J'ai une douzaine d'hommes à Misène. Je vais en prendre la moitié avec moi et j'engagerai à Pompéi la main-d'œuvre dont nous aurons besoin.

— Nous pourrions mettre une liburne à sa disposition, amiral, intervint Antius. En partant à l'aube, nous pourrions être à Pompéi en milieu de matinée.

Cette simple suggestion parut affoler Corax.

— Avec tout le respect que je te dois, amiral, c'est encore une de ses sornettes et je ne ferais pas trop attention à tout ça. D'abord, j'aimerais bien savoir comment il peut être si sûr que l'eau coule toujours à Pompéi !

— En venant ici, j'ai croisé un homme sur le port, amiral. Un augure. Le transporteur local venait juste d'accoster. Il m'a dit qu'il était à Pompéi ce matin.

— Un augure ! se moqua Corax. Dommage qu'il n'ait pas prévu tout ça ! Mais bon, admettons qu'il dise la vérité. Disons que c'est là qu'est le problème. Je connais cette partie de la matrice mieux que n'importe qui – cinq milles de long, et pas un pied qui ne soit pas souterrain. Il nous faudra plus d'une journée ne serait-ce que pour localiser la fuite.

— Ce n'est pas vrai, objecta Attilius. Avec toute l'eau qui s'échappe de la matrice, un aveugle pourrait trouver la fuite.

— Mais avec toute l'eau qui engorgera le tunnel, comment on fera pour y descendre et le réparer ?

— Écoutez, dit l'ingénieur, une fois à Pompéi, nous nous séparerons en trois groupes.

Il n'avait pas vraiment réfléchi à tout cela auparavant, et il improvisait au fur et à mesure. Mais il sentait qu'Antius le soutenait, et l'amiral n'avait toujours pas levé les yeux de la carte.

— Le premier groupe suivra l'Augusta – remontera l'embranchement de Pompéi à sa jonction avec la matrice puis progressera vers l'ouest. Je puis vous assurer que repérer la fuite ne sera pas un grand problème. Le deuxième groupe restera à Pompéi et rassemblera les hommes et le matériel nécessaires à la réparation. Un troisième groupe partira dans la montagne et gagnera la source d'Abellinum, où ils devront fermer l'Augusta.

— C'est possible ? questionna le sénateur en levant vivement la tête. À Rome, quand il faut fermer un aqueduc pour effectuer des réparations, il doit rester fermé pendant des semaines.

— D'après les plans, oui, sénateur, c'est possible.

Attilius venait en fait tout juste de le constater, mais il se sentait inspiré à présent. L'opération prenait forme dans son esprit alors même qu'il la décrivait.

— Je n'ai jamais vu les sources du Serinus par moi-même, mais il semble, d'après ces plans, qu'elles s'écoulent dans un bassin qui se divise en deux canaux. Presque toute l'eau s'écoule vers l'ouest, pour nous alimenter. Mais il y a un canal plus petit qui part vers le nord, pour desservir Bénévent. Si nous envoyons toute l'eau vers le nord et que nous asséchons le canal ouest, nous pourrons pénétrer à l'intérieur pour effectuer les réparations. Nous n'aurons donc pas à construire de barrage temporaire pour procéder à une dérivation, comme nous sommes contraints de le faire avec les aqueducs de Rome avant même de pouvoir commencer la maintenance. Nous pourrons travailler beaucoup plus rapidement.

Le sénateur porta ses yeux tombants vers Corax.

— Est-ce vrai, contremaître ?

— Peut-être, concéda Corax à contrecœur, comme s'il se savait vaincu mais refusait de capituler sans combattre. Je maintiens cependant qu'il dit n'importe quoi, amiral, s'il pense que nous pouvons régler tout ça en un jour ou deux. Comme je l'ai dit, je connais ce tronçon. Nous avons déjà eu des problèmes là-bas il y a près d'une vingtaine d'années, à l'époque du grand tremblement de terre. Exomnius était tout jeune aquarius alors. Il venait d'arriver de Rome. C'était son premier poste et nous avons travaillé ensemble. C'est vrai, ça n'avait pas bloqué complètement la matrice, je peux vous l'accorder, mais il nous a quand même fallu des semaines pour réparer toutes les fissures du tunnel.

— Quel grand tremblement de terre ? demanda Attilius, qui n'en avait jamais entendu parler.

— Cela s'est produit il y a en fait dix-sept ans, clama le neveu de Pline, intervenant pour la première fois. Le tremblement de terre a eu lieu aux Nones de février, à l'époque où Régilus et Verginius étaient consuls. L'empereur Néron se trouvait à Néapolis. Il jouait sur scène à l'époque. Sénèque décrit fort bien l'incident. Tu dois avoir lu ça, mon oncle ? Le passage le plus intéressant est cité dans *Questions naturelles*. Tome six.

— Oui, Caius, merci, fit sèchement l'amiral. Je l'ai lu, même si, évidemment je te sais gré des références.

Il examina la carte et gonfla les joues. Puis il marmonna :

— Je me demande... Dromo ! appela-t-il soudain en se retournant sur son siège. Apporte-moi mon verre de vin, vite !

— Tu es malade, mon oncle ?

— Non, non, répondit Pline en posant le menton sur ses poings pour reporter son attention sur la carte. Ainsi c'est cela qui aurait endommagé l'Augusta. Un tremblement de terre ?

— S'il y en avait eu un, nous l'aurions senti, non ?

objecta Antius. Le dernier a détruit une bonne partie de Pompéi. Ils n'ont pas fini de reconstruire. La moitié de la ville est encore en chantier. Nous n'avons pas eu connaissance de quoi que ce soit de cette ampleur.

— Et pourtant, continua Pline, comme pour lui-même, c'est bien un temps à tremblement de terre. Une mer étale. Si peu d'air dans le ciel que les oiseaux peuvent à peine voler. En temps normal, nous pourrions nous attendre à un orage. Mais quand Saturne, Jupiter et Mars sont en conjonction avec le soleil, la Nature dispense parfois le tonnerre sous terre au lieu de le faire éclater en l'air. C'est à mon avis la définition d'un tremblement de terre – la foudre lancée de l'intérieur du monde.

L'esclave venait d'arriver de son pas traînant avec un plateau au milieu duquel trônait un grand gobelet en verre transparent aux trois quarts plein. Pline émit un grognement et porta le vin à la lumière.

— Du cécube, murmura Pomponianus, impressionné. Quarante ans d'âge et encore superbe au palais, reprit-il en se passant la langue sur ses grosses lèvres. J'en reprendrais bien un verre aussi, Pline.

— Dans un instant. Regardez.

Pline agita le vin d'avant en arrière devant l'assistance. Le liquide était épais et sirupeux, il avait la couleur du miel. Attilius respira son parfum capiteux de terre humide lorsque le verre passa sous son nez. Puis Pline le posa doucement sur la table.

— Et maintenant, regardez attentivement.

L'ingénieur ne vit pas tout de suite ce que l'amiral cherchait à montrer, mais, en regardant le verre de plus près, il s'aperçut que le vin vibrait légèrement. De petites ondes partaient de son centre, comme les vibrations d'une corde pincée. Pline reprit le verre, et le mouvement cessa ; il le reposa, et le mouvement reprit.

— J'ai remarqué cela pendant le dîner. Je me suis entraîné à me montrer vigilant aux choses de la Nature qui peuvent passer inaperçues aux yeux des autres. La vibration n'est pas continue. Voyez, maintenant : le vin ne bouge plus.

— C'est remarquable, Pline, commenta Pomponianus. Je te félicite. Je crains bien qu'une fois que j'ai un verre à la main, je ne le repose pas tant qu'il n'est pas vide.

Le sénateur semblait moins convaincu. Il croisa les bras et s'adossa à son siège, comme s'il s'était d'une certaine façon ridiculisé à regarder un tour enfantin.

— Je ne sais pas quelle signification il faut tirer de tout cela. Bon, la table tremble. Et alors ? Ce pourrait être n'importe quoi. Le vent...

— Il n'y a pas de vent.

— ... un pas pesant quelque part. Ou peut-être Pomponianus, là, qui caressait une dame sous la table.

Le rire brisa la tension. Pline fut le seul à ne pas sourire.

— Nous savons que ce monde, sur lequel nous nous tenons et qui nous paraît si stable, tourne en fait éternellement sur lui-même à une vitesse indescriptible. Et il est possible que cette masse projetée dans l'espace produise un son d'un tel volume qu'il n'est pas perceptible par l'oreille humaine. Les étoiles, là-haut, par exemple, sonneraient peut-être comme des clochettes si seulement nous pouvions les entendre. Serait-il possible que les dessins produits à l'intérieur de ce verre de vin soient l'expression physique de cette même harmonie céleste ?

— Pourquoi cela s'arrêterait-il avant de reprendre, alors ?

— Je n'ai pas de réponse, Cascus. Peut-être qu'à un moment, la terre glisse silencieusement, et qu'à d'autres moments, elle rencontre de la résistance. Il y a une école qui soutient que les vents ont pour origine le fait que la terre voyage dans une direction, et les étoiles dans une autre. Aquarius, qu'en penses-tu ?

— Je suis ingénieur, amiral, répondit Attilius avec tact, pas philosophe.

Il trouvait qu'ils perdaient du temps. Il pensa mentionner le comportement curieux de la vapeur, le matin même, sur le flanc de la montagne, mais préféra s'abstenir. Des étoiles qui sonnent ! Son pied martelait le sol avec impatience.

— Tout ce que je peux vous dire, c'est que la matrice d'un aqueduc est construite pour supporter les contraintes les plus extrêmes. Là où l'Augusta est souterraine, c'est-à-dire sur la majorité de sa longueur, elle atteint six pieds de haut et trois pieds de large, et elle repose sur un radier de mortier d'un pied et demi d'épaisseur, avec des murs de même dimension de chaque côté. La force qui a fissuré ça devait être très puissante.

— Plus puissante que la force qui agite mon vin ? demanda l'amiral avant de se tourner vers le sénateur. À moins que nous ne soyons pas du tout en présence d'un phénomène naturel. Auquel cas, qu'est-ce que c'est ? Un acte de sabotage délibéré, peut-être, pour atteindre la flotte ? Mais qui oserait ? Aucun ennemi étranger n'a pénétré dans cette partie de l'Italie depuis Hannibal.

— Et un sabotage expliquerait difficilement la présence de soufre.

— Du soufre, dit soudain Pomponianus, c'est bien ce qu'il y a dans la foudre, non ? Et qui lance la foudre ? – Il regarda autour de lui avec excitation – Jupiter ! Nous devrions sacrifier un bœuf blanc à Jupiter en tant que dieu du ciel, et demander aux auspices d'en examiner les entrailles. Ils nous diront quoi faire.

L'ingénieur se mit à rire.

— Qu'est-ce que cela a de si amusant ? demanda Pomponianus. C'est moins drôle que l'idée d'un monde qui volerait dans l'espace – ce qui, si je puis me permettre, Pline, soulève tout de même la question de savoir pourquoi nous ne tombons pas.

— C'est une excellente suggestion, mon ami, assura Pline pour l'amadouer. En tant qu'amiral, il se trouve que je suis aussi le premier prêtre de Misène, et je t'assure que si j'avais un bœuf blanc sous la main, je le tuerais sur-le-champ. Mais pour le moment, nous aurons sans doute besoin d'une solution plus pratique.

Il se carra sur son siège et s'essuya le visage avec sa serviette. Puis il la déplia et l'examina comme s'il pouvait y trouver un indice vital.

— Très bien, aquarius. Je vais te donner ton bateau. Antius, reprit-il en se tournant vers son capitaine, quelle est la liburne la plus rapide de la flotte ?

— Certainement la *Minerve*, amiral. C'est le navire de Torquatus. Il rentre tout juste de Ravenne.

— Qu'elle soit prête à partir à l'aube.

— Bien, amiral.

— Et je veux des avis placardés sur toutes les fontaines pour informer les citoyens que le rationnement est effectif. L'eau ne pourra couler que deux fois par jour, pendant une heure exactement, au lever et au coucher du soleil.

— Tu n'oublies pas que demain est jour férié, amiral ? C'est Vulcanalia, si tu t'en souviens ?

— Je sais parfaitement que c'est Vulcanalia.

C'est donc ça, pensa Attilius. Dans la précipitation de son départ de Rome et l'inquiétude causée par l'aqueduc, il avait complètement perdu la notion du temps. Le vingt-trois août, fête de Vulcain, le moment de jeter du poisson dans des brasiers, en sacrifice, pour apaiser le dieu du feu.

— Qu'en sera-t-il des bains publics ? insista Antius.

— Fermés jusqu'à nouvel ordre.

— Ça ne va pas leur plaire, amiral.

— Impossible de faire autrement. Nous nous sommes tous beaucoup trop ramollis, de toute façon. L'empire, reprit-il en regardant brièvement Pomponianus, n'a pas été bâti par des hommes qui traînaient aux bains toute la journée. Cela fera du bien à certains d'avoir une idée de ce qu'était la vie autrefois. Caius, prépare-moi une lettre à signer pour les édiles de Pompéi leur demandant de nous fournir tous les hommes et le matériel nécessaires à la réparation de l'aqueduc. Tu connais ce genre de choses. « Au nom de l'empereur Titus Caesar Vespanianus Augustus, et en accord avec l'autorité que m'ont conférée le Sénat et le peuple de Rome, bla-bla-bla »... de quoi les impressionner. Corax, il est clair que tu connais mieux que personne le terrain autour du Vésuve. C'est donc toi qui vas partir localiser la fuite pendant que l'aquarius préparera l'expédition d'intervention à Pompéi.

Le contremaître ferma la bouche avec consternation.

— Quel est le problème ? Tu n'es pas d'accord ?

— Non, amiral répondit Corax, dissimulant rapidement une inquiétude qui ne passa cependant pas inaperçue d'Attilius. Ça ne me gêne pas de chercher la fuite. Mais ne serait-il pas plus approprié que l'un de nous reste à la citerne pour superviser le rationnement...

Pline l'interrompit avec impatience :

— C'est la marine qui se chargera du rationnement. Il s'agit tout d'abord d'une question d'ordre public.

Corax parut un instant sur le point de discuter, mais il se contenta d'incliner la tête, la mine renfrognée.

Des voix féminines et un éclat de rire retentirent sur la terrasse.

Il ne veut pas que j'aille à Pompéi, se dit soudain Attilius. Tout son numéro de ce soir... c'était pour me tenir éloigné de Pompéi.

Une femme à la coiffure élaborée apparut dans l'embrasure de la porte. Elle devait avoir dans les soixante ans. Les perles qui ornaient sa gorge étaient les plus grosses qu'Attilius eût jamais vues. Elle fit de l'index signe au sénateur d'approcher.

— Cassius, chéri, combien de temps as-tu encore prévu de nous faire attendre ?

— Pardonne-nous, Rectina, dit Pline. Nous avons presque terminé. Quelqu'un a-t-il quelque chose à ajouter ? demanda-t-il en les regardant tous à tour de rôle. Non ? En ce cas, je me propose d'aller terminer mon dîner.

Il repoussa sa chaise et tout le monde se leva. Il avait le ventre tellement lesté qu'il eut du mal à se mettre debout. Caius lui offrit son bras, mais l'amiral le repoussa d'un geste. Il dut se balancer plusieurs fois afin de se donner assez d'élan, et l'effort qu'il lui fallut tout de même pour se redresser le laissa à bout de souffle. D'une main, il s'accrocha à la table, et de l'autre, voulut prendre son verre. Mais il se figea soudain, suspendant ses doigts tendus en l'air.

Le vin avait repris son imperceptible tremblement.

Il émit un petit sifflement.

— Je crois que je devrais quand même sacrifier ce bœuf blanc, Pomponianus. Et toi, dit-il à Attilius, tu me rendras mon eau d'ici deux jours. Sinon, ajouta-t-il, s'interrompant pour prendre son verre et boire une gorgée, croyez-moi, nous aurons tous besoin de la protection de Jupiter.

Nocte intempesta

23 h 22

Le mouvement du magma peut également troubler le niveau hydrostatique local, et l'on peut alors détecter des changements de débit et de température de la nappe phréatique.

Encyclopaedia of Volcanoes

Deux heures plus tard, incapable de dormir, étendu, nu, sur son étroit lit de bois, l'ingénieur attendait l'aube. La berceuse familière et martelée de l'aqueduc s'était tue, remplacée par la multitude des petits bruits de la nuit – le crissement des bottes des sentinelles dans la rue, le bruissement des souris dans les chevrons, la toux sèche de l'un des esclaves en bas, dans le baraquement. Il ferma les yeux, mais pour les rouvrir instantanément. Dans la panique de la crise, il était parvenu à oublier la vision du cadavre tiré du bassin des murènes, mais, dans l'obscurité, il se surprit à revivre toute la scène – le silence concentré sur le rivage ; le corps harponné et hissé à terre ; le sang ; les cris de la vieille femme ; le visage inquiet et les membres pâles de la jeune fille.

Trop épuisé pour dormir, il posa ses pieds nus sur le sol tiède. Une petite lampe à huile tremblotait sur la table de chevet. Sa lettre inachevée à sa famille était posée à côté. Il jugea inutile de la terminer à présent. Soit il réparerait l'Augusta, auquel cas sa mère et sa sœur l'apprendraient par lui à son retour. Soit elles entendraient de toute façon parler de lui lorsqu'il serait renvoyé à Rome, dans la disgrâce, pour affronter une commission d'enquête – un déshonneur pour le nom de la famille.

Attilius prit la lampe et la porta à l'étagère, au pied du lit, où il la posa au milieu d'un mausolée de figurines qui représentaient les esprits de ses ancêtres. Il s'agenouilla et saisit l'effigie de son arrière-grand-père. Le vieil homme avait-il pu compter au nombre des premiers ingénieurs à avoir travaillé sur l'Augusta ? Ce n'était pas impossible. Les archives du curator aquarium montraient qu'Agrippa avait envoyé une main-d'œuvre de quarante mille personnes, esclaves et légionnaires, et qu'il ne leur avait fallu que dix-huit mois pour construire l'aqueduc. C'était six années après que l'empereur eut fait creuser l'Aqua Julia, à Rome, et sept ans avant qu'il ne construisît le Virgo, et son arrière-grand-père avait sans doute participé aux deux. L'ingénieur était heureux d'imaginer qu'un autre Attilius avait pu descendre dans le Sud, dans ces terres torrides, avait pu même s'asseoir à cet endroit précis pendant que les esclaves creusaient la Piscina Mirabilis. Il sentit son courage s'affermir. Des hommes avaient construit l'Augusta ; des hommes le répareraient. *Il* le réparerait.

Puis venait son père.

Il reposa une figurine et en prit une autre, suivant tendrement le contour de la tête lisse avec son pouce.

Ton père était un homme brave ; assure-toi d'en être un aussi.

Il n'était encore qu'un nourrisson quand son père avait terminé l'Aqua Claudia, mais on lui avait tant de fois raconté le jour de sa consécration – comment, à quatre mois, le bébé qu'il était avait été passé pardessus les épaules des ingénieurs, dans la foule immense du mont Esquilin – qu'il avait parfois l'impression de s'en souvenir directement : le vieux Claudius, secoué de tics et bredouillant alors qu'il sacrifiait à Neptune, et puis l'eau surgissant dans le canal, comme par magie, au moment même où l'empereur avait levé la main vers le ciel. Mais tout cela n'avait rien à voir avec l'intervention des dieux, malgré les exclamations de l'assistance. C'était parce que son père avait connu les lois de la physique et avait ouvert les vannes dixhuit heures exactement avant l'heure prévue de l'apogée de la cérémonie, puis était revenu en ville à cheval, plus vite que l'eau ne pouvait le poursuivre.

Il contempla le morceau d'argile au creux de sa paume.

Et toi, père ? Es-tu jamais venu à Misène ? As-tu connu Exomnius ? Les aquarii de Rome formaient toujours une famille, aussi soudée qu'une cohorte, disait-on. Exomnius avait-il fait partie des ingénieurs présents sur l'Esquilin en ce jour de triomphe ? L'avait-il lui aussi pris dans ses bras ?

Il contempla la figurine un instant, puis l'embrassa et la reposa soigneusement parmi les autres.

Il s'accroupit.

D'abord, l'aquarius disparaissait, ensuite c'était l'eau. Plus Attilius y réfléchissait, plus il était convaincu qu'il y avait un lien entre les deux. Mais lequel ? Il regarda les murs grossièrement enduits de plâtre autour de lui. Aucun indice ici, c'était certain.

Aucune trace de la personnalité de l'homme ne subsistait dans cette cellule ordinaire. Et pourtant, d'après Corax, Exomnius avait eu la charge de l'Augusta pendant vingt ans.

Il reprit la lampe et sortit dans le couloir, abritant la flamme avec sa main. Puis il tira le rideau de la pièce d'en face et éclaira le réduit où étaient entreposées les affaires d'Exomnius. Deux coffres de bois, une paire de candélabres en bronze, une cape, des sandales, un pot de chambre. Ce n'était pas grand-chose pour une vie passée là. Il remarqua qu'aucun des coffres n'était fermé à clé.

Il jeta un coup d'œil vers la cage d'escalier, mais ne perçut que des ronflements en provenance du rez-de-chaussée. Sans lâcher la lampe, il souleva le couvercle du coffre le plus proche et se mit à fouiller dedans de sa main libre. Des vêtements – surtout de vieux vêtements – qui, lorsqu'il les remua, dégagèrent une forte odeur fétide de transpiration. Deux tuniques, des pagnes, une toge, soigneusement pliés. Il referma silencieusement le couvercle et ouvrit l'autre. Peu de chose également dans ce coffre-ci. Un strigile pour racler l'huile de la peau, aux bains. Une statuette humoristique de Priape doté d'un pénis monstrueux. Un gobelet en terre cuite destiné à lancer les dés, orné de pénis tout autour du bord. Les dés eux-mêmes. Quelques fioles de verre contenant diverses herbes et onguents. Deux assiettes. Une petite timbale de bronze, ternie à l'extrême.

Il fit rouler les dés aussi doucement que possible dans le gobelet prévu à cet effet et les lança. La chance était avec lui. Quatre six – le coup de Vénus. Il rejoua, et obtint un autre Vénus. Le troisième Vénus ne laissa plus aucun doute. Les dés étaient pipés.

Il écarta les dés et prit la timbale. Était-ce vraiment

92

du bronze ? À y regarder de plus près, il n'en était plus aussi sûr. Il la soupesa, la retourna, souffla son haleine dessus et en frotta le fond avec le pouce. Une traînée d'or apparut, ainsi qu'une partie de la lettre *P* gravée dedans. Il frotta à nouveau, élargissant peu à peu le rayon du métal brillant jusqu'à ce qu'il puisse déchiffrer toutes les initiales.

N. P. N. l. A.

Le *l* était là pour *libertus*, et indiquait que l'objet appartenait à un esclave affranchi.

Un esclave qui avait été libéré par un propriétaire dont le nom de famille commençait par un P, et qui était assez riche, et assez vulgaire, pour boire son vin dans une timbale en or.

Une voix s'éleva soudain dans sa tête, aussi claire que si la jeune femme s'était tenue à ses côtés.

« *Je suis Corelia Ampliata, fille de Numerus Popidius Ampliatus, propriétaire de la villa Hortensia...* »

Le clair de lune luisait sur les dalles noires et lisses de la ruelle, et découpait les contours des toits plats. Il faisait presque aussi chaud qu'en fin d'après-midi et la lune paraissait aussi vive que le soleil. Tout en gravissant les marches entre les maisons silencieuses aux volets clos, il revoyait la jeune fille filer devant lui – le mouvement de ses hanches sous la simple robe blanche.

« *Quelques centaines de pas... oui, mais chaque pas est en fait une marche à monter !* »

Il arriva à nouveau devant le haut mur d'enceinte de la vaste villa. Un chat gris se mit à courir et disparut de l'autre côté. Les dauphins de métal rutilant bondissaient et s'embrassaient au-dessus de la grille fermée par une chaîne. Il entendait la mer au loin clapoter contre le rivage, et le crissement des cigales. Il cogna contre les barreaux de fer et pressa son visage contre le fer tiède. La chambre du gardien était fermée à clé, les volets tirés. Il n'y avait nulle lumière nulle part.

Il se rappelait la réaction d'Ampliatus lorsqu'il s'était retourné vers la mer : « *Qu'est devenu Exomnius ? Mais Exomnius est toujours aquarius ?* » Il y avait eu de la surprise dans sa voix et, maintenant qu'il y réfléchissait, peut-être quelque chose de plus : de l'inquiétude.

— Corelia ! appela-t-il doucement. Corelia Ampliata !

Pas de réponse. Puis un murmure se fit entendre dans l'obscurité, si ténu qu'il faillit ne pas l'entendre.

— Partie.

Une voix de femme. Elle provenait de quelque part sur sa gauche. Il recula du portail et scruta l'ombre. Il ne put rien voir sinon un petit tas de chiffons empilé contre le mur. Il s'approcha et vit que les lambeaux d'étoffe remuaient légèrement. Un pied maigre en jaillissait, tel un os. C'était la mère de l'esclave mort. Il mit un genou par terre et toucha avec précaution la toile grossière de la robe. La femme frissonna, puis gémit et marmonna quelque chose. Il retira sa main. Ses doigts étaient poisseux de sang.

— Peux-tu te lever ?

— Partie, répéta-t-elle.

Il la redressa avec précaution pour l'asseoir, appuyée contre le mur. La tête enflée tomba en avant, et il vit que les cheveux emmêlés avaient laissé une marque humide sur la pierre. Elle avait été fouettée et sérieusement rossée, puis jetée à la rue pour mourir.

N. P. N. l. A. : *Numerus Popidius Numeriii libertus Ampliatus*, affranchi par la famille Popidii. Il fallait bien constater qu'il n'y avait pas de maîtres plus cruels que les anciens esclaves.

Il appuya doucement les doigts sur son cou pour s'assurer qu'elle était encore en vie. Puis il passa un bras sous le creux de ses genoux et, de l'autre, la prit par les épaules. Il ne lui fallut guère d'effort pour la soulever. Il n'y avait pas grand-chose d'autre que des haillons sur des os. Quelque part dans la rue, près du port, la garde de nuit annonça la cinquième division de la nuit :

— *Media noctis inclinatio.*

Minuit.

L'ingénieur se redressa et entreprit de descendre la colline alors que le jour de Mars se muait en jour de Mercure.

MERCURE

23 août
La veille de l'éruption

Diluculum

06 h 00

Avant l'an 79 de notre ère, un réservoir de magma s'était accumulé sous le volcan. Il n'est pas possible de déterminer à quelle époque cette chambre de magma a commencé à se former, mais elle avait atteint un volume d'au moins 3,6 kilomètres cubes, se trouvait à environ trois kilomètres sous la surface, et était de disposition stratifiée, avec du magma alcalin riche en éléments volatils (35 pour cent de SiO_2 et près de 10 pour cent de K_2O) recouvrant un magma légèrement plus dense, plus mafique.

Peter Francis, Volcanoes :
A Planetary Perspective

Au sommet du grand phare de pierre dissimulé par les récifs, au cap sud du golfe, les esclaves éteignaient les feux pour accueillir l'aube. Ce lieu était dit sacré. D'après Virgile, c'était là que gisait Misène, le messager des Troyens assassiné par le Dieu de la mer Triton, enterré avec ses rames et sa trompette.

Attilius regarda la lueur rouge s'estomper derrière le promontoire couronné d'arbres, tandis que, dans le port, les silhouettes des navires de guerre prenaient forme contre le ciel gris perle.

Il fit demi-tour et revint le long du quai vers l'endroit où les autres attendaient. Il distinguait enfin leurs visages – Musa, Becco, Corvinus, Polites – qui lui devenaient aussi familiers que ceux d'une famille. Pas trace de Corax encore.

— Neuf bordels ! disait Musa. Croyez-moi, pour s'envoyer en l'air, il n'y a pas mieux que Pompéi. Même Becco pourra se reposer un peu la main, pour une fois. Eh, aquarius ! appela-t-il alors qu'Attilius s'approchait. Dis à Becco qu'il pourra baiser, là-bas !

Le quai puait la merde et les déchets de poissons. Attilius vit un melon pourri et la carcasse gonflée, décolorée, d'un rat poussés par la mer à ses pieds, entre les piliers du quai. Tant pis pour les poètes ! Il eut le désir soudain de se trouver près de ces froides mers du Nord dont il avait entendu parler, l'Atlantique, peut-être, ou le Germanicum, une terre où une marée puissante balayait chaque jour le sable et les rochers ; un endroit plus sain que cette espèce de lac romain trop tiède.

— Du moment que nous réparons l'Augusta, Becco pourra bien se faire toutes les filles d'Italie si ça lui chante.

— Et voilà, Becco. Tu auras bientôt la pine aussi longue que ton nez...

Le navire promis par l'amiral était amarré devant eux : la *Minerve*, nommée d'après la déesse de la sagesse, dotée d'une chouette, symbole de sa déité, sculptée dans sa proue. Une liburne. Plus petite que les grandes trirèmes. Conçue pour la vitesse. Son étambot relevé se cabrait à la poupe pour revenir par-dessus le pont bas comme l'aiguillon d'un scorpion prêt à piquer. Elle était déserte.

— ... Cuculla et Zmyrina. Et puis il y a cette juive aux cheveux roux, Martha. Et une petite Grecque, si tu aimes ce genre de chose – la mère n'a pas plus de vingt ans...

— À quoi sert un navire sans équipage ? grogna Attilius.

Il s'impatientait déjà. Il ne pouvait se permettre de perdre une heure.

— Polites, sois un bon garçon et cours à la caserne pour voir ce qui se passe.

— ... Aegle et Maria...

Le jeune esclave se leva.

— Inutile, intervint Corvinus, et il fit un signe de tête vers l'entrée du port. Les voilà.

— Tes oreilles doivent être bien plus fines que les miennes, commenta Attilius.

Puis il les entendit aussi. Une centaine de paires de pieds arrivant au pas de course de l'école militaire. Lorsque la colonne traversa le pont de bois, le rythme soutenu devint un véritable tonnerre du cuir contre le bois, puis deux torches apparurent, et l'unité aborda la rue menant aux quais. Ils arrivèrent en rangs par cinq, menés par trois officiers portant cuirasse et casque à cimier. Au premier ordre, la colonne s'arrêta. Au second, elle se divisa, et les marins se dirigèrent vers le bateau. Personne ne parlait. Attilius s'écarta pour les laisser passer. Dans leur tunique sans manche, les épaules déformées et les bras terriblement musclés des rameurs semblaient avoir des proportions grotesques par rapport à la partie inférieure de leur corps.

— Regardez-les, fit le plus grand des officiers d'une voix traînante. La crème de la marine : des bœufs humains. Torquatus, se présenta-t-il en s'adressant à

Attilius, le poing levé pour le saluer, capitaine de la *Minerve*.

— Marcus Attilius. Ingénieur. Allons-y.

Il ne fallut pas longtemps pour charger le navire. Attilius ne voyait pas l'intérêt de charrier les lourdes amphores de chaux vive et les sacs de putéolanum depuis l'entrepôt pour les transporter de l'autre côté de la baie. Si Pompéi était telle qu'on la décrivait, grouillante d'ouvriers, il pourrait se servir de la lettre de l'amiral pour obtenir ce dont il avait besoin. Pour les outils, c'était une autre histoire. Un homme devait toujours se munir de ses outils.

Il organisa une chaîne pour les embarquer, tendant chaque outil à Musa, qui les lançait à son tour à Corvinus – haches, marteaux de forgeron, scies, pics et pelles, plateaux de bois pour contenir le mortier frais, des houes pour le remuer, ainsi que les fers plats et lourds dont ils se servaient pour l'appliquer – pour arriver à Becco, posté sur le pont de la *Minerve*. Ils travaillaient vite, sans échanger une parole, et, lorsqu'ils eurent terminé, il faisait jour et le bateau était prêt à appareiller.

Attilius franchit une passerelle et monta sur le pont. Une rangée de soldats armés de gaffes attendait de pousser le navire loin du quai.

— Tu es prêt, ingénieur ? cria Torquatus du haut de sa plate-forme sous l'étambot, près du timonier.

Attilius répondit par l'affirmative. Plus tôt ils partiraient, mieux ce serait.

— Mais Corax n'est pas là, objecta Becco.

Que le diable l'emporte, songea Attilius. C'était presque un soulagement. Il s'en sortirait tout seul.

— Corax n'a qu'à s'en prendre qu'à lui-même.

Les amarres furent larguées. Les gaffes s'abaissèrent comme des lances. Attilius sentit le pont vibrer sous ses pieds alors qu'on sortait les avirons et que la *Minerve* s'écartait du quai. Il regarda vers le rivage. Une foule s'était rassemblée autour de la fontaine publique, attendant que l'eau jaillisse. Il se demanda s'il n'aurait pas dû rester le temps de superviser l'ouverture des vannes. Mais il avait laissé six esclaves pour s'occuper de la Piscina, et le bâtiment était entouré par les troupes de Pline.

— Le voilà, s'écria Becco. Regardez ! C'est Corax ! dit-il en agitant les bras au-dessus de sa tête. Corax ! Par ici ! Tu vois, ajouta-t-il en lançant un regard accusateur à Attilius. Tu aurais dû attendre !

Le contremaître s'était attardé près de la fontaine, un sac posé sur l'épaule, et semblait plongé dans ses pensées. Mais alors, il leva la tête, les aperçut et se mit à courir. Il allait vite pour un homme de plus de quarante ans. L'espace entre le bateau et le quai s'élargissait rapidement – trois pieds, quatre pieds – et Attilius pensa qu'il lui serait impossible d'y arriver. Mais Corax fut bientôt au bord du quai, lança son sac et se jeta à sa suite vers le bateau. Deux marins se penchèrent, le saisirent par les bras et le hissèrent à bord. Il se retrouva debout près de la poupe du navire, foudroya Attilius du regard et dressa son majeur dans sa direction. L'ingénieur se détourna.

La *Minerve* se dirigeait d'une allure hésitante vers la sortie du port, proue en avant, tous avirons dehors, soit deux douzaines de chaque côté de sa coque effilée. Un tambour résonna sous le pont, et les pelles s'enfoncèrent. Un nouveau coup de tambour leur fit éclabousser la surface de l'eau, deux hommes tirant sur chaque manche. Le bateau se mit à glisser, imperceptiblement au départ, puis gagnant peu à peu de la vitesse à mesure que le rythme des battements de tambour s'accélérait. Le pilote, penché pardessus l'éperon d'étrave pour regarder droit devant lui, désigna la droite, Torquatus lança un ordre, et le timonier manœuvra énergiquement l'énorme aviron qui servait de gouvernail, se frayant un passage entre deux trirèmes au mouillage. Pour la première fois en quatre jours, Attilius sentit une légère brise sur son visage.

— Tu as du public, ingénieur ! cria Torquatus avant de montrer du bras le coteau qui dominait le port. Attilius reconnut la longue terrasse blanche de la villa de l'amiral sise au milieu des buissons de myrte et, appuyée contre la balustrade, la silhouette corpulente de Pline en personne. Il se demanda ce qui pouvait traverser l'esprit du vieil homme en cet instant. Il leva un bras hésitant. Un instant plus tard, Pline répondit. Puis la *Minerve* passa entre les deux grands navires de guerre, la *Concorde* et le *Neptune*, et lorsqu'il leva à nouveau les yeux, la terrasse était déserte.

Derrière le Vésuve, le soleil commençait à apparaître au loin.

Pline regarda la liburne prendre de la vitesse en se dirigeant vers le large. Ses avirons projetaient des éclairs blancs contre le gris, réveillant dans sa mémoire le souvenir bien enfoui du Rhin couleur de plomb à cette heure matinale, à Vétéra, une trentaine d'années plus tôt, et des transports de troupes de la légion V « les Alouettes » qui emmenaient sa cavalerie sur la rive opposée. Quelle époque ! Que n'eût-il donné pour embarquer de nouveau aux premières lueurs de l'aube, ou, mieux encore, pour commander la flotte en action, ce qu'il n'avait jamais fait en deux ans d'exercice en tant qu'amiral. Mais le simple effort de sortir de la bibliothèque pour regarder la *Minerve* partir depuis sa terrasse, de se lever de sa chaise et de faire quelques pas, l'avait complètement essoufflé. Et lorsqu'il leva le bras pour répondre au salut de l'ingénieur, il eut l'impression d'exécuter un lever d'haltère.

« *La nature n'a rien donné de meilleur à l'homme que la brièveté de la vie. Les sens s'émoussent, les membres s'alourdissent, la vue, l'ouïe, la faculté de marcher meurent avant le reste, ainsi que les dents mêmes et les instruments de l'alimentation ; et cependant on compte ce temps dans celui de la vie.* »

Belles paroles. Faciles à écrire quand on était jeune et que la mort en était encore à rôder quelque part, sur une montagne lointaine ; moins faciles quand on avait cinquante-six ans et que l'ennemi avançait à découvert, en terrain plat.

Il appuya son gros ventre contre la balustrade, espérant que ses secrétaires n'auraient pas remarqué sa faiblesse, puis s'écarta et rentra d'un pas traînant.

Il avait toujours eu un faible pour les jeunes gens de la trempe d'Attilius. Pas au sens grec si répugnant, bien entendu – il n'avait jamais perdu son temps à ces bêtises, même s'il en avait été bien souvent témoin à l'armée – mais d'un point de vue spirituel, voyant en eux l'incarnation des vertus romaines les plus puissantes. Les sénateurs pouvaient rêver les empires ; les soldats pouvaient les conquérir ; mais c'étaient les ingénieurs, ceux qui traçaient les routes et creusaient les aqueducs, qui, en réalité, les *bâtissaient* et donnaient à Rome toute son étendue. Il se promit qu'au retour de l'aquarius, il l'inviterait à dîner et ferait appel à ses lumières pour comprendre exactement ce qui s'était passé avec l'Augusta. Puis ils consulteraient ensemble certains textes de la bibliothèque de l'amiral, et il lui enseignerait quelques-uns des mystères de la Nature, dont les surprises sont infinies. Ces frémissements harmoniques intermittents, par exemple, qu'est-ce que c'était ? Il fallait qu'il consigne le phénomène pour l'inclure à sa prochaine édition de l'*Histoire naturelle*. Il découvrait chaque mois quelque chose qui nécessitait de nouvelles explications.

Ses deux esclaves grecs attendaient patiemment, debout près de la table – Alcman pour la lecture à voix haute, Alexion pour la dictée. Ils étaient de service depuis juste après minuit, car l'amiral s'était depuis longtemps entraîné à ne prendre que très peu de repos. « Être éveillé, c'est être en vie », telle était sa devise. Le seul homme qu'il eût jamais connu capable de dormir encore moins était le défunt empereur Vespasien. Ils se rencontraient souvent à Rome au milieu de la nuit pour traiter de leurs affaires officielles. C'est pourquoi Vespasien lui avait confié la flotte : « Mon Pline toujours si vigilant », l'avait-il un jour surnommé avec son accent du terroir, avant de lui pincer la joue.

L'amiral regarda autour de lui les trésors accumulés dans la pièce au cours de ses voyages à travers l'empire. Cent soixante carnets de notes, dans lesquels il avait consigné tous les faits intéressants sur lesquels il avait lu ou entendu quelque chose (Larcius Licinius, gouverneur de l'Espagne Tarraconaise, lui avait offert quatre cent mille sesterces pour l'ensemble, mais il n'avait pas été tenté). Deux morceaux de magnétite, extraits en Dacie et reliés ensemble par leur mystérieuse magie. Un bloc de roche grise et brillante de Macédoine, qui était, disait-on, tombé des étoiles. De l'ambre de Germanie contenant un moustique très ancien enfermé dans sa cellule translucide. Un morceau de verre concave ramassé en Afrique, qui rassemblait les rayons du soleil et les concentrait à un point tel que la chaleur pouvait noircir et consumer le bois le plus dur. Et sa clepsydre, la plus précise de Rome, construite selon des indications de Ctesibius d'Alexandrie, inventeur de l'orgue hydraulique, avec chacune de ses ouvertures percée dans l'or et les pierres précieuses afin d'éviter la corrosion et l'obturation.

La pendule était justement ce dont il avait besoin. On disait que les pendules étaient comme les philosophes : on n'en trouvait jamais deux qui fussent d'accord. Mais une pendule de Ctesibius, c'était le Platon des horloges.

— Alcman, va me chercher un bol d'eau. Non... appela-t-il, changeant d'idée alors que l'esclave était déjà à mi-chemin de la porte (mais le géographe Strabon n'avait-il pas décrit la luxuriante baie de Néapolis comme étant le « bol de vin » ?)... en y réfléchissant, du vin serait plus approprié. Mais quelque chose de bon marché. Un vin de Sorrente, peut-être. Bien, ajouta-t-il en s'asseyant lourdement, Alexion... où en étions-nous ?

— À préparer un message pour l'empereur, amiral.

— Ah oui. Tout à fait.

Maintenant qu'il faisait jour, il allait devoir envoyer une dépêche par signaux lumineux au nouvel empereur, Titus, pour le prévenir des problèmes que leur posait l'aqueduc. Elle serait envoyée, d'une tour de transmission à l'autre, jusqu'à Rome, pour arriver entre les mains de l'empereur avant midi. Pline se demandait ce qu'allait en faire le nouveau Maître du Monde.

— Nous allons donc prévenir l'empereur puis, quand nous en aurons terminé, je crois que nous commencerons un nouveau carnet de notes pour rapporter de nouvelles observations scientifiques. Cela t'intéresserait-il ?

— Oui, amiral.

L'esclave prit son style et sa tablette de cire en s'efforçant d'étouffer un bâillement. Pline feignit de ne pas le remarquer. Il tapota ses lèvres du bout des doigts. Il connaissait bien Titus car ils avaient servi ensemble en

Germanie. Charmant, cultivé, intelligent... et totalement impitoyable. Apprendre qu'un quart de million de personnes se retrouvait sans eau pouvait facilement le faire basculer dans une de ses colères meurtrières. Il fallait donc faire attention à sa formulation.

— À son altesse éminentissime l'empereur Titus, de la part du commandant en chef de Misène, commença-t-il. Salut à toi !

La *Minerve* passa entre les grandes digues de béton qui protégeaient l'entrée du port et s'enfonçaient dans l'étendue du golfe. La lueur citronnée du petit matin se reflétait sur l'eau. Par-delà la forêt de piquets qui indiquaient les parcs à huîtres au-dessus desquels les mouettes tournoyaient et criaient, Attilius distingua les bassins de la villa Hortensia. Il se leva pour mieux voir, luttant contre le roulis du navire. Les terrasses, les allées du jardin, l'endroit où Ampliatus avait installé son fauteuil pour assister à l'exécution, les passerelles qui suivaient le rivage, les portiques entre les bassins, le grand parc à murènes, situé à l'écart des autres – tout était désert. Le bateau de plaisance or et écarlate de la villa n'était plus ancré au bout de la jetée.

C'était exactement comme Atia l'avait dit : ils étaient tous partis.

La vieille femme n'avait pas encore repris connaissance quand il avait quitté la citerne, avant l'aube. Il l'avait allongée sur une paillasse, dans l'une des chambres près de la cuisine, et avait recommandé au domestique de la maison, Phylo, de faire venir un médecin et de faire en sorte qu'elle soit soignée. Phylo avait fait la grimace, mais Attilius lui avait dit d'un ton bourru de faire ce qu'on lui demandait. Si elle mourait... eh bien ce serait peut-être une délivrance. Si elle guérissait... alors, elle pourrait rester. Il faudrait qu'il achète une nouvelle esclave de toute façon, pour s'occuper de ses vêtements et de ses repas. Il n'avait guère de besoins et le travail serait léger. Il n'avait jamais prêté beaucoup d'attention à ces choses. Sabine s'était occupée de la maison lorsqu'ils étaient mariés ; après sa disparition, c'était la mère d'Attilius qui avait pris le relais.

La grande villa semblait sombre avec ses volets clos, comme pour des funérailles ; les cris des mouettes évoquaient les lamentations des pleureuses.

— J'ai entendu dire qu'il avait payé cette maison dix millions, commenta Musa.

Attilius accueillit la remarque par un petit grognement, sans quitter la propriété des yeux.

— Eh bien, en tout cas, il n'y est pas, maintenant.

— Ampliatus ? Bien sûr que non. Il n'y est jamais. Il a des maisons partout, celui-là. Mais, il reste surtout à Pompéi.

— Pompéi ?

L'ingénieur se retourna. Musa était assis en tailleur, adossé aux outils, et mangeait une figue. Il semblait toujours en train de manger. Le matin, sa femme l'envoyait au travail avec de quoi nourrir une demi-douzaine de personnes. Il enfourna le reste du fruit et se suça les doigts.

— C'est de là qu'il vient. C'est à Pompéi qu'il a bâti sa fortune.

— Et pourtant, c'était un esclave au départ...

— C'est comme ça, maintenant, fit amèrement Musa. Les esclaves mangent dans de la vaisselle d'argent pendant que les honnêtes citoyens nés libres travaillent de l'aube à la tombée de la nuit pour gagner leur vie.

Les autres s'étaient assis à l'arrière, autour de Corax

qui, tête baissée, leur faisait à mi-voix un récit qui nécessitait force grands gestes et hochements de tête appuyés. Attilius devina qu'il devait décrire la rencontre de la veille au soir avec Pline.

Musa ouvrit sa gourde, but une rasade puis essuya l'embouchure avant de la proposer à l'ingénieur. Attilius la prit et s'accroupit près de lui. L'eau avait un goût vaguement amer. Le soufre. Il en avala un peu, plus pour se montrer amical que parce qu'il avait soif, l'essuya à son tour et la lui rendit.

— Tu as raison, Musa, dit-il prudemment. Quel âge a Ampliatus ? Pas même cinquante ans. Et pourtant, d'esclave il est devenu maître de la villa Hortensia dans le temps qu'il nous faudrait, à toi ou à moi, pour amasser de quoi nous acheter un appartement infesté de cafards. Comment un homme peut-il arriver à ça honnêtement ?

— Un millionnaire honnête ? C'est plus rare qu'une dent dans un bec de poule ! D'après ce que j'ai entendu dire, ajouta Musa en regardant par-dessus son épaule tout en baissant la voix, il a commencé à gagner beaucoup juste après le tremblement de terre. Il a obtenu sa liberté grâce au testament du vieux Popidius. Il était plutôt beau gosse, Ampliatus, et il était prêt à se plier à toutes les volontés de son maître. Le vieux était un vrai vicieux – je crois qu'il n'aurait même pas laissé le chien en paix. Et Ampliatus s'occupait aussi de sa femme, si tu vois ce que je veux dire, fit Musa avec un clin d'œil. Bref, Ampliatus a été affranchi, et s'est retrouvé je ne sais pas trop comment avec un peu d'argent quand Jupiter a décidé de secouer la donne. Tout ça se passait au temps de Néron. Ça a été un tremblement de terre vraiment terrible, le pire qu'on ait connu. J'étais à Nola, et j'ai cru que ma dernière heure était arrivée, je t'assure. (Il embrassa son amulette porte-bonheur, un phallus et ses testicules en

110

bronze, suspendue au bout d'une lanière de cuir autour de son cou.) Mais tu sais ce qu'on dit : le malheur des uns fait le bonheur des autres. C'est Pompéi qui a été le plus touché. Mais pendant que tout le monde partait et disait que la ville était finie, Ampliatus faisait le tour et rachetait les ruines. Il a mis la main sur quelques-unes de ces grosses villas pour une bouchée de pain. Il les a remises en état, divisées en trois ou quatre et les a revendues une fortune.

— Oui, mais ça n'a rien d'illégal.

— Peut-être pas. Mais est-ce qu'il les possédait vraiment quand il les a revendues ? C'est tout le problème, répondit Musa en se tapotant l'aile du nez. Des propriétaires morts. D'autres disparus. Les héritiers légitimes à l'autre bout de l'empire. N'oublie pas que la moitié de la ville s'était écroulée. L'empereur a envoyé un commissaire de Rome pour décider quoi appartenait à qui. Un certain Suedius Clemens.

— Et Ampliatus l'aurait soudoyé ?

— Disons simplement que Suedius est reparti beaucoup plus riche qu'il n'est arrivé. Enfin, c'est ce qu'on raconte.

— Et qu'en est-il d'Exomnius ? Il était aquarius à l'époque du tremblement de terre – il devait connaître Ampliatus.

Attilius s'aperçut tout de suite qu'il avait commis une erreur. La lueur cupide allumée par les commérages s'éteignit aussitôt dans l'œil de Musa.

— Je ne sais rien de tout ça, marmonna-t-il, plongeant le nez dans son sac de nourriture. C'était un type correct, Exomnius. C'était bien de travailler pour lui.

C'était, pensa Attilius. *C'était* un type correct. *C'était* bien de travailler pour lui. Il voulut tourner la chose à la plaisanterie :

— Tu veux dire qu'il ne te tirait pas sans cesse du lit à l'aube ?

— Non. Je veux dire qu'il était franc et qu'il n'aurait jamais essayé de piéger un homme honnête pour lui en faire dire plus qu'il ne devrait.

— Eh, Musa ! cria Corax. Qu'est-ce que tu fous, là-bas ? Tu papotes comme une femme. Viens boire un coup !

Musa fut aussitôt debout et rejoignit les autres d'un pas chaloupé. Au moment où Corax lui lançait l'outre de vin, Torquatus sauta de son poste à l'arrière du navire et gagna le milieu du pont, où étaient entreposés le mât et les voiles.

— Je crains que nous n'en ayons pas l'utilité, dit-il.

C'était un homme grand. Les poings sur les hanches, il scruta le ciel. Le soleil, bas et vif se reflétait sur sa cuirasse ; il faisait déjà chaud.

— Bon, ingénieur. Voyons ce que peuvent faire mes bœufs.

Il posa les pieds sur l'échelle et descendit par l'écoutille sur le pont inférieur. Un instant plus tard, le rythme du tambour s'intensifia, et Attilius sentit le bateau accélérer légèrement. Les avirons apparaissaient fugitivement. La silencieuse villa Hortensia s'éloigna derrière eux.

La *Minerve* avançait avec régularité tandis que la chaleur du soleil matinal s'installait sur le golfe. Deux heures durant, les rameurs conservèrent le même rythme implacable. Des nuages de vapeur s'élevaient au-dessus des terrasses des bains en plein air de Baïes. Dans la montagne, derrière Putéoles, les feux des mines de soufre projetaient des lueurs vert pâle.

L'ingénieur était assis à l'écart, les mains serrées autour des genoux, le chapeau enfoncé pour se protéger les yeux alors qu'il observait la côte, fouillant le paysage en quête de quelque indice qui lui permettrait de comprendre de quoi souffrait l'Augusta.

Il trouvait tout étrange, dans cette partie de l'Italie. Même le sable couleur de rouille prélevé à Putéoles possédait des qualités magiques : allongé de chaux et jeté dans la mer, il se muait en roche. Ce putéolanum, comme on l'appelait en l'honneur de l'endroit d'où il venait, était la découverte qui avait transformé Rome. Et qui avait aussi donné à la famille de l'ingénieur la profession qui était la sienne, dans la mesure où ce qui avait nécessité des constructions laborieuses en pierres et en briques pouvait maintenant être coulé en une journée. Avec des coffrages et du mortier, Agrippa avait fait édifier les vastes quais de Misène et irrigué l'empire à grands coups d'aqueducs – l'Augusta en Campanie, l'Aqua Julia et l'Aqua Virgo à Rome, le Nemausus en Gaule du Sud. Le monde avait été remodelé.

Mais nulle part ce mortier hydraulique n'avait été plus exploité que dans son lieu d'origine. Appontements et jetées, terrasses et remblais, digues et bassins d'élevage avaient transformé la baie de Néapolis. Des villas entières semblaient se dresser à la crête des vagues et flotter vers le large. Ce qui avait été autrefois le royaume des immensément riches, les César, Crassus, Pompée, avait été envahi par une nouvelle classe de millionnaires, des hommes comme Ampliatus. Attilius se demanda combien de ces propriétaires, ramollis et apathiques en ce mois d'août torride qui traînait en longueur et s'installait dans sa quatrième semaine, seraient à présent au courant de la défaillance de l'aqueduc. Pas beaucoup, pensa-t-il. C'étaient les esclaves qui apportaient l'eau, quand elle n'apparaissait pas miraculeusement au robinet des bains-douches de Sergius Orata. Ils le sauraient bien assez tôt de toute façon. Ils le sauraient quand il leur faudrait commencer à boire l'eau de leur piscine.

Plus ils naviguaient vers l'est, plus le Vésuve dominait le golfe. Les pentes proches de la base formaient une mosaïque de champs cultivés et de villas, mais à partir de la mi-hauteur, c'était une forêt profonde d'un vert sombre. De petits nuages blancs restaient en suspens, immobiles, au-dessus de son sommet pointu. Torquatus déclara que la chasse était excellente, là-haut – l'ours, le cerf, le lièvre. Il y était allé bien souvent avec ses chiens et un filet, et aussi avec son arc. Mais il fallait faire attention aux loups. En hiver, le sommet se couvrait de neige.

Accroupi près d'Attilius, il ôta son casque et s'essuya le front.

— Difficile d'imaginer la neige par cette chaleur, dit-il.

— La montagne est-elle difficile à gravir ?

— Pas trop dure, non. Moins qu'il y paraît. Le haut est même assez plat une fois qu'on y est. Spartacus y a établi le camp de son armée rebelle. Ça devait donner une espèce de forteresse naturelle. Pas étonnant qu'une telle racaille ait pu tenir tête aux légions pendant si longtemps. Par temps clair, on peut voir à cinquante milles à la ronde.

Ils avaient dépassé la ville de Néapolis et se trouvaient au niveau d'une ville plus petite que Torquatus désigna comme étant Herculanum, bien que la côte disparût sous un ruban continu de constructions – murs ocre et toits rouges, troués de temps à autre par les flèches vert sombre des cyprès – qui ne permettait guère de déterminer où finissait une ville et où commençait l'autre. Herculanum semblait majestueuse et plutôt satisfaite d'elle-même au pied de la montagne luxuriante, avec ses fenêtres s'ouvrant sur la mer. De petits bateaux de plaisance aux couleurs vives, certains en forme de créatures marines, dansaient sur l'eau peu profonde. Il y avait des parasols sur les plages, des gens qui pêchaient à la ligne le long des jetées. Des accords de musique et des cris d'enfants qui jouaient au ballon voyageaient sur les flots tranquilles.

— Là, c'est la plus grande villa de la baie, annonça Torquatus en désignant une immense propriété à colonnes qui s'étendait le long du rivage et s'élevait en terrasses au-dessus de la mer. C'est la villa Calpurnia. J'ai eu l'honneur d'y conduire l'empereur, le mois dernier, lors d'une visite à l'ancien consul, Pedius Cascus.

— Cascus ? s'étonna Attilius en repensant au sénateur au physique de lézard qu'il avait vu la veille, emmailloté dans une toge à bandes pourpres. Je ne le voyais pas si riche.

— Il a hérité par sa femme, Rectina. Elle avait un lien avec le clan Pison. L'amiral vient souvent ici pour utiliser la bibliothèque. Vous voyez ce petit groupe, là-bas, qui lit à l'ombre, près de la piscine ? Ce sont des philosophes, expliqua Torquatus, trouvant visiblement cela très drôle. Il y en a qui élèvent des oiseaux pour se distraire, d'autres ont des chiens. Le sénateur, lui, a un élevage de philosophes !

— Et de quelle espèce sont ces philosophes-ci ?

— Des disciples d'Épicure. D'après Cascus, ils disent que comme l'homme est mortel et que les dieux sont indifférents à son destin, la seule chose à faire dans la vie est d'accéder au plaisir.

— J'aurais pu lui en dire autant gratuitement.

Torquatus rit à nouveau, remit son casque et resserra la mentonnière.

— Nous ne sommes plus loin de Pompéi, maintenant, ingénieur. Nous devrions y être dans une demi-heure.

Il retourna à la poupe du navire.

Attilius s'abrita les yeux et contempla la villa. Il ne s'était jamais beaucoup préoccupé de philosophie. Comment un être humain pouvait-il hériter d'un tel palais alors qu'un autre était dévoré par les murènes et qu'un troisième s'échinait à ramer dans l'obscurité suffocante d'une liburne ? Il y avait de quoi devenir fou à essayer de comprendre pourquoi le monde fonctionnait ainsi. Pourquoi avait-il dû regarder sa femme mourir sous ses yeux alors qu'elle sortait à peine de l'enfance ? Qu'un seul philosophe réponde à cette question et il commencerait à voir leur utilité.

Elle avait toujours voulu venir en vacances dans la baie de Néapolis, et il l'avait à chaque fois rembarrée, disant qu'il n'avait pas le temps. Et maintenant, il était trop tard. Le chagrin de songer à ce qu'il avait perdu et le regret de tout ce qu'il n'avait pas fait, ses deux assaillants jumeaux, le prirent une fois de plus à l'improviste et l'anéantirent, comme toujours. Il ressentit un vide physique au creux de l'estomac. En regardant la côte, il se remémora la lettre qu'un ami lui avait montrée, le jour des funérailles de Sabine ; il l'avait apprise par cœur. Plus d'un siècle plus tôt, alors qu'il revenait d'Asie à Rome, éperdu de chagrin, le juriste Servius Sulpicus s'était surpris à contempler la côte méditerranéenne. Il avait ensuite décrit ses sentiments à Cicéron, qui venait de perdre sa fille. « J'avais derrière moi Égine, et devant moi Megare, à droite le Pirée, et à gauche Corinthe ; autant de villes autrefois florissantes qui n'étaient plus que ruines sous mes yeux, et j'ai commencé à me dire : "Comment pouvons-nous nous plaindre quand l'un de nous meurt ou est tué, créatures éphémères que nous sommes, quand les vestiges de tant de villes gisent, abandonnés, en un seul lieu ?

Reprends-toi, Servius, et souviens-toi que tu es né mortel. La perte de l'esprit fragile d'une simple et malheureuse petite femme peut-elle donc t'affecter à ce point ?" »

À quoi, pour Attilius, la réponse demeurait, deux ans plus tard : Oui.

Il laissa la chaleur envahir un instant son corps et son visage, et dut s'assoupir malgré lui. Lorsqu'il rouvrit les yeux, la ville avait en effet disparu, remplacée par une nouvelle villa imposante, endormie à l'ombre de ses pins parasols géants, avec des esclaves qui arrosaient la pelouse et repêchaient les feuilles à la surface de la piscine. Attilius secoua la tête pour s'éclaircir les idées et prit la sacoche de cuir contenant ce qui lui était nécessaire – la lettre de Pline aux édiles de Pompéi, une petite bourse de pièces d'or et le plan de l'Augusta.

Il avait toujours trouvé un réconfort dans le travail. Il déroula le plan, le calant sur ses genoux, et éprouva une brusque inquiétude. Il s'apercevait soudain que les proportions du plan n'étaient peut-être pas très précises. Elles étaient loin par exemple de donner une idée de l'immensité du Vésuve, qu'ils n'avaient pas encore dépassé et qui devait atteindre, à y regarder de plus près, au moins sept ou huit milles par le travers. Ce qui n'était guère plus large que le pouce sur la carte correspondait en réalité à une demi-matinée de marche sur des chemins poussiéreux et par une chaleur accablante. Il se reprocha sa naïveté, de s'être vanté devant un client, dans le confort d'une bibliothèque, de ce qu'on pouvait faire sans même une vérification préalable de la configuration du terrain, c'était une erreur classique de débutant.

Il se releva et se dirigea vers les hommes, qui, accroupis en cercle, jouaient aux dés. Corax fermait le gobelet d'une main et le secouait d'une main énergique. Il ne leva même pas la tête quand l'ombre d'Attilius fut sur lui.

— Allez, Fortuna, vieille pute, grogna-t-il en lançant les dés.

Il obtint trois as – un chien – et gémit. Becco poussa un cri de joie et empocha la pile de piécettes.

— J'avais de la chance, dit Corax, jusqu'à ce qu'il vienne. Il est pire qu'un corbeau, les gars, dit-il en pointant son doigt vers Attilius. Je vous le dis, moi – il va tous nous mener à la mort.

— Pas comme Exomnius, fit l'ingénieur en s'accroupissant près d'eux. Je parie qu'il gagnait toujours. À qui sont ces dés ? demanda-t-il en les ramassant.

— À moi, répondit Musa.

— Écoutez, on va jouer à autre chose. Dès que nous arriverons à Pompéi, Corax va partir de l'autre côté du Vésuve pour essayer de trouver la fuite sur l'Augusta. Il lui faut quelqu'un pour l'accompagner. Pourquoi ne pas jouer ce privilège aux dés ?

— Celui qui gagne ira avec Corax ! s'exclama Musa.

— Non, corrigea Attilius. Celui qui perd.

Tout le monde rit, sauf Corax.

— Celui qui perd ! répéta Becco. Elle est bien bonne !

Ils lancèrent les dés à tour de rôle, chacun serrant les mains autour du gobelet pour le secouer, chacun murmurant sa petite prière personnelle pour gagner.

Musa passa en dernier, et obtint un chien. Il parut déconfit.

— T'as perdu ! entonna Becco. C'est Musa qui a perdu !

— C'est bon, fit Attilius. Le sort en a décidé. Corax et Musa vont localiser la fuite.

— Et les autres ? grommela Musa.

— Becco et Corvinus vont monter à Abellinum pour fermer les vannes.

— Je ne vois pas pourquoi ils ont besoin d'être deux pour aller à Abellinum. Et Polites, qu'est-ce qu'il va faire ?

— Polites reste avec moi à Pompéi pour organiser l'outillage et le transport.

— Oh, c'est parfait ! fit amèrement Musa. Les hommes libres vont s'éreinter dans la montagne pendant que l'esclave va se taper les putes à Pompéi ! Tiens, fit-il en jetant les dés à la mer, voilà ce que j'en pense, de ma chance !

Le pilote, à l'avant du bateau, poussa un cri d'avertissement :

— Pompéi droit devant !

Et six têtes se tournèrent comme une seule pour faire face à la ville.

Elle surgit lentement de derrière un promontoire, et ne fut pas du tout telle que l'ingénieur l'avait imaginée – contrairement à Baïes ou à Néapolis, qui s'étiraient tout le long de la côte, Pompéi évoquait une forteresse construite pour tenir un siège, légèrement en retrait de la mer, à un quart de mille, en position surélevée, son port s'étendant à ses pieds.

C'est en se rapprochant qu'Attilius constata que les murailles ne formaient plus un seul bloc, et que les longues années de la paix romaine avaient persuadé les édiles de baisser leur garde. On avait donc laissé des maisons se dresser au-dessus des remparts et se répandre jusqu'au port, en terrasses toujours plus larges, ombragées par les palmiers. Surplombant la ligne des toits plats, il y avait un temple tourné vers la mer. Des piliers de marbre poli étaient surmontés par ce qui semblait au premier abord une frise de silhouettes en ébène. Mais Attilius s'aperçut bientôt que la frise était animée. Des artisans, presque nus et noircis par le soleil, se déplaçaient contre la pierre blanche... travaillaient alors même que c'était un jour férié. Le martèlement des ciseaux contre la pierre et le frottement des scies traversaient clairement l'air chaud.

La ville grouillait partout d'activités. Des gens qui arpentaient le haut des murailles et travaillaient dans les jardins qui dominaient la mer. Des gens qui fourmillaient le long de la voie passant devant la ville – à pied, à cheval, sur des chars ou à l'arrière de chariots – soulevant une brume de poussière et embouteillant les sentiers abrupts qui reliaient le port aux deux grandes portes de la ville. Lorsque la *Minerve* franchit l'étroite entrée du port, la rumeur de la foule s'amplifia, une foule en congé, visiblement, venue en ville de la campagne pour participer aux fêtes de Vulcain. Attilius scruta les quais, à la recherche d'une fontaine, mais n'en vit aucune.

Debout les uns derrière les autres, les hommes gardaient le silence, chacun plongé dans ses pensées.

— Par où l'eau arrive-t-elle dans la ville ? demanda Attilius en se tournant vers Corax.

— Par l'autre côté, répondit Corax, les yeux fixés sur la ville. Près de la Porte du Vésuve. Si – il souligna lourdement le mot – si elle coule toujours.

Ce serait la meilleure, pensa Attilius, s'il s'avérait qu'il n'y avait plus d'eau ici non plus et qu'il les avait fait venir jusqu'ici en se fiant uniquement à la parole d'un vieil augure stupide.

— Qui travaille à la citerne ?

— Juste un esclave municipal. Il ne te sera pas d'un grand secours.

— Pourquoi ?

Corax sourit et secoua la tête. Il ne dirait rien. Une plaisanterie pour initiés.

— Bon. Nous allons donc commencer par la Porte du Vésuve, dit Attilius, qui frappa dans ses mains. Allons, les garçons. Vous savez ce que c'est qu'une ville. La croisière est terminée.

Ils avaient à présent pénétré dans le port. Les grues et entrepôts se multipliaient au bord des quais. Une rivière coulait au-delà, la Sarnus, d'après la carte d'Attilius – encombrée de barges qui attendaient d'être déchargées. Torquatus, criant des ordres, parcourut la longueur du navire. Le roulement de tambour ralentit, puis cessa. Les avirons furent rentrés. Le timonier manœuvra légèrement le gouvernail, et ils glissèrent le long de la berge à vitesse de marche, sans plus d'un pied d'eau entre le pont et le quai. Deux groupes de marins munis de cordages sautèrent à terre et les enroulèrent prestement autour des bittes d'amarrage. Un instant plus tard, les cordages se tendirent et, avec une secousse qui faillit renverser Attilius, la *Minerve* s'immobilisa.

Il la vit alors qu'il recouvrait son équilibre. Un gros socle de pierre avec une tête de Neptune qui déversait un flot par la bouche dans une cuvette en forme de coquille d'huître, l'eau *débordant* de la cuvette – cela, il ne l'oublierait jamais – pour cascader sur les rochers et se perdre dans la mer, dans l'indifférence générale. Personne ne faisait la queue pour boire. Personne ne lui prêtait la moindre attention. Pourquoi en eût-il été autrement ? Ce n'était là qu'un miracle ordinaire. Il passa par-dessus le bord du navire de guerre et se dirigea en vacillant vers elle, retrouvant l'étrange solidité

121

du sol après ces heures de traversée de la baie. Il lâcha son sac et mit les mains sous le jet d'eau claire, en fit une coupe qu'il porta à ses lèvres. L'eau était douce et pure, et il rit presque de plaisir et de soulagement. Puis il plongea la tête sous le tuyau et laissa l'eau lui couler dans la bouche, les narines, les oreilles, sur la nuque, sans prêter attention aux gens qui le regardaient comme s'il était devenu fou.

Hora quarta

09 h 48

L'examen isotopique du magma volcanique napolitain montre des signes de mélange significatif avec les roches environnantes, suggérant que la chambre ne serait pas composée d'un corps fondu homogène. Cette chambre ressemblerait plutôt à une éponge, le magma filtrant à travers les nombreuses fractures de la roche. La grosse couche de magma pourrait alimenter plusieurs réservoirs plus petits qui seraient plus proches de la surface et trop insignifiants pour être repérables par des techniques sismiques...

American Association for the Advancement of Science, News bulletin, « *Massive Magma Layer Feeds Mt. Vesuvius* ».

16 novembre 2001

On pouvait acheter tout ce dont on avait besoin dans le port de Pompéi. Perroquets indiens, esclaves nubiens, sel de nitre des bassins proches du Caire, cannelle chinoise, singes africains, jeunes esclaves orientales renommées pour leur science du sexe... Il était aussi facile de trouver des chevaux que des mouches. Une demi-douzaine de marchands traînait devant le hangar des douanes. Le plus proche était assis sur un tabouret, sous une pancarte montrant un Pégase ailé grossièrement dessiné avec le slogan « Baculus : Chevaux Assez Rapides pour les Dieux ».

— Il m'en faut cinq, dit Attilius au maquignon. Et pas des canassons au bout du rouleau. J'ai besoin de bonnes bêtes solides, capables de travailler toute la journée. Et il me les faut tout de suite.

— Ce n'est pas un problème, citoyen.

Baculus était un petit homme chauve avec la figure rouge brique et les yeux vitreux d'un gros buveur. Il portait une bague en fer trop grande pour son doigt et ne cessait de la faire tourner nerveusement. Il ajouta :

— Rien n'est un problème à Pompéi, du moment que tu as de l'argent. D'ailleurs, je vais te demander un acompte. On m'a volé un cheval, la semaine dernière.

— Il me faut aussi des bœufs. Deux attelages et deux chariots.

— Un jour férié ? dit-il en faisant claquer sa langue. Là, je crois qu'il me faudra plus de temps.

— Combien de temps ?

— Attends, fit Baculus en plissant le nez (plus il rendrait la chose difficile, plus cher il pourrait demander). Deux heures, peut-être trois.

— C'est d'accord.

Ils débattirent du prix, le marchand demandant une somme exorbitante qu'Attilius divisa aussitôt par dix. Et même ainsi, lorsqu'ils finirent par se serrer la main, l'ingénieur eut la sensation de s'être fait avoir et en fut irrité, comme toujours face à n'importe quelle sorte de gaspillage. Mais il n'avait pas le temps de chercher un meilleur prix. Il demanda au maquignon de conduire sur-le-champ quatre chevaux à la Porte du Vésuve, puis se fraya un passage entre les commerçants pour retourner à la *Minerve*.

L'équipage était à présent remonté sur le pont. La plupart des rameurs avaient retiré leur tunique trempée, et l'odeur de la sueur qui émanait de leurs corps étalés était assez forte pour rivaliser avec celle de la fabrique de sauce de poisson voisine, où les déchets en liquéfaction se décomposaient dans des cuves, en plein soleil. Corvinus et Becco portaient les outils entre les rameurs et les lançaient sur le quai à Musa et Polites. Corax tournait le dos au bateau et regardait vers la ville, se dressant parfois sur la pointe des pieds pour voir par-dessus la foule.

Il remarqua Attilius et s'interrompit.

— Alors, l'eau coule, commenta-t-il en croisant les bras.

Il y avait quelque chose de presque héroïque dans son entêtement, son refus de concéder qu'il avait tort. C'est à ce moment qu'Attilius comprit qu'une fois toute cette affaire terminée, il lui faudrait absolument se débarrasser de lui.

— Oui, elle coule, dit-il.

Il fit signe aux autres de s'interrompre pour venir le rejoindre. Il fut décidé qu'ils laisseraient Polites finir de décharger et garder les outils sur le quai ; Attilius lui ferait savoir où les retrouver plus tard. Les cinq hommes restants partirent donc pour la porte la plus proche, Corax traînant derrière, et chaque fois qu'Attilius se retournait, il lui semblait que le contremaître cherchait quelqu'un, tendant le cou pour scruter les alentours.

L'ingénieur leur fit prendre la voie qui reliait le port

à l'enceinte de la ville, devant le temple de Vénus encore inachevé puis dans le tunnel obscur de la porte. Un douanier les jaugea du regard pour vérifier qu'ils n'apportaient rien à vendre, puis leur fit signe de passer.

Derrière les remparts, la rue n'était pas aussi en pente que la rampe au-dehors, ni aussi glissante, mais elle était plus étroite, de sorte qu'ils furent presque écrasés par la masse des corps qui entraient dans Pompéi. Attilius se retrouva emporté devant des boutiques et un autre temple imposant – celui-ci dédié à Apollon –, puis dans l'espace découvert aveuglant et grouillant d'activités du forum.

C'était imposant, pour une ville de province : une basilique, un marché couvert, d'autres temples encore, une bibliothèque publique, le tout orné de couleurs vives et rutilant au soleil ; trois ou quatre douzaines de statues d'empereurs et de gloires locales trônaient sur leurs piédestaux. Tout n'était pas terminé. Un réseau d'échafaudages en bois recouvrait certains des plus grands bâtiments. Les hautes murailles semblaient capturer les bruits de la foule pour les lui renvoyer – les flûtes et les tambours des musiciens des rues, les cris des mendiants et des colporteurs, le grésillement des fritures. Des marchands de fruits proposaient des figues vertes et des tranches de melon rose. Des vendeurs de vin se tenaient accroupis près de rangées d'amphores rouges dressées dans leurs nids de paille jaune. Au pied d'une statue voisine, un charmeur de serpents était assis en tailleur et jouait du pipeau, un serpent gris se relevant paresseusement sur la natte posée devant lui tandis qu'un autre s'enroulait autour de son cou. De petits morceaux de poissons étaient en train de frire sur un fourneau de plein air. Des esclaves ployant sous le poids de fagots de bois se dépêchaient d'aller les déposer au sommet du grand bûcher dressé au centre du forum pour le sacrifice à Vulcain prévu le soir même. Un barbier se présentait comme un spécialiste de l'arrachage de dents et montrait un tas d'un pied de haut de chicots grisâtres et noirs pour le prouver.

L'ingénieur retira son chapeau et s'essuya le front. Il trouvait déjà quelque chose de déplaisant dans cet endroit. Une ville d'escrocs, se dit-il. Peuplée de gens qui ne cherchaient qu'à se remplir les poches. Une ville prête à accueillir des visiteurs juste le temps qu'il fallait pour les dépouiller. Il fit signe à Corax pour lui demander où il pourrait trouver les édiles, et il dut porter la main à l'oreille du contremaître pour se faire entendre. Celui-ci lui montra une rangée de trois petits bureaux situés au sud de la place, tous fermés pour la fête. Un grand panneau était couvert de proclamations, témoignages d'une bureaucratie florissante. Attilius jura intérieurement. Rien ne se passait jamais simplement.

— Tu sais comment aller à la Porte du Vésuve, criat-il à Corax. Tu marches devant.

L'eau coulait à travers la ville. Ils l'entendaient se déverser dans les grandes latrines publiques près du temple de Jupiter et bouillonner dans les rues au-delà. Attilius suivait Corax de près, et, une ou deux fois, se retrouva à patauger dans les petites cascades qui dévalaient les caniveaux et emportaient poussières et ordures vers la mer. Il compta sept fontaines, toutes débordantes. De toute évidence, toute la puissance de l'aqueduc se concentrait là, et la défaillance de l'Augusta profitait à Pompéi. Pendant que les autres villes de la baie cuisaient et se desséchaient au soleil, les enfants de Pompéi pataugeaient dans les rues.

Il était difficile de gravir la côte car l'affluence se

pressait principalement dans l'autre sens, descendant vers les attractions du forum. Le temps qu'ils atteignent la grande porte nord, Baculus les attendait déjà avec les chevaux. Il les avait attachés à un piquet, près d'un petit bâtiment adossé à la muraille.

— Le castellum aquae ? demanda Attilius.

Corax acquiesça d'un signe de tête.

L'ingénieur jaugea l'édifice d'un coup d'œil – la même construction de brique rouge que la Piscina Mirabilis, le même bruit d'eau étouffé. Cela semblait être le lieu le plus haut de la ville, ce qui était logique : un aqueduc pénétrait toujours sous l'enceinte d'une agglomération par le point culminant de celle-ci. En regardant en bas de la côte, il vit les châteaux d'eau secondaires qui permettaient la régulation de la pression de l'eau. Il envoya Musa dans le castellum chercher l'esclave censé s'occuper de la citerne pendant qu'il examinait les chevaux. Ils ne lui parurent pas trop mal. On ne les aurait pas inscrits dans une course au Circus Maximus, mais ils conviendraient pour la tâche qui les attendait. Il compta une petite pile de pièces d'or et les donna à Baculus, qui vérifia chacune avec les dents.

— Et les bœufs ?

Ceux-là, promit Baculus en pressant solennellement les mains sur le cœur et en roulant les yeux vers le ciel, seraient prêts avant la septième heure. Il allait s'en occuper sur-le-champ. Il leur souhaita bon voyage à la grâce de Mercure et s'en alla – pas plus loin, remarqua Attilius, qu'à la gargote d'à côté.

Il assigna les chevaux en fonction de leur solidité respective. Il donna donc les meilleurs à Becco et à Corvinus, qui devraient parcourir le plus de distance, et en était encore à expliquer sa décision à un Corax chagrin quand Musa réapparut pour annoncer que la citerne était déserte.

— Quoi ? s'exclama Attilius en faisant volte-face. Il n'y a personne du tout ?

— C'est Vulcanalia, tu te rappelles ?

— Je t'avais dit qu'il ne te serait d'aucun secours, intervint Corax.

— Ces jours fériés ! grogna Attilius, qui aurait volontiers donné un coup de poing dans le mur de brique. Il faudrait quand même qu'il y ait des gens qui veuillent travailler, dans cette ville !

Il considéra sa piteuse expédition avec un certain malaise, et se dit à nouveau qu'il s'était montré bien imprudent dans la bibliothèque de l'amiral, confondant ce qui était théoriquement possible avec ce qui était effectivement réalisable. Mais il n'y avait pas d'autre solution, maintenant. Il se racla la gorge :

— C'est bon. Vous savez tous ce que vous avez à faire ? Becco, Corvinus... l'un ou l'autre d'entre vous est-il déjà monté à Abellinum ?

— Moi, oui, répondit Becco.

— Ça se présente comment ?

— Les sources jaillissent sous un temple dédié aux déesses de l'eau, et s'écoulent dans une citerne à l'intérieur du nymphée. L'aquarius responsable s'appelle Probus et il exerce aussi la charge de prêtre.

— Un aquarius prêtre ! fit Attilius avec un rire amer tout en secouant la tête. Eh bien, quel qu'il soit, tu pourras dire à cet ingénieur céleste que les nymphes ont, dans leur grande sagesse, demandé qu'il ferme les vannes principales de l'aqueduc pour dériver toute l'eau vers Bénévent. Assure-toi que ce soit fait dès ton arrivée. Becco, tu devras rester à Abellinum pour veiller que l'Augusta reste coupé pendant douze heures. Puis tu rouvriras les vannes. Douze heures... sois le plus exact possible. Tu as compris ?

Becco acquiesça.

— Et si, par le plus grand des hasards, on ne pouvait pas réparer en douze heures ? s'enquit Corax sur un ton sarcastique. Qu'est-ce qui se passera ?

— J'y ai réfléchi. Dès que l'eau sera fermée, Corvinus laissera Becco à la citerne et suivra l'Augusta jusqu'à ce qu'il nous retrouve, au nord-est du Vésuve. À ce moment-là, on saura clairement ce qu'il y a à faire. Si ce n'est pas réparable en douze heures, il retournera prévenir Becco de laisser les vannes fermées jusqu'à la fin des travaux. Ça fait beaucoup de trajet à parcourir, Corvinus. Tu pourras y arriver ?

— Oui, aquarius.

— Merci.

— Douze heures, répéta Corax en secouant la tête. Ça veut dire qu'il faudra travailler aussi pendant la nuit ?

— Quel est le problème, Corax ? Tu as peur du noir ? demanda Attilius, déclenchant à nouveau des rires de la part des autres. Dès que tu auras localisé la fuite, essaye d'évaluer de combien de matériel nous aurons besoin pour réparer, et de combien de temps. Tu resteras sur place et enverras Musa nous faire son rapport. Je prendrai soin de réquisitionner suffisamment de torches avec le reste du matériel nécessaire que j'obtiendrai des édiles. Dès que les chariots seront chargés, j'attendrai Musa ici, au castellum aquae.

— Et si je n'arrive pas à localiser la fuite ?

Il vint à l'esprit d'Attilius que le contremaître était tellement amer qu'il pourrait bien tenter de faire capoter toute la mission.

— Eh bien nous partirons de toute façon, et nous t'aurons rejoint avant la nuit, répliqua-t-il avec un sourire. Alors n'essaye pas de me baiser.

— Je suis sûr qu'il y en a plein qui voudraient bien

te baiser, joli cœur, mais je ne suis pas de ceux-là, rétorqua Corax avec un regard mauvais. Tu es loin de chez toi, jeune Marcus Attilius. Écoute-moi. Dans cette ville, surveille tes arrières, si tu vois ce que je veux dire.

Et il esquissa avec son bas-ventre le même mouvement obscène que la veille, dans la montagne, quand Attilius cherchait une source.

Il les accompagna jusqu'au pomoerium, espace consacré situé à la sortie de la Porte du Vésuve et laissé vierge de toute construction en l'honneur des dieux gardiens de la cité.

La route faisait le tour de la ville telle une piste de course, passant près d'une fonderie de bronze et à travers un grand cimetière. Alors que les hommes enfourchaient leurs montures, Attilius eut le sentiment qu'il devait dire quelque chose – faire un discours, comme César à la veille d'une bataille – mais il ne savait jamais trouver les mots en ce genre d'occasion.

— Quand tout ça sera terminé, je vous payerai une tournée générale. Dans la meilleure taverne de Pompéi, ajouta-t-il sans grande conviction.

— Et une femme, ajouta Musa en le pointant du doigt. N'oublie pas les femmes, aquarius !

— Les femmes, tu te les payeras tout seul.

— S'il arrive à trouver une pute qui veuille bien de lui !

— Je t'emmerde, Becco. Salut, enfoirés !

Et avant qu'Attilius puisse trouver quelque chose à ajouter, ils éperonnèrent les flancs de leurs chevaux et s'éloignèrent dans la foule qui continuait d'affluer vers la ville – Corax et Musa vers la gauche, pour rejoindre le chemin de Nola ; Becco et Corvinus vers la droite, en direction de Nucérie et d'Abellinum. Corax fut le seul à regarder derrière lui en s'éloignant, non pas vers Attilius mais au-dessus de lui, vers les remparts de la ville. Il parut scruter une dernière fois le mur d'enceinte et les tours de garde, puis s'installa plus fermement sur sa selle et se tourna dans la direction du Vésuve.

L'ingénieur regarda les cavaliers disparaître derrière les tombes, ne laissant qu'un nuage de poussière brune flotter au-dessus des sarcophages blancs pour indiquer leur passage. Il resta là quelques instants – il connaissait à peine ces hommes entre les mains desquels reposaient pourtant tant de ses espoirs, tant de son avenir ! – puis retourna vers la porte de la ville.

Ce ne fut qu'en rejoignant la file des piétons qui se pressaient à la porte qu'il remarqua la petite dépression dans le sol, là où le tunnel de l'aqueduc passait sous la muraille. Il s'immobilisa et pivota sur lui-même pour suivre la dépression jusqu'à la bouche de canalisation la plus proche, et constata avec surprise que le tunnel semblait orienté directement vers le sommet du Vésuve. Dans la brume de chaleur et la poussière, la montagne paraissait encore plus massive au-dessus de la campagne qu'elle ne l'était vue de la mer, mais moins distincte ; plus gris bleuté que verte. Il était impossible que l'embranchement aille jusqu'au Vésuve. Attilius estima que la canalisation devait virer vers l'est au bas de la pente puis traverser la plaine pour rejoindre la conduite principale de l'Augusta. Il se demanda où exactement. Il aurait voulu mieux connaître le relief du terrain, la qualité de la roche et du sol. Mais la Campanie restait pour lui un mystère.

Il franchit à nouveau la porte obscure puis déboucha sur une petite place lumineuse, soudain terriblement conscient d'être seul dans une ville étrangère. Que savait Pompéi des problèmes qui se posaient au-delà de ses murs, et qu'en avait-elle à faire ? L'activité insouciante qui régnait là semblait se moquer délibérément de lui. Il contourna le château d'eau et emprunta la petite allée qui conduisait à l'entrée.

— Il y a quelqu'un ?

Pas de réponse. Il entendait ici beaucoup plus clairement l'eau jaillir de l'aqueduc, et, lorsqu'il poussa la petite porte de bois, il fut aussitôt assailli par une pluie de gouttelettes et ce parfum violent, épais et douceâtre qui l'avait poursuivi toute son existence, l'odeur de l'eau courante sur la pierre chaude.

Il entra. Des traits de lumière en provenance de deux lucarnes situées au-dessus de sa tête trouaient l'obscurité fraîche. Mais il n'avait pas besoin de lumière pour savoir comment le castellum se présentait – il en avait déjà vu des dizaines au cours des ans, tous identiques, tous disposés selon les principes de Vitruve. Le tunnel de la canalisation alimentant Pompéi était plus étroit que la matrice de l'Augusta, mais assez grand tout de même pour qu'un homme puisse s'y glisser afin d'effectuer des réparations. L'eau jaillissait par une grille de bronze dans un petit réservoir en mortier peu profond, divisé par des portes en bois qui ouvraient sur un ensemble de trois grosses conduites de plomb. La canalisation centrale alimentait les fontaines publiques ; celle de gauche servait aux particuliers ; et celle de droite approvisionnait les thermes et autres bâtiments publics. Ce qui était inhabituel, c'était la puissance du débit. Non seulement l'eau trempait les murs, mais elle, emportait avec elle une masse de déchets le long du tunnel, les emprisonnant contre la grille métallique. Il distingua des feuilles et des brindilles, et même des cailloux. Entretien négligent. Il ne s'étonnait plus que Corax eût qualifié d'incapable l'esclave du service des eaux.

Il passa une jambe par-dessus le muret de mortier du réservoir, puis l'autre, et se laissa glisser dans le bassin bouillonnant. L'eau lui arrivait presque à la taille. Il avait l'impression de marcher dans de la soie tiède. Il parcourut les quelques pas jusqu'à la grille et plongea les mains dans l'eau pour palper le cadre grillagé, en quête des fixations. Lorsqu'il les eut trouvées, il les déverrouilla. Il y en avait deux autres dans la partie supérieure. Il les défit également, souleva la grille et s'écarta pour laisser passer les déchets.

— Il y a quelqu'un ?

La voix le surprit. Un jeune homme se tenait dans l'entrée.

— Tu le vois bien, qu'il y a quelqu'un, imbécile. Qu'est-ce que ça pourrait être d'autre ?

— Qu'est-ce que tu fais ?

— Tu es l'esclave chargé de l'eau ? Alors je fais ton putain de boulot à ta place, voilà ce que je fais. Attends là, dit Attilius qui remit la grille en place, fixa les attaches, retourna vers le bord du bassin et se hissa hors de l'eau. Je suis Marcus Attilius. Le nouvel aquarius de l'Augusta. Et comment t'appelle-t-on, à part fainéant sans cervelle ?

— Tiro, aquarius, répondit le garçon, dont les yeux écarquillés fuyaient d'un côté puis de l'autre, comme pris de panique. Pardonne-moi, ajouta-t-il en tombant à genoux. C'est jour férié, aquarius... j'ai dormi tard... je...

— C'est bon, ce n'est pas grave.

Le garçon n'avait pas plus de seize ans, pauvre fragment d'humanité guère plus gras qu'un chien errant, et Attilius regrettait déjà sa dureté.

— Allons, relève-toi. Il faut que tu me mènes aux magistrats.

Il tendit la main, mais le garçon ne la regarda même

pas, ses yeux affolés roulant toujours dans leurs orbites. Attilius agita la paume devant le visage de l'esclave.

— Tu es aveugle ?

— Oui, aquarius.

Un guide aveugle. Voilà qui expliquait le sourire de Corax quand Attilius l'avait interrogé. Un guide aveugle dans une cité hostile !

— Mais comment peux-tu accomplir tes tâches sans voir ?

— J'entends mieux que n'importe qui, assura Tiro qui, malgré sa nervosité, affichait une nuance de fierté. Je sais au son de l'eau si elle coule bien ou s'il y a quelque chose qui gêne. Je connais son odeur. Je reconnais au goût s'il y a des impuretés.

Il releva la tête et huma l'air.

— Ce matin, je n'ai pas besoin de régler les vannes. Je n'ai jamais entendu le débit aussi puissant.

— C'est vrai, dit l'ingénieur avec un hochement de tête. (Il avait sous-estimé ce garçon.) La matrice est bloquée quelque part entre ici et Nola. C'est pour ça que je suis venu : pour trouver de l'aide et réparer la panne. Tu appartiens à la ville ?

Tiro hocha la tête.

— Qui sont les magistrats ?

— Marcus Holconius et Quintus Brittius, répondit aussitôt Tiro. Les édiles sont Lucius Popidius et Gaius Cuspius.

— Qui est responsable de l'alimentation en eau ?

— Popidius.

— Où pourrai-je le trouver ?

— C'est férié, aujourd'hui...

— Où est-ce qu'il habite, alors ?

— Tout droit en bas de la ville, aquarius, vers la Porte de Stabies. Sur la gauche. Juste après le grand carrefour. Je peux t'y conduire si tu veux, ajouta Tiro en se relevant avec empressement.

— Je pourrai sûrement trouver tout seul, non ?

— Non, non, insista Tiro déjà dans la rue, impatient de faire ses preuves. Je peux t'y conduire. Tu vas voir.

Ils s'enfoncèrent ensemble dans la ville. Celle-ci s'étirait en désordre devant eux, cascade de toits en terre cuite qui plongeaient vers une mer étincelante. Pour fermer le tableau, sur la gauche, il y avait l'arête bleutée de la péninsule de Sorrente ; sur la droite, les flancs boisés du Vésuve. Attilius se dit qu'on pouvait difficilement imaginer site plus propice à la construction d'une ville, assez haut au-dessus de la baie pour profiter de la brise, assez proche du rivage pour bénéficier du commerce de la Méditerranée. Il n'était pas surprenant que la ville se soit relevée si vite après le tremblement de terre.

Contrairement aux vastes immeubles des rues romaines, les habitations étaient ici étroites de façade et presque sans fenêtres, comme si elles tournaient le dos à la foule du dehors pour mieux se regarder. Des portes ouvertes révélaient parfois fugitivement ce qu'il y avait derrière – de fraîches entrées tapissées de mosaïques, un jardin ensoleillé, une fontaine – mais ces images volées mises à part, la monotonie de ces murs mornes n'était brisée que par les slogans électoraux tracés à la peinture rouge.

« LA POPULATION TOUT ENTIÈRE A APPROUVÉ LA CANDIDATURE DE CUSPIUS A LA CHARGE D'ÉDILE. »

« LES MARCHANDS DE FRUITS AVEC HELVIUS VESTALIS SOUTIENNENT UNANIMEMENT L'ÉLECTION DE MARCUS HOLCONIUS PRISCUS AU POSTE DE MAGISTRAT DU POUVOIR JUDICIAIRE. »

— Toute ta ville paraît obsédée par les élections,
Tiro. C'est pire qu'à Rome.

— Les hommes libres élisent les nouveaux magistrats à chaque mois de mars, aquarius.

Ils marchaient vite. Tiro se faufilait sur les trottoirs
bondés juste devant Attilius, mettant parfois le pied
dans le courant charrié par les caniveaux. L'ingénieur
dut lui demander de ralentir. Tiro s'excusa. Il était
aveugle de naissance, expliqua-t-il avec entrain : on
l'avait déposé sur le tas d'ordures, derrière les murs de
la ville, pour le laisser mourir, mais quelqu'un l'avait
ramassé et il avait vécu en effectuant des tâches pour
la ville depuis qu'il avait six ans. Il connaissait instinctivement son chemin.

— Cet édile, Popidius, commenta Attilius en lisant
ce nom pour la troisième fois, doit appartenir à la
famille de ceux qui avaient Ampliatus comme esclave,
non ?

Mais Tiro, malgré l'acuité de son oreille, parut pour
une fois ne pas entendre.

Ils arrivèrent à un gros carrefour dominé par un arc
de triomphe monumental soutenu par quatre piliers de
marbre. Un attelage de quatre chevaux figés dans la
pierre plongeait et se cabrait contre le ciel d'un bleu
lumineux, tirant la silhouette de la Victoire dans son
char doré. Le monument était dédié à un autre Holconius – Marcus Holconius Rufus, mort depuis soixante
ans – et Attilius s'arrêta un instant pour lire l'inscription : tribun militaire, prêtre d'Auguste, élu cinq fois
magistrat, bienfaiteur de la ville.

Toujours les mêmes noms, pensa-t-il. Holconius,
Popidius, Cuspius... les citoyens ordinaires pouvaient
bien revêtir leur toge à chaque printemps, aller écouter

les discours et jeter leurs tablettes dans l'urne pour élire de nouveaux magistrats. C'étaient toujours les mêmes visages familiers qui revenaient. L'ingénieur n'avait guère plus de temps à perdre avec les politiciens qu'il n'en avait pour les dieux.

Il allait poser le pied pour traverser la rue quand il recula brusquement. Il lui semblait que les gros blocs de pierre du passage piétonnier ondulaient légèrement. Une grande vague sèche traversa la ville. Un instant plus tard, il vacilla comme il l'avait fait au moment où la *Minerve* avait accosté, et dut se rattraper au bras de Tiro pour ne pas tomber. Plusieurs personnes crièrent ; un cheval broncha. De l'autre côté du carrefour, une tuile glissa d'un toit pentu et se fracassa sur le trottoir. Durant un court instant, le centre de Pompéi devint presque silencieux. Puis, peu à peu, tout s'anima à nouveau. On poussa des soupirs de soulagement et les conversations reprirent. Le cocher fit claquer son fouet au-dessus du cheval affolé, et la charrette bondit.

Tiro profita de l'accalmie de la circulation pour foncer vers le trottoir d'en face et, après une brève hésitation, Attilius le suivit, s'attendant à moitié à voir les grosses pierres se dérober à nouveau sous ses semelles de cuir. Cette sensation le rendait plus nerveux qu'il n'aurait voulu l'admettre. Si l'on ne pouvait même plus se fier au sol que l'on foulait, que restait-il ?

L'esclave l'attendait. Ses yeux aveugles qui semblaient éternellement chercher ce qu'il ne pouvait voir lui donnaient l'air d'être constamment mal à l'aise.

— Ne t'en fais pas, aquarius. Ça arrive tout le temps depuis le début de l'été. Cinq fois, dix fois même au cours des deux derniers jours. Le sol se plaint de la chaleur !

Il tendit la main, mais Attilius ne la prit pas – il trouvait cela humiliant, un aveugle qui rassurait celui qui voyait – et franchit les hautes dalles sans aide. Il demanda avec irritation :

— Mais où est-ce qu'elle est, cette fichue baraque ?

Et Tiro désigna vaguement une entrée de l'autre côté de la rue, un peu plus bas.

Elle ne payait pas de mine. Toujours les mêmes murs aveugles. Avec, d'un côté, une boulangerie et une queue de clients qui attendaient pour acheter des pâtisseries. Des relents d'urine provenaient de la blanchisserie d'en face, devant laquelle on avait disposé des pots pour que les passants pissent dedans (on n'avait encore rien trouvé de mieux que l'urine humaine pour laver le linge). À côté de la blanchisserie, un théâtre. Au-dessus de la grande porte de la maison, il y avait encore un de ces slogans à la peinture rouge : « SES VOISINS SOUTIENNENT LE CANDIDAT LUCIUS POPIDIUS SECUNDUS AU POSTE D'ÉDILE. IL SAURA S'EN MONTRER DIGNE. » Attilius n'aurait jamais trouvé l'endroit tout seul.

— Aquarius, je peux te demander quelque chose ?

— Quoi ?

— Où est Exomnius ?

— Personne ne le sait, Tiro. Il a disparu.

L'esclave reçut la nouvelle en hochant la tête.

— Exomnius était comme toi. Il ne s'habituait pas aux secousses non plus. Il disait que ça lui rappelait l'époque juste avant le grand tremblement de terre, il y a très longtemps. L'année de ma naissance.

Il paraissait au bord des larmes. Attilius posa une main sur son épaule et l'examina avec attention.

— Exomnius est-il venu à Pompéi récemment ?

— Bien sûr, il vivait ici.

Attilius resserra son étreinte.

— Il vivait *ici* ? À Pompéi ?

Il n'en revenait pas, et sut pourtant aussitôt que ce devait être vrai. Cela expliquait pourquoi il y avait aussi peu d'affaires personnelles dans l'appartement d'Exomnius à Misène, pourquoi Corax ne voulait pas qu'il vienne ici, et pourquoi le contremaître s'était comporté si bizarrement à Pompéi – pourquoi il cherchait sans cesse autour de lui, scrutant la foule comme en quête d'un visage familier.

— Il logeait chez Africanus, reprit Tiro. Il n'était pas là tout le temps, mais souvent.

— Il y a combien de temps que tu lui as parlé ?

— Je ne m'en souviens pas.

Le jeune homme semblait réellement effrayé maintenant. Il tourna la tête comme s'il voulait regarder la main d'Attilius sur son épaule. L'ingénieur relâcha la pression de ses doigts. Et lui tapota le bras pour le rassurer.

— Essaye de te rappeler, Tiro. C'est peut-être important.

— Je ne sais pas.

— Après la fête de Neptune ou avant ?

Neptunalia tombait le vingt-troisième jour de juin ; c'était le jour le plus sacré du calendrier pour qui travaillait sur les aqueducs.

— Après. C'est sûr. Il y a peut-être deux semaines.

— Deux semaines ? Alors tu dois être l'un des derniers à lui avoir parlé. Et il était perturbé par les secousses ?

Tiro acquiesça de nouveau.

— Et Ampliatus ? Il était très ami avec Ampliatus, non ? Est-ce qu'ils étaient souvent ensemble ?

— Je ne vois pas... protesta l'esclave en montrant ses yeux.

Non, songea Attilius. Mais je parie que tu les entendais : il n'y a pas grand-chose qui t'échappe. Il regarda la maison de Popidius, juste en face.

— C'est bon, Tiro, tu peux retourner au castellum. Fais ton travail. Je te remercie pour ton aide.

— Merci, aquarius.

Tiro esquissa un salut, prit la main d'Attilius et l'embrassa. Puis il fit demi-tour et remonta la côte vers la Porte du Vésuve, fendant d'un pas dansant la foule des jours de fête.

Hora quinta

11 h 07

Le mélange des différents magmas séjour-
nant dans la chambre et/ou l'irruption
d'un nouveau liquide d'origine profonde
créent un déséquilibre à la fois chimique
et thermodynamique. Le processus se tra-
duit par une surchauffe de l'une des
phases, éventuellement par sa vési-
culation.

Volcanologie *(deuxième édition)*

La maison était dotée d'une double porte, à gros clous et gonds de bronze, solidement fermée. Attilius tambourina dessus avec son poing jugeant le bruit qu'il produisait bien faible par rapport au vacarme de la rue. Elle s'entrouvrit cependant presque aussitôt pour livrer passage au portier, un Nubien gigantesque en tunique rouge sans manches. Ses bras noirs et puissants, aussi solides que des troncs d'arbres, étaient huilés et lui-saient comme du bois dur d'Afrique.

— Un gardien digne de la porte qu'il garde, à ce que je vois.

Le portier ne daigna pas sourire.

— Nom, fonction et motif de la visite.

— Marcus Attilius, aquarius de l'Aqua Augusta, qui voudrait présenter ses hommages à Lucius Popidius Secundus.

— C'est férié aujourd'hui. Il n'est pas là.

Attilius avait coincé son pied contre la porte.

— Eh bien maintenant, il l'est, dit-il en ouvrant son sac pour en sortir la lettre de l'amiral. Tu vois ce sceau ? Donne-lui ça. Dis-lui que cela vient du commandant en chef de Misène. Dis-lui que j'ai besoin de le voir pour les affaires de l'empereur.

Le gardien baissa les yeux sur le pied d'Attilius. S'il avait claqué la porte, il aurait pu le fracasser comme une brindille. Une voix masculine s'éleva derrière lui :

— Pour les affaires de l'empereur, a-t-il dit, Massavo ? Tu ferais mieux de le laisser entrer.

Le Nubien hésita – Massavo, ce nom lui convenait parfaitement, songea Attilius – puis s'effaça, et l'ingénieur se glissa promptement dans l'ouverture. La porte fut refermée et verrouillée derrière lui ; les bruits de la ville s'évanouirent.

L'homme qui avait parlé portait le même uniforme écarlate que le portier. Il avait un trousseau de clés fixé à la ceinture – l'intendant de la maison, sans doute. Il prit la lettre et promena son pouce sur le sceau pour vérifier qu'il n'était pas brisé. Satisfait, il examina Attilius.

— Lucius Popidius accueille des invités pour Vulcanalia. Mais je veillerai à ce qu'il la reçoive en main propre.

— Non, insista Attilius. Je dois la lui remettre moi-même. Sur-le-champ.

Il tendit la main. L'intendant tapota le cylindre de papyrus contre ses dents, cherchant à déterminer ce qu'il devait faire.

— Très bien, dit-il enfin en rendant la lettre à l'ingénieur. Suis-moi.

Il le conduisit dans le passage étroit du vestibule vers un atrium baigné de soleil et, pour la première fois, Attilius commença à évaluer l'immensité de la vieille demeure. La façade étroite n'était qu'une illusion. Il apercevait l'intérieur de la bâtisse derrière l'épaule de l'intendant, au moins cent cinquante pieds, des perspectives successives de lumières et de couleurs – l'allée ombragée, avec ses mosaïques de noir et de blanc au sol – l'éclat aveuglant de l'atrium, avec sa fontaine de marbre ; un tablinum pour recevoir des hôtes, gardé par deux bustes de bronze ; puis venait une piscine entourée de colonnades dont les piliers disparaissaient sous la vigne. Il entendit des pinsons chanter dans une volière, quelque part, et des voix de femmes, des rires.

Ils pénétrèrent dans l'atrium, et l'intendant pria brusquement l'ingénieur de « l'attendre ici » pendant qu'il disparaissait sur la gauche, derrière un rideau qui dissimulait un étroit passage. Attilius regarda autour de lui. Il y avait de l'argent ici, ancestral, utilisé pour acheter une intimité absolue au cœur même d'une ville animée. Le soleil était presque à la verticale et brillait par l'ouverture carrée du toit de l'atrium, l'air était chaud et chargé du parfum des roses. De cet endroit, il pouvait voir presque toute la piscine. De fines statues de bronze décoraient l'escalier le plus proche – un ours sauvage, un lion, un serpent dressé sur ses anneaux, un Apollon jouant de la cithare. À l'autre bout de la cour, quatre femmes allongées sur des divans s'éventaient, une servante se tenait debout derrière chacune d'elles. Elles remarquèrent qu'Attilius les observait, et il y eut quelques rires étouffés derrière les éventails. Il se sentit rougir de confusion et leur tourna le dos au moment même où le rideau s'écartait pour laisser passer l'intendant, qui lui fit signe de le suivre.

Attilius sut instantanément, à l'humidité et au parfum d'huiles ambiants, qu'on l'introduisait dans les bains privés de la maison. Bien évidemment, se dit-il, la demeure devait être équipée de l'installation thermale complète – quand on avait autant d'argent, pourquoi se mêler à la plèbe ? L'intendant le conduisit au vestiaire et le pria de se déchausser, puis ils revinrent dans le couloir pour pénétrer dans le tepidarium, où un personnage incroyablement obèse était allongé sur le ventre, nu sur une table, tandis qu'un jeune masseur s'occupait de lui. Ses fesses blanches tressautaient tandis que le masseur effectuait tout le long de sa colonne vertébrale des séries de petits coups du tranchant des deux mains. Il tourna paresseusement la tête lorsque Attilius passa à côté, et le contempla d'un œil gris injecté de sang, qu'il referma instantanément.

L'intendant fit coulisser une porte, libérant une nuée de vapeur odorante de la pièce obscure adjacente.

Il était au départ difficile de distinguer quoi que ce soit dans le caldarium. La seule lumière provenait de deux flambeaux fixés au mur et des charbons ardents d'un brasero, source de la vapeur qui remplissait la pièce. Peu à peu, Attilius discerna un grand bain encastré d'où émergeaient trois têtes sombres, comme curieusement séparées de leur corps et flottant sur une mer de gris. Il y eut un clapotis lorsqu'une des têtes remua, et quelques éclaboussures lorsqu'une main se leva pour lui faire signe d'approcher.

— Par ici, aquarius, appela une voix traînante. Il paraît que tu as un message pour moi de la part de l'empereur ? Je ne connais pas ces Flaviens. Ils descendent d'un procurateur financier, je crois. Mais Néron était un grand ami à moi.

Une autre tête bougea.

— Qu'on approche une torche ! ordonna-t-elle. Voyons au moins qui nous dérange un jour de fête.

Un esclave qui se tenait dans un coin de l'étuve et qu'Attilius n'avait pas remarqué, décrocha l'un des flambeaux et l'approcha du visage de l'ingénieur afin qu'on puisse l'examiner. Les trois têtes étaient à présent tournées vers lui. Attilius sentait les pores de sa peau se dilater et la sueur couler librement sur son corps. Le sol de mosaïque était brûlant sous ses pieds nus et il comprit qu'il y avait un hypocauste juste au-dessous. Le luxe s'ajoutait de toute évidence au luxe, dans la maison des Popidii. Il se dit qu'Ampliatus, au temps où il était esclave ici, avait dû transpirer en plein été au-dessus de la chaudière souterraine.

La chaleur de la torche contre sa joue était intolérable.

— Ce n'est pas un endroit pour traiter des affaires de l'empereur, déclara-t-il en repoussant le bras de l'esclave. À qui ai-je l'honneur ?

— Voici un garçon bien grossier, commenta la troisième tête.

— Je suis Lucius Popidius, répondit la voix traînante. Et ces messieurs sont Gaius Cuspius et Marcus Holconius. Et notre estimé ami, dans le tepidarium, est Quintus Brittius. Alors, sais-tu qui nous sommes, à présent ?

— Vous êtes les quatre magistrats élus de Pompéi.

— Exactement, répliqua Popidius. Et nous sommes ici dans notre ville, aquarius, alors fais attention à ce que tu dis.

Attilius connaissait le système. En tant qu'édiles, Popidius et Cuspius distribuaient les licences pour toutes les affaires – qu'il s'agît d'un bordel ou de thermes ; ils étaient responsables de la propreté des rues,

147

de l'alimentation en eau et de l'ouverture des temples. Holconius et Brittius étaient les duumvirs, les deux membres de la commission qui présidait la cour dans la basilique et rendait la justice impériale : une flagellation par-ci, une crucifixion par-là, et très certainement une amende pour remplir les caisses de la ville dès qu'il y en avait la possibilité. Il ne pourrait pas faire grand-chose sans eux, aussi se força-t-il à se taire et à attendre tranquillement qu'ils prennent la parole. Le temps, pensa-t-il. Je perds tellement de temps.

— Bon, fit Popidius au bout d'un moment. J'imagine que j'ai assez cuit comme ça.

Il poussa un soupir et se leva, silhouette fantomatique dans la vapeur, puis tendit la main. L'esclave reposa le flambeau sur son support et s'agenouilla devant son maître pour enrouler une serviette autour de ses reins.

— Bien. Où est cette lettre ?

Il s'en saisit et sortit à pas feutrés dans la pièce voisine. Attilius le suivit.

Brittius était à présent allongé sur le dos, et le jeune esclave lui avait visiblement administré plus qu'un massage, car il avait la verge rouge et turgescente, dressée contre la pente grasse de son ventre. Le vieillard repoussa vivement les mains de l'esclave et prit une serviette. Il avait le visage empourpré et foudroya Attilius du regard.

— Qui est-ce donc, Popi ?

— Le nouvel aquarius de l'Augusta. Le remplaçant d'Exomnius. Il arrive de Misène.

Popidius brisa le sceau et déroula la lettre. Il avait une quarantaine d'années et présentait une beauté délicate. Ses cheveux noirs lissés par-dessus ses petites oreilles accentuaient son profil aquilin alors qu'il se penchait pour lire ; la peau de son corps était blanche,

148

lisse et glabre. Attilius constata avec dégoût qu'il s'était fait épiler.

Poussés par la curiosité, les autres sortaient à présent du caldarium, ruisselants d'eau sur le carrelage blanc et noir. Une fresque représentant un jardin fermé par une clôture de bois courait sur tous les murs. Dans une alcôve, sur un piédestal sculpté en forme de nymphe, trônait une vasque de marbre circulaire.

Brittius se souleva sur les coudes.

— Lis tout haut, Popi. Qu'est-ce que ça dit ? Un pli creusa le front lisse de Popidius.

— C'est de Pline. « Au nom de l'empereur Titus Caesar Vespanianus Augustus, et en accord avec l'autorité que m'ont conférée le Sénat et le peuple de Rome...

— Passe le bla-bla ! le pressa Brittius. Va à l'essentiel, dit-il en frottant son pouce contre son majeur, comme pour compter l'argent. Qu'est-ce qu'il cherche ?

— Il semble que l'aqueduc soit bloqué quelque part non loin du Vésuve. Toutes les villes situées à l'ouest de Nola sont à sec. Il dit qu'il veut, qu'il nous « somme », pour reprendre son terme, de fournir immédiatement tous les hommes et le matériel de la colonie de Pompéi nécessaires à la mise en œuvre des réparations de l'Aqua Augusta, sous les ordres de Marcus Attilius Primus, ingénieur du département du curator aquarium de Rome.

— Voyez-vous ça ! Et qui payera la note, si je puis me permettre ?

— Il ne le dit pas.

— L'argent n'est pas un problème, intervint Attilius. Je peux vous assurer que le curator aquarium remboursera tous les frais.

— Vraiment ? Tu as autorité pour faire une telle promesse ?

149

— Vous avez ma parole, assura Attilius après une hésitation.

— Ta parole ? Ce n'est pas ta parole qui remettra de l'or dans nos caisses une fois qu'il en sera sorti.

— Et puis regarde, dit l'un des autres.

Il avait moins d'une trentaine d'années, plutôt musclé mais doté d'une petite tête : Attilius devina qu'il devait s'agir du plus jeune des deuxièmes magistrats, l'édile Cuspius. Celui-ci ouvrit le robinet au-dessus de la vasque circulaire, et l'eau jaillit.

— Il n'y a pas de sécheresse, ici... tu vois ? Je demande donc : en quoi cela nous concerne-t-il ? Tu veux des hommes et du matériel ? Demandes-en aux villes qui n'ont pas d'eau. Va à Nola. Nous, on baigne dedans ! Regarde !

Et, pour souligner son propos, il ouvrit plus encore le robinet et laissa l'eau couler à flots.

— De plus, ajouta Brittius avec un air rusé, c'est bon pour le commerce. Tous les habitants de la baie qui voudront prendre un bain, ou même boire... viendront à Pompéi. Et puis c'est un jour de fête. Qu'est-ce que tu en dis, Holconius ?

Le vieux magistrat se drapa dans sa serviette comme dans une toge.

— Les prêtres vont s'offenser de voir des hommes travailler un jour de fête, annonça-t-il d'un ton judicieux. Les gens devraient suivre notre exemple et se rassembler avec leurs amis et leur famille pour observer les rites religieux. Je propose que nous disions à ce jeune homme, avec tout le respect que nous devons à l'amiral Pline, de foutre le camp d'ici.

Brittius éclata d'un rire tonitruant, frappant le bord de la table pour marquer son approbation. Popidius sourit et roula le papyrus.

— Je crois que tu as ta réponse, aquarius. Pourquoi

ne pas revenir demain ? Nous verrons ce que nous pouvons faire.

Il voulut lui rendre la lettre, mais Attilius lui passa le bras devant et ferma résolument le robinet. Quel tableau ils formaient, ces trois personnages dégoulinants d'eau – de *son* eau – et Brittius, avec sa piteuse érection dissimulée à présent par les plis flasques de son giron. La chaleur au parfum écœurant devenait insupportable. Il s'essuya le visage sur la manche de sa tunique.

— Écoutez-moi, maintenant, honorables magistrats. À partir de ce soir à minuit, Pompéi sera elle aussi privée d'eau. Le flot sera tout entier détourné sur Bénévent afin que nous puissions descendre dans le tunnel de l'aqueduc pour le réparer. J'ai déjà envoyé mes hommes dans la montagne fermer les vannes, annonça-t-il, suscitant des exclamations de colère. Il est sûrement de l'intérêt de tous les citoyens de la baie de coopérer, non ? demanda-t-il en levant la main avant de se tourner vers Cuspius. Oui, vous avez raison, je pourrais aller chercher assistance à Nola, mais cela nous coûterait au moins une journée. Et cela ferait un jour de plus où vous seriez sans eau, comme les autres.

— Oui, mais avec une différence, dit Cuspius. Nous le savons à l'avance. Que dirais-tu de cette idée, Popidius ? Nous pourrions faire une proclamation demandant à tous les citoyens de remplir tous les récipients en leur possession, de sorte que nous serions la seule ville de la baie à disposer d'une réserve d'eau.

— Nous pourrions même en vendre, avança Brittius. Et plus la panne durerait, meilleur prix nous en tirerions.

— Vous ne pouvez pas vendre ce qui ne vous appartient pas ! s'exclama Attilius, qui avait de plus en plus de mal à garder son calme. Si vous refusez de m'aider, je vous jure que mon premier soin après la réparation de la matrice sera de fermer l'alimentation de Pompéi.

Il n'avait aucune autorité pour proférer de telles menaces, mais il continua tout de même, frappant du doigt la poitrine de Cuspius.

— Et je veillerai à ce que Rome fasse envoyer un commissaire pour enquêter sur les détournements de l'aqueduc impérial. Je vous ferai payer pour la moindre tasse supplémentaire que vous aurez prise en plus de la part qui vous est attribuée !

— Quelle insolence ! s'écria Brittius.

— Il m'a touché ! renchérit Cuspius, outragé. Vous avez vu ça ? Ce rebut a osé poser sa sale main sur moi !

Il redressa le menton et se rapprocha encore d'Attilius, prêt à se battre. L'ingénieur se serait peut-être laissé entraîner, ce qui aurait été désastreux – pour lui, pour sa mission –, si le rideau ne s'était pas écarté pour laisser entrer un nouveau personnage, qui avait de toute évidence écouté leur conversation dans le couloir.

Attilius ne l'avait rencontré qu'une seule fois, mais il n'était pas près de l'oublier : Numerus Popidius Ampliatus.

Ce qui étonna le plus Attilius, une fois remis de la surprise de le revoir, fut la déférence avec laquelle ils le traitaient tous. Brittius lui-même laissa retomber ses jambes grasses par-dessus le bord de la table et redressa le dos, comme s'il était d'une certaine façon irrévérencieux d'être surpris allongé en présence de cet ancien esclave. Ampliatus posa une main apaisante sur l'épaule de Cuspius, lui chuchota quelques mots à l'oreille, esquissa un clin d'œil et lui ébouriffa les cheveux, le tout sans quitter Attilius du regard.

L'ingénieur se remémora la dépouille sanglante de l'esclave, dans le bassin à anguilles, et le dos lacéré de la mère du malheureux.

— Que se passe-t-il donc, messieurs ? demanda Ampliatus avec un brusque sourire en désignant Attilius. On se dispute aux bains ? Un jour de fête religieuse ? C'est inconvenant. Où avez-vous tous été élevés ?

— C'est le nouvel aquarius de l'aqueduc, intervint Popidius.

— Je connais Marcus Attilius. Nous nous sommes déjà rencontrés, n'est-ce pas, aquarius ? Je peux voir ?

Il prit la lettre de Pline des mains de Popidius et la parcourut rapidement. Les cheveux huilés, il portait une tunique bordée d'or et exhalait le même parfum d'onguents coûteux que l'ingénieur avait remarqué la veille. Il s'adressa à Attilius.

— Quel est le plan d'action ?

— Remonter la canalisation de Pompéi jusqu'à sa jonction avec l'Augusta, puis suivre la canalisation mère en direction de Nola jusqu'à ce que je trouve le problème.

— Que te faut-il ?

— Je ne le sais pas encore avec exactitude, répondit Attilius, hésitant – l'apparition d'Ampliatus l'avait déconcerté. De la chaux vive. Du putéolanum. Des briques. Des madriers. Des torches. Des hommes.

— Combien de chaque ?

— Peut-être six amphores de chaux pour commencer. Une douzaine de paniers de putéolanum. Cinquante pas de madriers et cinq cents briques. Autant de torches que possible. Dix bonnes paires de bras. Il ne m'en faudra peut-être pas tant, il m'en faudra peut-être davantage. Tout dépendra de la gravité des dommages.

— Quand le sauras-tu ?

— L'un de mes hommes doit me faire son rapport cet après-midi.

— Bien, fit Ampliatus avec un hochement de tête. Si vous voulez mon avis, honorables magistrats, je crois que nous devrions faire tout ce qui est en notre pouvoir pour l'aider. Que l'on ne puisse pas dire que la vénérable colonie de Pompéi a refusé de répondre à un appel de l'empereur. En outre, j'ai un élevage de poissons à Misène qui consomme autant d'eau que Brittius ici consomme de vin. Je veux que cet aqueduc soit réparé le plus vite possible. Qu'en dites-vous ?

Les magistrats échangèrent des regards gênés. Popidius finit par dire :

— Nous nous sommes peut-être montrés un peu hâtifs.

Seul Cuspius hasarda une nuance d'opposition.

— Je persiste à croire que la charge de tout ceci devait incomber à Nola...

— C'est réglé, alors, l'interrompit Ampliatus. Je te fournirai tout ce dont tu as besoin, Marcus Attilius, si tu veux bien avoir l'amabilité d'attendre dehors. Scutarius ! appela-t-il l'intendant par-dessus son épaule. Donne ses chaussures à l'aquarius !

Aucun des autres ne parla ni même n'adressa un regard à Attilius. On aurait dit des écoliers désobéissants surpris par leur maître en pleine bagarre.

L'ingénieur prit ses chaussures et quitta le tepidarium pour s'enfoncer dans le passage sombre. Le rideau fut promptement tiré derrière lui. Il s'appuya contre le mur pour se chausser et essaya d'écouter ce qui se disait, mais ne put rien entendre. Il perçut un bruit d'éclaboussures en provenance de l'atrium : quelqu'un plongeait dans la piscine. Cela lui rappela que la maison était pleine de monde pour la fête et l'incita à sortir. Il ne voulait pas être surpris en train d'écouter aux portes. Il écarta donc le second rideau et recula dans la lumière aveuglante. De l'autre côté de l'atrium, derrière le tablinum, la surface de la piscine s'agitait sous l'impact du plongeon. Les épouses des magistrats bavardaient toujours à l'autre bout, où elles avaient été rejointes par une femme assez ordinaire, qui se tenait modestement de côté, les mains croisées sur les genoux. Deux esclaves porteuses de plateaux chargés de mets passèrent derrière elles. Des parfums de cuisine flottaient dans l'air. Un grand festin se préparait.

Attilius eut l'œil attiré par une ombre sous l'eau miroitante. Quelques secondes plus tard, une nageuse émergea.

— Corelia Ampliata !

Il avait prononcé son nom à voix haute, sans le vouloir. Elle ne l'entendit pas. La jeune fille secoua la tête et écarta ses cheveux noirs de ses yeux fermés, les ramenant à deux mains derrière sa tête. Elle tenait ses coudes largement ouverts, son visage pâle levé vers le soleil, sans remarquer qu'il l'observait.

— Corelia ! chuchota-t-il, peu désireux d'attirer l'attention des autres femmes.

Cette fois, elle se retourna. Il lui fallut un moment pour le repérer dans l'éclat de l'atrium, mais dès qu'elle l'eut reconnu, elle s'avança vers lui. Elle portait une chemise de toile fine qui lui arrivait presque aux genoux et, lorsqu'elle sortit de l'eau, plaça un bras trempé sur sa poitrine et l'autre en travers de ses cuisses, telle une modeste Vénus jaillissant des vagues. Il entra dans le tablinum et s'avança vers la piscine, passant devant les masques funéraires du clan des Popidii. Des rubans rouges reliaient les représentations des morts pour montrer qui était parent de qui, en un entrecroisement de pouvoirs qui s'étendait sur des générations.

— Aquarius, souffla-t-elle, tu dois partir tout de suite !

Elle se tenait sur les marches circulaires qui s'enfonçaient dans la piscine.

— Pars ! Sauve-toi ! Mon père est ici, et s'il te voit...

— C'est trop tard. Nous nous sommes croisés.

Il recula tout de même afin de rester hors de vue des femmes à l'autre bout de la piscine. Je devrais détourner les yeux, pensa-t-il. Ce serait plus correct. Mais il ne pouvait détacher son regard de la jeune fille.

— Que fais-tu ici ?

— Ce que je fais ici ? répéta-t-elle en le regardant comme s'il était simple d'esprit. Mais où veux-tu que je sois ? *Cette maison appartient à mon père.*

Il ne saisit pas tout de suite ce qu'elle lui disait.

— Mais on m'a dit que Lucius Popidius habitait ici...

— C'est le cas.

Tout s'embrouillait.

— Alors... ?

— Il doit m'épouser.

Elle annonça cela d'une voix atone et haussa les épaules. Il y avait quelque chose de terrible dans ce geste, de totalement désespéré, et soudain, tout s'éclaira pour Attilius – la raison de l'apparition inopinée d'Ampliatus, la déférence que lui avait manifestée Popidius et la façon dont les autres avaient suivi son exemple. Ampliatus avait réussi à acheter le toit au-dessus de la tête de Popidius, et il s'apprêtait maintenant à étendre complètement son emprise en mariant sa fille à son ancien maître. L'idée de ce vieux beau, avec son corps lisse et épilé, partageant la couche de Corelia l'emplit d'une colère inattendue, même s'il essaya de se raisonner en se répétant que cela ne le regardait pas.

156

— Mais, à son âge, Popidius doit être déjà marié, non ?

— Il l'était. Il a été forcé de divorcer.

— Et que pense Popidius d'une telle union ?

— Il trouve indigne de conclure une union qui soit tellement au-dessous de sa condition... comme toi, visiblement.

— Pas du tout, Corelia, s'empressa-t-il de protester en voyant qu'elle avait des larmes dans les yeux. Au contraire. Je dirais que tu vaux cent Popidii. Mille.

— Je le déteste, dit-elle, sans qu'Attilius pût déterminer si elle parlait de Popidius ou de son père.

Un bruit de pas rapides se fit entendre dans le couloir, et la voix forte d'Ampliatus qui appelait :

— Aquarius !

— Pars, je t'en supplie, le pressa-t-elle en frissonnant. Tu as été si gentil d'essayer de m'aider, hier. Ne tombe pas à sa merci comme nous tous ici.

— Je suis par la naissance un citoyen libre de Rome, membre du personnel du curator aquarium, au service de l'empereur, répliqua Attilius avec raideur, et pas un esclave qu'on peut jeter aux anguilles. Ni une vieille femme qu'on peut fouetter et laisser pour morte.

Ce fut au tour de la jeune fille d'être choquée. Elle porta la main à sa bouche.

— Atia ?

— Atia, oui... c'est son nom ? Je l'ai trouvée cette nuit dans la rue et l'ai ramenée chez moi. Elle était sans connaissance et on l'avait laissée là pour qu'elle crève comme un chien.

— Le monstre !

Corelia recula, les mains toujours pressées contre le visage, et se laissa glisser dans l'eau.

— Tu abuses de mon bon caractère, aquarius ! lança Ampliatus en traversant le tablinum. Je t'avais dit de

157

m'attendre, rien de plus. – Il foudroya Corelia du regard. – Tu devrais faire attention, après ce que je t'ai dit hier ! Celsia ! cria-t-il alors par-dessus la piscine, faisant sursauter la femme effacée qu'Attilius avait remarquée un moment plus tôt. Sors notre fille de l'eau ! C'est inconvenant pour elle de montrer ses seins en public !

Il se retourna vers Attilius.

— Regarde-les, là-bas, toutes ces grosses poules en train de couver ! »

Il battit des bras dans leur direction, émettant une série de caquètements – *coooot, cotcotcot-codac !* – et les femmes levèrent leur éventail d'un air méprisant.

— Mais elles ne partiraient pas, oh non. Une chose que j'ai apprise au sujet de nos aristocrates romains, c'est qu'ils iraient n'importe où pour un repas gratuit. Et ces bonnes femmes sont encore pires. Je serai de retour dans une heure ! lança-t-il. Ne servez pas sans moi !

Puis le nouveau maître de la maison des Popidii fit signe à Attilius de le suivre, tourna les talons et se dirigea vers la porte.

Alors qu'ils traversaient l'atrium, Attilius jeta un regard vers le bassin où Corelia s'immergeait encore, comme si elle pensait que l'eau pourrait effacer tout ce qui arrivait.

Hora sexta

12 h 00

En remontant des profondeurs de la terre, le magma subit une grande diminution de pression. Ainsi, à dix mètres de profondeur, les pressions atteignent environ 300 mégapascals (Mpa), soit 3000 fois la pression atmosphérique. Un tel changement de pression a de nombreuses conséquences sur les propriétés physiques et la fluidité du magma.

Encyclopaedia of Volcanoes

Ampliatus avait une litière et huit esclaves qui attendaient sur le trottoir, vêtus de la même livrée écarlate que le gardien et l'intendant. Ils se redressèrent précipitamment en voyant leur maître, mais il passa devant eux sans les regarder, de même qu'il ignora la petite foule de plaignants accroupis à l'ombre du mur d'en face malgré le jour férié pour scander son nom en un chœur anémié.

— On va marcher, annonça-t-il en remontant la pente vers le carrefour, conservant la même allure rapide que dans la maison.

Attilius lui emboîta le pas. À midi, l'atmosphère était étouffante et les rues tranquilles. Les quelques passants qu'ils croisaient encore sautaient dans le caniveau ou bien s'enfonçaient dans les entrées de boutiques dès qu'Ampliatus approchait. Il fredonnait en marchant, et adressait occasionnellement un salut de tête à quelqu'un. À un moment, l'ingénieur regarda derrière lui et s'aperçut qu'ils étaient flanqués d'une escorte digne d'un sénateur. D'abord, à distance discrète, les esclaves avec la litière, et, derrière eux, le cortège des plaignants... des hommes affichant l'expression épuisée et découragée de ceux qui sont soumis au bon vouloir du grand homme depuis l'aube tout en sachant leur requête vouée à l'échec.

À mi-chemin de la Porte du Vésuve – l'ingénieur compta trois pâtés de maisons – Ampliatus prit à droite, traversa la rue et ouvrit une petite porte de bois insérée dans le mur. Il posa la main sur l'épaule d'Attilius pour le faire entrer, et l'ingénieur sentit sa chair se révulser au toucher du millionnaire.

« *Ne tombe pas à sa merci comme nous tous ici.* »

Il se dégagea de l'emprise d'Ampliatus. Celui-ci referma la porte derrière eux, et ils se retrouvèrent dans un vaste chantier désert qui occupait la majeure partie du pâté de maisons. Il y avait sur la gauche un mur de brique surmonté d'un toit de tuiles rouges incliné – arrière d'une rangée de boutiques – et percé au milieu par une grosse double porte. Sur la droite, un ensemble de nouveaux bâtiments, bientôt terminés, avec de grandes fenêtres modernes donnant sur une étendue de gravats et de broussailles. On creusait un réservoir rectangulaire juste sous les fenêtres.

Ampliatus avait posé les mains sur les hanches pour scruter la réaction de l'ingénieur.

— Alors, qu'est-ce que je construis d'après toi ? Tu as droit à une réponse.

— Des thermes.

— C'est cela. Qu'est-ce que tu en penses ?

— C'est impressionnant, répondit Attilius, et il ne mentait pas.

Pas moins grandiose que tout ce qu'il avait pu voir en chantier à Rome au cours des dix dernières années. Les ouvrages de brique et les colonnes étaient admirablement réalisés. Il régnait une impression de tranquillité, d'espace, de paix et de lumière. Les hautes fenêtres étaient orientées sud-ouest pour profiter du soleil de fin d'après-midi, qui commençait tout juste à inonder l'intérieur.

— Je te félicite, ajouta-t-il.

— Nous avons pratiquement dû abattre tout le pâté de maisons pour faire de la place, avoua Ampliatus, et cette mesure a été très impopulaire. Mais je crois que cela en vaudra la peine. Ce seront les plus beaux thermes après ceux de Rome. Et plus modernes que tout ce que vous pouvez avoir là-bas, ajouta-t-il en promenant un regard fier autour de lui. Tu sais, quand nous nous décidons à faire quelque chose, nous, les provinciaux, nous pouvons encore en remontrer à vos hauts personnages de Rome.

Il mit ses mains en porte-voix et appela :

— Januarius !

Une réponse retentit de l'autre côté du chantier, puis un grand type apparut en haut d'un escalier. Il reconnut son maître et dévala les marches pour traverser le site au pas de course en s'essuyant les mains sur sa tunique et en effectuant de la tête toute une série de petits saluts.

— Januarius, voici mon ami, l'aquarius de l'Augusta. Il travaille pour l'empereur !

— Très honoré, dit Januarius en saluant à son tour Attilius.

— Januarius est l'un de mes chefs d'équipe. Où sont les garçons ?

— Dans les baraquements, seigneur, répondit-il, l'air terrifié, comme s'il avait été surpris en pleine oisiveté. C'est jour de fête...

— Oublie la fête. Nous avons besoin d'eux maintenant. Tu as dit que tu avais besoin de dix hommes, aquarius ? Mieux vaut en prendre douze. Januarius, va me chercher douze des hommes les plus forts que nous ayons. L'équipe de Brebix. Dis-leur de prendre à boire et à manger pour une journée. Que te faut-il encore ?

— De la chaux, commença Attilius. Du putéolanum...

— C'est ça, tout ce matériel-là. Des madriers, des briques, des torches – n'oublie pas les torches. Il doit avoir tout ce qu'il demande. Tu auras aussi besoin de transport, non ? Deux attelages de bœufs.

— J'en ai déjà loué.

— Mais prends les miens... j'insiste.

— Non.

La générosité d'Ampliatus commençait à mettre l'ingénieur mal à l'aise. Il y aurait d'abord des cadeaux, puis ces cadeaux se mueraient en prêts qui ne tarderaient pas à se révéler une dette impossible à rembourser. C'est certainement ainsi que Popidius avait fini par perdre sa demeure. *Une ville d'escrocs.* Il leva les yeux vers le ciel.

— Il est midi. Les bœufs doivent être arrivés au port, à l'heure qu'il est. J'ai un esclave qui attend là-bas avec les outils.

— À qui as-tu loué les bêtes ?

— Baculus.

— Baculus ! Ce voleur imbibé ! Mes bœufs seraient

nettement meilleurs. Laisse-moi au moins lui parler. Je t'obtiendrai une belle remise.

— Si tu insistes, capitula Attilius avec un haussement d'épaules.

— Mais oui. Va chercher les hommes, Januarius, et envoie quelqu'un sur les quais pour ramener les attelages de l'aquarius ici, pour le chargement. En attendant, je vais te faire visiter, aquarius, dit-il en posant à nouveau sa main sur l'épaule d'Attilius. Viens.

Les thermes n'étaient pas un luxe. Les bains étaient le fondement de la civilisation. Les bains étaient ce qui élevait le plus misérable citoyen de Rome au-dessus du niveau des barbares mal léchés les plus riches. Les bains instillaient la triple discipline de la propreté, de la santé et de la stricte régularité. N'était-ce pas pour alimenter les thermes que les aqueducs avaient été inventés au départ ? Les bains n'avaient-ils pas contribué à propager la philosophie romaine à travers l'Europe, l'Afrique, l'Asie aussi efficacement que les légions, de sorte que quelle que soit la ville de cet empire immense où un homme séjournait, il pouvait au moins être sûr de trouver un petit morceau de chez lui ?

Telle était l'essence du discours que fit Ampliatus à Attilius en lui faisant faire le tour de la coquille vide de son rêve. Les salles n'étaient pas encore équipées, il y régnait une forte odeur de peinture et de stuc frais et les pas des deux hommes résonnaient alors qu'ils traversaient les cabines et salles d'exercices pour entrer dans le corps principal du bâtiment. Là, les fresques étaient déjà en place. Des images du Nil verdoyant, parsemées de crocodiles paresseux, se muaient en scènes de la vie des dieux. Triton nageait auprès des

Argonautes et les escortait en eaux sûres. Neptune transformait son fils en cygne. Persée sauvait Andromède du monstre marin envoyé pour attaquer les Éthiopiens. Le bassin du caldarium était conçu pour recevoir vingt-huit clients payants à la fois. Allongés sur le dos, ceux-ci contempleraient un plafond de saphir, éclairé par cinq cents lampes et grouillant de toutes les espèces de la vie aquatique, et auraient l'impression de flotter dans une grotte sous-marine.

Pour obtenir le luxe qu'il désirait atteindre, Ampliatus faisait appel aux techniques les plus modernes, aux meilleurs matériaux et aux artisans les plus habiles d'Italie. Il y avait dans le dôme du laconicum – l'étuve – des vitres en verre de Néapolis aussi épaisses qu'un doigt d'homme. Les murs, sols et plafonds étaient creux, et la chaudière qui chauffait les cavités était si puissante que même en cas de neige, l'air qui circulait à l'intérieur serait assez brûlant pour faire fondre la chair humaine. Tout était construit pour supporter un tremblement de terre. Les principaux équipements – tuyaux d'alimentation, écoulements, grilles, aérations, robinets, bondes, douches et même les poignées de chasses d'eau – étaient en laiton. Les sièges des toilettes étaient en marbre phrygien, avec des accoudoirs sculptés en forme de dauphin ou de chimère. L'eau courante, chaude et froide dans tout l'établissement. La *civilisation*.

Attilius ne put qu'admirer le côté visionnaire du personnage. Ampliatus faisait preuve d'un tel enthousiasme à tout lui montrer qu'on aurait presque pu croire qu'il sollicitait un investissement. Et, à la vérité, si l'ingénieur avait eu de l'argent, si la majeure partie de son salaire n'avait pas déjà été envoyée à sa mère et à sa sœur, il lui aurait volontiers donné jusqu'à son dernier sou, car il n'avait jamais rencontré de vendeur plus persuasif que ce Numerus Popidius Ampliatus.

— Dans combien de temps le chantier sera-t-il terminé ?

— Je dirais, un mois. Il faut encore que je fasse venir les menuisiers. J'ai besoin d'étagères, de quelques placards. Je pensais installer des planchers dans les vestiaires, et j'envisageais du pin.

— Oh, non, fit Attilius. Il faut prendre de l'aulne.

— De l'aulne ? Pourquoi ?

— Il ne pourrira pas au contact de l'eau. Je prendrais du pin – ou peut-être du cyprès – pour les volets. Mais il faut que ce soit du bois des terres basses, là où le soleil chauffe. Il faut éviter le pin des montagnes. Pas pour une construction de cette qualité.

— D'autres conseils ?

— Toujours prendre du bois coupé à l'automne, jamais au printemps. Les arbres sont fertiles au printemps et le bois est plus tendre. Pour les attaches, prendre de l'olivier, passé à la flamme – ça durera un siècle. Mais tu sais probablement déjà tout cela.

— Pas du tout. J'ai beaucoup construit, il est vrai, mais je n'y entends rien au bois et à la pierre. Moi, c'est l'argent que je connais bien. Et ce qui est pratique, avec l'argent, c'est qu'on peut le récolter quand on veut. Ça donne toute l'année.

Il rit à sa propre plaisanterie et se tourna vers l'ingénieur. Il y avait quelque chose de perturbant dans l'intensité de son regard qui, au lieu de rester fixé sur son interlocuteur, s'agitait comme s'il évaluait sans cesse les divers aspects de la personne à qui il s'adressait ; et Attilius pensa : Oh non, ce n'est pas l'argent que tu connais le mieux, ce sont les hommes – leurs forces et leurs faiblesses ; quand flatter, quand faire peur.

— Et toi, aquarius, demanda doucement Ampliatus, qu'est-ce que tu connais le mieux ?

— L'eau.

— Voilà quelque chose qu'il est important de connaître. L'eau est au moins aussi précieuse que l'argent.

— Vraiment ? Alors pourquoi ne suis-je pas riche ?

— Tu pourrais peut-être le devenir, glissa-t-il en passant, laissant la remarque flotter un instant sous le dôme impressionnant avant de passer à autre chose. L'ordre du monde cesse-t-il parfois de t'étonner, aquarius ? Quand cet endroit sera ouvert, il me rapportera une fortune. Alors, j'utiliserai tout cet argent pour en gagner plus, et encore plus. Mais sans ton aqueduc, je ne pourrais pas construire mes thermes. Ça mérite réflexion, non ? Sans Attilius : pas d'Ampliatus.

— Sauf que ce n'est pas mon aqueduc. Ce n'est pas moi qui l'ai construit, mais l'empereur.

— C'est vrai, et ça a coûté pas moins de deux millions le mille ! « Le feu regretté Auguste » – a-t-on jamais élevé plus justement un homme au rang des dieux ? Je préfère de loin Auguste le Divin à Jupiter ! Et je lui adresse chaque jour mes prières. Cette odeur de peinture me donne mal à la tête, dit-il en reniflant. Laisse-moi te montrer mes projets pour le parc.

Il les reconduisit par où ils étaient venus. Le soleil se déversait à plein maintenant par les grandes fenêtres ouvertes. Sur les murs opposés, les dieux semblaient animés par la couleur. Il se dégageait cependant des salles vides quelque chose de surnaturel – le silence soporifique, la poussière en suspens dans les rais de lumière, le roucoulement des pigeons sur le chantier. Un oiseau avait dû pénétrer dans le laconicum et ne parvenait pas à en sortir. Le soudain battement de ses ailes contre le dôme fit bondir le cœur de l'ingénieur dans sa poitrine.

Dehors, la chaleur rendait l'air lumineux presque tangible, comme de la pâte de verre, mais Ampliatus ne semblait pas le sentir. Il gravit l'escalier extérieur avec facilité et monta sur la petite véranda. De là, il avait vue sur l'ensemble de son petit royaume. Ce sera le terrain de sport, annonça-t-il. Il planterait des platanes tout autour pour l'ombrager. Il expérimentait en ce moment une méthode permettant de chauffer l'eau de la piscine extérieure. Il tapota le parapet de pierre.

— C'est ici que j'ai fait ma première acquisition. Il y a dix-sept ans. Le prix en était tellement bas que tu aurais du mal à le croire. Il ne restait pas grand-chose debout après le tremblement de terre, remarque. Plus de toit, juste des pans de mur. J'avais vingt-huit ans à l'époque. Je n'ai jamais été aussi heureux, ni avant, ni depuis. J'ai réparé, et j'ai loué. J'ai acheté une autre propriété, et je l'ai louée. Certaines de ces vieilles maisons de l'époque de la République sont immenses. Je les ai divisées pour y faire tenir dix familles. Et j'ai continué sur ma lancée. Je vais te confier quelque chose, mon ami : il n'y a pas d'investissement plus sûr que la propriété foncière à Pompéi.

Il écrasa une mouche sur le dos de sa main puis inspecta son cadavre entre ses doigts avant de le jeter. Attilius n'avait aucun mal à l'imaginer jeune – brutal, énergique, impitoyable.

— Tu avais déjà été affranchi par les Popidii à cette époque ?

Ampliatus lui adressa un regard meurtrier. Malgré tous ses efforts pour se montrer affable, songea Attilius, son regard le trahirait toujours.

— Si tu voulais m'insulter, aquarius, n'y pense même pas. Tout le monde sait que Numérus Popidius Ampliatus est né esclave, et il n'en a pas honte. Oui, j'étais déjà libre. J'ai été affranchi par le testament de mon maître alors que j'avais vingt ans. Lucius, son fils – celui dont tu viens de faire la connaissance – a fait de moi son intendant. Ensuite, j'ai travaillé un moment au recouvrement des dettes avec un vieil usurier du nom de Jucundus, et il m'a beaucoup appris. Mais je ne serais jamais devenu riche s'il n'y avait pas eu le tremblement de terre.

Il regarda tendrement le Vésuve, et sa voix s'adoucit.

— C'est venu de la montagne un matin de février, comme un coup de vent sous la terre. Je l'ai regardé approcher : les arbres s'inclinaient sur son passage. Et quand tout a été terminé, la ville n'était plus qu'un tas de ruines. On se moquait bien alors de savoir qui était né libre ou esclave. La ville était déserte. On pouvait marcher dans les rues pendant une heure sans rencontrer personne d'autre que des morts.

— Qui avait la responsabilité de reconstruire la ville ?

— Personne ! Ça a été une honte. Toutes les familles les plus riches se sont enfuies dans les propriétés qu'elles avaient à la campagne. Ils étaient tous convaincus qu'il y aurait un autre tremblement de terre.

— Même Popidius ?

— Surtout Popidius. (Il se tordit les mains et prit une voix geignarde.) « Oh, Ampliatus ! Les dieux nous ont abandonnés ! Oh, Ampliatus, les dieux nous punissent ! » Les dieux ! Je te demande un peu. Comme si les dieux se souciaient de qui on baise et de comment on vit. Comme si les tremblements de terre ne faisaient pas partie de la Campanie comme les printemps chauds et la sécheresse en été ! Ils sont revenus petit à petit, évidemment, quand ils ont vu qu'il n'y avait rien à craindre, mais alors, les choses avaient déjà commencé à changer. *Salve lucrum !* Salut au profit ! C'est le mot d'ordre de la nouvelle Pompéi. Tu verras ça dans toute la ville. *Lucrum gaudium !* Le profit, c'est le bonheur ! Pas l'argent, note bien... n'importe quel imbécile peut hériter d'une grosse somme d'argent. Le profit. Ça demande du savoir-faire.

Il cracha par-dessus le muret dans la rue en contrebas.

— Lucius Popidius ! Quel savoir-faire a-t-il ? Il sait boire de l'eau froide et pisser chaud, et c'est à peu près tout. Alors que toi – et Attilius se sentit à nouveau évalué – j'ai l'impression que tu es quelqu'un de capable. Je me retrouve un peu en toi, quand j'avais ton âge. Tu pourrais m'être fort utile.

— T'être utile ?

— Ici, par exemple. Ces thermes auraient bien besoin de quelqu'un qui s'y connaisse en eau. Et pour te récompenser de tes conseils, je pourrais t'intéresser aux bénéfices. Te donner une part des profits.

— Je ne crois pas, non, répliqua Attilius en souriant.

— Ah ! Tu es dur en affaires ! commenta Ampliatus, souriant à son tour. J'aime ça chez un homme ! Très bien, une part de l'affaire aussi alors.

— Non, merci, je suis flatté. Mais ma famille travaille aux aqueducs de l'empire depuis un siècle. Je suis né pour être ingénieur sur les matrices, et je mourrai ingénieur.

— Pourquoi ne pas faire les deux ?

— Pardon ?

— T'occuper de l'aqueduc et me donner des conseils. Personne n'aura besoin de savoir.

Attilius l'examina attentivement, étudia ses traits rusés et impatients. Derrière la richesse, la violence et la jouissance du pouvoir, il n'était rien d'autre qu'un petit escroc de province.

— Non, répondit-il froidement. Ce serait impossible.

Son mépris dut transparaître sur son visage, parce que Ampliatus renonça aussitôt.

— Tu as raison, dit-il en hochant la tête. Oublie que j'en ai parlé. Je suis parfois un peu grossier. Je ne réfléchis pas toujours aux idées qui me viennent toutes seules.

— Comme de faire exécuter un esclave avant de vérifier s'il dit la vérité ?

Ampliatus eut un grand sourire et pointa le doigt sur Attilius.

— Excellent ! C'est vrai. Mais comment veux-tu qu'un homme comme moi sache se conduire ? Tu peux avoir tout l'argent de l'empire, ça ne fait pas de toi un homme bien élevé, n'est-ce pas ? On croit qu'on copie l'aristocratie, qu'on a un peu de classe, mais il s'avère qu'on n'est qu'un monstre. N'est-ce pas ainsi que Corelia m'a appelé, un monstre ?

— Et Exomnius ? laissa échapper Attilius. Aurais-tu passé avec lui un accord dont personne n'avait connaissance ?

Le sourire d'Ampliatus ne faiblit pas. De la rue leur parvint un grondement de roues en bois contre la pierre.

— Écoute, je crois que j'entends tes attelages arriver. Nous devrions descendre les faire entrer.

La conversation aurait pu ne jamais avoir eu lieu. Fredonnant à nouveau, Ampliatus se dirigea d'un pas vif vers l'autre côté de la cour jonchée de gravats. Il ouvrit les lourdes portes et s'inclina cérémonieusement devant le premier attelage conduit par Polites. Un homme qu'Attilius ne connaissait pas conduisait le second. Deux autres inconnus étaient assis à l'arrière, jambes pendant dans le vide. Ils sautèrent à terre dès qu'ils remarquèrent Ampliatus, et gardèrent les yeux respectueusement baissés.

— Bravo, les garçons, dit Ampliatus. Je veillerai à

ce que vous soyez récompensés de travailler ainsi un jour de fête. Mais il s'agit d'une urgence et nous devons tous unir nos efforts pour aider à réparer l'aqueduc. Pour le bien commun... n'est-ce pas, aquarius ?

Il pinça la joue de l'homme le plus proche.

— Tu es sous ses ordres à présent. Sers-le bien. Aquarius, prends tout ce dont tu as besoin. Tout est sur le chantier. Les torches sont dans la réserve. Puis-je faire autre chose pour toi ? demanda-t-il, visiblement pressé de partir.

— Je dresserai l'inventaire de tout ce que nous prendrons, assura Attilius. Tu seras dédommagé.

— C'est inutile. Mais tu feras comme tu veux. Je ne voudrais pas qu'on m'accuse d'essayer de te corrompre ! (Il éclata de rire et leva à nouveau le doigt.) Je resterais bien pour vous aider à charger – personne n'a jamais pu dire qu'Ampliatus avait peur de se salir les mains ! – Mais tu sais ce que c'est. Nous dînons tôt à cause de la fête, et je ne dois pas trahir ma mauvaise éducation en faisant attendre toutes ces dames et beaux messieurs. Bien ! fit-il en tendant la main. Je te souhaite bonne chance, aquarius.

Attilius prit la main. Ampliatus avait une poigne ferme et sèche, sa paume et ses doigts rendus calleux par le travail, comme les siens. L'ingénieur salua.

— Merci.

Ampliatus émit un grognement et tourna les talons. Sa litière l'attendait dans la rue tranquille et, cette fois, il monta aussitôt dedans. Les esclaves se dépêchèrent de prendre leur poste, quatre hommes de chaque côté. Ampliatus claqua des doigts, et ils soulevèrent les brancards à capuchon de bronze d'abord à hauteur de taille, puis, grimaçant sous l'effort, les hissèrent sur leur épaule. Les yeux fixés droit devant lui, le visage sombre, sans rien voir, leur maître s'installa sur les coussins. Il tendit le bras et défit le nœud qui retenait le rideau. Debout devant les portes, Attilius regarda l'équipage descendre la côte, le dais écarlate se balançant au rythme de la marche des porteurs, la petite foule des plaignants fatigués se traînant derrière.

Il retourna sur le chantier.

Tout était là, comme Ampliatus l'avait promis et, pendant un moment, Attilius put se perdre dans le simple effort physique. Il était rassurant de manipuler à nouveau ces matériaux qu'il connaissait bien – les briques compactes aux arêtes acérées, juste à la taille de la main de l'homme, et le petit bruit familier qu'elles produisaient quand on les entassait à l'arrière du chariot ; les paniers de putéolanum rouge et poudreux, toujours plus lourds et plus denses qu'on ne s'y attendait, à faire glisser sur les planches nues du chariot ; les madriers de bois, chauds et lisses contre sa joue lorsqu'il les rapporta de l'autre bout du chantier ; et enfin la chaux dans ses amphores de terre rebondies – difficiles à saisir et à soulever pour les charger.

Il travailla sans relâche avec les autres et eut au moins l'impression d'avancer. Ampliatus était indéniablement cruel et impitoyable, et seuls les dieux savaient quoi encore, mais il avait du bon matériel et, entre de bonnes mains, cela servirait une bonne cause. Attilius avait demandé six amphores de chaux, mais le moment venu, il décida d'en prendre une douzaine et de porter en conséquence la quantité de paniers de putéolanum à vingt. Il n'avait pas envie de devoir en demander davantage à Ampliatus ; il pourrait toujours rendre ce qu'il n'avait pas utilisé.

Il entra dans l'édifice pour chercher des torches, et les trouva dans une réserve impressionnante. Les torches elles-mêmes étaient de la meilleure qualité –

des tampons serrés de lin et de résine imprégnés de goudron, de solides manches de bois liés à la corde. Juste à côté, il y avait des cageots de bois remplis de lampes à huile, principalement en terre cuite, mais aussi quelques-unes en laiton, et assez de bougies pour illuminer un temple. La qualité, comme l'avait dit Ampliatus : il n'y avait pas mieux. De toute évidence, son établissement serait des plus luxueux.

> *« Ce seront les plus beaux thermes après ceux de Rome... »*

Il éprouva une soudaine curiosité et, les bras pleins de torches, jeta un coup d'œil dans d'autres réserves. Des piles de serviettes dans l'une, des pots d'huiles de massage parfumées dans une autre, des haltères de plomb, des rouleaux de corde et des balles de cuir dans une troisième. Tout était prêt et n'attendait plus que de servir ; tout était là, sauf l'humanité bavarde et transpirante qui animerait tout cela. Et l'eau, bien sûr. Il embrassa par la porte ouverte la succession des salles. Cet endroit allait consommer beaucoup d'eau. Quatre ou cinq bassins, des douches, des chasses d'eau, une étuve... seules les installations publiques, comme les fontaines, étaient branchées gratuitement sur les aqueducs, cadeau de l'empereur. Mais des thermes privés comme ceux-ci allaient coûter une petite fortune en concession. Et si Ampliatus avait constitué sa fortune en achetant de grandes propriétés puis en les divisant et en les louant, sa consommation totale d'eau devait être considérable. L'ingénieur se demanda combien cela devait lui coûter. Il pourrait certainement le découvrir lorsqu'il rentrerait à Misène et essayerait de mettre un peu d'ordre dans le chaos où Exomnius avait laissé les archives de l'Augusta.

Peut-être ne payait-il rien du tout.

Il se tenait là, éclairé par le soleil dans les thermes

déserts, à écouter les pigeons roucouler tout en retournant cette possibilité dans sa tête. Les aqueducs avaient toujours été un terrain privilégié pour la corruption. Les fermiers se servaient aux canalisations qui traversaient leurs terres. Des citoyens tiraient une ou deux canalisations et payaient les inspecteurs des eaux pour qu'ils ferment les yeux. Des chantiers publics étaient attribués à des sociétés de construction privées, et l'on payait des factures pour des travaux qui n'avaient jamais été réalisés. Du matériel disparaissait. Attilius soupçonnait le système d'être pourri jusqu'en haut – Acilius Aviola lui-même, le curator aquarium, prenait, disait-on, un pourcentage sur les détournements. L'ingénieur n'avait jamais rien eu à voir avec ces malversations. Mais un homme honnête était rare à Rome ; il fallait être fou pour être honnête.

Le poids des torches commençait à lui tirer sur les bras. Il sortit et les déposa sur l'un des chariots avant de s'y adosser pour réfléchir. D'autres ouvriers au service d'Ampliatus étaient arrivés. Le chargement était terminé et ils étaient allongés à l'ombre, attendant les ordres. Les bœufs restaient placides, agitant simplement la queue, la tête plongée dans un nuage de mouches.

Si les comptes de l'Augusta, là-bas, à la Piscina Mirabilis, étaient dans un tel désordre, était-ce parce qu'ils avaient été trafiqués ?

Attilius leva les yeux vers le ciel sans nuages. Le soleil avait dépassé son zénith. Becco et Corvinus devaient être arrivés à Abellinum à présent. Les vannes étaient peut-être déjà fermées et l'Augusta sur le point de se vider. Bien qu'il se sentît à nouveau pressé par le temps, il prit une décision et fit signe à Polites.

— Va chercher encore une douzaine de torches, une douzaine de lampes à huile et une jarre d'huile d'olive dans les thermes, ordonna-t-il. Prends aussi un rouleau de corde, pendant que tu y es. Mais pas plus, attention. Ensuite, quand tu auras terminé ici, emmène les chariots et les hommes au château d'eau, près de la porte du Vésuve, et attends-moi là-bas. Musa ne devrait pas tarder à revenir. Ah, et regarde aussi si tu peux acheter quelque chose à manger. Il y a de l'argent là-dedans, ajouta-t-il en tendant son sac à l'esclave. Je te le confie. Je n'en ai pas pour longtemps.

Il frotta le devant de sa tunique pour en chasser la poussière de brique et de putéolanum, et gagna le portail ouvert.

Hora septa

14 h 10

> *Quand le magma est prêt à être capté dans*
> *une chambre supérieure, la moindre modi-*
> *fication de contrainte régionale, généra-*
> *lement associée à un tremblement de terre,*
> *peut déranger la stabilité du système et*
> *déclencher une éruption.*

Volcanologie *(deuxième édition)*

Le banquet d'Ampliatus entrait dans sa deuxième heure et, sur les douze convives présents allongés autour de la table, un seul avait l'air de s'amuser vraiment, et il s'agissait d'Ampliatus lui-même.

Pour commencer, il faisait une chaleur suffocante, malgré le mur de la salle à manger entièrement ouvert et les trois esclaves en livrée écarlate postés autour de la table pour agiter des éventails en plumes de paon. Au bord de la piscine, une harpiste tirait un air informe et lugubre des cordes de son instrument.

Et quatre convives par divan ! C'était, de l'avis de Lucius Popidius, qui gémissait à l'arrivée de chaque nouveau plat, au moins un de trop. Il s'en tenait à la règle de Varron, qui voulait que pour un dîner, le nombre des invités ne doive pas être inférieur à celui des grâces (trois), ni supérieur à celui des muses (neuf). À quatre par lit, on se trouvait bien trop près des autres convives. Popidius reposait donc entre la femme si ennuyeuse d'Ampliatus, Celsia, et sa propre mère, Taedia Secunda – assez près pour sentir la chaleur de leur corps. Répugnant. Et lorsqu'il se soulevait sur le coude gauche pour prendre la nourriture sur la table de sa main droite, sa nuque frôlait la poitrine plate de Celsia ou, pis encore, sa bague se prenait parfois dans les mèches blondes coupées sur la tête de quelque esclave teutonne, qui recouvraient maintenant les boucles grises de sa vieille mère.

Et les mets ! Ampliatus ne comprenait-il pas que la chaleur exigeait des plats simples, froids, et que toutes ces sauces et cette cuisine compliquée ne se faisaient plus depuis l'époque de Claude ? Le premier hors-d'œuvre allait à peu près – des huîtres élevées à Brindes puis transportées par bateau deux cents milles plus loin, pour engraisser dans le lac de Lucrin, afin que l'on puisse goûter les saveurs des deux variétés en même temps. Des olives et des sardines, avec des œufs assaisonnés d'anchois hachés... acceptables dans l'ensemble. Mais alors étaient venus le homard, les oursins et, enfin, les souris roulées dans du miel et des graines de pavot. Popidius s'était senti obligé d'avaler au moins une souris pour faire plaisir à son hôte, et le craquement de ces petits os lui avait donné la nausée et des bouffées de chaleur.

Des tétines de truie farcies aux rognons, la vulve de la truie étant servie à part, adressant son sourire édenté aux convives. Du sanglier rôti farci de grives vivantes qui battirent désespérément des ailes au-dessus de la table dès qu'on eut percé la panse, chiant en plein vol (ce qui avait fait applaudir et hurler de rire Ampliatus). Puis les mets plus délicats : les langues de cigognes et de flamants (pas trop mal), alors que Popidius avait toujours trouvé la langue de perroquet parlant aussi attrayante que de l'asticot, et qu'elle avait effectivement le goût que devait avoir un asticot macéré dans du vinaigre. Puis un ragoût de foies de rossignols...

Il regarda autour de lui les visages congestionnés des autres convives. Le gros Brittius lui-même, qui s'était autrefois vanté d'avoir mangé une trompe d'éléphant tout entière, et qui avait fait sienne la devise de Sénèque – « manger pour vomir, vomir pour manger » – commençait à prendre un teint verdâtre. Il croisa le regard de Popidius et fit mine de lui dire quelque chose. Popidius ne comprit pas, aussi porta-t-il la main à son oreille, et Brittius, s'abritant derrière sa serviette pour ne pas se faire remarquer d'Ampliatus, répéta en détachant chaque syllabe :

— Tri-mal-cion.

Popidius faillit éclater de rire. Trimalcion ! Excellent ! L'affranchi monstrueusement riche de la satire de Pétrone, qui soumet ses invités à un festin semblable et ne comprend pas à quel point il se montre vulgaire et ridicule. Ha ! Ha ! Trimalcion. Pendant un instant, Popidius se crut revenu vingt ans en arrière, lorsqu'il était un jeune aristocrate à la cour de Néron et que Pétrone, cet arbitre du bon goût, amusait la table pendant des heures en fustigeant impitoyablement les nouveaux riches.

Il éprouva soudain du vague à l'âme. Pauvre vieux Pétrone. Son style et son humour lui avaient été fatals. À la fin, Néron, soupçonnant qu'on se moquait de sa royale majesté, l'avait examiné une dernière fois de près puis lui avait ordonné de se tuer. Mais Pétrone était parvenu à tourner jusqu'à sa mort en dérision –

179

s'ouvrant les veines au début du dîner, dans sa maison de Cumes, puis les bandant afin de pouvoir manger et bavarder avec ses amis, puis se les ouvrant à nouveau, puis les bandant à nouveau, et ainsi de suite jusqu'à ce que la mort le prenne tout doucement. Son dernier acte de conscience avait été de briser une louche à vin en spath valant trois cent mille sesterces, et dont l'empereur espérait bien hériter. *Ça*, c'était du style. *Là* il y avait du goût.

Et qu'aurait-il pensé de moi ? se dit amèrement Popidius. Qu'aurait-il pensé de me voir, moi, un Popidius, qui jouait et chantait avec les maîtres du monde, réduit à se retrouver à quarante-cinq ans prisonnier de Trimalcion !

Il contempla son ancien esclave, qui présidait en tête de table. Aujourd'hui encore, il ne savait pas vraiment comment tout cela était arrivé. Il y avait eu le tremblement de terre, bien sûr. Puis, quelques années plus tard, la mort de Néron. Enfin la guerre civile, un marchand de mules monté sur le trône, et le monde de Popidius s'était renversé. Soudain, Ampliatus était devenu omniprésent – reconstruisant la ville, érigeant un temple, soutirant pour son fils encore tout petit une place au conseil de la ville, contrôlant les élections, puis achetant la maison voisine. Popidius n'avait jamais été très doué pour les chiffres et, quand Ampliatus lui avait assuré qu'il pourrait lui aussi gagner de l'argent, il avait signé les contrats sans même les lire. Alors, sans qu'il comprît comment, l'argent s'était volatilisé. Puis il s'était avéré que la propriété était hypothéquée, et que la seule façon d'échapper à l'humiliation d'une expulsion était d'épouser la fille d'Ampliatius. Qu'on imagine : son ancien esclave devenait son beau-père. Il se dit que la honte tuerait sans doute sa mère. Elle lui parlait à peine depuis qu'elle l'avait appris, et présentait un visage rendu hagard par le manque de sommeil et l'inquiétude.

Non que la perspective de partager la couche de Corelia le gênât beaucoup. Il la regarda avec concupiscence. Elle était allongée, tournant le dos à Cuspius, et s'entretenait à voix basse avec son frère. Popidius aurait volontiers baisé le frère aussi. Il sentit son membre se raidir. Peut-être pourrait-il suggérer une partie à trois ? Non... elle n'accepterait jamais. Elle était froide, mais il ne tarderait pas à l'enflammer. Son regard croisa à nouveau celui de Brittius. Quel homme amusant ! Il lui adressa un clin d'œil, montra Ampliatus du regard et conclut lui aussi à voix basse :

— Trimalcion !

— Qu'est-ce que tu dis, Popidius ?

La voix d'Ampliatus retentit comme un coup de fouet. Popidius eut un mouvement de recul.

— Il me disait : « Quel festin ! » intervint Brittius en levant son verre. Et c'est ce que nous disons tous, Ampliatus. Quel admirable festin.

Un murmure d'assentiment fit le tour de la table.

— Et le meilleur est encore à venir, déclara Ampliatus.

Il frappa dans ses mains, et l'un des esclaves quitta en courant la salle à manger dans la direction des cuisines.

Popidius parvint à sourire.

— J'ai gardé un peu de place pour le dessert, Ampliatus.

En réalité, il avait envie de vomir et, cette fois, n'aurait pas besoin de son verre de saumure chaude à la moutarde pour vider son estomac.

— De quoi s'agit-il ? Un panier de prunes du mont Damas ? Ou ton chef pâtissier nous aurait-il préparé un gâteau au miel de l'Attique ?

Ampliatus avait pour cuisinier le grand Gargilius, acheté pour un quart de million de sesterces avec livres de recettes et tout l'équipement. Il en allait ainsi dans la baie de Néapolis depuis quelque temps. Les chefs étaient plus célèbres que les personnes qu'ils nourrissaient. Les prix atteignaient des sommets proches de la folie. L'argent était passé entre les mains des mauvaises personnes.

— Oh, mais ce n'est pas encore l'heure du dessert, mon cher Popidius. Ou puis-je, si ce n'est pas prématuré, t'appeler « fils » ?

Ampliatus affichait un large sourire en le désignant, et Popidius parvint à dissimuler sa répugnance. Ô Trimalcion, pensa-t-il. Trimalcion...

Il y eut un bruit de pas traînants, et quatre esclaves apparurent, portant sur l'épaule une maquette de trirème, aussi grande qu'un homme et coulée dans l'argent, voguant sur une mer incrustée de saphirs. Les convives applaudirent vivement. Les esclaves s'approchèrent à genoux de la table et firent, non sans difficulté, glisser la trirème, proue en avant, sur la table. Elle était entièrement occupée par une gigantesque anguille, dont on avait remplacé les yeux par des rubis. L'animal avait la gueule grande ouverte et remplie d'ivoire. Fixé à sa nageoire dorsale, il y avait un épais anneau d'or.

Popidius fut le premier à prendre la parole :

— Le moins qu'on puisse dire, Ampliatus, c'est que c'est énorme.

— De mon élevage de Misène, annonça Ampliatus avec orgueil. Une murène. Elle a une bonne trentaine d'années. Je l'ai fait pêcher cette nuit. Vous voyez cet anneau ? Je crois, Popidius, que c'est la créature pour laquelle chantait ton ami Néron. Qui veut la première part ? demanda-t-il en s'emparant d'un grand couteau d'argent. Toi, Corelia... je crois que tu devrais essayer en premier.

Voilà un beau geste, songea Popidius. Jusqu'à présent, Ampliatus avait ostensiblement ignoré sa fille, et Popidius avait commencé à suspecter une hostilité entre les deux. Mais c'était là une marque de faveur manifeste. Ce fut donc avec un certain étonnement qu'il vit la jeune fille lancer un regard de pure haine à son père, jeter sa serviette et se lever pour quitter la table en courant, des sanglots dans la gorge.

Les premiers piétons qu'Attilius croisa jurèrent qu'ils n'avaient jamais entendu parler de l'établissement d'Africanus. Mais dans la taverne d'Hercule, bondée, un peu plus bas dans la rue, un serveur lui adressa un regard fuyant et lui donna des indications à voix basse – continue de descendre jusqu'au prochain croisement, tourne à droite, puis la première à gauche et demande à nouveau.

— Mais ne parle pas à n'importe qui, citoyen.

Attilius devinait sans peine ce qu'il entendait par là. Dès qu'il quitta la voie principale, les rues devinrent plus étroites et sinueuses, les maisons plus pauvres et plus peuplées. Des phallus sculptés dans la pierre ornaient nombre d'entrées sordides. Les robes colorées des prostituées fleurissaient dans la pénombre comme des corolles bleues et jaunes. C'était donc là qu'Exomnius avait choisi de séjourner ! Attilius ralentit le pas. Il se demanda s'il ne devait pas rebrousser chemin. Rien ne devait mettre en péril la priorité du jour. Mais il repensa à son père, agonisant sur son lit, dans un coin de leur petite maison – encore un fou honnête, dont la rectitude acharnée avait laissé une veuve dans la pauvreté – et il reprit sa marche, plus rapidement, en colère à présent.

Au bout de la rue, une grosse terrasse s'avançait sur le trottoir, ne laissant plus qu'un étroit passage sur la chaussée. Il dut se frayer un chemin parmi un groupe d'oisifs aux visages empourprés par l'alcool et la chaleur pour prendre la première porte ouverte et pénétrer dans un vestibule miteux. Il y régnait une odeur presque fauve de sueur et de sperme. D'ailleurs, si l'on appelait ces endroits des lupanars, c'était en référence au cri de la lupa, la louve en chaleur. Lupa, c'est aussi ainsi que l'on appelait une prostituée – une meretrix. Cette profession l'écœurait. Du premier étage lui parvinrent le son d'une flûte puis d'un choc sur le plancher et un rire masculin. Il y avait de chaque côté de petites cabines fermées par des rideaux et d'où émanaient les bruits de la nuit – grognements, chuchotements, des pleurs d'enfant.

Dans la demi-obscurité, une femme en courte robe verte se tenait assise sur un tabouret, jambes largement écartées. Elle se leva en l'entendant entrer et s'approcha vivement, bras tendus, sa bouche vermillon fendue d'un sourire. Elle avait noirci ses sourcils à l'antimoine, les étirant pour les faire se toucher au-dessus de l'arête du nez, trait qui plaisait à certains hommes mais qui rappela à Attilius les masques mortuaires des Popidii. Elle était sans âge – quinze ou cinquante ans, il n'aurait su le dire dans la pénombre.

— Africanus ? demanda-t-il.

— Qui ? fit-elle avec un fort accent, cilicien peut-être. Pas là, ajouta-t-elle vivement.

— Et Exomnius ?

En entendant ce nom, sa bouche peinte s'ouvrit tout grand. Elle essaya de l'empêcher de passer mais il l'écarta, doucement, posant les mains sur ses épaules nues et refermant le rideau derrière lui. Un homme nu se tenait accroupi au-dessus de latrines ouvertes, ses cuisses osseuses apparaissant d'un blanc bleuâtre dans l'obscurité. Surpris, il leva les yeux.

— Africanus ? s'enquit Attilius.

L'homme afficha la plus complète incompréhension.

— Pardonne-moi, citoyen.

Attilius laissa retomber le rideau et s'avança vers l'une des cabines, de l'autre côté du vestibule, mais la prostituée fut plus rapide et tendit les bras pour lui bloquer le passage.

— Non, dit-elle. Pas la peine. Lui pas ici.

— Où est-il alors ?

— Là-haut, répondit-elle après une hésitation, montrant le plafond d'un mouvement du menton.

Attilius regarda autour de lui mais ne vit aucun escalier.

— Comment je fais pour monter ? Montre-moi.

Comme elle ne bougeait pas, il s'avança vers un autre rideau, mais une fois encore, elle le devança.

— Je te montre, dit-elle. Par ici.

Elle le conduisit vers une autre porte. Dans la cabine voisine, un homme cria de plaisir. Attilius sortit dans la rue. Elle le suivit. À la lumière du jour, il s'aperçut que ses cheveux relevés en un chignon élaboré étaient striés de gris. Des filets de sueur avaient tracé des sillons sur ses joues creuses et poudrées. Elle aurait de la chance si elle parvenait à gagner sa vie ici quelque temps encore. Son propriétaire n'allait pas tarder à la mettre dehors et elle n'aurait plus alors qu'à survivre dans la nécropole, derrière la porte du Vésuve, ouvrant les jambes aux mendiants, derrière les tombes.

Elle porta la main à son cou de poulet, comme si elle avait deviné à quoi il pensait, et montra l'escalier, à quelques pas de là, avant de rentrer précipitamment.

Il commençait à gravir les marches de pierre quand il l'entendit émettre un petit sifflement. Je suis comme Thésée dans le labyrinthe, songea-t-il, mais sans la pelote de fil d'Ariane pour assurer mon salut. Si un assaillant surgissait devant lui et qu'un autre lui barrait la sortie, il n'aurait pas une chance. Lorsqu'il arriva en haut de l'escalier, il ne prit pas la peine de frapper à la porte et l'ouvrit à toute volée.

Sa proie enjambait déjà la fenêtre, sans doute alertée par le sifflement de la putain vieillissante. Mais l'ingénieur traversa la chambre et l'attrapa par la ceinture avant qu'il n'ait pu se laisser tomber sur le toit plat en contrebas. Il était chétif et léger, et Attilius le souleva avec autant de facilité qu'un maître pouvait récupérer un chien par son collier. Il le déposa sur le tapis.

Il avait interrompu une séance. Deux hommes étaient allongés sur des lits. Un négrillon tenait une flûte serrée contre sa poitrine nue. Une gamine au teint olivâtre, douze ou treize ans tout au plus, et nue elle aussi, les tétons fardés couleur d'argent, était debout sur une table, figée en pleine danse. Pendant un instant, personne ne bougea. La lumière des lampes à huile vacillait contre les scènes crues qui ornaient les murs – une femme à califourchon sur un homme, un homme prenant une femme par-derrière, deux hommes couchés se caressant mutuellement la verge. L'un des clients allongés se mit à promener lentement la main au bas du lit, cherchant à tâtons un couteau posé à côté d'une assiette de fruits épluchés. Attilius planta fermement son pied au milieu du dos d'Africanus. Celui-ci gémit, et le client écarta vivement sa main.

— Bien, fit Attilius en hochant la tête.

Il souriait. Il se baissa et reprit Africanus par la ceinture pour le traîner hors de la chambre.

— Ah, ces adolescentes ! commenta Ampliatus alors que les pas de Corelia s'estompaient. C'est simplement la nervosité avant le mariage. Franchement, Popidius, je serai content quand elle sera sous ta responsabilité et plus sous la mienne.

Il vit sa femme se lever pour suivre leur fille.

— Non, femme, laisse-la !

Celsia se rallongea timidement, présentant un sourire d'excuse aux autres invités. Ampliatus lui adressa une grimace de mécontentement. Il n'aimait pas qu'elle se comporte ainsi. Pourquoi aurait-elle dû s'incliner devant ses soi-disant supérieurs ? Il pouvait tous les acheter et les vendre !

Il planta son couteau dans le flanc de l'anguille et le tordit, puis fit d'un geste irrité signe à l'esclave le plus proche de venir couper à sa place. Le poisson le dévisageait avec ses yeux de rubis inexpressifs. Le favori de l'empereur, se dit Ampliatus. Un prince dans son bassin. Plus maintenant.

Il trempa son pain dans un bol de vinaigre et le suçota, regardant la main habile de l'esclave garnir les assiettes de chair grise hérissée d'arêtes. Personne n'avait envie de manger, cependant, personne n'osait être le premier à refuser. Une atmosphère de crainte d'ordre dyspepsique s'installa, aussi lourde que la chaleur ambiante saturée d'odeurs de nourriture. Ampliatus laissa le silence perdurer. Pourquoi devrait-il les mettre à l'aise ? Lorsqu'il était esclave et servait à table, il lui était interdit de parler dans la salle à manger en présence d'invités.

Il fut servi en premier, mais attendit que les autres eussent tous leur assiette d'or devant eux avant de tendre le bras pour prendre un morceau de chair de murène. Il le porta à ses lèvres, s'interrompit et parcourut la table du regard jusqu'à ce que, un par un, à commencer par Popidius, ils suivent tous à contrecœur son exemple.

Il avait attendu ce moment toute la journée. Si Vedius Pollio avait jeté ses esclaves à ses murènes, ce n'était pas tant pour apprécier la nouveauté de voir un homme se faire déchiqueter sous l'eau plutôt que par des bêtes sauvages dans une arène, que parce qu'il assurait, en gourmet averti, que la chair humaine donnait aux murènes une saveur plus épicée. Ampliatus mâcha attentivement, mais ne remarqua rien. La chair se révéla fade et coriace – immangeable – et il éprouva la même déception que la veille, près du rivage. Une fois encore, il avait voulu toucher à l'expérience ultime, et une fois encore il n'avait rien saisi... rien.

Il retira le morceau de poisson de sa bouche avec ses doigts et le rejeta avec dégoût dans son assiette. Il essaya de plaisanter – « Eh bien, on dirait que les murènes sont comme les femmes : elles sont meilleures quand elles sont jeunes ! » – puis s'empressa de prendre du vin pour chasser le mauvais goût. Mais impossible de déguiser le fait que l'après-midi était gâché. Ses invités toussotaient poliment dans leur serviette ou sortaient les arêtes délicates d'entre leurs dents, et il savait qu'ils se moqueraient tous de lui pendant des jours, dès qu'il aurait le dos tourné ; surtout Holconius et ce gros pédéraste de Brittius.

« Mes amis, connaissez-vous la dernière d'Ampliatus ? Il croit que le poisson est comme le vin et qu'il se bonifie avec l'âge. »

Il but encore un peu, pour se laver la bouche avec le vin, et s'apprêtait à se lever pour porter un toast – à l'empereur ! à l'armée ! – quand il remarqua l'arrivée de son intendant, porteur d'un coffret. Scutarius hésita, visiblement peu désireux de déranger son maître avec des questions de travail pendant le repas, et Ampliatus

188

l'aurait en effet volontiers envoyé promener si quelque chose dans l'expression de l'intendant ne l'avait retenu.

Il froissa sa serviette, se leva, salua brièvement ses invités et fit signe à Scutarius de le suivre dans le tablinum. Lorsqu'ils furent hors de vue, il tendit les doigts.

— Qu'est-ce que c'est ? Donne.

C'était une *capsa*, une boîte à documents ordinaire, en hêtre et recouverte de cuir, de celles qu'utilisent les écoliers pour transporter leurs livres. La serrure en avait été forcée. Ampliatus l'ouvrit. Une douzaine de petits rouleaux de papyrus se trouvaient à l'intérieur. Il en prit un au hasard. Le document était couvert de colonnes de chiffres et, pendant un instant, Ampliatus les examina sans comprendre. Mais alors, les chiffres prirent forme – il avait toujours eu un don pour les chiffres – et tout s'éclaira.

— Où est l'homme qui a apporté ça ?

— Dans le vestibule, maître.

— Mène-le au vieux jardin. Demande en cuisine de servir les desserts et dis à mes invités que je reviens tout de suite.

Ampliatus sortit par l'arrière, derrière la salle à manger, et monta les larges marches qui donnaient sur le jardin fermé de son ancienne maison. C'était la propriété qu'il avait achetée dix ans plus tôt pour s'installer délibérément tout contre la demeure ancestrale des Popidii. Quel plaisir cela avait été pour lui de vivre sur un pied d'égalité avec son ancien maître et d'attendre son heure, sachant déjà qu'un jour, d'une façon ou d'une autre, il percerait un trou dans l'épais mur du jardin et fondrait de l'autre côté comme une armée vengeresse capturant une ville ennemie. Il s'assit sur le banc de pierre circulaire, au centre du jardin, à l'ombre d'une pergola recouverte de roses. C'est ici qu'il aimait à traiter ses affaires les plus privées. Il pouvait toujours parler sans être dérangé et nul ne pouvait approcher sans être vu. Il rouvrit le coffret et en sortit chaque papyrus, puis il leva les yeux vers l'immensité immaculée du ciel. Il entendait les chardonnerets de Corelia gazouiller dans leur volière, sur le balcon, et au-delà, la rumeur de la ville se réveillant après la longue sieste. Les tavernes et restaurants allaient pouvoir profiter de la foule qui venait assister au sacrifice en offrande à Vulcain.

Salve lucrum !
Lucrum gaudium !

Il ne leva pas les yeux en entendant son visiteur approcher.

— Alors, dit-il, il semble que nous ayons un problème.

Corelia avait reçu les chardonnerets peu après leur installation dans la maison, pour son dixième anniversaire. Elle les avait nourris avec une attention scrupuleuse, les avait soignés lorsqu'ils étaient malades, les avait regardés couver, s'accoupler, se multiplier et mourir. Et maintenant, elle allait à la volière à chaque fois qu'elle éprouvait le besoin d'être seule. La cage occupait la moitié de la petite terrasse qui agrémentait sa chambre, au-dessus du jardin clos. On avait étendu un drap sur le toit afin de protéger les oiseaux du soleil.

Corelia était assise, bien droite, dans le coin ombragé, les bras serrés autour de ses jambes, le menton posé sur les genoux, quand elle entendit quelqu'un venir dans le jardin. Elle s'avança un peu sur les fesses pour voir par-dessus la balustrade basse. Son père s'était installé sur le banc de pierre arrondi, un coffret posé près de lui, et il lisait des documents. Il posa le dernier de côté et contempla le ciel, se tournant vers elle. Elle se baissa vivement. On disait souvent qu'elle lui ressemblait « Oh, c'est tout le portrait de son père ! » Et comme il était bel homme, elle se sentait fière.

Elle l'entendit dire :

— Alors, il semble que nous ayons un problème.

Enfant, elle avait découvert que ce jardin ceint d'une galerie offrait une caractéristique particulière. Les murs et les colonnes semblaient capturer le son des voix et le renvoyer vers le haut, de sorte que les chuchotements les plus ténus, à peine audibles au niveau du sol, devenaient ici aussi clairs qu'un discours de tribun par un jour d'élections. Naturellement, cela n'avait fait qu'ajouter à la magie de sa cachette. La plupart des conversations surprises alors qu'elle n'était qu'une enfant n'avaient eu pour elle aucun sens – contrats, obligations, taux d'usure – et l'intérêt se limitait à avoir une fenêtre secrète sur le monde des adultes. Elle n'avait même jamais confié à son frère ce qu'elle savait, car il n'y avait que quelques mois qu'elle commençait à déchiffrer le langage mystérieux des affaires de son père. Et c'était là encore, qu'un mois plus tôt, elle avait entendu comment se négociait son propre avenir entre son père et Popidius : la remise devant être de tant à l'annonce des fiançailles, la dette ne pouvant être entièrement effacée qu'une fois le mariage conclu et à la condition qu'il y ait une descendance, ladite descendance devant hériter de tout à sa majorité...

« Ma petite Vénus », avait-il coutume de l'appeler. « Ma courageuse petite Diane. »

... une prime serait demandée pour cause de virginité

191

– virginité certifiée par un chirurgien, Pumponius Magonianus, prime dont le paiement serait annulé à la signature des contrats sur une période de temps donnée...

— J'ai toujours dit, avait murmuré son père et je te parle ici d'homme à homme, Popidius, sans charabia juridique – qu'une bonne baise n'avait pas de prix.

« *Ma petite Vénus...* »

« *Il semble que nous ayons un problème...* »

Une voix masculine – une voix dure, qu'elle ne reconnut pas – répondit :

— Oui, de fait, nous avons un problème.

À quoi Ampliatus répondit :

— Et ce problème se nomme Marcus Attilius... Elle se pencha un peu plus pour ne manquer aucun mot.

Africanus ne voulait pas avoir d'ennui. Africanus était quelqu'un d'honnête. Attilius lui fit descendre l'escalier, n'écoutant qu'à demi ses protestations véhémentes et regardant par-dessus son épaule pour être sûr de ne pas être suivi.

— Je suis ici le représentant des affaires de l'empereur, et j'ai besoin de voir la chambre d'Exomnius. Vite.

En entendant mentionner l'empereur, Africanus se lança dans une nouvelle tirade pour l'assurer de sa bonne réputation. Attilius le secoua.

— Je n'ai pas le temps d'écouter ça. Conduis-moi à sa chambre.

— Elle est verrouillée.

— Où est la clé ?

— En bas.

— Allons la chercher.

Lorsqu'ils furent dans la rue, il repoussa le gardien

du bordel dans l'entrée lugubre et surveilla ses arrières pour sortir sa cassette de l'endroit où il l'avait dissimulée. La meretrix en courte robe verte avait repris sa place sur son tabouret : « Zmyrina » – c'est ainsi que l'appela Africanus – « Zmyrina, quelle est la clé de la chambre d'Exomnius ? » Il avait les mains qui tremblaient tellement que, lorsqu'il eut réussi à ouvrir sa cassette et à en sortir un trousseau de clés, il les fit tomber. La prostituée se leva pour les ramasser et en montra une.

— Qu'est-ce qui te fait si peur ? demanda Attilius. Pourquoi vouloir fuir en entendant un simple nom ?

— Je ne veux pas d'ennuis, répéta Africanus.

Il prit la clé et conduisit l'ingénieur à la taverne voisine. C'était un endroit minable, guère plus qu'un comptoir de pierre percé de trous pour y insérer les jarres de vin. Il n'y avait pas de sièges pour s'asseoir. La plupart des consommateurs restaient dehors, sur le trottoir, appuyés contre le mur. Attilius supposa que les clients du lupanar attendaient leur tour là puis venaient ensuite se rafraîchir et se vanter de leurs prouesses. Il y régnait la même odeur fétide que dans le bordel, et il se dit qu'Exomnius devait être tombé bien bas – que la corruption avait dû vraiment atteindre son âme – pour terminer sa vie dans un endroit comme celui-ci.

Africanus était petit et agile, avec des membres velus, pareils à ceux d'un singe. C'est peut-être ce qui lui avait valu son surnom – en référence aux singes africains du forum, qui exécutaient toujours des tours au bout de leur longue chaîne afin de récolter quelques pièces pour leur propriétaire. Il traversa la taverne et monta l'escalier de bois branlant jusqu'au palier. Puis il s'arrêta, la clé à la main, et pencha la tête de côté pour examiner Attilius.

— Qui es-tu ? demanda-t-il.

— Ouvre.

— Rien n'a été touché. Je t'en donne ma parole.

— Ça vaut de l'or. Ouvre maintenant.

Le proxénète se tourna vers la porte, clé tendue, et laissa échapper une exclamation de surprise. Il désigna la serrure et, quand Attilius s'approcha, lui montra qu'elle était cassée. Il faisait sombre à l'intérieur de la chambre, l'air y était vicié, saturé d'odeurs prisonnières – literie, cuir, nourriture rance. Sur le mur opposé, un mince quadrillage de lumière vive indiquait la fenêtre aux volets clos. Africanus entra le premier, trébucha contre quelque chose, dans l'obscurité, et alla ouvrir les volets. La lumière de l'après-midi inonda un fatras de vêtements éparpillés et de meubles renversés. Africanus regardait autour de lui avec effroi.

— Je n'ai rien à voir là-dedans... Je le jure.

Attilius embrassa la scène du regard. La chambre n'avait pas dû contenir grand-chose au départ – un lit équipé d'un matelas mince, d'un oreiller et d'une grossière couverture brune, un broc, un pot de chambre, un coffre, un tabouret – mais rien n'avait été laissé intact. Le matelas lui-même avait été éventré, son bourrage de crin ressortant en touffes.

— Je le jure, répéta Africanus.

— C'est bon, dit Attilius. Je te crois.

C'était vrai. Africanus n'aurait pas brisé sa propre serrure quand il lui suffisait de prendre sa clé, ni laissé la chambre dans un tel désordre. Sur une petite table à trois pieds, il y avait un morceau de marbre vert et blanc qui se révéla être, en y regardant de plus près, une miche de pain à moitié mangée. Avec un couteau et une pomme pourrie à côté. Il y avait des empreintes de doigts dans la poussière. Attilius toucha la surface de la table et examina le bout noirci de ses doigts. Les traces étaient récentes. La poussière n'avait pas eu le temps de se reformer. Peut-être, réfléchit Attilius, était-ce pour cela qu'Ampliatus avait tenu à lui montrer le moindre détail de ses thermes, pour le tenir à l'écart pendant qu'il faisait fouiller la chambre ? Quel imbécile il avait été, à disserter sur le bois de pin de la plaine et le bois d'olivier passé à la flamme !

— Depuis combien de temps Exomnius loue-t-il cette chambre ?

— Trois ans. Peut-être quatre.

— Mais il n'était pas là tout le temps ?

— Il allait et il venait.

Attilius prit conscience qu'il ne savait même pas à quoi ressemblait Exomnius. Il poursuivait un fantôme.

— Il n'avait pas d'esclave ?

— Non.

— Quand l'as-tu vu pour la dernière fois ?

— Exomnius ?

Africanus leva les mains. Comment était-il censé s'en souvenir ? Tant de clients. Tant de visages.

— Quand payait-il son loyer ?

— Il le réglait d'avance aux calendes de chaque mois.

— Il t'a donc payé au début du mois d'août ?

Africanus hocha la tête. Une chose donc était certaine. Quoi qu'il ait pu lui arriver, Exomnius n'avait pas projeté de disparaître. L'homme était visiblement avare. Il n'aurait pas payé pour une chambre qu'il ne comptait pas utiliser.

— Laisse-moi, dit-il. Je vais remettre de l'ordre.

Africanus parut sur le point de discuter, mais quand il vit Attilius s'avancer vers lui, il leva les mains en signe de reddition et battit en retraite sur le palier. L'ingénieur poussa la porte forcée derrière lui et écouta ses pas descendre vers le bar.

Il fit le tour de la chambre, remettant les choses en

place pour essayer de reconstituer le cadre tel qu'il avait été, comme si cela avait pu lui donner une idée de ce qui pouvait manquer. Il remit le matelas éventré sur le sommier, et l'oreiller, lui aussi tailladé, en tête de lit. Il plia la mince couverture et s'allongea. En tournant la tête, il remarqua une série de petites marques noires sur le mur, et s'aperçut qu'il s'agissait en fait d'insectes écrasés. Il s'imagina Exomnius allongé là en pleine chaleur et en train de tuer des puces, et se demanda pourquoi, s'il recevait des pots de vin d'Ampliatus, il avait choisi de vivre comme un miséreux. Peut-être avait-il tout dépensé avec les prostituées. Mais cela ne semblait guère possible. Une partie de jambes en l'air avec une des filles d'Africanus ne devait pas coûter plus de deux pièces de cuivre.

Le plancher craqua.

Il se redressa très lentement et se tourna vers la porte. L'ombre mobile d'une paire de pieds apparut très clairement sous le bois bon marché et, pendant un instant, Attilius eut la conviction qu'il devait s'agir d'Exomnius venu demander des comptes à cet étranger qui lui avait pris son poste, avait pénétré chez lui et se tenait à présent sur son lit, dans sa chambre vandalisée.

— Qui est là ? appela-t-il.

La porte s'ouvrit lentement, et il se sentit curieusement déçu en découvrant que ce n'était que Zmyrina.

— Oui ? fit-il. Qu'est-ce que tu veux ? J'ai demandé à ton maître de me laisser seul.

Elle se tenait sur le seuil. Sa robe était fendue pour montrer ses longues jambes. Elle avait un reste d'ecchymose violacée grosse comme le poing sur une cuisse. Elle regarda la chambre et, horrifiée, porta la main à sa bouche.

— Qui a fait ça ?

— À toi de me le dire.

— Il a dit que lui s'occuper de moi.

— Quoi ?

— Il a dit que lui revenir et s'occuper de moi.

— Qui ça ?

— Aelianus. Il a dit.

Il lui fallut un instant pour comprendre de qui elle parlait – Exomnius. Exomnius Aelianus. C'était la première personne qu'il rencontrait qui appelait l'aquarius par son prénom et non par son nom de famille. Cela résumait bien le personnage. La seule personne avec qui Exomnius avait été intime était donc une putain.

— Eh bien, il ne reviendra pas pour s'occuper de toi, dit-il avec brusquerie. Ni de personne.

Elle passa à plusieurs reprises le revers de sa main sous son nez, et il s'aperçut qu'elle pleurait.

— Lui mort ?

— À toi de me le dire, répliqua Attilius, qui se radoucit. La vérité, c'est que personne ne le sait.

— Lui acheter moi à Africanus. Il a dit. Plus putain de tout le monde. Juste pour lui. Comprendre ? demanda-t-elle en se touchant la poitrine puis en montrant Attilius avant de se toucher à nouveau.

— Oui, je comprends.

Il contempla Zmyrina avec un nouvel intérêt. Ce genre de situation n'était pas rare, il le savait, surtout dans cette partie de l'Italie. La première chose que faisaient souvent les marins étrangers, lorsqu'ils quittaient la marine après leurs vingt-cinq ans de service et se voyaient accorder la citoyenneté romaine, était de courir s'acheter une femme au marché aux esclaves le plus proche avec leur solde de démobilisation. La prostituée s'était agenouillée et ramassait les vêtements éparpillés avant de les plier et de les ranger dans le coffre. C'était peut-être un point en faveur d'Exomnius, songea l'ingénieur, d'avoir décidé de la prendre

197

elle plutôt qu'une fille plus jeune ou plus jolie. À moins, peut-être, qu'il ne lui eût menti et n'eût jamais eu l'intention de revenir la chercher. Quoi qu'il en soit, les perspectives d'avenir de la malheureuse s'étaient plus ou moins évanouies avec son principal client.

— Il avait de l'argent, non ? Assez d'argent pour t'acheter ? Même si on ne le croirait pas, à voir cette chambre.

— Pas *ici*, dit-elle en s'accroupissant sur les talons et en levant vers lui un regard chargé de mépris. Pas sûr laisser argent *ici*. Argent caché. Beaucoup argent. Très bonne cachette. Personne trouver. Il a dit. Personne.

— Quelqu'un a essayé...

— Argent pas ici.

Le ton était définitif. Nul doute qu'elle avait fouillé bien souvent quand Exomnius n'était pas là.

— Il ne t'a jamais dit où se trouvait cette cachette ?

Elle le dévisagea, sa bouche vermillon grande ouverte, puis, soudain, elle baissa la tête. Elle avait les épaules secouées de spasmes, et Attilius crut d'abord qu'elle pleurait, mais, quand elle releva la tête, il vit que l'éclat de ses yeux était dû à des larmes de rire.

— Non ! s'écria-t-elle, secouée à nouveau de rire, l'air presque juvénile dans son hilarité.

Elle frappa dans ses mains. C'était la meilleure qu'elle eût jamais entendue, et il ne put que l'admettre – l'idée qu'Exomnius eût pu confier à une putain d'Africanus l'endroit où il avait dissimulé son argent *était* risible. Il se mit à rire lui aussi, puis mit ses pieds par terre.

Il ne servait plus à rien de perdre son temps ici.

Sur le palier, il jeta un coup d'œil en arrière et la vit, toujours accroupie dans sa robe fendue, une tunique d'Exomnius pressée contre son visage.

Attilius fit d'un pas rapide le chemin inverse dans la ruelle obscure. Il se dit qu'Exomnius passait certainement par là pour aller du bordel au castellum aquae. Et voilà ce qu'il devait voir à chaque fois qu'il venait ici : les prostituées et les ivrognes, les mares de pisse et les flaques de vomi desséchées dans le caniveau, les graffitis sur les murs, les petites figurines de Priape accrochées près des portes d'entrée, des clochettes pendant à leur énorme phallus pour détourner le mauvais œil. Qu'avait-il en tête en parcourant ce chemin pour la dernière fois ? Zmyrina ? Ampliatus ? Le souci de savoir son argent en sécurité ?

Il regarda par-dessus son épaule, mais personne ne lui prêtait la moindre attention. Il fut cependant soulagé d'arriver dans la grande artère centrale, là où la lumière crue du soleil écartait tout danger.

La ville restait bien plus calme qu'elle ne l'avait été dans la matinée, la chaleur du soleil gardant la plupart des gens à l'écart de la rue, aussi Attilius put-il avancer rapidement en direction de la porte du Vésuve. Lorsqu'il approcha de la petite place, devant le castellum aquae, il découvrit les bœufs et les chariots, maintenant complètement chargés d'outils et de matériaux. Une petite troupe était affalée dans la poussière, devant une taverne, en train de rire. Le cheval qu'il avait acheté était attaché à un piquet. Et Polites était là – le fidèle Polites, le plus digne de confiance de tous ses ouvriers – qui venait à sa rencontre.

— Tu es parti longtemps, aquarius.

— Eh bien je suis là, maintenant, répliqua Attilius, ignorant volontairement le ton de reproche. Où est Musa ?

— Toujours pas là.

— Quoi ?

Il jura et porta la main à ses yeux pour évaluer la

position du soleil. Il devait y avoir quatre heures... non, plus près de cinq, que les autres étaient partis. Il pensait avoir des nouvelles à l'heure qu'il était.

— Combien d'hommes avons-nous ?

— Douze, dit Polites en se frottant les mains d'un air gêné.

— Qu'est-ce qu'il y a ?

— Ils ont l'air d'être de vraies brutes, aquarius.

— Vraiment ? Je me fiche de leur comportement, du moment qu'ils peuvent travailler.

— Ça fait une heure qu'ils boivent.

— Alors ils feraient mieux d'arrêter.

Attilius traversa la place en direction de la taverne. Ampliatus lui avait promis une douzaine de ses esclaves les plus costauds et, une fois encore, il avait fait plus que tenir sa promesse. On aurait dit qu'il avait mis à sa disposition une troupe de gladiateurs. Une bonbonne de vin circulait d'une paire de bras tatoués à une autre et, pour passer le temps, ils avaient été chercher Tiro dans le château d'eau et s'amusaient avec lui. L'un d'eux s'était emparé du bonnet de feutre du jeune esclave et, dès que l'aveugle se tournait dans la direction de celui qui devait tenir le bonnet, l'homme le lançait à quelqu'un d'autre.

— Arrêtez ça tout de suite, dit l'ingénieur. Laissez-le tranquille.

Ils firent mine de ne pas entendre. Attilius haussa le ton :

— Je suis Marcus Attilius, aquarius de l'Aqua Augusta, et vous êtes à présent sous mon commandement.

Il arracha le bonnet de Tiro à l'un des hommes et le lui mit dans les mains.

— Retourne au castellum, Tiro. (Puis, s'adressant aux esclaves d'Ampliatus :) Vous avez assez bu. Nous partons.

L'homme dont c'était le tour de boire dévisagea Attilius avec indifférence. Il porta la bonbonne de terre cuite à ses lèvres, rejeta la tête en arrière et but. Le vin lui dégoulina sur le menton et la poitrine. Il y eut des acclamations, et Attilius sentit la colère monter en lui. Tant d'énergie dépensée à apprendre, à construire et à travailler, tant de talents et d'ingéniosité mis au service des aqueducs – et tout cela pour apporter de l'eau à des brutes épaisses telles que ces types ou Africanus ! Il aurait mieux valu les laisser se vautrer dans un marais infesté de moustiques.

— Qui est le chef, parmi vous ?

Celui qui était en train de boire abaissa la bonbonne.

— « Le chef », se moqua-t-il. On est où, là ? À l'armée ?

— Tu es saoul, commenta doucement Attilius et sûrement plus fort que moi. Mais je suis plus sobre, et je suis pressé. Alors ça suffit, maintenant !

Il donna un coup de pied dans la bonbonne, qui s'envola des mains de l'esclave. Elle tournoya dans les airs et atterrit sur le côté sans se briser, le vin se déversant sur le pavé. Pendant quelques secondes, dans le silence qui s'installa, on n'entendit plus que le glouglou du liquide. Puis il y eut un brusque sursaut d'activité. Les hommes se relevèrent en protestant, et l'homme à la bonbonne se précipita vers Attilius, apparemment dans l'intention de le mordre au mollet. Au milieu de tout ce désordre, une voix tonitruante retentit pour leur intimer d'arrêter, et un homme gigantesque, de bien plus de six pieds de haut, traversa la place au pas de course pour se planter entre Attilius et son adversaire. Il étendit les bras pour les empêcher de s'empoigner.

— Je suis Brebix, annonça-t-il, et je suis affranchi. Si quelqu'un doit être le chef ici, c'est moi.

Il avait une barbe de crins roux taillée en forme de

pelle. Attilius répéta le nom avec un hochement de tête. Il s'en souviendrait. Il voyait bien qu'il s'agissait là d'un vrai gladiateur, ou plutôt d'un ex-gladiateur. Il avait l'emblème de sa troupe tatoué sur le bras : un serpent dressé, prêt pour l'attaque.

— Tu devrais être ici depuis une heure. Dis à ces hommes que s'ils veulent se plaindre, ils peuvent aller le faire auprès d'Ampliatus. Dis-leur que je ne peux les contraindre à me suivre, mais ceux qui refusent devront en répondre devant leur maître. Maintenant, faites sortir les chariots de la ville, je vous retrouve de l'autre côté des remparts.

Il tourna les talons, et la foule des buveurs venus des gargotes avoisinantes dans l'espoir d'assister à une bagarre s'écarta pour le laisser passer. Il tremblait et dut serrer les poings pour que cela ne se voie pas trop.

— Polites ! appela-t-il.

— Oui ? répondit l'esclave, se frayant un chemin à travers la foule.

— Amène-moi mon cheval. Nous avons perdu assez de temps ici.

Polites jeta un regard inquiet en direction de Brebix, qui menait son équipe réticente aux chariots.

— Ces hommes, aquarius, ils ne m'inspirent pas confiance.

— À moi non plus. Mais qu'est-ce qu'on peut faire d'autre ? Allez. Va chercher mon cheval. On retrouvera Musa en route.

Pendant que Polites partait au trot, Attilius contempla la ville en contrebas. Pompéi évoquait moins une station balnéaire qu'une ville de garnison frontalière, une ville champignon qu'Ampliatus reconstruisait à son image. Attilius se féliciterait de ne plus jamais avoir à y remettre les pieds. Seule Corelia lui causerait un regret. Il se demanda ce qu'elle pouvait faire en ce moment, mais alors qu'elle lui apparaissait, marchant dans l'eau scintillante de la piscine, il se força à repousser cette image. Quitte cet endroit, rejoint l'Augusta, fais en sorte que l'eau coule et retourne à Misène pour vérifier les comptes de l'aqueduc et découvrir ce que fabriquait Exomnius. Telles étaient les priorités. Penser à autre chose ne rimait à rien.

Tiro était tapi dans l'ombre du castellum aquae, et Attilius était sur le point de lui faire un salut de la main quand il aperçut ses yeux agités et aveugles.

Le cadran solaire municipal indiquait que la neuvième heure était bien entamée quand Attilius passa à cheval sous la voûte de la porte du Vésuve. Le martèlement des sabots résonnait sur le pavé comme un petit détachement de cavalerie. Le responsable des douanes sortit la tête de sa cabine pour voir de quoi il s'agissait, bâilla et retourna à ses occupations.

L'ingénieur n'avait jamais été très à l'aise à cheval. Mais pour une fois, il était content d'avoir une monture. Cela lui permettrait de voir les choses de haut, et il avait besoin de tous les avantages possibles. Lorsqu'il s'avança vers Brebix et ses hommes, ils furent tous contraints de lever la tête vers lui et de plisser les yeux pour le regarder à contre-jour.

— Nous allons suivre l'aqueduc en direction du Vésuve, dit-il.

Le cheval pivota et Attilius dut lancer par-dessus son épaule :

— On ne traîne pas. Je veux que nous soyons en place avant la nuit.

— En place où ça ? demanda Brebix.

— Je ne le sais pas encore. Nous le découvrirons quand nous y arriverons.

Sa réponse évasive suscita une agitation inquiète parmi les hommes – et comment le leur reprocher ? Lui-même aurait aimé en savoir plus sur leur destination. Maudit Musa ! Il calma son cheval et le dirigea vers la campagne. Puis il se dressa sur ses étriers afin d'observer la route au-delà de la nécropole. Elle filait droit vers la montagne, entre des champs bien nets d'oliviers et de céréales séparés par des murets de pierre et des fossés – territoire parfaitement ordonné, accordé plusieurs décennies auparavant à des légionnaires démobilisés. Il n'y avait pas beaucoup de circulation sur la voie pavée – un char ou deux, quelques piétons. Aucun signe de nuage de poussière soulevé par un cheval au galop. Maudit Musa, maudit soit-il...

— Certains des gars n'aiment pas trop se trouver près du Vésuve quand il fait nuit, déclara Brebix.

— Pourquoi ça ?

— Les géants ! lança l'un des hommes.

— Les géants ?

— On a vu des géants, aquarius, expliqua Brebix, presque sur un ton d'excuse, plus grands que n'importe quel homme. Ils marchaient sur la terre de jour comme de nuit. Et quelquefois, même, ils volaient dans les airs. Leurs voix sont comme des coups de tonnerre.

— Mais peut-être que ce *sont* des coups de tonnerre, dit Attilius. Tu y as pensé ? Il peut y avoir du tonnerre sans pluie.

— Oui, mais ce tonnerre-là ne vient jamais du ciel. Il est sur terre. Ou même sous la terre.

— Alors c'est pour ça que vous buvez ? dit Attilius en se forçant à rire. Parce que vous avez peur d'être hors de l'enceinte de la ville après la tombée de la nuit ? Et tu as été gladiateur, Brebix ? Heureusement que je n'ai jamais misé sur toi ! À moins que ta troupe n'ait jamais eu à lutter que contre des gamins aveugles ?

Brebix commença à jurer, mais Attilius s'adressa alors au reste de l'équipe :

— J'ai demandé à votre maître de me fournir des hommes, pas des femmelettes ! Assez discuté ! Nous avons encore cinq milles à parcourir avant la nuit. Peut-être dix. Faites avancer ces bœufs, maintenant, et suivez-moi.

Il enfonça les talons dans les flancs de son cheval, qui partit au petit trot le long de l'avenue passant entre les tombes. Des fleurs et de petites offrandes de nourriture avaient été déposées sur certaines pour les fêtes de Vulcain. Quelques personnes pique-niquaient à l'ombre des cyprès. De petits lézards noirs s'éparpillèrent sur les voûtes comme si les pierres se fissuraient. Attilius ne regarda pas en arrière. Les hommes le suivraient, il n'en doutait pas. Il les avait piqués au vif, et ils craignaient Ampliatus.

À l'orée du cimetière, il tira sur les rênes et attendit d'entendre le grincement des chariots roulant sur le pavé. Ce n'étaient que de simples charrettes de ferme – l'essieu tournait avec les roues, qui n'étaient en fait que des sections de tronc d'arbre d'un pied d'épaisseur – et elles produisaient un vacarme audible à un mille à la ronde. Les bœufs allaient devant, tête baissée, chaque attelage conduit par un homme muni d'un bâton, traînant les pesants chariots, puis venait le reste des ouvriers. L'ingénieur les compta. Ils étaient tous là, y compris Brebix. Près de la route, les bornes de l'aqueduc, une tous les cent pas, disparaissaient dans le lointain. À intervalles réguliers se trouvaient les couvercles de pierre arrondis des regards qui permettaient de pénétrer dans la canalisation. La régularité et la précision de l'installation donnèrent à l'ingénieur une impression fugitive de confiance. Là, au moins, il était en terrain connu.

Il éperonna son cheval.

Une heure plus tard, alors que le soleil de l'après-midi sombrait vers la baie, ils étaient arrivés au milieu de la plaine. Les champs étroits et racornis et les fossés à sec s'étendaient tout autour d'eux, les murailles et les tours de garde ocre de Pompéi s'estompant dans la poussière, derrière eux, alors que la ligne de l'aqueduc les menait impitoyablement en avant, vers la pyramide gris bleuté du Vésuve, qui les dominait de sa masse toujours plus impressionnante.

Hora duodecima

18 h 47

Si les roches sont extrêmement résistantes à la compression, elles sont peu résistantes à la tension (des forces avoisinant les 1,5 x 10^7 bars). Donc, la résistance de roches couronnant un magma saturé de gaz en train de refroidir est facilement dépassée bien avant que le magma ne soit solide. Lorsque cela arrive, il se produit une éruption explosive.

Volcanoes : A planetary Perspective

Pline avait enregistré la fréquence des vibrations toute la journée – ou, plus précisément, son secrétaire, Alexion, l'avait fait pour lui ; assis à la table de la bibliothèque de l'amiral. La clepsydre d'un côté et la coupe de vin de l'autre.

Le fait qu'on était un jour férié n'avait en rien modifié la routine de l'amiral. Il travaillait quel que soit le jour. Il n'avait interrompu sa lecture et sa dictée qu'une fois, en milieu de matinée, pour dire au revoir à ses invités, et il avait insisté pour les accompagner au port, où ils devaient tous prendre un bateau : Lucius Pomponianus et Livia partaient pour Stabies, à l'autre bout du golfe, et il était prévu qu'ils emmènent Rectina avec eux, dans leur modeste bateau de croisière, pour la déposer à la villa Calpurnia, à Herculanum. Pedius Cascus prendrait, sans sa femme, sa propre liburne tout équipée et se rendrait à Rome où il devait avoir un conseil avec l'empereur. Oh, ces chers vieux amis ! Il les avait serrés chaleureusement dans ses bras. Pomponianus pouvait, il est vrai, parfois faire l'imbécile, mais son père, le grand Pomponianus Secundus, avait été le protecteur de Pline, et celui-ci se sentait une dette d'honneur envers cette famille. Quant à Pedius et Rectina... Leur générosité à son égard avait été sans limites. Vivant en dehors de Rome, il aurait eu bien du mal à terminer son *Histoire naturelle* sans l'usage de leur bibliothèque.

Juste avant de monter à bord de son bateau, Pedius l'avait pris par le bras.

— Je ne voulais pas t'en parler plus tôt, Pline, mais es-tu sûr d'aller bien ?

— Je suis trop gros, souffla Pline, c'est tout.

— Que te disent les médecins ?

— Les médecins ? Je ne laisse pas ces filous m'approcher. Il n'y a que les médecins qui peuvent tuer quelqu'un en toute impunité.

— Mais regarde-toi, mon ami. Ton cœur...

— « En cas de maladie cardiaque, le seul espoir de remède réside sans nul doute dans le vin. » Tu devrais lire mon livre. Et le vin, mon cher Pedius, est une médecine que je peux m'administrer tout seul.

Le sénateur le regarda, puis déclara d'un air sombre :

— L'empereur s'inquiète pour toi.

Cette nouvelle, il est vrai, donna à Pline un pincement au cœur. Il était lui-même membre du conseil impérial. Pourquoi n'avait-il pas été convié à cette réunion à laquelle Pedius se rendait de toute urgence ?

— Qu'entends-tu par là ? Qu'il croit que je suis fini ?

Pedius ne répondit rien – un rien qui disait tout. Il ouvrit soudain les bras, et Pline s'avança pour l'étreindre, donnant au dos raide du sénateur de petites tapes de sa main replète.

— Fais attention à toi, mon ami.

— Toi de même.

Lorsqu'il se dégagea, Pline fut honteux de se sentir la joue humide. Il resta longtemps sur le quai, à regarder les bateaux s'éloigner. C'était tout ce qu'il avait à faire, ces derniers temps : regarder les autres partir.

Sa conversation avec Pedius lui avait trotté dans la tête toute la journée, tandis qu'il arpentait sa terrasse, pénétrant régulièrement dans la bibliothèque pour suivre les colonnes de chiffres bien nets d'Alexion. « *L'empereur s'inquiète pour toi.* » C'était comme une douleur au flanc, qui refusait de partir.

Il se réfugia, comme toujours, dans l'observation. La fréquence des *épisodes harmoniques*, comme il avait décidé d'appeler les vibrations, avait augmenté régulièrement. Cinq au cours de la première heure, sept dans la deuxième, huit dans la troisième et ainsi de suite. Mais le plus frappant était encore l'allongement de leur durée. Trop brefs pour être mesurés au début de la journée, ils étaient devenus dans l'après-midi assez longs pour qu'Alexion puisse se servir de la clepsydre pour les mesurer – un dixième d'heure d'abord, puis un cinquième pour arriver à n'enregistrer qu'une seule longue vibration pendant toute la onzième heure.

— Nous devons changer notre nomenclature, marmonna Pline, penché par-dessus l'épaule de son secrétaire. Le terme *épisode* ne suffit plus à qualifier de tels mouvements.

Et, suivant proportionnellement le mouvement de la terre, comme si la Nature et l'Homme étaient unis par un lien invisible, arrivaient des rapports d'agitation en ville – une bagarre aux fontaines publiques lorsque l'heure de distribution d'eau du matin s'était achevée avant que tout le monde ait pu être servi ; une émeute devant les thermes, qui n'avaient pas ouvert à la septième heure ; une femme poignardée à mort pour deux amphores d'eau – d'eau ! – par un ivrogne devant le temple d'Auguste ; et l'on disait à présent que des bandes armées attendaient aux fontaines, prêtes à en découdre.

Donner des ordres n'avait jamais dérangé Pline. C'était l'essence même du commandement. Il décréta donc que le sacrifice à Vulcain qui devait avoir lieu le soir même était annulé et que le bûcher dressé dans le forum devait être démonté sur-le-champ. Une grande réunion publique en pleine nuit était la meilleure façon de faire naître les troubles. Et il était de toute façon dangereux d'allumer un tel brasier au centre de la ville quand les fontaines et les canalisations étaient vides et que la sécheresse avait rendu les maisons aussi inflammables que des brindilles.

— Cela ne va pas plaire aux prêtres, commenta Antius.

Le capitaine de pavillon avait rejoint Pline dans la bibliothèque. La sœur de l'amiral, qui tenait sa maison depuis son veuvage, se trouvait là aussi, venue lui apporter un plateau d'huîtres et un pichet de vin pour son dîner.

— Dis aux prêtres que nous n'avons pas le choix. Je suis sûr que Vulcain nous pardonnera depuis sa forge, juste pour cette fois, dit Pline en se massant le bras avec irritation – il était complètement engourdi. Que tous les hommes, à part les sentinelles en patrouille, restent confinés dans les casernes dès le coucher du soleil. En fait, je veux que le couvre-feu soit effectif sur l'ensemble de Misène de Vespera à l'aube. Quiconque sera surpris dans la rue sera emprisonné et passible d'une amende. Compris ?

— Oui, amiral.

— Avons-nous déjà ouvert les vannes du réservoir ?

— Cela devrait se faire maintenant, amiral.

Pline ruminait. Ils ne pouvaient se permettre de passer une autre journée comme celle-ci. Tout dépendait des réserves d'eau. Il se décida :

— Je vais voir par moi-même.

Julia s'approcha de lui avec son plateau, la mine inquiète.

— Est-ce bien sage, mon frère ? Tu devrais manger et te reposer...

— Ne m'ennuie pas, femme !

Le visage de sa sœur se chiffonna et il regretta aussitôt de lui avoir parlé ainsi. La vie l'avait déjà assez frappée comme ça – humiliée par son propre à rien de mari et l'horrible maîtresse de celui-ci, puis laissée veuve avec un enfant à élever. Cela donna à Pline une idée.

— Caius, dit-il d'une voix radoucie. Pardonne-moi, Julia. Je t'ai parlé trop durement. Je vais emmener Caius avec moi, si cela peut te rassurer.

Il appela en sortant son autre secrétaire, Alcman :

— Avons-nous reçu une réponse de Rome ?

— Non, amiral.

« *L'empereur s'inquiète pour toi...* »

Ce silence ne lui plaisait pas.

Pline était maintenant trop lourd pour prendre une litière. Il se déplaçait donc en voiture, un véhicule à deux places, avec Caius coincé près de lui. À côté de son oncle rubicond et corpulent, le jeune homme paraissait aussi pâle et évanescent qu'un spectre. L'amiral lui pressa affectueusement le genou. Il avait fait du garçon son héritier et s'était arrangé pour qu'il bénéficie de l'enseignement des meilleurs professeurs de Rome. Quintilien pour la littérature et l'histoire ; le Smyrniote Nicetes Sacerdos pour la rhétorique. Cela lui coûtait une fortune, mais ils lui disaient tous que le garçon était brillant. Il ne pourrait cependant jamais rentrer dans l'armée. Il embrasserait donc la carrière d'avocat.

Une escorte de soldats casqués trottait à pied de part et d'autre de l'attelage, leur dégageant la voie tout au long des rues étroites. Deux ou trois personnes les conspuèrent. Quelqu'un cracha.

— Et notre eau, alors ?

— Regardez-moi ce gros porc ! Je parie qu'il n'a pas soif, lui !

— Tu veux que je ferme les rideaux, mon oncle ? proposa Caius.

— Non mon garçon. Ne leur montre jamais que tu as peur.

Il savait qu'il y aurait beaucoup de gens en colère dans la rue ce soir. Pas seulement ici, mais à Néapolis aussi, à Nola et dans toutes les autres villes concernées, surtout un jour de fête. Peut-être mère Nature cherche-t-elle à nous punir, pensa-t-il, de notre avidité et de notre égoïsme. Nous la torturons sans relâche au fer, au bois, au feu et à la pierre. Nous la retournons et la déversons dans la mer. Nous creusons des puits de mine en elle et lui arrachons les entrailles... et tout cela pour un bijou à porter sur un joli doigt. Qui pourrait la blâmer d'avoir parfois quelques frissons de colère ?

Ils passèrent devant le port. Une queue immense

s'était formée devant la fontaine d'eau potable. Chacun n'avait eu droit d'apporter qu'un seul récipient, et il parut évident à Pline qu'une heure ne suffirait jamais à donner à tous leur ration. Ceux qui s'étaient trouvés en tête de la file repartaient déjà en serrant leurs marmites et casseroles comme si c'était de l'or.

— Nous allons devoir laisser l'eau couler plus longtemps, ce soir, et nous fier à ce jeune aquarius pour procéder aux réparations, comme il l'a promis, annonça Pline.

— Et s'il ne les fait pas, mon oncle ?

— Alors la moitié de cette ville sera demain à feu et à sang.

Lorsqu'ils se furent dégagés de la foule, la voiture prit de la vitesse sur la chaussée. Elle brinquebala sur le pont de bois puis dut à nouveau ralentir dans la côte qui menait à la Piscina Mirabilis. Tressautant à l'arrière, Pline eut l'impression qu'il allait s'évanouir, et peut-être que cela arriva. Ou pour le moins, il s'assoupit et, lorsqu'il reprit ses esprits, ils pénétraient dans l'enceinte du réservoir, passant devant le visage empourpré d'une demi-douzaine de soldats. Il leur rendit leur salut et descendit, d'un pas incertain, accroché au bras de Caius. Si l'empereur me retire mon commandement, pensa-t-il, je mourrai aussi sûrement que s'il donnait l'ordre à ma garde prétorienne de me couper la tête. Je n'écrirai plus jamais de livre. Ma force vitale n'est plus. Je suis fini.

— Tu vas bien, mon oncle ?

— Je vais parfaitement bien, Caius, merci.

Imbécile ! se reprocha-t-il. Pauvre vieillard tremblant, stupide et crédule ! Une phrase de Pedius Cascus, une simple réunion de routine au conseil impérial à laquelle tu n'es pas convié, et il n'y a plus personne. Il insista pour descendre les marches du réservoir sans aide. Le jour déclinait, et un esclave vint à leur rencontre avec une torche. Il y avait des années que Pline n'était pas descendu là. Les piliers étaient alors en grande partie submergés, et le fracas de l'Augusta avait noyé toute tentative de conversation. Les mots résonnaient à présent comme dans un tombeau. L'immensité du lieu était étonnante. Le niveau de l'eau était tombé si bas qu'il parvenait à peine à le voir jusqu'à ce que l'esclave baisse sa torche au-dessus de la surface réfléchissante, lui permettant de voir son propre visage le regarder – grincheux, brisé. Il s'aperçut que l'eau du réservoir vibrait légèrement, tout comme le vin.

— Quelle profondeur y a-t-il ?

— Quinze pieds, amiral, répondit l'esclave. Pline contempla son reflet.

— « Jamais le monde entier n'a présenté plus grande merveille », murmura-t-il.

— D'où cela vient-il, mon oncle ?

— « Que si l'on évalue avec exactitude le volume des eaux qu'un aqueduc déverse sur les places publiques, dans les bains, les piscines, les canaux, les maisons, les jardins, les propriétés de banlieue, et si on considère aussi les distances parcourues par le courant d'eau, les arcs élevés, la percée des montagnes, le comblement des vallées, on conviendra que jamais le monde entier n'a présenté plus grande merveille. » Je crois bien que je me cite. Comme d'habitude, dit-il en se redressant. Laissons couler la moitié de l'eau ce soir. Nous laisserons le reste partir demain matin.

— Et ensuite ?

— Et ensuite, mon cher Caius ? Nous n'avons plus qu'à espérer que demain sera un jour meilleur.

À Pompéi, le brasier de Vulcain serait allumé dès la tombée de la nuit. Mais avant, il devait y avoir toutes les festivités habituelles du forum, prétendument offertes par Popidius mais en réalité financées par Ampliatus – une course de taureaux, trois combats de gladiateurs, de la lutte à la mode grecque. Rien de très élaboré, juste une bonne heure de spectacle pour divertir les électeurs en attendant la tombée de la nuit, le genre de divertissement qu'un édile était censé offrir contre le privilège de sa charge.

Corelia feignit d'être malade.

Elle était allongée sur son lit et regardait les traits de jour qui filtraient par les volets fermés se hisser lentement sur le mur à mesure que le soleil déclinait. Elle réfléchissait à la conversation qu'elle avait surprise, et à l'ingénieur, Attilius. Elle avait remarqué sa façon de la regarder, hier à Misène et ce matin, alors qu'elle se baignait. Amant, vengeur, sauveur, victime de tragédie, elle lui avait fait, dans son imagination, endosser tous ces rôles, mais le rêve avait à chaque fois abouti à la même réalité brutale : c'était elle qui l'avait amené à rencontrer son père, et maintenant, celui-ci projetait de le tuer. Elle serait responsable de sa mort.

Elle écouta les autres se préparer à partir. Elle entendit sa mère l'appeler, puis monter l'escalier. Vite, elle chercha la plume qu'elle avait dissimulée sous son oreiller et se l'enfonça dans la gorge, ce qui la fit vomir bruyamment. Quand Celsia apparut, elle s'essuya les lèvres et montra d'un geste las le contenu de la cuvette.

Sa mère s'assit au bord du matelas et posa sa main sur le front de Corelia.

— Oh, ma pauvre enfant. Tu es brûlante. Je vais faire chercher le docteur.

— Non, ne le dérange pas – une visite de Pumponius Magonianus, avec ses potions et ses purges, aurait suffi à rendre n'importe qui malade –, j'ai juste besoin de dormir. C'est à cause de cet affreux repas interminable. J'ai trop mangé.

— Mais ma chérie, tu y as à peine touché !

— Ce n'est pas vrai.

— Chut ! fit sa mère en portant un doigt à ses lèvres.

Quelqu'un montait l'escalier d'un pas lourd, et Corelia se prépara à affronter son père. Il ne serait pas facile à tromper. Mais ce n'était que son frère, vêtu de sa longue robe blanche de prêtre d'Isis. Elle sentit sur lui l'odeur de l'encens.

— Dépêche-toi, Corelia. Il nous appelle.

Inutile de préciser de qui il s'agissait.

— Elle est malade.

— Vraiment ? Eh bien même comme ça, elle doit venir. Il ne sera pas content.

Ampliatus hurla en bas de l'escalier, et tous deux sursautèrent. Ils regardèrent vers la porte.

— Oui, ne pourrais-tu faire un effort, Corelia ? insista sa mère. Pour lui ?

Autrefois, ils avaient tous les trois formé une alliance et se moquaient ensemble de lui derrière son dos – de ses humeurs, de ses colères, de ses obsessions. Mais ce n'était plus le cas. Leur triumvirat domestique avait été brisé par les fureurs incessantes d'Ampliatus. Il avait fallu adopter des stratégies individuelles de survie. Corelia avait vu sa mère devenir la parfaite mère de famille romaine, rendant un culte à Livie dans ses appartements, et son frère se prêter à ses rites égyptiens. Mais elle ? Qu'était-elle censée faire ? Épouser Popidius et se plier aux volontés d'un nouveau maître ? Devenir plus esclave encore dans cette demeure qu'Ampliatus ne l'avait jamais été ?

Elle ressemblait trop à son père pour ne pas se battre.

216

— Dépêchez-vous, allez-y tous les deux, dit-elle amèrement. Vous n'avez qu'à emporter ma cuvette de vomi pour la lui montrer, si vous voulez. Mais je n'irai pas à ce spectacle stupide.

Elle se tourna sur le côté, face au mur. Un autre rugissement monta d'en bas.

— Bon, très bien, fit sa mère en poussant un soupir de martyre. Je vais lui dire.

Les choses se présentaient exactement comme l'ingénieur l'avait supposé. Après les avoir menés droit au nord, vers le sommet de la montagne sur environ deux milles, la canalisation secondaire de l'aqueduc virait brusquement à l'est, à l'endroit même où le sol commençait à s'élever vers le Vésuve. La route suivait la même direction et, pour la première fois, ils tournèrent le dos à la mer et marchèrent vers l'intérieur des terres et les lointains contreforts des Apennins.

La canalisation de Pompéi s'éloignait à présent plus souvent de la route, épousant les courbes du terrain, croisant même à plusieurs reprises leur chemin. Attilius appréciait cette ingéniosité propre aux aqueducs. Les grandes voies romaines franchissaient en force la Nature en ligne droite, sans tolérer aucune opposition. Mais les aqueducs, qui devaient observer une pente régulière équivalant à la largeur d'un doigt tous les cent pas – une pente plus importante eût entraîné une pression trop forte susceptible de rompre les parois ; une pente plus faible n'eût pas permis à l'eau de couler –, étaient contraints de suivre le relief du sol. Leurs plus grands chefs-d'œuvre, comme le pont à trois niveaux le plus haut du monde, édifié dans le sud de la Gaule pour soutenir l'aqueduc de la Narbonnaise, étaient souvent situés loin du regard des hommes. Il n'y avait parfois que les aigles, s'envolant dans l'air chaud au-dessus d'un mont isolé, qui pouvaient apprécier la véritable majesté de ce que les hommes avaient bâti.

Ils avaient dépassé le quadrillage des champs des centurions et entraient dans un paysage de vignes, propriétés des grands domaines. Les cabanes délabrées des petits agriculteurs de la plaine, avec leur chèvre attachée à une longe et leur demi-douzaine de poules décharnées qui picoraient la terre nue, avaient cédé la place à de belles fermes aux toits de tuiles rouges qui parsemaient les pentes inférieures de la montagne.

Examinant les vignes du haut de son cheval, Attilius se sentit presque étourdi par le spectacle d'une telle abondance, d'une fertilité si exubérante, même au cœur de la sécheresse. Il n'avait pas choisi le bon filon. Il devrait abandonner l'eau pour se lancer dans le vin. Des pieds de vignes s'étaient échappés des cultures régulières pour se fixer sur tous les arbres et murs disponibles, atteignant le sommet des branches plus hautes, les faisant disparaître sous des cascades luxuriantes de violet et de vert. De petites têtes de Bacchus, en marbre blanc pour chasser le mauvais sort, aux yeux et à la bouche évidés, étaient suspendues, immobiles dans l'air étouffant, comme embusquées dans le feuillage et prêtes à attaquer. C'était les vendanges, et les vignes étaient remplies d'esclaves – des esclaves sur des échelles, des esclaves ployant sous le poids des paniers de raisin fixés à leur dos. Comment, se demanda Attilius, parvenaient-ils à tout récolter avant que les grappes ne pourrissent sur pied ?

Ils arrivèrent devant une grande villa qui dominait la vallée et donnait sur la baie, et Brebix demanda s'ils pouvaient s'arrêter pour se reposer un peu.

— C'est bon. Mais pas longtemps.

Attilius descendit de cheval pour se dégourdir les jambes. Lorsqu'il voulut s'essuyer le front, le revers de sa main se retrouva gris de poussière, et quand il voulut boire, il s'aperçut qu'il avait les lèvres complètement desséchées. Polites avait acheté deux miches de pain et des saucisses graisseuses qu'ils mangèrent avec appétit. Étonnant, toujours, l'effet que pouvait produire un peu de nourriture sur un estomac vide. Il sentit son moral remonter à chaque nouvelle bouchée. Il avait toujours préféré cela – laisser derrière lui les villes poussiéreuses pour arpenter la campagne, les artères de la civilisation se faisant discrètes sous un ciel bien franc. Il remarqua que Brebix était assis à l'écart des autres, aussi s'approcha-t-il de lui et rompit-il une miche de pain pour la lui offrir avec une ou deux saucisses. En gage de paix.

Brebix hésita, puis hocha la tête et accepta. Il était nu jusqu'à la ceinture, et son torse en sueur était zébré de cicatrices.

— De quelle classe de combattants faisais-tu partie ?

— Devine.

Il y avait longtemps qu'Attilius n'avait pas mis les pieds dans une arène.

— Tu n'étais pas un rétiaire, finit-il par dire. Je ne te vois pas danser avec un filet et un trident.

— Tu as raison sur ce point.

— Un thrace alors. Ou peut-être un mirmillon.

Les thraces portaient un petit bouclier et une courte épée recourbée ; les mirmillons étaient des combattants plus massifs, armés comme des soldats de l'infanterie, avec glaive et grand bouclier rectangulaire. Les muscles du bras gauche de Brebix, vraisemblablement le bras qui portait le bouclier, saillaient tout autant que ceux de son bras droit.

— Je pencherais pour mirmillon, dit enfin Attilius
– Brebix acquiesça. – Combien de combats ?

— Trente

Attilius fut impressionné. Ils étaient rares, ceux qui
survivaient à trente combats. Et cela correspondait à
huit, voire dix années d'apparitions dans l'arène

— Et tu taisais partie de quel corps ?

— Celui d'Alleius Nigidius. Je me suis battu dans
toute la baie. À Pompéi surtout. Nucérie. Nola. Quand
j'ai pu gagner ma liberté, je suis allé voir Ampliatus.

— Tu n'es pas devenu entraîneur ?

— J'ai vu assez de tueries comme ça, aquarius.
Merci pour le pain.

Il se leva avec légèreté, en un seul mouvement
fluide, et rejoignit les autres. Il n'était pas difficile de
l'imaginer dans la poussière de l'amphithéâtre. Attilius
devinait sans peine l'erreur commise par ses adver-
saires. Ils avaient dû le croire lourd, lent et maladroit,
alors qu'en fait, il avait l'agilité d'un chat.

L'ingénieur but une nouvelle rasade. Il pouvait distinguer les îles rocheuses au-delà de Misène, à l'autre
bout de la baie – la petite Prochyta, et la haute montagne d'Aenaria –, et, pour la première fois, il remarqua un mouvement de la mer. Des points d'écume
blanche avaient surgi parmi les bateaux minuscules
éparpillés comme de la limaille sur les flots éblouis-
sants et métalliques. Mais il n'y avait aucune voile his-
sée. Il trouva cela bien étrange. C'était curieux,
vraiment, mais c'était un fait : *il n'y avait pas de vent*.
Des vagues, mais pas de vent.

Encore un tour de la nature que l'amiral pourrait
méditer.

Le soleil commençait à sombrer derrière le Vésuve.
Un aigle noir – de ces aigles mangeurs de lièvres,
petits, puissants, célèbres pour ne jamais émettre un cri

– tournoya puis prit en silence son essor au-dessus de la forêt dense. Ils ne tarderaient pas à entrer dans l'ombre. Ce qui était bien, pensa-t-il, parce qu'il ferait plus frais, et mal parce que cela impliquait que la nuit viendrait bientôt.

Il finit son eau et dit aux hommes de se remettre en route.

Le silence régnait aussi dans la grande maison.

Elle savait toujours quand son père était sorti. L'endroit semblait enfin respirer. Elle mit une mante sur ses épaules et colla un instant l'oreille contre les volets avant de les ouvrir. Sa chambre était orientée à l'ouest. Le ciel se teintait du même rouge que le toit de terre cuite en face, et le jardin en contrebas était plongé dans l'ombre. Un drap recouvrait toujours le haut de la volière. Elle le tira afin de donner de l'air aux oiseaux, puis – sur une impulsion car cela ne lui était jamais venu à l'esprit auparavant – elle souleva le loquet et ouvrit la porte sur le côté de la cage.

Elle recula dans sa chambre.

Les habitudes de la captivité sont difficiles à rompre. Les chardonnerets mirent un moment à saisir leur chance. Enfin, un oiseau plus téméraire que les autres s'avança sur son perchoir et alla se poser d'un bond sur le seuil de l'ouverture. Il inclina sa petite tête rouge et noire dans la direction de sa maîtresse, cligna un petit œil brillant puis se lança dans les airs. Il y eut un battement d'ailes et un éclat doré dans la pénombre. L'oiseau tournoya au-dessus du jardin et alla se poser sur l'arête de tuiles, de l'autre côté. Un autre oiseau voleta jusqu'à la petite porte et s'envola, puis un autre. Elle les aurait volontiers tous regardés partir, mais elle ferma les volets.

Elle avait dit à sa servante d'aller au forum avec le reste des esclaves. Le couloir qui desservait sa chambre était désert, comme l'escalier et le jardin où son père avait cru tenir une conversation secrète. Elle le traversa rapidement, restant près des piliers au cas où quelqu'un surgirait. Elle franchit l'atrium de leur ancienne maison et gagna le tablinum. C'était là que son père continuait de traiter ses affaires – se levant à l'aube pour rencontrer des clients, les recevant soit seuls soit en groupes jusqu'à l'ouverture des tribunaux, qu'il gagnait sans attendre, suivi par sa cohorte habituelle de quémandeurs empressés. Symbole de la puissance d'Ampliatus, la pièce ne contenait pas un seul coffre-fort, mais trois, en bois épais cerclé de laiton et fixés au sol dallé par des anneaux de fer.

Corelia savait où se trouvaient les clés. En des temps plus heureux – ou n'était-ce qu'un procédé pour convaincre ses associés de sa gentillesse ? – elle avait eu le droit de venir et de rester sagement assise à ses pieds pendant qu'il travaillait. Elle ouvrit le tiroir du petit bureau : elles étaient bien là.

La boîte était rangée dans le deuxième coffre-fort. La jeune fille ne prit pas la peine de dérouler les papyrus, mais se contenta de les fourrer dans les poches de sa mante, puis referma le coffre-fort et replaça la clé dans le tiroir. La partie la plus dangereuse était terminée, et elle se permit de se détendre un peu. Elle avait une histoire toute prête au cas où elle croiserait quelqu'un – comme quoi elle se sentait mieux et avait décidé de rejoindre les autres au forum – mais il n'y avait personne. Elle traversa le jardin clos, descendit les marches, longea la piscine et sa fontaine qui coulait doucement, dépassa la salle à manger où elle avait enduré cet épouvantable repas et contourna rapidement la colonnade pour gagner le salon rouge des Popidii.

Bientôt, elle serait maîtresse de tout ceci : quelle perspective effrayante !

Un esclave allumait un des candélabres de laiton, mais s'écarta respectueusement pour la laisser passer. Elle franchit une tenture et descendit un escalier plus étroit. Puis, soudain, elle pénétra dans un autre monde – plafonds bas, murs au plâtre grossier, odeur de transpiration : le quartier des esclaves. Elle entendit deux hommes bavarder quelque part, des bruits de casseroles, puis, à son soulagement, un hennissement de cheval.

Les écuries se trouvaient au bout du couloir, et il en allait bien comme elle l'avait pensé. Son père avait décidé de conduire ses invités au forum en litière, laissant donc tous les chevaux à la maison. Elle caressa le museau de sa préférée, une jument baie, et lui parla à mots murmurés. C'étaient normalement les esclaves qui sellaient les chevaux, mais elle les avait suffisamment regardés faire pour savoir s'y prendre. Alors qu'elle serrait les sangles de cuir sous le ventre de l'animal, celui-ci fit un écart et heurta la stalle en bois. Corelia retint sa respiration, mais personne ne vint.

— Tout doux, ma belle, chuchota-t-elle. Ce n'est que moi. Tout va bien.

L'écurie ouvrait directement sur la rue latérale. Le moindre bruit paraissait à Corelia ridiculement sonore – le claquement de la barre de fer lorsqu'elle la souleva, le grincement des gonds, le martèlement des sabots de la jument. Un homme marchait d'un pas pressé sur le trottoir d'en face. Il se tourna pour regarder de son côté, mais ne s'arrêta pas – il était sans doute déjà en retard pour le sacrifice. Des accords de musique provenaient de la direction du forum, puis une sorte de rugissement bas retentit, comme une vague qui déferlait.

Corelia se hissa sur le cheval. Pas question de monter en amazone pour respecter les convenances, ce soir. Elle ouvrit les jambes et enfourcha la selle comme un homme. Une impression de liberté illimitée l'envahit. Cette rue, absolument ordinaire avec ses échoppes de cordonniers et de tailleurs, cette rue qu'elle avait arpentée tant de fois, était devenue pour elle le bout du monde. Elle savait que si elle hésitait davantage, la panique finirait par la submerger complètement. Elle enfonça ses genoux dans les flancs de la jument et tira sur les rênes, prenant la direction opposée de celle du forum. Au premier carrefour, elle prit encore à gauche et s'en tint aux petites rues désertes jusqu'à ce qu'elle estime être assez loin de chez elle pour ne plus risquer de tomber sur quelqu'un de connaissance. Alors seulement, elle rejoignit l'artère principale. Une nouvelle salve d'applaudissements monta du forum.

Elle gravit la côte, dépassa les thermes vides que son père faisait construire, passa devant le castellum aquae puis sous l'arche de la porte municipale. Elle baissa la tête en arrivant devant le poste de douanes et tira soigneusement la capuche de sa mante sur son visage, puis elle fut hors de Pompéi et sur la route du Vésuve.

Vespera

20 h 00

L'arrivée de magma juste sous la surface dilate la chambre et fait gonfler la partie supérieure...

Encyclopaedia of Volcanoes

Attilius et son expédition atteignirent la matrice de l'Aqua Augusta juste à la fin du jour. À un moment, l'ingénieur regardait le soleil sombrer derrière la haute montagne, découpant ses flancs contre le ciel rougeoyant et donnant l'impression que les arbres étaient en feu ; l'instant d'après, tout avait disparu. Les yeux rivés droit devant lui, l'ingénieur vit, surgissant de la vallée assombrie, ce qui lui apparut comme des tas de sable clair et luisant. Il les scruta, puis éperonna son cheval et partit au galop devant les chariots.

Quatre pyramides de gravillons se dressaient autour d'un mur de brique circulaire arrivant à Opeu près à la poitrine d'un homme et dépourvu de toit. Il s'agissait d'un bassin de décantation. Il savait qu'il devait y en avoir une douzaine disposés tout le long de l'Augusta

– Vitruve recommandait même d'en placer tous les trois ou quatre milles –, des endroits où l'on faisait en sorte que l'eau ralentisse pour la filtrer de ses impuretés. Il fallait alors sortir toutes les quelques semaines des tombereaux de cailloux minuscules, arrondis et lissés par leur voyage dans la matrice, et les entasser près de l'aqueduc d'où ils étaient emportés soit dans des décharges soit sur des chantiers de voirie.

Les bassins de décantation avaient toujours été des lieux privilégiés pour procéder à des embranchements et, lorsque Attilius fut descendu de cheval pour s'approcher du puits, il constata que c'était bien le cas ici. Le sol était spongieux sous ses pieds, la végétation plus verte et plus luxuriante, la terre saturée émettant comme un petit chant. L'eau bouillonnait partout autour de la carapace du réservoir et recouvrait les briques d'une pellicule transparente miroitante. Le dernier regard de la canalisation de Pompéi était percé juste devant le mur.

Attilius posa ses mains sur le bord en brique et scruta l'intérieur du puits. Il évalua le diamètre du réservoir à une vingtaine de pieds et, pensa-t-il, au moins quinze pieds de profondeur. Sans le soleil, il faisait trop sombre pour voir le fond de gravillons, mais il savait qu'il devait y avoir trois entrées de tunnel en bas – une en amont de l'Augusta, une en aval, et une troisième pour relier Pompéi au système. L'eau lui coulait entre les doigts. Il se demanda quand Corvinus et Becco avaient pu fermer les vannes à Abellinum. Avec un peu de chance, le débit n'allait pas tarder à faiblir.

Il entendit un bruit de pas mouillés derrière lui. Brebix et deux autres ouvriers étaient venus le rejoindre.

— C'est l'endroit que tu cherches, aquarius ?

— Non, Brebix. Pas encore. Mais ce n'est plus très

loin. Tu vois ça ? Tu vois comment l'eau jaillit d'en dessous ? C'est parce que la canalisation principale est bouchée quelque part, un peu plus loin en descendant. Il faut qu'on continue, ajouta-t-il en s'essuyant les mains sur sa tunique.

Ce ne fut pas une décision très populaire, surtout quand ils s'aperçurent que les chariots s'enfonçaient dans la boue jusqu'aux essieux. Les jurons fusèrent, et il fallut toutes les forces des hommes présents, qui durent s'arc-bouter du dos et des épaules sur chacun des deux chariots pour les conduire en terrain plus ferme. La moitié des hommes s'écroulèrent par terre et refusèrent de bouger, et il fallut qu'Attilius aille lui-même leur tendre la main pour les aider à se relever. Ils étaient fatigués, superstitieux, affamés, et plus difficiles à conduire qu'un troupeau de mules mal embouchées.

Il attacha son cheval à l'arrière d'un des chariots et, quand Brebix lui demanda ce qu'il faisait, il répondit :

— Je vais marcher avec vous.

Il saisit le licou du bœuf le plus proche et tira. Ce fut la même histoire que lorsqu'ils avaient quitté Pompéi. Au début, personne ne bougea, puis, à contrecœur, ils l'imitèrent. L'instinct naturel de l'homme est de suivre, pensa-t-il, et c'est toujours celui qui est le plus motivé qui domine les autres. Ampliatus comprenait cela mieux que n'importe qui.

Ils traversaient une vallée étroite entre deux éminences. Le Vésuve était à leur gauche ; à leur droite, les à-pics lointains des Apennins formaient comme une muraille. La route s'était à nouveau écartée de l'aqueduc, et ils devaient emprunter un sentier qui suivait l'Augusta – borne, regard, borne, regard et ainsi de suite – à travers d'anciennes plantations d'oliviers et de citronniers, alors que les flaques d'ombre s'élargissaient sous les arbres. On n'entendait pas grand-chose par-dessus le vacarme des roues, sinon le tintement occasionnel d'une clochette de chèvre dans le crépuscule.

Attilius gardait les yeux rivés sur la ligne de l'aqueduc. L'eau bouillonnait au bord de certains regards, et cela n'augurait rien de bon. Le tunnel du canal était profond de six pieds. Si l'eau parvenait à soulever les lourds couvercles des bouches d'inspection, cela signifiait que la pression devait être immense, ce qui impliquait à son tour que ce qui obstruait la matrice était énorme pour ne pas avoir été balayé par le flot. Où étaient passés Corax et Musa ?

Un vacarme soudain, pareil à un coup de tonnerre, retentit dans la direction du Vésuve. Il sembla rouler au-dessus d'eux pour se heurter à la surface rocheuse des Apennins en un écho mat. Le sol parut se soulever et les bœufs bronchèrent, cherchant instinctivement à fuir le bruit et entraînant Attilius avec eux. Il enfonça les talons dans le chemin et venait à peine d'arriver à les immobiliser quand l'un des hommes hurla en montrant le ciel.

— Les géants !

De gigantesques créatures blanches, fantomatiques dans la pénombre, semblèrent jaillir des entrailles de la terre juste devant eux, comme si le toit des enfers venait de s'écarter pour laisser l'esprit des morts s'envoler vers les cieux. Attilius lui-même sentit ses cheveux se hérisser sur sa nuque, et ce fut Brebix qui finit par éclater de rire en criant :

— Imbéciles ! Ce ne sont que des oiseaux ! Regardez !

Des oiseaux, d'immenses oiseaux, des flamants sans doute, prirent leur essor par centaines, dessinant un grand drap blanc qui flotta, puis plongea et disparut à nouveau à la vue. Des flamants, pensa Attilius : des oiseaux aquatiques.

Il aperçut au loin deux hommes qui leur faisaient signe.

Néron lui-même, en s'y consacrant pendant une année, n'aurait pu espérer plus beau lac artificiel que celui créé par l'Augusta en une journée et demi. Une petite dépression au nord de la matrice s'était remplie jusqu'à une profondeur de trois ou quatre pieds. La surface brillait doucement dans la pénombre, rompue çà et là par les îlots touffus formés par le feuillage sombre d'oliviers à demi-submergés. Du gibier d'eau fonçait entre les obstacles ; des flamants bordaient la rive opposée.

Les hommes qui accompagnaient Attilius n'attendirent pas sa permission pour se débarrasser de leur tunique et courir, nus, vers l'eau, leurs corps bronzés et leurs fesses d'un blanc de neige bondissant, leur donnant l'allure d'un curieux troupeau d'antilopes venues boire et prendre un bain. Des exclamations et des bruits d'éclaboussures portaient jusqu'à l'endroit où l'ingénieur se tenait avec Musa et Corvinus. Il n'essaya pas de faire revenir les baigneurs. Qu'ils en profitent. En outre, il avait un autre mystère à élucider.

Corax avait disparu.

D'après Musa, le contremaître et lui avaient découvert le lac moins de deux heures après avoir quitté Pompéi – ce devait être vers midi, et c'était exactement comme l'ingénieur l'avait prédit : comment manquer une inondation de cette taille ? Après un rapide examen des dommages, Corax était remonté sur son cheval et était reparti à Pompéi pour rendre compte de l'ampleur du problème, comme convenu.

Furieux, Attilius serrait les mâchoires.

— Mais c'était il y a sept ou huit heures ! s'exclama-t-il, incrédule. Allons, Musa... que s'est-il réellement passé ?

— Mais je te dis la vérité ; aquarius. Je te le jure ! s'écria Musa, les yeux agrandis par ce qui semblait une inquiétude sincère. Je pensais qu'il reviendrait avec toi. Il a dû lui arriver quelque chose.

Près de la bouche de canalisation ouverte, Musa et Corvinus avaient allumé un feu, non pour se tenir chaud – il faisait encore étouffant –, mais pour tenir le mal à distance. Le bois qu'ils avaient trouvé était sec comme de l'amadou, et les flammes illuminaient l'obscurité, crachant des gerbes d'étincelles rouges qui s'élevaient en tourbillonnant avec la fumée. D'énormes papillons de nuit blancs se mêlaient aux cendres volatiles.

— Nous l'avons peut-être manqué quelque part sur la route.

Attilius scruta la nuit qui tombait derrière lui. Mais alors même qu'il prononçait ces paroles, il sut que c'était impossible. Et quoi qu'il en soit, un homme à cheval, même en prenant un chemin différent, aurait largement eu le temps d'arriver à Pompéi, d'apprendre qu'ils étaient partis et de les rattraper.

— Ça n'a pas de sens. Et puis je croyais avoir été clair sur le fait que c'est toi qui devais nous porter le message, pas Corax.

— Tu as été clair.

— Eh bien ?

— C'est Corax qui a insisté pour aller te chercher.

Il s'est enfui, pensa Attilius. C'était l'explication la plus vraisemblable. Il avait retrouvé son ami Exomnius... et ils avaient fui ensemble.

— Cet endroit, fit Musa en regardant autour de lui. Je vais être franc avec toi, Marcus Attilius ; ça me file les jetons. Et ce bruit, là, tu l'as entendu ?

— Bien sûr qu'on l'a entendu. On a dû l'entendre jusqu'à Néapolis.

— Et attends de voir ce qui est arrivé à la matrice.

Attilius alla prendre une torche sur un chariot. Il revint et en plongea l'extrémité dans les flammes. Elle s'alluma instantanément. Les trois hommes se rassemblèrent autour de l'ouverture dans la terre. Une fois encore, Attilius reçut une bouffée de soufre montant de l'obscurité.

— Va me chercher de la corde, demanda-t-il à Musa. Elle est rangée avec les outils. Et toi, dit-il, s'adressant à Corvinus, comment ça s'est passé ? As-tu fermé les vannes ?

— Oui, aquarius. Nous avons dû pas mal discuter avec le prêtre, mais Becco a réussi à le convaincre.

— À quelle heure les avez-vous fermées ?

— À la septième heure.

Attilius se massa les tempes en essayant de faire le calcul. Le niveau de l'eau dans le tunnel inondé commencerait à baisser dans deux heures environ. Mais à moins de renvoyer Corvinus à Abellinum presque immédiatement, Becco suivrait ses instructions, attendrait douze heures, et rouvrirait les vannes pendant la sixième veille de la nuit. C'était affreusement serré. Ils ne s'en sortiraient jamais.

Lorsque Musa revint, Attilius lui remit la torche. Il noua une extrémité de la corde autour de sa taille et s'assit sur le bord du regard.

— Thésée dans le labyrinthe, marmonna-t-il.

— Quoi ?

— Rien. Mais sois un bon gars et fais attention de ne pas lâcher l'autre bout de la corde.

Trois pieds de terre, se dit Attilius, deux pieds de maçonnerie et six de vide entre le haut du tunnel et le fond. Onze pieds en tout. Je ferais mieux de soigner mon atterrissage. Il se retourna et se laissa descendre dans le puits étroit, les doigts crispés sur le rebord pour rester un instant suspendu. Combien de fois avait-il déjà fait cela ? Et pourtant, en plus de dix ans, il n'avait jamais pu se débarrasser de la sensation de panique qui l'étreignait à chaque fois qu'il se retrouvait sous terre. C'était sa terreur secrète, jamais avouée à personne, pas même à son père. Surtout pas à son père. Il ferma les yeux et se laissa tomber, pliant les genoux lorsqu'il toucha le sol afin d'amortir le choc. Il resta un instant accroupi pour retrouver son équilibre, la puanteur du soufre plein les narines, puis tendit prudemment les mains autour de lui. Le tunnel n'était large que de trois pieds. Du ciment sec sous ses doigts. Du noir lorsqu'il ouvrit les yeux, aussi noir que lorsqu'il les gardait fermés. Il se redressa, se plaqua contre la paroi derrière lui et cria à Musa :

— Lance la torche !

La flamme crachota en atteignant le sol et, pendant une seconde, l'ingénieur craignit qu'elle ne s'éteigne, mais dès qu'il l'eut ramassée, elle flamba de plus belle et éclaira les murs. Le fond était tapissé de calcaire déposé par l'eau au fil des ans. Sa surface rêche et boursouflée évoquait davantage la paroi d'une caverne qu'un ouvrage réalisé par l'homme, et Attilius fut émerveillé de constater à quelle vitesse la Nature reprenait ce qu'elle avait cédé : les murs de brique s'écroulaient sous la pluie et le gel, les routes se laissaient envahir par les mauvaises herbes, les aqueducs étaient obstrués par l'eau même qu'ils étaient censés acheminer. La civilisation était une guerre sans relâche que l'Homme était, au bout du compte, condamné à perdre. Il gratta le calcaire avec l'ongle de son pouce. Encore une preuve de la négligence d'Exomnius. Le calcaire atteignait pratiquement l'épaisseur de son doigt. Le fond aurait dû être gratté au moins tous les deux ans. Or, aucun travail d'entretien n'avait été effectué sur ce tronçon depuis au moins dix ans.

Il pivota avec difficulté dans l'espace réduit, brandissant la torche devant lui, et plissa les yeux dans l'obscurité. Il ne voyait rien. Il se mit à marcher, comptant chaque pas. Il en avait parcouru dix-huit lorsqu'il laissa échapper un murmure de surprise. Non seulement le tunnel était entièrement obstrué – cela, il s'y était attendu – mais on aurait dit que le sol s'était soulevé, comme poussé par une force irrésistible venue d'en bas. L'épais lit de mortier sur lequel reposait le tunnel avait été cisaillé et remontait vers la partie supérieure. Il entendit l'appel étouffé de Musa, derrière lui :

— Tu vois quelque chose ?

— Oh oui, je vois !

Le tunnel se rétrécissait brutalement. Attilius dut se mettre à quatre pattes pour avancer. La fracture du socle avait entraîné un gauchissement des murs, puis, par conséquence, l'effondrement du plafond. De l'eau filtrait à travers la masse de briques, de terre et de fragments de mortier compressés. Il essaya de gratter avec sa main, mais l'odeur de soufre était ici presque irrespirable, et la flamme de sa torche commença à faiblir. Il recula vivement et retourna jusqu'au puits. En levant la tête, il put tout juste distinguer les visages de Corvinus et de Musa, encadrés par le ciel crépusculaire. Il appuya sa torche contre la paroi du tunnel.

— Tenez bien la corde, je remonte.

Il dénoua la corde qui entourait sa taille et tira vigoureusement dessus. Les deux visages avaient disparu.

— Prêts ?

— Oui !

Il essaya de penser à ce qui arriverait s'ils le laissaient tomber. Il saisit la corde de la main droite et se hissa d'un cran, puis il la prit de la main gauche et se hissa encore. La corde se balançait follement. Il eut bientôt la tête et les épaules à l'intérieur du puits et crut un instant que ses forces allaient l'abandonner, mais une nouvelle traction de chaque main amena ses genoux à hauteur de l'ouverture, et il put coincer son dos contre la paroi. Il trouva alors qu'il était plus facile de lâcher la corde et de monter en s'aidant du dos et des genoux jusqu'à ce que ses bras puissent passer par-dessus le rebord et qu'il parvienne à sortir à l'air libre.

Il s'allongea par terre et reprit son souffle sous le regard interrogateur de Musa et de Corvinus. La pleine lune se levait.

— Alors, fit Musa. Qu'est-ce que tu en penses ?

— Je n'ai jamais rien vu de pareil, répondit l'ingénieur en secouant la tête. J'ai vu des toits s'écrouler, j'ai vu des glissements de terrain à flanc de montagne. Mais ça ? On dirait que toute une section du sol s'est tout simplement soulevée. C'est incroyable.

— C'est exactement ce qu'a dit Corax.

Attilius se releva et regarda au fond du puits. La torche brûlait encore sur le sol du tunnel.

— Ce pays, commenta-t-il avec amertume, il a beau avoir l'air solide, il n'est pas plus ferme que de l'eau.

Il se mit à marcher en suivant le tracé de l'Augusta qu'il venait d'emprunter. Il compta dix-huit pas et s'arrêta. Maintenant qu'il examinait le terrain de plus près, il s'aperçut qu'il y avait un léger renflement. Il traça une marque du bout du pied et se remit à marcher, comptant à nouveau ses pas. Le renflement ne paraissait pas très large, autour d'une vingtaine de pieds. Il était difficile d'être précis. Il traça une autre marque. Sur sa gauche, les hommes d'Ampliatus faisaient toujours les pitres autour du lac.

Il éprouva une brusque bouffée d'optimisme. En fait,

elle n'était pas si grosse que ça, cette obstruction. Plus il y réfléchissait, moins il lui paraissait possible que ce soit l'œuvre d'un tremblement de terre. Un séisme aurait facilement fait écrouler le plafond de toute une section de tunnel, et là, cela aurait été un vrai désastre. Mais cet accident-ci était beaucoup plus localisé. C'était plutôt comme si, pour quelque étrange raison, le sol s'était soulevé d'un pas ou deux sur une ligne étroite.

Il fit un tour complet. Oui, il le voyait maintenant. Le sol s'était soulevé, la matrice avait été obstruée. En même temps, la pression du débit avait ouvert une fissure dans le mur du tunnel. L'eau s'était échappée par la brèche et avait formé le lac. Mais s'ils parvenaient à dégager l'obstacle et à vider l'Augusta...

Il décida à cet instant de ne pas renvoyer Corvinus à Abellinum. Il allait essayer de réparer l'Augusta cette nuit. Affronter l'impossible, telle était la devise des Romains ! Il plaça ses mains en porte-voix et cria aux hommes :

— Allons messieurs ! Les bains sont fermés ! Au travail !

Les femmes ne voyageaient pas souvent seules sur les routes de Campanie, et les paysans qui travaillaient dans les champs étroits et desséchés se retournaient sur le passage de Corelia. Une épouse de fermier costaude, aussi large que haute et armée d'une bonne houe, aurait hésité à s'aventurer sans protection à Vespera. Mais une jeune fille visiblement riche ? Sur un beau cheval ? Il y avait de quoi attirer les convoitises ! À deux reprises, des hommes s'avancèrent sur la route pour tenter de lui barrer le chemin et de s'emparer des rênes, mais à chaque fois, elle éperonna sa monture et ils finirent par renoncer à la pourchasser au bout d'une centaine de pas.

Elle savait quel chemin avait suivi l'aquarius grâce à la conversation surprise dans l'après-midi. Mais ce qui avait semblé un trajet assez simple dans un jardin ensoleillé – suivre le tracé de l'aqueduc jusqu'à sa jonction avec l'Augusta – devenait une entreprise terrifiante dans la pénombre du crépuscule et, lorsqu'elle eut atteint les vignes, au pied du Vésuve, elle regrettait amèrement d'être venue. Tout ce que lui répétait son père était vrai : c'était une forte tête, désobéissante, stupide, et qui agissait toujours avant de réfléchir. Tels étaient les sempiternels reproches qu'il lui avait adressés la veille au soir à Misène, après la mort de l'esclave, alors qu'ils embarquaient pour rentrer à Pompéi. Mais il était trop tard pour revenir en arrière.

La journée de travail se terminait enfin, et des files d'esclaves épuisés et silencieux, enchaînés par les chevilles, traînaient les pieds sur le bas-côté dans la lumière du soir. Le cliquetis des chaînes contre le pavé et le claquement du fouet qui s'abattait sur leur dos étaient les seuls bruits perceptibles. Elle avait entendu parler de ces pauvres diables entassés dans les quartiers pénitenciers de très grandes fermes et qu'on faisait mourir d'épuisement en un an ou deux, mais elle n'en avait jamais vu d'aussi près. De temps à autre, un esclave trouvait l'énergie de lever les yeux de la piste poussiéreuse pour croiser son regard ; elle avait alors l'impression de plonger les yeux dans un trou de l'enfer.

Pourtant, même si la nuit vidait la route de toute circulation et que l'aqueduc devenait de plus en plus difficile à suivre, Corelia n'allait pas renoncer. La présence rassurante des villas au bas de la montagne s'évanouissait peu à peu, remplacée par des points de lumière ou des torches isolées qui clignotaient dans la nuit. Son cheval marchait à présent au pas, et la jeune fille se balançait sur la selle au rythme pesant de son allure.

Il faisait chaud. Elle avait soif (naturellement, elle avait oublié de prendre de l'eau ; d'habitude, c'étaient les esclaves qui en portaient pour elle). Le frottement des vêtements contre sa peau en sueur lui faisait mal. Seule la pensée de l'aquarius et du danger qu'il courait la poussait à continuer. Peut-être arrivait-elle trop tard ? Peut-être avait-il déjà été assassiné ? Elle commençait à se demander si elle parviendrait jamais à le rattraper quand l'air déjà lourd parut soudain se solidifier et bourdonner autour d'elle. Quelques secondes plus tard, un fracas sonore retentit dans les entrailles de la montagne, sur sa gauche. La jument se cabra, projetant sa cavalière en arrière. Corelia fut tout près de tomber, ses mains moites incapables de retenir les rênes et ses jambes en sueur glissant sur les flancs agités de l'animal. Lorsque celui-ci replongea vers l'avant pour partir au galop, tout ce qu'elle put faire fut de s'agripper à son épaisse crinière pour ne pas être jetée à bas.

La jument dut rester emballée sur un bon mille, puis ralentit l'allure, et Corelia put relever la tête pour découvrir qu'elles avaient quitté la route et galopaient à présent en rase campagne. Elle entendit de l'eau couler non loin de là, et la jument dut l'entendre aussi, ou la sentir, car elle changea de cap et se dirigea vers le bruit. La jeune fille avait gardé la joue pressée contre l'encolure de sa monture, les yeux fermés, mais maintenant, elle redressa la tête et put discerner de gros tas de cailloux blancs et un muret de brique circulaire qui semblait renfermer un gigantesque puits. Le cheval se baissa pour boire. La jeune fille lui murmura des paroles apaisantes puis, tout doucement pour ne pas l'effrayer, mit pied à terre. Elle tremblait encore de peur.

Ses pieds s'enfoncèrent dans la boue. Elle aperçut la lueur de feux de camp dans le lointain.

Le premier objectif d'Attilius était de débarrasser le tunnel des débris, ce qui ne serait pas tâche aisée. Le canal n'était assez large que pour livrer passage à un homme de front. Celui-ci devrait attaquer le barrage à la pioche puis pelleter les gravats dans un panier qui devrait être passé de main en main jusqu'au puits d'inspection, où il devrait être attaché à une corde, remonté et vidé avant de repartir pendant qu'un second panier était rempli et suivait à son tour le même parcours.

Fidèle à ses habitudes, Attilius avait été le premier à manier la pioche. Il déchira une bande de sa tunique et s'en couvrit le nez et la bouche afin d'atténuer l'odeur de soufre. Attaquer les débris de briques et de terre et en remplir le panier était déjà assez difficile, mais brandir la pioche dans cet espace réduit pour essayer de briser le mortier en fragments possibles à déplacer relevait des travaux d'Hercule. Il fallait parfois deux hommes pour déplacer certains blocs, et Attilius ne tarda pas à avoir les coudes complètement écorchés contre les parois du tunnel. Quant à la chaleur, aggravée par la nuit étouffante, les corps en sueur et les torches brûlantes, c'était pire que tout ce qu'il pouvait imaginer, même dans les mines d'or d'Espagne. Cependant, Attilius avait tout de même l'impression d'avancer, et cela lui donnait des forces. Il avait trouvé l'endroit où l'Augusta était obstruée. Tous ses problèmes seraient réglés s'il parvenait à dégager ces quelques pas de gravats.

Au bout d'un moment, Brebix lui tapa sur l'épaule et proposa de le remplacer. Attilius lui céda la pioche avec reconnaissance et regarda non sans admiration le colosse la manier comme si c'était un jouet, alors que son corps massif remplissait toute la largeur du tunnel. L'ingénieur remonta la file des ouvriers, qui se plaquaient contre le mur pour le laisser passer. Ils formaient une véritable équipe à présent, et travaillaient comme un seul corps, à la romaine, une fois encore. Et que ce soit dû à l'effet revigorant de leur baignade, ou au soulagement d'avoir une tâche bien définie à accomplir, l'humeur des hommes paraissait transformée. Attilius commençait à penser qu'ils n'étaient peut-être pas si mauvais, après tout. On pouvait dire ce qu'on voulait d'Ampliatus, mais il fallait lui reconnaître qu'il savait former une équipe d'esclaves. Il prit le lourd panier à l'homme qui se trouvait près de lui – celui-là même, reconnut-il, qu'il avait privé de son vin – et le traîna jusqu'au suivant dans la file.

Il perdit peu à peu la notion du temps, son monde se réduisant à ces quelques pieds de tunnel étroit, à ses douleurs dans les bras et le dos, ses coupures aux mains dues aux débris acérés, à ses coudes écorchés et à la chaleur suffocante. Il était tellement absorbé qu'il n'entendit pas tout de suite Brebix l'appeler.

— Aquarius ! *Aquarius !*

— Oui ? fit-il en rasant le mur pour passer devant les hommes, s'apercevant soudain qu'il avait de l'eau jusqu'aux chevilles. Qu'est-ce qui se passe ?

— Regarde par toi-même.

Attilius prit la torche de l'homme qui était derrière lui et l'approcha de la masse des débris. Au premier abord, elle paraissait encore solide, mais, en y regardant de plus près, il vit que l'eau filtrait un peu partout. De fines rigoles dévalaient la masse suintante comme si elle avait pris une bonne suée.

— Tu vois ce que je veux dire ? dit Brebix en tâtant

le barrage du bout de sa pioche. Si ça lâche, on sera noyés comme des rats dans un égout.

Attilius eut conscience du silence derrière lui. Les esclaves s'étaient tous figés et écoutaient. Il vit qu'ils avaient déjà déblayé quatre ou cinq pas de gravats. Que restait-il pour contenir la pression de l'Augusta ? Il n'avait pas envie d'arrêter la progression, mais il ne voulait pas risquer de tuer tous ces hommes non plus.

— C'est bon, dit-il à contrecœur. Sortez du tunnel.

Ils ne se le firent pas dire deux fois, posèrent les torches contre les parois, lâchèrent outils et paniers et se placèrent en file indienne derrière la corde. Dès qu'un homme arrivait en haut de la corde, ses pieds disparaissant à l'intérieur du puits d'inspection, un autre la saisissait et commençait à se hisser pour se mettre en sûreté. Attilius suivit Brebix le long du tunnel. Lorsqu'ils arrivèrent au niveau du puits, ils étaient les seuls encore dans le tunnel.

Brebix lui tendit la corde, mais Attilius refusa.

— Non, vas-y. Moi, je vais rester en bas et voir si je peux faire encore quelque chose. Par sécurité, je vais m'attacher la corde autour de la taille, ajouta-t-il en voyant que Brebix le regardait comme s'il avait perdu la raison. Quand tu arriveras en haut, détache-la du chariot et déroules-en assez pour que je puisse aller jusqu'au bout du tunnel. Ne la lâche pas.

— C'est toi qui choisis, répliqua Brebix en haussant les épaules.

Au moment où il s'apprêtait à grimper, Attilius lui saisit le bras.

— Tu es assez fort pour me retenir, Brebix ?

— Toi, et ta salope de mère avec ! répondit le gladiateur avec un sourire fugitif.

Malgré sa corpulence, Brebix monta à la corde avec l'agilité d'un singe, et Attilius se retrouva seul. Pendant qu'il nouait pour la seconde fois la corde autour de sa taille, il se dit qu'il avait peut-être effectivement perdu la raison. Mais il ne semblait pas y avoir d'autre solution puisqu'ils ne pouvaient pas réparer tant que le tunnel n'était pas vidé, et qu'ils n'avaient pas le temps d'attendre que toute l'eau ait filtré par l'agrégat de gravats. Il tira sur la corde et lança :

— C'est bon, Brebix ?

— Vas-y !

Il ramassa sa torche et remonta à nouveau le tunnel. L'eau lui arrivait au-dessus des chevilles à présent et lui tournoyait autour des mollets tandis qu'il enjambait les outils et paniers abandonnés. Il avançait lentement pour donner à Brebix le temps de dérouler la corde, et, lorsqu'il arriva au bouchon de gravats, il transpirait abondamment, autant du fait de la nervosité que de la chaleur. Il sentait la pression de l'Augusta juste derrière. Il passa la torche dans sa main gauche pour tirer de la droite sur une brique logée au niveau de son visage, lui imprimant des secousses verticales puis horizontales. Il lui fallait un petit espace, une sorte de bonde placée au niveau supérieur pour contrôler la pression. La brique commença par refuser de bouger. Puis l'eau se mit à bouillonner tout autour, et la brique lui fusa soudain entre les doigts, propulsée par un jet qui l'envoya dinguer par-delà la tête de l'ingénieur, si près qu'elle lui égratigna l'oreille au passage.

Il poussa un cri et recula alors que tout ce qui entourait le jet enflait puis explosait, traçant une fissure en forme de V dans le mur de débris. Tout cela se produisit en un instant, et pourtant assez lentement pour qu'Attilius puisse enregistrer chaque étape de l'effondrement avant qu'un mur d'eau ne s'abatte sur lui, le projetant en arrière, lui arrachant la torche des mains et le submergeant dans l'obscurité. Il dévala le tunnel à toute allure, sur le dos, tête la première. Emporté par

241

le flot, il chercha une prise sous l'eau, dans la paroi de mortier du canal, mais ne trouva rien à quoi se raccrocher. Le torrent le fit rouler sur le ventre et il ressentit une brusque douleur lorsque la corde se resserra sur ses côtes, le pliant en deux et le ramenant vers la surface, son dos frottant contre le plafond. Pendant un instant, il se crut sauvé, puis la corde se détendit à nouveau et il retomba au fond de l'eau, le courant le charriant comme une feuille dans un caniveau, toujours plus loin dans les ténèbres.

Nocte Concubia

22 h 07

> *De nombreux observateurs ont relevé la tendance qu'ont les éruptions à commencer ou à se renforcer au moment de la pleine lune, quand les amplitudes de la marée sont au plus fort sur la croûte terrestre.*
>
> Volcanologie *(seconde édition)*

Ampliatus n'avait jamais beaucoup apprécié les Vulcanalia. La fête marquait ce moment dans le calendrier où les nuits tombaient nettement plus tôt et où le matin commençait à la lueur de la bougie ; c'était la fin de la promesse de l'été et le début du long déclin mélancolique qui menait à l'hiver. Et la cérémonie elle-même était détestable. Vulcain vivait dans une caverne sous une montagne, et répandait un feu dévorant sur la terre. Toutes les créatures le craignaient, sauf les poissons ; aussi, en partant du principe que les dieux, comme les humains, désirent le plus ce qu'ils ne peuvent avoir, fallait-il pour l'apaiser le sacrifice d'un poisson jeté vivant dans un brasier allumé.

Non qu'Ampliatus fût totalement dépourvu de senti-ment religieux. Il avait toujours apprécié de voir égor-ger un bel animal – la façon placide dont un taureau, par exemple, avançait pesamment vers l'autel puis la perplexité avec laquelle il dévisageait le prêtre ; le coup mortel et inattendu que l'assistant du prêtre asse-nait avec un marteau, l'éclair de la lame contre la gorge de l'animal ; la façon dont il s'écroulait, raide comme une table, pattes dressées ; les flots de sang coagulant dans la poussière et la poche d'entrailles jaunâtre se déversant de la panse ouverte afin d'être examinée par les auspices. *Ça*, c'était de la religion. Mais voir des centaines de petits poissons jetés dans les flammes par des citoyens superstitieux qui défilaient devant le bûcher sacré, et regarder les formes argentées se tordre et bondir dans le brasier, cela n'avait rien de noble.

Et la cérémonie était particulièrement ennuyeuse cette année du fait du nombre record de citoyens qui voulaient offrir un sacrifice. La sécheresse intermi-nable, les sources taries et l'assèchement des puits, les secousses du sol, les apparitions vues ou entendues sur la montagne – tout cela passait pour être l'œuvre de Vulcain et l'appréhension montait en ville. Ampliatus le constatait sur les visages rouges et trempés de sueur de la foule qui avançait autour du forum, les yeux rivés sur le brasier. La peur dans l'air était palpable.

Il n'était pas très bien placé. Ainsi que l'exigeait la tradition, les dirigeants de la ville étaient rassemblés sur les gradins du temple de Jupiter – les magistrats et les prêtres sur la première marche, les membres de l'Ordo, y compris son propre fils, groupés derrière, alors qu'Ampliatus, ancien esclave affranchi, sans reconnaissance officielle, était immanquablement relégué au fond par le protocole. Cela ne le dérangeait pas vraiment. Au contraire. Il savourait le fait que le pouvoir, le *vrai* pouvoir, devait rester caché, en force invisible qui permettait aux gens de profiter de ces cérémonies civiques tout en manipulant les participants comme s'ils étaient de simples marionnettes. En outre, et voilà qui était véritablement exquis, la plupart des gens savaient que c'était en fait lui – le type à la troisième place à partir du bout, au dixième rang – qui dirigeait la ville. Popidius et Cuspius, Holconius et Brittius le savaient tous, et il avait l'impression qu'ils n'étaient pas à leur aise alors qu'ils répondaient à l'hommage de la foule. La plèbe elle-même le savait, dans sa majorité, et n'en était que plus respectueuse envers lui. Ampliatus voyait les gens chercher son visage, se donner des coups de coude et le montrer du doigt.

Il les imaginait disant : *C'est Ampliatus, celui qui reconstruit la ville quand les autres se défilent ! Ave Ampliatus ! Ave Ampliatus ! Ave Ampliatus !*

Il s'échappa avant la fin.

Cette fois encore, il décida de marcher au lieu de prendre sa litière et descendit les degrés du temple entre les rangées de spectateurs – adressant un petit salut de tête par-ci, une petite pression du coude par-là – pour longer le côté à l'ombre du bâtiment et passer sous l'arc triomphal de Tibère avant de se retrouver dans la rue déserte. Ses esclaves portaient sa litière derrière lui et lui servaient de gardes du corps, mais il n'avait pas peur de Pompéi la nuit. Il connaissait chaque pierre de cette ville, chaque bosse et chaque creux dans la chaussée, chaque devanture de boutique, chaque caniveau. L'énorme pleine lune et les lampadaires occasionnels – une autre de ses innovations – lui montraient assez clairement le chemin. En fait, il ne connaissait pas simplement les murs de Pompéi. Il connaissait ses habitants et le fonctionnement mystérieux de son âme, surtout au moment des élections.

245

Cinq quartiers – Forenses, Campanienses, Salinienses, Urbulanenses, Pagani – dans chacun desquels il avait un agent ; et toutes les guildes des métiers – les blanchisseurs, les boulangers, les pêcheurs, les artisans parfumeurs, les orfèvres et les autres – qu'il arrosait également. Il pouvait même fournir la moitié des fidèles d'Isis, son temple, en vote groupé. Et en échange d'avoir aidé à mettre n'importe quel nigaud à la tête du pouvoir, il recevait licences et permis, élaborant les permissions et jugements favorables dans la basilique, soit la véritable monnaie d'échange invisible du pouvoir.

Il prit la direction de sa maison – de ses maisons, devrait-on dire – et s'arrêta un instant pour savourer l'air de la nuit. Il aimait cette ville. Déjà, au petit matin, la chaleur pouvait être oppressante, mais, le plus souvent, venant de Caprée, une ligne de vaguelettes bleu sombre ne tardait pas à apparaître et, avant la quatrième heure, une brise marine balayait la ville, faisant bruire les feuilles et donnant à la cité une bonne odeur printanière pour le reste de la journée. Il était vrai que par temps chaud et immobile, comme cette nuit, la bourgeoisie se plaignait de ce que la ville sentait mauvais. Mais lui, il préférait presque cette atmosphère lourde, chargée de l'odeur du crottin de cheval, de l'urine des blanchisseries, des fabriques de sauce à base de poisson venue d'en bas, sur le port, de la sueur de milliers de corps humains entassés dans l'enceinte de la ville. Pour Ampliatus, c'était l'odeur de la vie même : de l'activité, de l'argent, du profit.

Il reprit sa marche et, lorsqu'il arriva devant chez lui, il se tint sous la lanterne et frappa à coups sonores contre la porte d'entrée. Il trouvait toujours plaisir à emprunter l'entrée qui lui avait été interdite lorsqu'il était esclave, et il gratifia le gardien d'un sourire. Il était d'excellente humeur, à tel point qu'il se retourna au milieu du vestibule pour dire :

— Connais-tu le secret d'une vie heureuse, Massavo ?

Le gardien secoua son énorme tête.

— Mourir, dit Ampliatus en lui assenant un coup facétieux dans le ventre qui le fit ciller – il eut l'impression de frapper un morceau de bois. Mourir, puis revenir à la vie et apprécier chaque jour comme une victoire sur les dieux.

Il n'avait peur de rien ni de personne. Et le plus drôle, c'est qu'il était loin d'être aussi riche qu'on le supposait. La villa de Misène – dix millions de sesterces, bien trop chère, mais il la lui fallait – avait été acquise uniquement sur emprunts, et principalement grâce à cette maison-ci, elle-même payée en hypothéquant les thermes – qui n'étaient même pas terminés. Pourtant, Ampliatus arrivait à tout faire tourner à force de volonté, d'intelligence et de confiance affichée, et si cet imbécile de Lucius Popidius s'imaginait qu'il allait récupérer sa vieille maison de famille en épousant Corelia... eh bien, il aurait malheureusement intérêt à se trouver un bon avocat avant de signer le contrat de mariage.

Lorsqu'il passa devant la piscine éclairée par des torches, il s'arrêta pour examiner la fontaine. Le voile de gouttelettes se mêlait au parfum des roses, mais alors même qu'il le regardait, le jet d'eau lui parut faiblir, et il pensa au jeune et grave aquarius, perdu quelque part dans l'obscurité, essayant de réparer l'aqueduc. Il ne reviendrait pas. Quel dommage ! Ils auraient pu faire des affaires ensemble. Mais il était honnête, et Ampliatus avait toujours eu pour devise : « Que les dieux nous protègent d'un homme honnête ! » Peut-être même était-il déjà mort.

La faiblesse de la fontaine commençait à le perturber. Il revit les poissons argentés bondissant et grésillant dans les flammes et essaya d'imaginer la réaction des habitants de la ville quand ils découvriraient que l'aqueduc ne fonctionnait plus. Ampliatus se dit soudain que ces imbéciles pétris de superstition mettraient sans doute tout sur le dos de Vulcain. Il n'y avait pas pensé. Dans ce cas, il serait peut-être approprié de faire annoncer dès le lendemain la prophétie de Biria Onomastia, la sibylle de Pompéi, qu'il avait pris la précaution d'engager plus tôt au cours de l'été. Elle habitait une maison près de l'amphithéâtre et, la nuit, enveloppée dans des volutes de fumée, elle communiait avec le dieu des anciens, Sabazius, pour qui elle sacrifiait des serpents – procédure répugnante – sur un autel qui soutenait deux mains de bronze magiques. La cérémonie était dans son ensemble assez effrayante, mais la sibylle avait prédit un avenir étonnant à Pompéi, et il serait utile de commencer à le faire savoir. Il décida qu'il convoquerait les magistrats dès le lendemain matin. Pour l'instant, pendant que les autres étaient encore au forum, il avait plus urgent à faire.

Son sexe commença à durcir alors même qu'il montait l'escalier menant aux appartements privés des Popidii, chemin qu'il avait tant de fois parcouru, il y avait si longtemps, lorsque son vieux maître abusait de lui comme d'un chien. Quels accouplements effrénés et secrets ces murs n'avaient-ils pas abrités au cours des ans, de quelles manifestations d'affection dégoulinante n'avaient-ils pas été témoins alors qu'Ampliatus se soumettait, écartelé, aux mains avides du maître des lieux ! Il était alors bien plus jeune que Celsinus, plus jeune même que Corelia – quel droit avait-elle de se plaindre d'un mariage sans amour ? Sauf que le maître lui avait toujours murmuré qu'il l'aimait, et cela avait peut-être été le cas – ne lui avait-il pas légué la liberté par testament ? Tout ce qu'Ampliatus était devenu trouvait son origine dans la semence chaude répandue ici, et il ne l'avait jamais oublié.

La porte de la chambre n'était pas verrouillée, et il entra sans frapper. Une lampe à huile diffusait une faible lueur sur la coiffeuse. Le clair de lune entrait par les volets ouverts, sa douce lumière lui permettant de voir Taedia Secunda, étendue face contre son lit telle une morte sur sa bière. Elle tourna la tête dès qu'il entra. Elle était nue ; soixante ans bien sonnés. Elle avait rangé sa perruque sur une tête de mannequin, près de la lampe, spectateur aveugle de ce qui allait venir. Autrefois, c'était elle qui donnait les ordres – ici, là, *là* – mais à présent, les rôles étaient inversés, et il n'était pas certain qu'elle n'aimait pas cela plus encore, bien qu'elle ne prononçât jamais une parole. Sans rien dire, elle se mit à quatre pattes, lui présenta ses hanches osseuses, bleuies par la lune, et attendit, immobile, que son ancien esclave, son maître à présent, la rejoigne sur le lit.

Par deux fois après que la corde eut lâché, Attilius réussit à presser ses coudes et ses genoux contre les murs étroits de la matrice pour essayer de se coincer en hauteur, et, par deux fois, il ne parvint qu'à se faire rouer de coups par la pression de l'eau et emporter toujours plus loin dans le tunnel. Les membres faibles, les poumons près d'éclater, il sentit qu'il avait une dernière chance et s'y attela. Et, cette fois, il resta accroché, écartelé comme une étoile de mer. Il parvint à sortir la tête de l'eau, suffoqua, cracha et aspira l'air à grosses goulées.

Il n'avait aucune idée de la distance sur laquelle il

avait été entraîné dans l'obscurité. Il ne voyait ni n'entendait rien, ne sentait rien d'autre que le mortier contre ses mains et ses genoux, et la pression de l'eau attaquant tout son corps jusqu'au cou. Il ne sut pas combien de temps il resta ainsi, mais il prit peu à peu conscience que la pression faiblissait et que le niveau de l'eau baissait. Lorsqu'il sentit l'air sur ses épaules, il sut que le pire était passé. Sa poitrine ne tarda pas à se découvrir elle aussi. Précautionneusement, il se laissa descendre le long des parois et se mit debout. Il oscilla vers l'arrière, poussé par le courant ralenti, puis se redressa tel un arbre rescapé d'une crue.

Son esprit se remettait à fonctionner. Les réserves d'eau finissaient de s'écouler, et comme les vannes avaient été fermées à Abellinum douze heures plus tôt, le canal se vidait. Ce qui restait était dompté et réduit par la pente infinitésimale de l'aqueduc. Il sentit quelque chose le tirer à la taille. La corde traînait derrière lui. Il la chercha dans l'obscurité et la ramena, l'enroulant autour de son bras. Lorsqu'il arriva au bout, il promena ses doigts sur toute l'extrémité. Lisse. Ni usée ni entaillée. Brebix l'avait tout simplement lâchée. Pourquoi ? Il se sentit brusquement saisi par la panique, un besoin désespéré de fuir. Il se pencha en avant et entreprit de remonter le courant, mais il avait l'impression d'être dans un cauchemar... ses mains tendues, invisibles devant lui, tâtant les murs vers les ténèbres infinies, ses jambes se traînant comme celles d'un vieillard, incapables d'accélérer le mouvement. Il se sentait doublement prisonnier, de la terre qui l'enfermait de tous côtés, et de l'eau qui le repoussait. Il avait mal aux côtes et son épaule le brûlait comme s'il venait d'être marqué au fer rouge.

Il entendit un plouf, puis aperçut au loin un point de lumière jaune tomber comme une étoile filante. Il cessa de marcher et tendit l'oreille, le souffle court. Des cris, suivis par un autre bruit de chute dans l'eau, puis une autre torche apparut. On le cherchait. Il perçut un appel étouffé – « Aquarius ! » – et se demanda s'il devait répondre. Il s'effrayait pour rien, sûrement. Le mur de gravats avait cédé si brusquement et avec une telle violence qu'aucun homme normal n'aurait eu la force de retenir la corde. Mais Brebix était d'une puissance hors du commun, et il était censé s'attendre, voire se préparer à ce qui s'était produit.

— Aquarius !

Il hésita. Il n'y avait pas d'autre sortie. Il allait devoir les affronter. Mais son instinct lui conseilla de taire ses soupçons.

— Je suis là ! cria-t-il en s'avançant dans la décrue vers les lumières en mouvement.

Ils l'accueillirent avec un mélange d'étonnement et de respect – Brebix, Musa et le jeune Polites, se pressant tous pour le rejoindre – car ils avaient cru, lui avouèrent-ils, que rien ni personne n'aurait pu survivre à un pareil torrent. Brebix lui assura que la corde lui avait sauté des mains comme un serpent, et appuya ses dires en lui montrant ses paumes. À la lueur de la torche, elles apparurent l'une et l'autre marquées par une brûlure à vif. Peut-être disait-il la vérité. Il semblait réellement contrit. Mais n'importe quel assassin aurait cet air penaud en voyant sa victime revenir à la vie.

— Si je me souviens bien, Brebix, tu avais dit que tu pourrais me porter, moi et ma mère avec.

— Oui, eh bien, ta mère est plus lourde que je l'aurais cru.

— Tu es béni des dieux, aquarius, déclara Musa. Ils doivent avoir un destin tout tracé pour toi.

— Mon destin, rétorqua Attilius, est de réparer ce foutu aqueduc et de rentrer à Misène.

Il dénoua la corde autour de sa taille, prit la torche de Polites et passa devant les hommes, essayant d'éclairer le tunnel.

Comme le niveau de l'eau baissait vite à présent ! Il leur arrivait déjà sous les genoux. Attilius se représenta le courant filant vers Nola et les autres villes. L'eau finirait par faire le tour de la baie, franchissant les arcades au nord de Néapolis et la grande arche de Cumes, puis descendant la crête de la péninsule jusqu'à Misène. Bientôt, cette section serait entièrement à sec. Il ne resterait plus que quelques flaques au sol. Quoi qu'il puisse arriver, il aurait tenu sa promesse à l'amiral. Il avait dégagé la matrice.

L'endroit où le tunnel avait été obstrué était encore encombré, mais la puissance de l'eau avait fait la plus grande partie de leur travail. Il ne restait plus qu'à dégager ce qui restait de terre et de gravats, lisser le sol et les parois, étaler une couche de mortier, reposer des briques et enduire le tout. Rien de trop compliqué, juste une réparation temporaire qui permettrait d'attendre l'automne pour faire les choses plus en profondeur. C'était encore beaucoup de travail à faire en une nuit, avant que les premiers filets d'eau n'arrivent d'Abellinum, quand Becco aurait rouvert les vannes. Attilius leur dit ce qu'il comptait faire, et Musa ajouta ses propres suggestions. S'ils descendaient les briques dès maintenant, dit-il, ils pourraient les empiler le long du mur et les avoir sous la main dès que l'eau aurait disparu. Ils pouvaient aussi commencer à gâcher tout de suite l'enduit à la surface. C'était la première fois qu'il se montrait aussi désireux de coopérer depuis qu'Attilius avait pris la direction de l'aqueduc. Il paraissait impressionné par le fait que l'ingénieur fût encore en vie. Attilius se dit qu'il devrait revenir d'entre les morts plus souvent.

— Au moins la puanteur a disparu, commenta Brebix.

Attilius ne s'en était pas aperçu. Il renifla et, effectivement, l'odeur pénétrante du soufre semblait s'être évanouie. Il se demanda ce que tout cela signifiait – d'où elle était venue au départ, comment elle avait pu soudain s'évaporer – mais il n'avait pas le temps de se poser trop de questions. Il entendit qu'on l'appelait et retourna en pataugeant jusqu'au puits d'inspection. C'était la voix de Corvinus :

— Aquarius ! fit la tête de l'esclave, découpée contre un halo rougeoyant.

— Oui ? Qu'est-ce qu'il y a ?

— Je crois que tu devrais venir voir.

La tête disparut brusquement.

Qu'est-ce qui se passait, maintenant ? Attilius saisit la corde, tira prudemment dessus et se mit à grimper. Étant donné l'état de meurtrissure et d'épuisement dans lequel il se trouvait, l'ascension se révéla bien plus difficile encore que la fois précédente. Il monta lentement – main droite, main gauche, main droite, se hissant jusqu'à l'étroit puits d'accès, grimpant du dos et des pieds puis passant les bras par-dessus le rebord et émergeant dans la nuit chaude.

Pendant qu'il se trouvait sous terre, la lune s'était levée, énorme, ronde et rougeoyante. Elle était comme les étoiles dans cette partie du monde, et comme tout le reste en fait : surnaturelle, démesurée. Il y avait un vrai chantier à la surface maintenant : les tas de débris excavés du tunnel, deux grands feux qui crachaient des étincelles à la pleine lune, des torches fichées dans le sol pour donner plus de lumière, les chariots tirés près de la bouche d'accès et pratiquement déchargés. Il distingua un épais cerne de boue tout autour du lac, montrant qu'il avait déjà commencé à se vider. Les esclaves d'Ampliatus se tenaient appuyés contre les chariots, attendant les ordres. Ils le regardèrent se relever avec curiosité. Attilius songea soudain qu'il devait avoir une drôle d'allure, sale et trempé comme il l'était. Il cria à Musa dans le tunnel de monter et de mettre tout le monde au travail, puis il chercha Corvinus des yeux. Celui-ci se tenait, à une trentaine de pas, près des bœufs, tournant le dos au regard de l'aqueduc. Attilius lui cria avec impatience :

— Eh bien ?

Corvinus pivota et, pour toute explication, s'écarta, révélant derrière lui une silhouette encapuchonnée. L'ingénieur s'avança vers eux. Il ne la reconnut que lorsqu'il fut tout près et qu'elle eut abaissé sa capuche. Il n'aurait pas été plus interloqué de voir Égérie, la déesse des sources, se matérialiser soudain sous la lune. Sa première réaction fut de penser qu'elle était venue avec son père, et il chercha d'autres cavaliers, d'autres chevaux. Mais il n'y avait qu'un seul cheval, occupé à brouter placidement l'herbe rare. Elle était seule et, en arrivant près d'elle, il leva les mains en signe d'étonnement.

— Corelia... que se passe-t-il ?

— Elle n'a pas voulu me dire ce qu'elle voulait, interrompit Corvinus. Elle répète qu'elle ne parlera qu'à toi.

— Corelia.

Elle esquissa un mouvement de tête méfiant en direction de Corvinus, posa un doigt sur ses lèvres et secoua la tête.

— Tu vois ce que je veux dire ? Dès qu'elle a

débarqué, hier, j'ai su qu'elle allait nous attirer des ennuis...

— C'est bon, Corvinus. En voilà assez. Retourne au travail.

— Mais...

— *Au travail !*

Alors que l'esclave s'éloignait en traînant des pieds, Attilius examina la jeune fille plus attentivement. Les joues sales, les cheveux emmêlés, la mante et la robe maculées de boue. Mais c'étaient ses yeux, anormalement brillants et dilatés, qui le troublèrent le plus. Il lui prit la main.

— Ce n'est pas un endroit pour toi, dit-il avec douceur. Qu'est-ce que tu fais ici ?

— Je voulais t'apporter ceci, chuchota-t-elle en sortant des plis de sa mante de petits cylindres de papyrus.

Les documents étaient d'époque et de nature différentes. Six en tout, assez petits pour tenir dans le creux du bras. Attilius prit une torche et s'écarta avec Corelia vers un coin plus tranquille, derrière l'un des chariots, qui donnait sur les terres inondées. De l'autre côté de ce qui subsistait du lac, la lune projetait un chemin vacillant, aussi large et rectiligne qu'une voie romaine. Des bruissements d'ailes et des cris de gibier d'eau retentirent sur la rive opposée.

Il lui retira sa mante des épaules et l'étendit par terre pour qu'elle s'assoie dessus. Puis il planta la poignée de la torche dans la terre, s'accroupit et déroula le document le plus ancien. C'était un plan d'une section de l'Augusta – cette section, justement : Pompéi, Nola et le Vésuve étaient tous indiqués à l'encre noire, qui avait viré au gris pâle avec les années. Il portait le sceau impérial d'Auguste le Divin, comme s'il avait été inspecté et approuvé officiellement. Le schéma d'un surveillant. Un original. Tracé plus d'un siècle auparavant. Peut-être le grand Marcus Agrippa lui-même l'avait-il tenu entre ses mains ? Il le retourna. Un tel document ne pouvait avoir que deux origines : soit les archives du curator aquarium de Rome ; soit la Piscina Mirabilis de Misène. Il le roula soigneusement.

Les trois papyrus suivants consistaient principalement en colonnes de chiffres, et il lui fallut un moment pour comprendre de quoi il retournait. L'un s'intitulait *Colonia Veneria Pompeianotum* et se divisait en années – DCCCXIV, DCCCXV et ainsi de suite – couvrant près de deux décennies, avec d'autres subdivisions de notations, de chiffres et de totaux. Les quantités augmentaient d'année en année pour arriver, lors de l'année qui se terminait en décembre dernier – l'an huit cent trente-trois de Rome –, au double des premiers. Le deuxième document paraissait de prime abord identique au précédent, mais, en l'examinant de plus près, Attilius s'aperçut que tous les chiffres étaient à présent coupés en deux. Ainsi, pour la dernière année, le total général de trois cent cinquante-deux mille indiqué dans le premier papyrus se réduisait dans le second à cent soixante-dix-huit mille.

Le troisième document était moins officiel. Cela ressemblait à une liste mensuelle de revenus. Une fois encore, les chiffres couvraient près de vingt ans, et là aussi, les chiffres augmentaient graduellement jusqu'à avoir pratiquement doublé. Et cela faisait un bon revenu – peut-être cinquante mille sesterces pour la seule année précédente, peut-être un tiers de million en tout.

Corelia était assise, genoux relevés, et le regardait.

— Alors ? Qu'est-ce que ça veut dire ?

Il prit son temps pour répondre. Il se sentait sali,

comme si la honte d'un homme rejaillissait sur eux tous. Et comment savoir jusqu'où s'étendait la pourriture ? Mais il réfléchit alors que non, elle n'avait pu remonter jusqu'à Rome, parce que si cela avait été le cas, Aviola ne l'aurait jamais envoyé à Misène.

— Ceux-là sont les chiffres réels de la quantité d'eau consommée à Pompéi, expliqua-t-il en montrant le premier papyrus. Trois cent cinquante mille quinaires l'année dernière, ce qui paraît normal pour une ville de la taille de Pompéi. Mais ce deuxième rapport est, j'imagine, celui que mon prédécesseur, Exomnius, a envoyé à Rome. Ils ne verraient pas la différence, surtout après le tremblement de terre, à moins d'envoyer un inspecteur pour tout vérifier. Et ça ? – Il n'essaya même pas de dissimuler son mépris en produisant le troisième document. – C'est ce que ton père l'a payé pour qu'il se taise.

Elle le regarda, éberluée.

— L'eau est chère, expliqua-t-il, surtout quand on reconstruit la moitié de la ville. « Au moins aussi précieuse que l'argent », c'est ce que m'a dit ton père.

L'eau pouvait certes faire la différence entre perte et profit. *Salve lucrum !*

Il roula les papyrus. Ils avaient dû être volés dans la chambre minable au-dessus du bar. Il se demanda pourquoi Exomnius avait couru le risque de garder des preuves compromettantes aussi accessibles. Mais il se dit alors qu'Exomnius voulait justement avoir ce genre de preuves sous la main. Elles lui donnaient une prise réelle sur Ampliatus : *Ne pense même pas à essayer quoi que ce soit contre moi – à me réduire au silence, à m'évincer ou à me menacer de me dénoncer... parce que si je suis ruiné, je te ruine avec moi.*

— Et ces deux-là ? demanda Corelia.

Les deux derniers documents étaient si différents des

autres qu'ils ne semblaient pas faire partie du même lot. Ils étaient d'abord beaucoup plus récents et, au lieu de chiffres, ils étaient couverts de texte. Le premier était en grec.

> *Le sommet lui-même est en majeure partie plat, mais absolument stérile. Le sol y a l'aspect de la cendre et présente des crevasses qui s'ouvrent comme des pores dans une roche couleur de suie dont on dirait qu'elle a été rongée par le feu. Ce spectacle peut donner à croire que cet emplacement était autrefois en continuel incendie et couvert de cratères de feu, mais qu'il finit par s'éteindre faute d'aliments. L'admirable fertilité des terres qui l'entourent a, sans doute, la même origine, comme c'est le cas à Catane, où l'on assure que les surfaces recouvertes de cendres rejetées par les feux de l'Etna constituent un sol particulièrement favorable à la vigne. La cendre volcanique, en effet, contient une matière qui engraisse aussi bien les sols en train de brûler que ceux qui portent des récoltes. Or, tant que les sols regorgent de cette matière, ils ne sont bons qu'à brûler, comme n'importe quelle substance sulfureuse, mais sitôt qu'ils l'ont évacuée par évaporation et qu'ils se sont éteints et transformés en cendre, ils deviennent aptes à produire*[1].

Attilius dut relire le texte en l'approchant de la lumière de la torche pour être certain de le comprendre. Il le tendit à Corelia. Le sommet ? Quel sommet ? Du Vésuve, sans doute. C'était le seul sommet de la région. Mais Exomnius – paresseux, vieillissant,

---

1. Strabon, *Géographie*, Les Belles Lettres, 1967, traduction de François Lasserre (N.d.T.)

buveur, amateur de prostituées – avait-il réellement trouvé l'énergie de monter jusqu'au sommet du Vésuve, en pleine sécheresse, pour consigner ses impressions en grec ? Cela paraissait incroyable ! Et le vocabulaire – « *des fosses de roche noircies pareilles à des cavernes... la fertilité de la région alentour* » – n'avait pas l'air de sortir de la bouche d'un ingénieur. C'était trop littéraire, pas du tout le genre de phrases qui viendrait naturellement à un homme comme Exomnius, qui ne connaissait certainement pas la langue des Hellènes beaucoup mieux qu'Attilius. Il avait dû recopier cela quelque part. Ou fait copier. Par l'un des scribes de la bibliothèque publique du forum de Pompéi, peut-être.

Le dernier papyrus était plus long, et en latin. Mais le contenu en était tout aussi étrange.

Lucilius, mon ami, je viens d'apprendre que Pompéi, la célèbre ville de Campanie, a été rasée par un tremblement de terre qui a également affecté les circonscriptions voisines. Une partie de la ville d'Herculanum est en ruine, et les structures qui sont encore debout ne sont guère solides. Néapolis a perdu également nombre de ses habitations privées. À ces calamités s'ajoutent d'autres encore : on dit qu'un troupeau de plusieurs centaines de moutons a péri, que des statues se sont fissurées et que des gens ont perdu la raison, réduits ensuite à errer sans pouvoir faire autrement.

J'ai dit qu'un troupeau de plusieurs centaines de moutons avait péri dans la circonscription de Pompéi. Il n'y a aucune raison de penser que ces bêtes aient pu mourir de peur. On dit en fait qu'une épidémie se produit souvent après un gros

tremblement de terre, et cela n'a rien de surpre-
nant. Car il existe de nombreux éléments morti-
fères tapis dans les profondeurs. L'atmosphère
même qui règne en bas, confinée du fait soit
d'une faille dans la terre soit d'un trop grand
immobilisme et de ténèbres éternelles, est nocive
pour qui la respire. Je ne suis pas étonné que des
moutons aient été infectés – des moutons qui ont
une constitution fragile – étant donné qu'ils gar-
dent la tête plus près de la terre que nous et
reçoivent donc l'afflation de l'air corrompu tout
près du sol. Si cet air était sorti en plus grande
quantité, il aurait affecté les hommes aussi, mais
l'abondance de l'air pur l'a anéanti avant qu'il
ne s'élève assez pour être respiré par les gens.

Cette fois encore, le langage semblait trop élaboré pour être l'œuvre d'Exomnius, l'écriture trop professionnelle. Quoi qu'il en soit, comment Exomnius aurait-il pu *venir d'apprendre* qu'un tremblement de terre s'était produit dix-sept ans plus tôt ? Et qui était Lucilius ? Corelia s'était penchée pour lire par-dessus son épaule. Il respirait son parfum, sentait le souffle de la jeune femme sur sa joue, son sein pressé contre son bras.

— Tu es sûre que ceux-là se trouvaient avec les autres papyrus ? demanda-t-il. Ils ne peuvent pas venir d'ailleurs ?

— Ils étaient dans la même boîte. Qu'est-ce qu'ils signifient ?

— Et tu n'as pas vu l'homme qui a apporté la boîte à ton père ?

— Je ne pouvais que l'entendre, dit Corelia en secouant la tête. Ils parlaient de toi. C'est ce qu'ils ont dit qui m'a poussée à partir à ta recherche, ajouta-t-elle en se rapprochant sensiblement pour baisser les voix.

Mon père a dit qu'il ne voulait pas que tu reviennes vivant de cette expédition.

— Vraiment ? dit-il, faisant effort pour rire. Et qu'a répondu l'autre homme ?

— Il a dit que ce ne serait pas un problème.

Silence. Il sentit la main de la jeune fille toucher la sienne – ses doigts frais se posant sur ses entailles et ses écorchures – puis elle posa la tête contre le torse de l'ingénieur. Elle était épuisée. Pendant un instant, et pour la première fois depuis trois ans, il se permit d'apprécier la sensation d'avoir un corps de femme tout près du sien.

Voilà donc ce que c'était que d'être en vie, songea-t-il. Il avait oublié.

Elle finit par s'assoupir. Tout doucement, afin de ne pas la réveiller, il dégagea son bras. Puis il la laissa pour retourner à l'aqueduc.

Les réparations avaient atteint un point décisif. Les esclaves avaient cessé de remonter les gravats du tunnel et commencé à descendre les briques. Attilius adressa un signe de tête empreint de lassitude à Brebix et Musa, qui parlaient dans un coin. Les deux hommes se turent à son approche et jetèrent un regard appuyé vers l'endroit où gisait Corelia. Mais il négligea leur curiosité.

Il était extrêmement troublé. Qu'Exomnius fût corrompu n'était pas une surprise, et il s'y était résigné. Il avait en outre supposé que sa malhonnêteté expliquait sans doute sa disparition. Mais ces autres documents, ce texte en grec et cet extrait de lettre, éclairaient le mystère d'une tout autre lumière. Il semblait à présent qu'Exomnius s'inquiétait du terrain que traversait l'Augusta – ce terrain sulfureux et pollué –

depuis au moins trois semaines avant que l'aqueduc ne fût contaminé. Qu'il s'inquiétait assez pour chercher un exemplaire du plan original et pour aller faire des recherches à la bibliothèque municipale.

Attilius scruta désespérément les profondeurs de la matrice. Il se remémorait son échange de la veille avec Corax, à la Piscina Mirabilis, le mépris du contremaître pour dire qu'Exomnius « *connaissait cette eau mieux que n'importe qui. Il aurait vu venir le problème* » et sa propre réplique, spontanée : « *Peut-être qu'il l'a vu venir et que c'est pour ça qu'il est parti.* » Pour la première fois, il eut le pressentiment qu'un événement terrible allait se produire. Il ne pouvait le définir, mais trop de choses sortaient de l'ordinaire – l'obstruction de la matrice, les vibrations du sol, les sources qui rentraient dans le sol, la pollution au soufre... Exomnius avait senti tout cela venir.

La flamme des torches brûlait dans la nuit.

— Musa ?

— Oui, aquarius ?

— D'où venait Exomnius ? Il était originaire de quel coin ?

— De Sicile, aquarius.

— Oui, oui, je connais la Sicile. De quelle partie, exactement ?

— Je crois que c'était de l'est, fit Musa avec un froncement de sourcils. Catane. Pourquoi ?

Mais l'ingénieur, le regard perdu à l'autre bout de la plaine étroite inondée de lune, vers la masse sombre du Vésuve, ne répondit pas.

JUPITER

24 août
Le jour de l'éruption

Hora prima

6 h 20

À un moment, le magma en fusion a réagi avec l'eau souterraine qui s'infiltrait à l'intérieur du volcan, déclenchant le premier événement, la minuscule éruption phréato-magmatique qui a projeté une pluie de fin téphra gris sur le flanc est du volcan. Ceci s'est certainement produit pendant la nuit, ou au matin du 24 août.

Volcanoes : A planetary Perspective

Il garda cependant son inquiétude croissante pour lui pendant toute cette nuit suffocante, alors qu'ils travaillaient à la lumière des torches pour réparer la matrice.

Il aida à la surface Corvinus et Polites à confectionner l'enduit dans les grandes auges en bois, y versant la chaux vive, le putéolanum fin et une toute petite quantité d'eau – pas plus d'une tasse en fait, parce que tel était le secret d'un ciment réussi : plus le mélange était sec, plus il était résistant –, puis il aida les esclaves à le descendre dans des paniers à l'intérieur de la matrice et à l'étendre au sol afin de former un

265

nouveau socle sur lequel reconstruire le canal. Il aida Brebix à écraser des gravats dégagés un peu plus tôt, et ils en remirent une couche épaisse sur l'enduit, pour donner de la solidité. Il aida à scier les planches qu'ils utilisèrent pour coffrer les murs et marcher sur le ciment frais. Il passa les briques à Musa qui les disposa. Enfin, il travailla de front avec Corvinus pour appliquer la dernière couche d'enduit. (Et là résidait le second secret de la fabrication du ciment parfait : le battre aussi fort que possible, « le couper comme on couperait du bois » pour en faire sortir la moindre bulle d'eau ou d'air qui pourrait par la suite se révéler source de faiblesse.)

Lorsque le ciel au-dessus du regard vira au gris, il sut qu'ils en avaient probablement assez fait pour remettre l'aqueduc en service. Il faudrait qu'il revienne pour réparer convenablement l'Augusta, mais pour l'instant, avec un peu de chance, ça tiendrait. Il parcourut avec sa torche la section colmatée, en inspectant chaque pied. L'enduit imperméable continuerait à prendre même une fois que l'eau se remettrait à couler. Après une journée, il serait dur au toucher ; après trois jours, il serait plus solide que la pierre.

Si être plus solide que la pierre signifie encore quelque chose, pensa-t-il, mais il garda sa réflexion pour lui.

— Du ciment qui prend sous l'eau, dit-il à Musa en revenant. *Ça*, c'est un miracle.

Il laissa les autres monter devant lui. L'aube lui montra qu'ils avaient établi leur camp au milieu d'un pré parsemé de grosses pierres et cerné de montagnes. À l'est se dressaient les escarpements raides des Apennins, avec une ville – sans doute Nola – qui apparaissait tout juste dans les premières lueurs du jour, à cinq ou six milles de là. Mais la véritable surprise fut de découvrir le Vésuve aussi près. Il se dressait à l'ouest, et le terrain montait presque tout de suite, à quelques centaines de pas de l'aqueduc, présentant une pente si raide et élevée que l'ingénieur dut rejeter la tête en arrière pour apercevoir le sommet. Et ce qu'il y avait de plus troublant, maintenant que la nuit se dissipait, était la présence de traînées d'un blanc grisâtre qui commençaient à apparaître sur l'un de ses flancs. Elles se détachaient nettement contre le vert sombre de la forêt environnante, en forme de têtes de flèches, pointées vers le sommet. S'ils n'avaient pas été au mois d'août, Attilius aurait juré que c'était de la neige. Les autres les avaient remarquées aussi.

— De la glace ? s'étonna Brebix, fixant un regard stupéfait sur la montagne. De la glace en août ?

— As-tu déjà vu ce genre de chose, aquarius ? interrogea Musa.

Attilius secoua la tête. Il pensait à la description, dans le papyrus en grec : les « *cendres rejetées par les feux de l'Etna constituent un sol particulièrement favorable à la vigne* ».

— Se pourrait-il, dit-il sur un ton hésitant, presque pour lui-même, se pourrait-il que ce soit de la *cendre ?*

— Mais comment pourrait-il y avoir de la cendre sans feu ? objecta Musa. Et s'il y avait eu un feu de cette taille, on l'aurait vu dans l'obscurité.

— C'est vrai.

Attilius examina leurs visages épuisés et craintifs. Les traces de leur travail étaient partout – tas de gravats, amphores vides, torches consumées, ronds calcinés là où les feux allumés pour la nuit s'étaient consumés. Le lac avait disparu, et avec lui, remarquat-il, les oiseaux. Il ne les avait pas entendus partir. Le soleil commençait à apparaître sur la crête de la montagne qui faisait face au Vésuve. L'air était étrangement calme. Attilius s'aperçut qu'il n'y avait aucun chant d'oiseau. Pas le moindre concert matinal. De quoi rendre les augures hystériques.

— Et tu es sûr que ça n'y était pas hier, quand tu es arrivé avec Corax ?

— Oui, assura Musa, comme hypnotisé, en s'essuyant nerveusement les mains sur sa tunique sale. Ça a dû se produire la nuit dernière. Ce craquement qui a secoué le sol, vous vous souvenez ? Ça doit venir de là. La montagne a craqué et vomi.

Il y eut un grommellement inquiet général parmi les hommes, et quelqu'un cria :

— Ça ne peut être que les géants !

Attilius essuya la sueur de ses yeux. Il faisait déjà très chaud. Une autre journée étouffante en perspective. Et quelque chose de plus que de la chaleur – une tension, comme une peau de tambour trop tendue. Sa perception lui jouait-elle des tours, ou bien le sol semblait-il vibrer légèrement ? Un picotement de peur lui hérissa les cheveux sur la nuque. L'Etna et le Vésuve... il commençait à voir le même lien terrible qu'avait dû établir Exomnius.

— D'accord. Partons d'ici, fit-il d'une voix brusque en se dirigeant vers Corelia. Sortez tout de la matrice, lança-t-il par-dessus son épaule. N'oubliez rien. Nous en avons terminé ici.

Elle dormait encore, ou du moins le crut-il. Elle était couchée près du chariot le plus éloigné, roulée sur le côté, jambes relevées, les poings serrés devant son visage. Il la contempla un moment, s'émerveillant de l'incongruité de sa beauté en ce lieu désolé – Égérie parmi les outils habituels de sa profession.

— Il y a des heures que je suis réveillée, déclara-t-elle en roulant sur le dos et en ouvrant les yeux. Le travail est-il terminé ?

— Pour le moment, oui, dit-il en s'agenouillant pour ramasser les papyrus. Les hommes vont rentrer à Pompéi. Je veux que tu partes devant. Tu vas prendre une escorte avec toi.

— Non ! protesta-t-elle en se redressant d'un bond.

Il savait qu'elle réagirait ainsi. Il avait passé la moitié de la nuit à y réfléchir. Mais avait-il le choix ? Il parla très vite :

— Tu dois remettre ces documents où tu les as trouvés. En partant maintenant, tu devrais être à Pompéi bien avant midi. Avec un peu de chance, il ne saura jamais que tu les as pris ni que tu me les as apportés ici.

— Mais ce sont les preuves de sa corruption...

— Non, intervint-il en levant la main pour l'interrompre. Non. Tout seuls, ils ne prouvent rien. Il faudrait qu'Exomnius témoigne devant un magistrat pour que l'accusation tienne. Mais je ne sais pas où il est, je n'ai pas l'argent que ton père lui a donné ni même la moindre preuve qu'il en ait dépensé une partie. Il s'est montré très prudent. Aux yeux de presque tout le monde, Exomnius était aussi honnête que Caton. Et puis ce n'est pas aussi important que de t'éloigner d'ici. Il se passe quelque chose avec cette montagne. Je ne sais pas exactement quoi. Exomnius l'a senti venir depuis des semaines. C'est comme si... – Il s'interrompit, ne sachant comment formuler ce qu'il ressentait. – C'est comme si la montagne *devenait vivante*. Tu seras plus en sécurité à Pompéi.

Elle secouait la tête.

— Et toi. Qu'est ce que tu vas faire ?

— Retourner à Misène. Faire mon rapport à l'amiral. Si quelqu'un peut arriver à comprendre ce qui se passe, c'est bien lui.

— Dès que tu seras seul, ils essayeront de te tuer.

— Je ne crois pas. Ils ont eu plein d'occasions de le faire cette nuit, si telle avait été leur intention. Je ne crains rien. J'ai un cheval, et ils sont à pied. Même s'ils le voulaient, ils ne pourraient pas me rattraper.

— J'ai un cheval, moi aussi. Emmène-moi avec toi.

— C'est impossible.

— Pourquoi ? Je sais monter.

Pendant un instant, il s'imagina débarquant avec elle à Misène. La fille du propriétaire de la villa Hortensia partageant son réduit à la Piscina Mirabilis. Il se vit la cacher alors qu'Ampliatus la cherchait partout. Combien de temps tiendraient-ils ? Un jour ou deux. Et ensuite ? Les lois de la société étaient aussi inflexibles que les lois de la physique.

— Corelia, écoute, dit-il en lui prenant les mains. Si je pouvais faire quoi que ce soit pour t'aider en retour de ce que tu as fait pour moi, je le ferais. Mais défier ton père serait de la pure folie.

— Tu ne comprends pas, répliqua-t-elle, lui agrippant les doigts avec férocité. Je ne peux pas retourner là-bas. Ne m'oblige pas à le faire. Je ne supporterais pas de le revoir, ou d'épouser cet homme...

— Mais tu connais la loi. En matière de mariage, tu appartiens à ton père au même titre que chacun des esclaves qui sont là-bas. Et ce ne sera peut-être pas aussi affreux que tu le crains.

Que pouvait-il dire d'autre ? Les mots mêmes qu'il prononçait lui faisaient horreur. Elle dégagea ses mains et y enfouit son visage.

— On ne peut pas échapper à son destin, poursuivit-il. Et, crois-moi, il y en a de pire que d'épouser un homme riche. Tu pourrais travailler aux champs et mourir à vingt ans. Ou te prostituer dans une petite rue de Pompéi. Accepte ce qui doit arriver. Vis avec. Tu survivras. Tu verras.

Elle lui adressa un long regard appuyé – était-ce du mépris ou de la haine ?

— Je te jure que je préférerais encore être une putain.

— Et moi, je te jure que ce n'est pas vrai, rétorqua-t-il d'une voix plus brusque. Tu es jeune. Que sais-tu de la vie ?

— Je sais que je ne peux pas épouser quelqu'un que je méprise. Le pourrais-tu ? dit-elle en le défiant du regard. Peut-être que oui.

Il se détourna.

— Non, Corelia.

— Tu es marié ?

— Non.

— Mais tu l'as été ?

— Oui, admit-il doucement. J'ai été marié. Ma femme est morte.

Elle se tut un instant.

— Et est-ce que tu la méprisais ?

— Bien sûr que non.

— Et est-ce qu'elle te méprisait ?

— Peut-être que oui.

— Comment est-elle morte ? demanda-t-elle après un bref silence.

Il n'en parlait jamais. Il se refusait même à y penser. Et si, comme cela arrivait parfois, surtout aux premières heures du jour, son esprit s'égarait sur cette voie malheureuse, il s'était entraîné à revenir en arrière pour donner un autre cours à ses pensées. Mais maintenant... il y avait quelque chose avec cette fille : il était amoureux d'elle et, sans l'avoir voulu, il lui raconta tout.

— Elle te ressemblait. Et elle avait du caractère aussi, comme toi, dit-il avec un petit rire à ce souvenir. Nous avons été mariés trois ans. – C'était de la folie,

271

mais il ne pouvait s'arrêter – Elle était en couches. Mais l'enfant s'est présenté par les pieds, comme Agrippa. C'est ce que signifie ce nom, Agrippa – aegre partus – né avec difficulté. Tu savais ça ? Au début, j'ai pensé que c'était de bon augure pour un futur aquarius, de naître comme le grand Agrippa. Mais alors que la journée s'écoulait – c'était en juin, à Rome, et il faisait chaud, presque aussi chaud qu'ici –, malgré le médecin et les deux femmes qui l'assistaient, le bébé ne voulait pas sortir. Alors elle s'est mise à saigner, dit-il en fermant les yeux. Ils sont venus me voir avant la tombée de la nuit. « Marcus Attilius, tu dois choisir entre ta femme et ton enfant ! » J'ai répondu que je voulais les deux, mais ils m'ont dit que c'était impossible, alors j'ai dit, bien sûr, « Ma femme ». Je suis allé la rejoindre dans la chambre. Elle était très faible, mais elle ne voulait rien entendre. Elle protestait, même à ce moment-là ! Ils avaient une paire de ciseaux, tu vois... le genre d'outil dont se sert un jardinier ? Un couteau aussi, et un crochet. Ils ont coupé un pied, et puis l'autre, et ils se sont servis du couteau pour découper le corps, et du crochet pour sortir le crâne. Mais Sabine saignait toujours et, le lendemain matin, elle est morte aussi. Alors je ne sais pas. Peut-être qu'à la fin, elle m'a méprisé.

Il la renvoya à Pompéi avec Polites. Pas parce que l'esclave grec constituait l'escorte la plus robuste, ou était le meilleur cavalier, mais parce que c'était le seul en qui Attilius avait confiance. Il lui donna le cheval de Corvinus et lui recommanda de ne pas perdre la jeune fille de vue tant qu'elle ne serait pas en sûreté chez elle.

Elle avait fini par partir docilement, prononçant à

peine un autre mot, et il eut honte de ce qu'il lui avait confié. Il l'avait réduite au silence, certes, mais d'une façon bien lâche, pitoyable et indigne d'un homme. Le plus patelin des avocats de Rome avait-il jamais usé de procédé de rhétorique plus lamentable pour mettre une cour de son côté que cette évocation effrayante des fantômes d'une épouse et d'un enfant défunts ? Elle s'était drapée dans sa mante et avait rejeté la tête en arrière, envoyant d'une secousse ses longs cheveux noirs par-dessus son col. Son geste avait quelque chose de majestueux : elle ferait ce qu'il lui demandait, mais elle se refusait à convenir qu'il avait raison. Sans un regard dans sa direction, elle monta gracieusement en selle. Puis, avec un claquement de langue, elle tira sur les rênes et se mit en route derrière Polites.

Il fallut à Attilius tout son sang-froid pour ne pas lui courir après. Pauvre récompense pour tous les risques qu'elle a pris pour moi, pensa-t-il. Mais qu'attendait-elle de lui ? Quant au destin – le sujet de son petit discours – Attilius y croyait vraiment. On y était attelé depuis la naissance comme à un chariot en marche. On ne changeait pas la destination d'un voyage, mais seulement la façon dont on y arrivait – on pouvait s'y rendre debout, ou bien en pleurnichant, traîné dans la poussière.

Il se sentait néanmoins malade de la voir partir, le soleil éclairant le paysage à mesure qu'elle s'éloignait, ce qui permit à l'ingénieur de la regarder longtemps, jusqu'au moment où les chevaux passèrent derrière un bosquet d'oliviers, la faisant disparaître.

À Misène, l'amiral était allongé sur son matelas, dans sa chambre sans fenêtre, et il se souvenait.

Il se rappelait les forêts plates et boueuses de Germanie supérieure, et les grands chênes qui poussaient le long du rivage de la mer du Nord – si l'on pouvait parler de rivage en un lieu où la mer et la terre ne connaissaient guère de frontière –, la pluie et le vent, et la manière dont, dans la tempête, des arbres se détachaient parfois de la rive dans un grand craquement, gardant de vastes îlots de terre prisonniers de leurs racines et flottant, dressés, leur feuillage déployé comme une voilure, pour foncer sur les frêles galères romaines. Il revoyait encore les éclairs en nappes, les ciels sombres et le visage pâle de guerriers chauques parmi les arbres, l'odeur de la boue et de la pluie, la terreur qu'inspiraient ces arbres s'écrasant sur les navires à l'ancre, ses hommes qui se noyaient dans cette immonde mer barbare...

Il frissonna et ouvrit les yeux dans la faible lumière, s'assit avec peine et voulut savoir où il en était. Son secrétaire, assis près de la couche, une bougie posée à côté, son style en suspens, baissa les yeux sur sa tablette de cire.

— Nous en étions avec Domitius Corbulon, amiral, dit Alexion, quand vous étiez dans la cavalerie et combattiez les Chauques.

— Ah oui, précisément. Les Chauques. Je me souviens...

Mais de quoi se souvenait-il ? L'amiral essayait depuis des mois d'écrire ses mémoires – son dernier ouvrage, il en était sûr – et le fait de s'y remettre le distrayait agréablement des problèmes de l'aqueduc. Mais ce qu'il avait vu et fait, et ce qu'il avait lu ou entendu, avait tendance, ces temps-ci, à se mélanger en une sorte de rêve ininterrompu. Il avait été témoin de tant de choses ! L'impératrice, Lollia Paulina, épouse de Caligula, étincelant telle une fontaine sous une cascade de quarante millions de sesterces de perles et d'émeraudes à la lumière des chandelles, lors de son banquet de fiançailles. Et l'impératrice Agrippine, mariée à ce radoteur de Claudius : il l'avait vue passer dans un manteau d'or. Et il savait ce que représentait l'extraction du minerai pour l'avoir observée, bien entendu, lorsqu'il était procurateur dans le nord de l'Espagne – les mineurs s'attaquant au flanc de la montagne suspendus par des cordes, ce qui leur donnait, de loin, l'air d'oiseaux géants picorant la paroi. Tant de travail, au prix d'un tel danger... et à quelle fin ? Pauvre Agrippine, assassinée ici, dans cette ville même, par Ancietus, précédent amiral de la flotte de Misène, sur ordre de son propre fils, l'empereur Néron, lequel fit embarquer sa mère sur un bateau qui s'échoua et la fit poignarder à mort quand la malheureuse parvint à gagner le rivage. Tant d'histoires ! C'était d'ailleurs son problème. Il avait trop d'histoires à faire tenir dans un seul livre.

— Les Chauques... (Quel âge avait-il alors ? Vingt-quatre ans ? C'était sa première campagne.) Les Chauques, répéta-t-il, je m'en souviens, habitaient sur des plates-formes en bois surélevées pour échapper aux dangereuses marées de cette région. Ils ramassaient de la boue à mains nues et la faisaient sécher au vent du nord glacé pour en faire du combustible. Ils ne buvaient rien d'autre que de l'eau de pluie, qu'ils collectaient dans des citernes devant leurs maisons – signe évident de leur manque de civilisation. Quels fieffés imbéciles arriérés, ces Chauques. Ne marque pas ça, ajouta-t-il après un silence.

La porte s'entrouvrit, laissant pénétrer un rai de lumière blanche. Il perçut la rumeur de la Méditerranée, les coups de marteau en provenance des chantiers navals. Le matin était donc déjà levé. Il avait dû rester éveillé pendant des heures. La porte se referma. Un esclave s'avança sur la pointe des pieds vers le secrétaire, et lui chuchota quelques mots à l'oreille. Pline fit pivoter son gros corps sur le côté pour mieux voir.

— Quelle heure est-il ?

— La fin de la première heure, amiral.

— Les vannes du réservoir ont-elles été ouvertes ?

— Oui, amiral. Nous avons un message comme quoi ce qui restait d'eau a été vidé.

Pline poussa un grognement, et se laissa retomber sur son oreiller.

— Et il semble monsieur, qu'on vient de faire une découverte des plus remarquables.

L'équipe était partie une demi-heure après Corelia. On ne s'était pas étendu sur les adieux : la contagion de la peur s'était propagée parmi les hommes au point de gagner Musa et Corvinus, et ils avaient tous hâte de retrouver la sécurité de Pompéi. Brebix lui-même, cet ancien gladiateur, héros invaincu de trente combats, ne cessait de diriger nerveusement ses petits yeux sombres vers le Vésuve. Ils vidèrent la matrice, puis jetèrent les outils, les briques inutilisées, et les amphores vides dans les chariots. Enfin, deux esclaves recouvrirent de terre les restes des feux de la nuit et enfouirent les cicatrices grises laissées par le ciment. Lorsqu'ils eurent terminé, ce fut comme s'ils n'étaient jamais venus.

Attilius se tenait près du puits, bras croisés, et les regardait se préparer à partir avec méfiance. C'était maintenant que le travail était fait qu'il courait le plus grand danger. Il aurait été bien dans la manière d'Ampliatus de tirer le maximum de l'ingénieur avant de se débarrasser de lui. Mais Attilius était prêt à se battre, à vendre chèrement sa peau, s'il le fallait.

Musa avait le seul autre cheval et, une fois en selle, il appela Attilius :

— Tu viens ?

— Pas tout de suite. Je vous rattraperai plus tard.

— Pourquoi ne pas venir maintenant ?

— Parce que je voudrais monter là-haut.

— Pourquoi ? s'enquit Musa, qui le regarda, étonné.

Bonne question. *Parce que l'explication de ce qui est arrivé ici doit se trouver là-haut. Parce que c'est mon travail de faire en sorte que l'eau coule. Parce que j'ai peur.*

— Simple curiosité, dit l'ingénieur avec un haussement d'épaules. Ne t'en fais pas. Je n'ai pas oublié ma promesse, si c'est ce qui t'inquiète. Tiens, ajouta-t-il en lançant à Musa sa sacoche de cuir, vous avez bien travaillé. Achète aux hommes à boire et à manger.

Musa ouvrit le sac pour en examiner le contenu.

— Il y a beaucoup, là-dedans, aquarius. Assez pour se payer une femme aussi.

— Rentre bien, Musa, fit Attilius avec un rire. Je te retrouve bientôt. Soit à Pompéi, soit à Misène.

Musa lui adressa un regard appuyé et parut sur le point de dire quelque chose, mais se ravisa. Il partit rejoindre les chariots, et Attilius se retrouva seul.

Une fois encore, il fut frappé par le silence inhabituel, comme si la Nature retenait Son souffle. Le vacarme des grosses roues de bois s'estompa lentement dans le lointain, et l'ingénieur n'entendit plus que le tintement occasionnel d'une clochette de chèvre et le chant continuel des cigales. Le soleil était déjà haut. Il contempla autour de lui la campagne déserte et s'allongea sur le ventre pour regarder dans la matrice. La chaleur lui martelait le dos et les épaules. Il pensa à Sabine, à Corelia et aux images épouvantables de son fils mort. Il pleura. Contrairement à son habitude, il n'essaya pas de se retenir, et, pour une fois, se laissa aller complètement. Secoué par les sanglots, suffoquant de chagrin, il aspirait l'air du tunnel, respirait l'odeur fraîche et âpre du ciment humide. Il se sentait curieusement à côté de lui-même, comme s'il s'était divisé en deux : l'un qui pleurait, et l'autre qui le regardait pleurer.

Au bout d'un moment, il s'arrêta et se releva pour s'essuyer le visage sur la manche de sa tunique. Ce n'est qu'à cet instant, alors qu'il regardait à nouveau en bas, que son œil fut attiré par quelque chose – un reflet dans l'obscurité. Il écarta légèrement la tête pour permettre au soleil de pénétrer dans le puits, et il s'aperçut alors que le fond de l'aqueduc brillait. Il se frotta les yeux et regarda à nouveau. Alors même qu'il scrutait la canalisation, la qualité de la lumière parut se modifier et devenir plus substantielle, tandis que sa surface s'élargissait et semblait en mouvement. Le tunnel se remplissait d'eau.

— L'aqueduc fonctionne ! s'exclama-t-il à mi-voix.

Lorsqu'il fut certain qu'il ne se trompait pas et que l'Augusta était bien à nouveau en service, il fit rouler le lourd couvercle du regard jusqu'au puits et l'abaissa lentement, ne retirant ses doigts qu'au dernier instant pour le laisser tomber sur la bouche ronde. Avec un bruit mat, le tunnel fut à nouveau clos.

Il détacha son cheval et se hissa sur la selle. Dans la chaleur miroitante, les bornes de l'aqueduc diminuaient dans le lointain comme une ligne de rochers submergés. Il tira sur les rênes et tourna le dos à l'Augusta pour faire face au Vésuve. Il éperonna son cheval et ils partirent sur le sentier qui menait vers la montagne, au pas tout d'abord, puis au trot lorsque le terrain se mit à monter.

À la Piscina Mirabilis, la dernière goutte d'eau s'était écoulée, et la citerne monumentale se retrouvait vide, ce qui présentait un spectacle rare. Il y avait dix ans que cela ne s'était pas produit mais alors, on l'avait vidée pour des raisons de maintenance, afin que les esclaves puissent retirer les sédiments à la pelle et chercher des signes de fissure dans les parois. L'amiral écouta attentivement l'esclave lui expliquer le fonctionnement du système. Les questions techniques l'avaient toujours intéressé.

— Et il faut s'en occuper tous les combien ?

— La coutume veut que ce soit tous les dix ans, amiral.

— On allait donc devoir le faire bientôt ?

— Oui, amiral.

Pline, son neveu Caius, son secrétaire Alexion et l'esclave des eaux Dromo se tenaient sur les marches de la citerne, à mi-hauteur. Pline avait donné ordre qu'on ne touche à rien avant son arrivée, et un garde de la marine avait été posté à la porte pour empêcher toute entrée non autorisée. La rumeur de la découverte avait cependant déjà commencé à se répandre, et l'habituelle foule des curieux s'était rassemblée dans la cour.

Le fond de la citerne évoquait une plage boueuse après le reflux de la marée. Il subsistait quelques petites flaques, là où les sédiments formaient de petits creux, et un bric-à-brac d'objets hétéroclites – outils rouillés, pierres, chaussures – tombés dans l'eau au fil des années et restés au fond, certains complètement ensevelis de sorte qu'ils ne formaient que de petites bosses sur la surface lisse. La barque était échouée. Les empreintes de plusieurs personnes partaient du bas de l'escalier vers le centre du réservoir, où gisait un objet plus encombrant, puis revenaient. Dromo demanda si l'amiral voulait qu'il aille le chercher.

— Non, répondit Pline. Je veux aller voir par moi-même. Rends-moi service, s'il te plaît, Caius.

Il montra ses souliers, et son neveu s'agenouilla pour en défaire les boucles tandis que l'amiral s'appuyait sur Alexion. Il éprouvait une excitation presque enfantine, et cette sensation s'intensifia alors qu'il descendait les dernières marches et posait précautionneusement les pieds dans la boue. Le dépôt noirâtre s'infiltra, délicieusement frais, entre ses orteils, et Pline se sentit aussitôt redevenu enfant, dans la maison familiale de Côme, en Italie Transpadane, jouant sur les rives du lac. Toutes les années qui s'étaient écoulées depuis, soit près d'un demi-siècle, n'avaient soudain pas plus de consistance qu'un rêve. Combien de fois par jour ce sentiment l'envahissait-il ? Cela ne se passait jamais, avant. Mais il ne fallait plus grand-chose pour tout déclencher, ces derniers temps – un contact, une odeur, un son, une couleur entrevue, et aussitôt, des souvenirs dont il ne connaissait même pas l'existence lui revenaient, comme s'il ne subsistait plus de lui qu'un gros sac essoufflé rempli d'impressions remémorées.

Il remonta les plis de sa toge et se mit à marcher prudemment dans la boue, ses pieds s'enfonçant et se soulevant avec un délicieux bruit de succion. Il entendit Caius crier derrière lui « Fais attention, mon oncle ! » mais il secoua la tête en riant. Il se tint à l'écart des traces déjà imprimées dans le limon. C'était beaucoup plus amusant de rompre la croûte légère qui commençait à se former dans l'air chaud. Les autres suivirent à distance respectueuse.

Quelle construction extraordinaire que cette voûte souterraine, songea-t-il, avec ses piliers qui atteignaient chacun dix fois la taille d'un homme ! Quelle imagination avait-il fallu au départ pour concevoir une telle vision, puis quelle volonté et quelle force pour en mener à bien la construction – et tout cela pour recueillir de l'eau acheminée sur soixante milles ! Il n'avait jamais vu d'objection à la déification des empereurs. « Dieu est un homme qui aide les hommes », disait-il avec philosophie. Auguste le Divin méritait sa place au panthéon ne fût-ce que pour avoir décidé de construire l'aqueduc de Campanie et la Piscina Mirabilis. Lorsqu'il atteignit le centre de la citerne, Pline manquait de souffle à force d'arracher ses pieds à l'aspiration de la boue, mais il était content d'avoir fait cet effort. L'esclave du service des eaux avait été avisé de l'envoyer chercher. Cela valait le coup d'œil : un mystère de la Nature s'était soudain mué en un mystère de l'Humanité.

L'objet était une amphore, de celles dont on se servait pour entreposer la chaux. Elle était coincée presque à la verticale, le fond pris dans la boue du réservoir. Une longue corde mince avait été attachée à ses poignées et gisait, emmêlée, tout autour. Le couvercle, scellé à la cire, avait été arraché et peut-être une centaine de petites pièces d'argent gisaient éparpillées et brillaient dans la boue.

— Rien n'a été pris, amiral, assura Dromo avec anxiété. Je leur ai dit de tout laisser comme ils l'avaient trouvé.

Pline poussa un petit sifflement.

— Combien y a-t-il, là-dedans, d'après toi, Caius ?

Son neveu plongea les mains dans l'amphore, les mit en coupe et les montra à l'amiral. Elles débordaient de deniers d'argent.

— Une fortune, mon oncle.

— Une fortune illégale, tu peux en être sûr. Elle corrompt cette honnête boue.

Ni le récipient de terre cuite, ni la corde n'étaient recouverts de limon, ce qui signifiait, pensa Pline, qu'ils ne se trouvaient pas au fond de la citerne depuis longtemps – un mois tout au plus. Il leva les yeux vers le plafond voûté.

— Quelqu'un a apporté l'amphore en barque, puis l'a passée par-dessus bord pour la descendre au fond.

— Et il aurait laissé retomber la corde ? s'étonna Caius. Mais qui aurait fait une chose pareille ? Aucun plongeur ne peut descendre à pareille profondeur !

— C'est vrai, convint Pline en plongeant lui aussi les mains dans les pièces pour les examiner au creux de sa paume replète, les séparant avec son pouce. Le profil familier et maussade de Vespasien décorait l'un des côtés ; les instruments sacrés de l'augure occupaient l'autre. L'inscription qui figurait sur la tranche – IMP CAES VESP AVG COS III – indiquait qu'elles avaient été fondues durant le troisième consulat de l'empereur, huit ans plus tôt.

— Alors, nous devons supposer que leur propriétaire ne projetait pas de les récupérer en plongeant, Caius, mais en vidant la citerne. Et le seul qui avait autorité pour vider la Piscina quand il le désirait, était notre aquarius disparu, Exomnius.

Hora quarta

10 h 37

Des études récentes font état de vitesses moyennes de la montée du magma qui suggèrent qu'à l'intérieur de la chambre existant sous le Vésuve, le magma avait sans doute commencé à s'élever à une vitesse de 0,2 mètre par seconde dans la cheminée du volcan environ quatre heures avant l'éruption – soit vers 9 heures dans la matinée du 24 août.

Burkhard Müller-Ullrich (sous la direction de), Dynamics of Volcanism

Les quattuorviri, ou quatre magistrats élus de Pompéi, étaient réunis en session extraordinaire dans le salon de Lucius Popidius. Les esclaves avaient apporté un siège pour chacun d'eux et une petite table, autour de laquelle ils siégeaient, silencieux, bras croisés, patientant. Ampliatus, pour se conformer au fait qu'il n'était pas magistrat, était allongé sur un lit, à l'écart, et mangeait une figue en les observant. Par la porte ouverte, il avait vue sur la piscine et la fontaine muette, et aussi sur un chat, dans un coin du jardin carrelé, qui jouait avec un oiseau. Ce rituel qui consistait à faire durer la mort l'avait toujours intrigué. Les Égyptiens tenaient le chat pour être un animal sacré, le plus proche, parmi toutes les créatures, de l'intelligence humaine. Attilius ne voyait pas en effet, dans toute la Nature, d'autre être que l'homme et le chat qui tirât un plaisir si évident de la cruauté. Fallait-il en déduire que la cruauté et l'intelligence étaient inévitablement liées ? Intéressant.

Il mangea une autre figue, et ses bruits de succion firent ciller Popidius.

— Je dois dire que tu parais extrêmement confiant, Ampliatus, dit Popidius, un brin d'irritation dans la voix.

— Je suis extrêmement confiant. Tu devrais te détendre.

— Facile à dire pour toi. Ton nom ne figure pas sur les cinquante affiches placardées dans toute la ville pour assurer que l'eau coulera à nouveau avant midi.

— La responsabilité publique est le prix à payer pour le siège d'élu, mon cher Popidius.

Il fit claquer ses doigts juteux, et un esclave lui apporta une coupelle d'argent. Il y plongea les mains et s'essuya sur la tunique de l'esclave.

— Ayez foi en la science des ingénieurs romains, magistrats. Tout se passera bien.

Il y avait quatre heures que Pompéi s'était réveillé par une nouvelle journée brûlante et sans nuages, pour découvrir qu'il n'y avait plus d'eau. Ampliatus avait vu juste sur ce qui se passa ensuite. Une telle catastrophe se produisant le lendemain même du jour où la plupart des habitants de la ville avaient fait leurs offrandes à Vulcain, il était difficile, même pour les moins superstitieux, de ne pas y voir une manifestation du mécontentement du dieu. Dès l'aube, des groupes inquiets avaient commencé à se former aux coins des rues. Des avis, signés de L. Popidius Secundus, placardés au forum et sur les fontaines publiques les plus importantes, annonçaient que des travaux de réparation étaient en cours sur l'aqueduc, et que tout serait rentré dans l'ordre à la septième heure. Mais cela ne suffisait guère à rassurer ceux qui se rappelaient le terrible tremblement de terre qui avait eu lieu dix-sept ans plus tôt – l'eau avait fait défaut alors aussi – et, toute la matinée, un sentiment de malaise avait régné dans toute la ville. Certaines boutiques étaient restées fermées. Des gens étaient partis, emportant leurs biens sur des charrettes et prédisant bien haut que Vulcain allait détruire la ville une deuxième fois. Et maintenant, la nouvelle s'était propagée que les quattuorviri s'étaient réunis chez Popidius. Un rassemblement s'était formé devant la maison. De temps à autre, dans le salon confortable, la rumeur de la foule se faisait entendre : un grondement, comme le son qu'émettaient les bêtes en cage, dans les tunnels de l'amphithéâtre, juste avant d'être lâchées pour combattre les gladiateurs.

— Je t'avais dit que nous n'aurions jamais dû accepter d'aider cet ingénieur, commenta Brittius avec un frisson.

— C'est vrai, renchérit Cuspius. Je l'ai dit tout de suite. Et regarde où ça nous mène, maintenant.

Ampliatus pensa que le visage d'un homme était terriblement révélateur. Il indiquait l'abus de boisson ou de nourriture, le genre de travail, l'orgueil, la lâcheté, la force. Popidius par exemple : il était beau et faible ; Cuspius, comme son père, était courageux, brutal et stupide ; Brittius, amolli par l'amour du confort ; Holconius, plus acide que le vinaigre et rusé – trop d'anchois et trop de garum dans ce régime-là.

— N'importe quoi, répliqua aimablement Ampliatus. Réfléchissez. Si nous ne l'avions pas aidé, il serait tout simplement allé demander de l'aide à Nola, et nous aurions été privés d'eau tout de même, seulement un jour plus tard. Et de quoi aurions-nous eu l'air quand Rome aurait eu vent de la chose ? Et puis comme ça, nous savons où il est. Il est en notre pouvoir.

Les autres ne firent pas attention, mais le vieil Holconius réagit aussitôt.

— Pourquoi est-ce donc si important de savoir où il est ?

Ampliatus fut un instant à court de réponse. Il s'en sortit par un éclat de rire.

— Allons, Holconius, n'est-il pas toujours utile d'en savoir le plus possible ? Cela vaut bien le prêt de quelques esclaves et d'un peu de bois et de chaux. N'est-il pas toujours plus facile de contrôler un homme qui est ton débiteur ?

— Assurément, convint sèchement Holconius en jetant un coup d'œil vers Popidius, de l'autre côté de la table.

Popidius lui-même n'était pas assez bête pour ne pas saisir l'insulte. Il s'empourpra.

— Ce qui signifie ? demanda-t-il en repoussant sa chaise.

— Écoutez ! ordonna Ampliatus, désireux de mettre fin à cette conversation avant qu'elle ne dégénère. Je veux vous parler d'une prophétie que j'ai demandée cet été, lorsque les vibrations ont commencé.

— Une prophétie ?

Popidius se rassit, instantanément intéressé. Il aimait ce genre de choses, et Ampliatus le savait : la vieille Biria et ses deux mains de bronze magiques, couvertes de symboles mystiques, sa cage pleine de serpents, ses yeux d'un blanc laiteux qui ne voyaient pas le visage des hommes mais qui pouvaient contempler l'avenir.

— Tu as consulté la sibylle ? Qu'est-ce qu'elle a dit ?

Ampliatus se composa une expression solennelle adéquate.

— Elle a sacrifié des serpents à Sabazius et les a écorchés pour en tirer ses prédictions. J'ai assisté à toute la cérémonie.

Il se rappela les flammes, sur l'autel, la fumée, les mains luisantes, l'encens ; la voix chevrotante de la sibylle, haut perchée, à peine humaine, rappelant la malédiction lancée par cette vieille femme dont il avait jeté le fils aux murènes. Il avait été malgré lui impressionné par toute l'opération.

— Elle a vu une ville, notre ville, dans un avenir lointain. Un millier d'années, peut-être plus. Elle a vu une cité célèbre dans le monde entier, poursuivit-il dans un murmure. Nos temples, notre amphithéâtre, nos rues, arpentés par des gens de toutes les langues. Voilà ce qu'elle a vu dans les entrailles des serpents. Longtemps après que les César seront tombés en poussière et que l'empire ne sera plus, ce que nous avons bâti ici perdurera.

Il se laissa retomber. Il s'était presque convaincu lui-même.

— Biria Onomastia ne se trompe jamais, souffla Popidius.

— Sera-t-elle prête à le répéter ? demanda Holconius, sceptique. Nous laissera-t-elle nous servir de la prophétie ?

— Absolument, affirma Ampliatus. Et elle a intérêt. Je l'ai payée assez cher.

Il crut entendre quelque chose et quitta sa couche pour sortir dans le soleil du jardin. La fontaine qui alimentait la piscine avait la forme d'une nymphe renversant une cruche. Alors qu'il s'approchait, il l'entendit à nouveau, un faible glouglou suivi par un filet d'eau qui se mit à couler du bord de la cruche. Le filet d'eau hésita, crachota, parut s'interrompre, puis repartit de plus belle. Ampliatus se sentit soudain submergé par les forces mystiques qu'il avait déchaînées. Il fit signe aux autres d'approcher.

— Vous voyez ? Je vous l'avais dit. La prophétie se réalise !

Parmi les exclamations de contentement et de soulagement, Holconius lui-même se laissa aller à un mince sourire.

— C'est bien.

— Scutarius ! appela Ampliatus. Apporte notre meilleur vin aux quattuorviri – le cécube, pourquoi pas ? Et maintenant, Popidius, tu veux que j'aille annoncer la nouvelle à la populace, ou veux-tu le faire ?

— Vas-y, Ampliatus. J'ai besoin d'un verre.

Ampliatus traversa l'atrium en direction de la grande porte en bois. Il fit signe à Massavo de l'ouvrir et sortit sur le seuil. Une centaine de personnes – *son peuple*, comme il se plaisait à les considérer – se pressaient dans la rue. Il leva les bras pour leur intimer le silence.

— Vous savez tous qui je suis, cria-t-il dès que le brouhaha se fut tu, et vous savez que vous pouvez me faire confiance !

— Pourquoi ça ? cria quelqu'un, à l'arrière.

Ampliatus l'ignora.

— L'eau coule à nouveau ! Si vous ne me croyez pas – comme cet insolent, là-bas ! – allez vérifier par vous-mêmes aux fontaines. L'aqueduc est réparé. Et, un peu plus tard dans la journée, une merveilleuse prophétie de la sibylle Onomastia vous sera communiquée. Il faudra davantage que quelques vibrations dans le sol et un été étouffant pour effrayer la colonie de Pompéi !

Plusieurs personnes applaudirent. Rayonnant, Ampliatus salua.

— Bonne journée à tous, citoyens ! Remettons-nous au travail. *Salve lucrum ! Lucrum gaudium !*

Il rentra dans le vestibule et, toujours souriant, glissa à son intendant :

— Jette-leur des pièces, Scutarius. Mais attention, pas trop. Juste de quoi payer du vin à tout le monde.

Il s'attarda assez longtemps pour entendre l'effet produit par ses largesses et la foule se battre pour les pièces, puis retourna vers l'atrium, se frottant les mains de plaisir. La disparition d'Exomnius avait, il est vrai, troublé sa sérénité, mais il lui avait fallu moins d'une journée pour régler le problème, la fontaine semblait couler avec vigueur, et si ce jeune aquarius n'était pas encore mort, il le serait bientôt. Cela se fêtait ! Du salon lui parvenaient des rires et des tintements de cristal. Il s'apprêtait à faire le tour du bassin pour rejoindre ses hôtes quand il remarqua à ses pieds le corps du petit oiseau dont il avait observé l'agonie. Il le poussa du pied puis s'arrêta pour le ramasser. Le petit corps était encore chaud. Calotte rouge, joues blanches, ailes noir et jaune. Il y avait une perle de sang dans son œil.

Un chardonneret. Pas grand-chose d'autre que des plumes et du duvet. Il le soupesa un instant dans sa main, de sombres pensées lui troublant confusément l'esprit, puis il le laissa tomber et monta vivement les marches du jardin à colonnes de son ancienne maison. Le chat le vit venir et s'empressa de disparaître derrière un buisson, mais Ampliatus n'avait nullement l'intention de l'attraper. Il ne quittait pas des yeux la cage vide, sur le balcon de Corelia, et les volets fermés de la chambre obscure. Il hurla :

— Celsia ! Où est Corelia ? ajouta-t-il alors qu'elle arrivait en courant.

— Elle était malade. Je l'ai laissée dormir...

— Va la chercher ! Tout de suite !

Il la poussa en direction de l'escalier, fit volte-face et se précipita vers son bureau.

C'était impossible...

Elle n'oserait pas...

Il sut que quelque chose n'allait pas à l'instant même où il prit une lampe et s'approcha de son secrétaire. C'était un vieux procédé qu'il tenait de son ancien maître – un cheveu coincé dans le tiroir pour savoir si une main trop curieuse avait fouillé dans ses affaires – mais qui se révélait assez efficace, et il avait bien fait comprendre qu'il n'hésiterait pas à crucifier l'esclave indiscret.

Il n'y avait plus de cheveu. Et lorsqu'il eut ouvert le coffre-fort, et sortit la boîte à documents, les papyrus ne s'y trouvaient plus non plus. Il restait planté là comme un imbécile, à renverser la *capsa* vide et à la secouer comme un magicien qui aurait oublié la fin de son tour, puis il la lança à travers la pièce, où elle se fracassa contre le mur. Il sortit dehors en courant. Sa femme avait ouvert les volets de Corelia et se tenait sur le balcon, les mains pressées contre sa figure.

Corelia tournait le dos à la montagne lorsqu'elle franchit la porte du Vésuve et déboucha sur la place qui s'étendait devant le castellum aquae. Les fontaines s'étaient remises à couler, mais le débit restait faible et, de là où elle se tenait, elle pouvait voir qu'un voile de poussière s'était formé sur Pompéi, soulevé par la circulation dans les rues privées d'eau. Le bruit de l'activité générale s'élevait en brouhaha au-dessus des toits rouges.

Elle avait pris son temps pour rentrer, sans jamais pousser sa monture au-delà du pas allongé pour contourner le Vésuve et traverser la plaine. Elle ne voyait aucune raison de se presser, maintenant. Alors qu'elle descendait la côte vers le grand carrefour, Polites la suivant fidèlement, les murs aveugles des habitations semblaient se dresser autour d'elle pour l'enfermer comme dans une prison. Des endroits qu'elle aimait depuis l'enfance – les bassins cachés et les jardins de fleurs parfumées, les boutiques avec leurs étoffes et leurs colifichets, les théâtres et les thermes bruyants – lui semblaient à présent morts et couleur de cendre. Elle remarqua les expressions énervées et coléreuses des gens qui se battaient aux fontaines pour glisser leurs récipients sous le filet d'eau, et elle repensa à l'aquarius. Elle se demanda où il se trouvait et ce qu'il faisait. La mort de sa femme et de son enfant avait hanté la jeune fille pendant tout le trajet.

Elle savait qu'il avait raison. Elle ne pouvait échapper à son destin. Elle n'éprouvait plus ni peur ni colère alors qu'elle approchait de la maison de son père, juste une sorte d'engourdissement – elle se sentait épuisée, sale et assoiffée. Peut-être sa vie serait-elle ainsi désormais, son corps se prêtant à la routine de son existence tandis que son âme serait ailleurs, vigilante et bien distincte ? Elle aperçut la foule dans la rue, devant la maison, plus importante que le rassemblement habituel des parasites qui attendaient des heures durant de pouvoir échanger un mot avec son père. Pendant qu'elle les observait, ils semblèrent entrer dans une sorte de danse rituelle extravagante, sautant en l'air, bras tendus, puis tombant à genoux pour tâter les pavés. Il lui fallut un moment pour comprendre qu'on leur jetait de l'argent. Elle pensa que c'était là typique de son père, ce césar de province qui essayait d'acheter l'affection des foules et croyait agir comme un aristocrate sans jamais reconnaître sa vulgarité de parvenu.

Son mépris fut soudain plus fort que sa haine, et cela raffermit son courage. Elle continua son chemin jusqu'à l'arrière de la maison, vers l'écurie, et, en entendant le martèlement des sabots sur le pavé, un vieux palefrenier sortit. Il écarquilla les yeux de surprise en découvrant l'allure échevelée de la jeune fille, mais elle n'y fit pas attention. Corelia sauta de sa selle et lui tendit les rênes.

— Merci, dit-elle à Polites, puis, se tournant vers le palefrenier : Veille à ce que cet homme ait à boire et à manger.

Elle passa rapidement de l'éclat de la rue à la pénombre de la maison, puis gravit l'escalier du quartier des esclaves. Tout en marchant, elle tira les rouleaux de papyrus de sous sa mante. Marcus Attilius lui avait conseillé de les remettre en place dans le bureau de son père en espérant que leur disparition serait passée inaperçue. Mais elle ne suivrait pas ce conseil. Au contraire, elle les remettrait elle-même à Ampliatus. Mieux encore, elle lui dirait d'où elle revenait. Il saurait qu'elle avait découvert la vérité et pourrait alors faire ce qu'il voudrait. Elle s'en moquait. Que pouvait-il y avoir de pire que le destin qu'il lui avait déjà fixé ? On ne punit pas les morts !

C'est avec l'enthousiasme de la rébellion qu'elle passa le rideau, fit irruption dans la maison de Popidius et se dirigea vers la piscine qui formait le cœur de la villa. Elle entendit des voix sur sa droite et aperçut son futur époux en compagnie des autres magistrats de Pompéi. Ils se retournèrent pour la regarder à l'instant même où son père, suivi de sa mère et de son frère, faisait son apparition sur les marches de leur ancienne maison. Ampliatus reconnut ce qu'elle tenait dans ses mains et, pendant un instant fabuleux, elle vit la panique passer sur son visage. Il cria « Corelia ! » et voulut s'approcher d'elle ; mais elle s'esquiva et pénétra en courant dans le salon, éparpillant ses secrets sur la table et le tapis avant qu'il puisse l'arrêter.

L'ingénieur eut l'impression que le Vésuve jouait avec lui et reculait à mesure que lui avançait. Seulement, de temps en temps, lorsqu'il regardait en arrière en s'abritant les yeux du soleil, il s'apercevait qu'il avait déjà beaucoup grimpé. Il eut bientôt une vision très claire de Nola. Les champs irrigués qui s'étendaient autour formaient un carré d'un vert vif, pas plus grand qu'un mouchoir de poupée déplié sur la plaine brune de Campanie. Nola elle-même, vieille forteresse samnite, ne paraissait pas plus terrible que de petites briques d'enfants éparpillées au pied de la lointaine chaîne de montagnes. Les citoyens devaient à nouveau avoir de l'eau à présent. Cette pensée lui redonna confiance.

Il s'était délibérément dirigé vers l'orée de la traînée blanchâtre la plus proche, et il l'atteignit peu après le milieu de la matinée, à l'endroit où les pâturages prenaient fin pour céder la place à la forêt. Il ne croisa aucune créature vivante, ni homme ni animal. Les fermes occasionnelles qui longeaient le chemin étaient désertes. Il supposa que tout le monde avait fui, soit pendant la nuit, lorsqu'ils avaient entendu l'explosion, soit aux premières lueurs du jour, lorsqu'ils avaient découvert ce linceul fantomatique. Les cendres recouvraient le sol comme de la neige poudreuse, immobiles, car il n'y avait pas un souffle d'air. Lorsqu'il sauta de son cheval, il en souleva un nuage qui s'accrocha à ses jambes moites. Il en prit une poignée. Elles étaient inodores, fines au toucher, réchauffées par le soleil. Elles recouvraient les feuilles des arbres au loin, exactement comme l'eût fait une légère couche de neige.

Il en mit dans sa poche, pour les montrer ultérieurement à l'amiral, et prit un peu d'eau pour rincer le goût sec de poussière qui lui emplissait la bouche. En regardant au bas de la pente, il vit un autre cavalier, à peut-être un mille de distance, qui se dirigeait à une allure régulière vers ce même endroit, sans doute poussé par la même curiosité de comprendre ce qui avait pu se passer. Attilius envisagea de l'attendre, pour échanger leurs impressions, mais il y renonça. Il voulait avancer rapidement. Il cracha l'eau, remonta à cheval et repartit dans la montagne, abandonnant la traînée de cendres pour gagner le sentier qui s'enfonçait dans la forêt.

Dès qu'il arriva aux arbres, les bois se refermèrent sur lui et il perdit rapidement le sens de l'orientation. Il n'avait d'autre choix que de suivre le sentier de chasseurs qui serpentait entre la végétation, traversait le lit asséché des ruisseaux, sinuant d'un côté puis de l'autre, mais le conduisant toujours plus haut. Il descendit une fois de cheval pour uriner. Les lézards couraient dans les feuilles mortes. Il vit de petites araignées rouges et leurs toiles fragiles, des chenilles velues grosses comme son index. Il y avait des bouquets de baies cramoisies au goût sucré. La végétation était partout – aulnes, ronces, lierre. Il songea que Torquatus, le capitaine de la liburne, n'avait pas menti : le Vésuve était d'une ascension plus facile qu'il y paraissait, et lorsque les ruisseaux coulaient normalement, il devait y avoir ici assez à boire et à manger pour approvisionner une armée. Il imaginait sans peine le gladiateur thrace, Spartacus, conduisant ses hommes sur ce même sentier un siècle et demi plus tôt pour accéder au sanctuaire du sommet.

Il lui fallut environ une heure encore pour traverser la forêt. Il avait perdu la notion du temps. Le soleil était la plupart du temps dissimulé par les arbres, et ne filtrait que par rais à travers le feuillage épais. Le ciel, fragmenté par les branchages, formait un dessin bleu lumineux et changeant. L'air était chaud et embaumait le parfum des pins et des herbes séchées. Des papillons voletaient parmi les arbres. Il n'y avait aucun bruit excepté le doux roucoulement occasionnel d'un pigeon ramier. Le balancement du cheval et la chaleur assoupissaient peu à peu Attilius. Sa tête dodelinait. Il crut à un moment entendre un gros animal se déplacer sur le sentier, mais lorsqu'il arrêta sa monture pour tendre l'oreille, il n'entendit plus rien. Peu après, la forêt commença à s'éclaircir. Il arriva dans une clairière.

C'était maintenant comme si le Vésuve avait décidé de jouer à un jeu différent. Après avoir donné pendant des heures l'impression de rester inaccessible, le sommet se trouva brusquement juste devant lui, à quelques centaines de pieds tout au plus de côte plus raide, principalement constituée de rochers, sans assez de terre pour laisser croître grand-chose d'autre que quelques buissons pelés et une plante aux petites fleurs jaunes. Tout était exactement tel que l'avait décrit l'auteur grec du papyrus : un sommet noirci qui avait dû être, très longtemps auparavant, la proie des flammes. En certains endroits, la roche faisait saillie, presque comme si elle était poussée par en dessous, envoyant de petites pluies de pierres dévaler la pente. Un peu plus loin par-dessus la crête, des glissements de terrain plus importants s'étaient produits. D'énormes rochers, de la taille d'un homme, avaient été projetés dans les arbres – et il n'y avait visiblement pas longtemps. Attilius se rappela le peu d'enthousiasme des hommes à quitter Pompéi. « *Des géants volaient dans les airs. Leurs voix sont comme des coups de tonnerre...* » Le bruit avait dû porter sur des milles.

La pente devenait trop raide pour son cheval. Il mit pied à terre et trouva un endroit ombragé où il put l'attacher à un arbre. Attilius chercha un bâton. Il en choisit un qui faisait à peu près la moitié de son poignet – lisse, gris, sec depuis longtemps – et s'appuya dessus pour entamer son ultime ascension.

Le soleil ici était impitoyable, et le ciel si lumineux qu'il en devenait blanc. L'ingénieur passait de rochers en blocs de cendre dans la chaleur suffocante, et l'air lui-même donnait l'impression de lui brûler les poumons, chaleur sèche qui évoquait une lame tout juste sortie des flammes. Il n'y avait pas un lézard au sol, ici, ni un oiseau en l'air – comme s'il s'apprêtait à atteindre le soleil. Il sentait la chaleur à travers la semelle de ses souliers. Il se força à avancer sans regarder en arrière jusqu'à ce que le terrain cesse de monter et qu'au lieu de voir la roche noire devant lui, il découvre le ciel bleu. Il se hissa sur le sommet et regarda par-dessus le toit du monde.

Le sommet du Vésuve n'était pas pointu comme il le paraissait vu d'en bas, mais formait une sorte de plateau circulaire de peut-être deux cents pas de diamètre, un désert de roche noire parsemé de taches brunâtres de végétation malsaine qui ne faisaient que souligner son côté mortifère. Ce lieu avait non seulement dû être en continuel incendie par le passé, comme le disait le papyrus en grec, mais il devait se consumer encore. En trois endroits au moins s'élevaient de minces colonnes de vapeur grise, crachotant et sifflant dans le silence. Il régnait ici la même puanteur soufrée que dans les tuyaux de la villa Hortensia deux jours plus tôt. C'est donc ici, songea Attilius.

C'est le cœur du mal. Il percevait quelque chose de gigantesque et néfaste. On pouvait l'appeler Vulcain ou lui donner le nom qu'on voulait. On pouvait le vénérer comme un dieu. En tout cas, c'était une présence tangible. Il frissonna.

Il resta près du bord du sommet et entreprit d'en faire le tour, hypnotisé par les nuages sulfureux qui murmuraient au-dessus du sol, puis par le panorama qui s'étendait devant lui. Sur sa droite, la roche nue descendait jusqu'à l'orée des bois, puis il n'y avait plus qu'une couverture verte et ondulante. Torquatus lui avait annoncé qu'on pouvait voir jusqu'à cinquante milles, mais Attilius avait soudain l'impression de voir toute l'Italie à ses pieds. Tandis qu'il passait du nord à l'ouest, la baie de Néapolis entra dans son champ de vision. Il repéra sans peine le promontoire de Misène et les îles au-delà, puis la retraite impériale de Caprée et, au loin, aussi nette qu'un trait de rasoir, la ligne fine où le bleu sombre de la mer rencontre le bleu plus pâle du ciel. L'eau était encore agitée par les mêmes vagues qu'il avait remarquées la veille au soir – des vagues déferlantes sur une mer sans vent – quoique, maintenant qu'il y réfléchissait, il y avait peut-être bien une brise qui se levait. Il sentait l'air sur ses joues, ce vent qu'on appelait Caurus et qui soufflait du nord-ouest vers Pompéi, guère plus grosse qu'un tas de sable en retrait de la côte. Il imagina Corelia arrivant là-bas, complètement inaccessible à présent, petit point à l'intérieur d'un point, à tout jamais perdue pour lui.

Il se sentit étourdi par ce seul spectacle, comme s'il n'était plus lui-même qu'une particule de pollen susceptible d'être emportée à tout moment par l'air chaud dans l'immensité bleue. Il ressentit soudain une telle envie de capituler, de se plonger dans ce néant bleu et parfait, qu'il dut se forcer à se détourner. Ébranlé, il voulut couper à travers le sommet pour regagner directement l'endroit d'où il était parti, se tenant à l'écart des fumerolles de soufre qui semblaient se multiplier autour de lui. Le sol tremblait, se gonflait. Attilius voulait s'en aller à présent, aussi vite que possible. Mais le terrain était très accidenté, avec de fortes dépressions de chaque côté du sentier – « *des crevasses qui s'ouvrent comme des pores dans une roche couleur de suie* », avait écrit le Grec – et il devait regarder où il mettait les pieds. C'est d'ailleurs la raison – le fait qu'il eût la tête baissée – pour laquelle il sentit le corps avant de le voir.

Il s'arrêta net. C'était une odeur douceâtre et écœurante qui lui envahit la bouche et les narines et sembla y déposer une pellicule grasse. La puanteur émanait d'une grande cuvette poussiéreuse, juste devant lui. Elle devait avoir six pieds de profondeur sur une trentaine de long, et mijotait comme un chaudron dans la brume de chaleur. Ce qu'il y avait de plus horrible, quand Attilius regarda à l'intérieur, c'est que tout ce qui s'y trouvait était mort : pas seulement l'homme, vêtu d'une tunique blanche et dont les membres étaient d'un tel noir violacé que l'ingénieur le prit d'abord pour un Nubien, mais d'autres créatures aussi, comme un serpent, un grand oiseau et tout un tas de petits animaux éparpillés dans cette fosse mortelle. La végétation elle-même était décolorée et empoisonnée.

Le cadavre gisait au fond, sur le côté, les bras tendus, une gourde et un chapeau de paille tout juste hors de portée, comme si l'homme était mort en essayant de les atteindre. Il devait se trouver là depuis au moins deux semaines, à pourrir dans la chaleur. Il était cependant surprenant qu'il restât aussi intact. Il n'avait pas été attaqué par les insectes, ni par les oiseaux ou autres carnassiers. Aucune nuée de mouches ne survolait cette viande à demi cuite. La chair brûlée semblait plutôt avoir empoisonné tout ce qui avait essayé de s'en repaître.

Attilius déglutit avec peine pour se retenir de vomir. Il comprit tout de suite qu'il devait s'agir d'Exomnius. L'homme avait disparu depuis au moins deux semaines, et qui d'autre se serait aventuré jusqu'ici en plein mois d'août ? Mais comment en être sûr ? Il ne l'avait jamais rencontré. Il hésitait cependant à s'aventurer sur ce tapis de mort. Il se força à s'accroupir près du bord de la fosse pour examiner la tête noircie. Il vit une rangée de dents grimaçante, évoquant des pépins dans un fruit éclaté ; un œil terne, mi-clos, suivait la direction du bras tendu. Il n'y avait aucun signe de blessure. Mais tout le corps, contusionné et suppurant, n'était qu'une vaste blessure. Qu'est-ce qui avait pu le tuer ? Peut-être avait-il succombé à la chaleur. Peut-être son cœur avait-il lâché. Attilius se pencha encore un peu et essaya de tâter le cadavre avec son bâton, mais il se sentit aussitôt au bord de l'évanouissement. Des points de lumière se mirent à danser devant ses yeux et il faillit basculer en avant. Il se rattrapa en enfonçant ses mains dans la terre et parvint à reculer, hoquetant.

« *L'afflation de l'air corrompu tout près du sol...* »

Des coups résonnaient dans sa tête. Il vomit un liquide amer et répugnant, et il toussait et crachait encore quand il entendit, devant lui, un pas dans la végétation desséchée et cassante. Sonné, il leva les yeux. De l'autre côté de la fosse, un homme traversait le plateau dans sa direction. Il crut tout d'abord qu'il s'agissait d'une vision induite par l'*air corrompu*, et il se leva avec effort, vacillant tel un ivrogne et chassant la sueur de ses yeux pour essayer d'y voir plus clair, mais la silhouette avançait toujours, encadrée par les petits jets de soufre, l'éclat d'un couteau à la main.

C'était Corax.

Attilius n'était pas en état de se battre. Il aurait bien couru, mais il pouvait à peine soulever ses pieds.

Le contremaître s'approcha avec précaution de la fosse, courbé en deux, les bras largement écartés, sautillant avec légèreté d'un pied sur l'autre, hésitant à quitter l'ingénieur du regard, comme s'il soupçonnait un traquenard. Il jeta un bref regard vers le corps, examina Attilius d'un air perplexe puis regarda à nouveau le cadavre.

— Bon, qu'est-ce que c'est que cette histoire, joli cœur ? demanda-t-il doucement.

Il semblait presque offensé. Il avait projeté cette attaque avec beaucoup de soin, avait parcouru une longue distance pour la mener à bien, avait attendu le jour dans l'obscurité et suivi sa proie de loin – ce devait être le cavalier que j'ai aperçu derrière moi, se dit Attilius – se délectant à l'avance de sa vengeance, tout ça pour voir ses plans aller de travers au dernier moment. Son expression disait que ce n'était pas juste... un obstacle de plus dans la longue série qui jalonnait la vie de Gavius Corax.

— Je t'ai demandé : qu'est-ce que ça veut dire ?

Attilius voulut parler, mais il avait la voix épaisse, comme engluée. Il aurait voulu dire qu'Exomnius ne s'était pas trompé, que ce lieu présentait un danger terrible, mais n'arrivait pas à sortir les mots. Corax regardait le cadavre d'un air mauvais.

— Ce vieil imbécile, dit-il en secouant la tête. Grimper ici à son âge ! S'inquiéter pour la montagne ! Et pourquoi ? Pour rien ! Rien à part nous retrouver avec toi sur les bras, conclut-il en reportant son attention sur Attilius. Un petit connard venu de Rome pour nous apprendre à tous notre métier. Tu crois toujours que tu as tes chances, joli cœur ? Ça te coupe la chique, on dirait. Bon, eh bien, si on te faisait une belle boutonnière pour voir ce que ça donne ?

Il s'avança, passant son couteau dans une main, puis dans l'autre, le visage décidé, prêt au meurtre. Il entreprit de faire le tour de la fosse, et Attilius ne put que partir en trébuchant dans la direction opposée. Dès que le contremaître s'arrêtait, Attilius s'arrêtait aussi, et quand il repartait dans l'autre direction, l'ingénieur l'imitait. Ce manège dura un petit moment, mais cette tactique ne tarda pas à porter sur les nerfs de Corax.

— Putain de bordel ! hurla-t-il. J'en ai assez de tes conneries !

Soudain, il se précipita vers sa proie, la figure cramoisie, le souffle court dans la chaleur, il dévala la fosse et la traversa. Il atteignait l'autre bord quand il se figea. Surpris, il regarda ses jambes. Avec une lenteur terrible, il essaya de reprendre sa marche, ouvrant et fermant la bouche comme un poisson hors de l'eau. Il lâcha son couteau et tomba à genoux, battant faiblement l'air juste devant lui, puis il tomba en avant, le visage dans la terre.

Attilius ne pouvait rien faire d'autre que le regarder se noyer dans la chaleur sèche. Corax essaya encore vainement de bouger, semblant à chaque fois vouloir attraper quelque chose d'inaccessible, comme Exomnius avait dû le faire. Puis il capitula et resta tranquillement couché sur le côté. Sa respiration devint à peine perceptible, puis cessa tout à fait, mais Attilius l'avait quitté depuis longtemps. Il traversait d'un pas incertain le sommet mouvant et boursouflé de la montagne, parmi les fumerolles de soufre de plus en plus denses, couchées à présent par le vent qui s'intensifiait et les orientait dans la direction de Pompéi.

En bas, dans la ville, la brise qui s'était levée durant la partie la plus chaude de la journée fut accueillie comme un soulagement. Le Caurus soulevait de petits tourbillons de poussière dans les rues qui se vidaient pour la sieste, soulevant les auvents colorés des tavernes et des gargotes, agitant le feuillage des grands platanes près de l'amphithéâtre. Dans la maison de Popidius, il irisa la surface de la piscine. Les petits masques de bacchantes et de faunes dansant accrochés entre les piliers s'agitèrent avec un doux tintement. Poussé par le vent, l'un des papyrus tombés sur le tapis roula vers la table. Holconius tendit le pied pour l'arrêter.

— Que se passe-t-il ? demanda-t-il.

Ampliatus fut tenté de frapper Corelia sur-le-champ, mais il se contint, sentant qu'une correction administrée en public ne ferait qu'ajouter à la victoire de la jeune fille. Il réfléchissait vite. Il savait tout ce qu'il y avait à savoir sur le pouvoir. Il comprenait qu'il y avait des moments où mieux valait garder ses secrets bien cachés, conserver ses informations pour soi, comme une favorite, et ne les partager avec personne. Mais il savait aussi qu'il y avait d'autres moments où des secrets, révélés avec prudence, liaient les autres à vous aussi sûrement que des chaînes d'acier. Il eut alors un éclair d'inspiration et sut que c'était un de ces moments.

— Lisez-les, déclara-t-il. Je n'ai rien à cacher à mes amis.

Il se baissa, ramassa les papyrus et les posa sur la table.

— Nous devrions partir, intervint Brittius, qui vida son verre de vin et commença à se lever.

— Lisez-les ! ordonna Ampliatus, forçant le magistrat à se rasseoir aussitôt. Pardonnez-moi, je vous prie, mais j'insiste, ajouta-t-il en souriant. Cela vient de la chambre d'Exomnius. Il est temps que vous soyez au courant. Servez-vous de vin. Je reviens tout de suite. Corelia, viens avec moi.

Il la saisit par le bras et la conduisit vers les marches. Elle traîna les pieds, mais il était trop fort pour elle. Il eut vaguement conscience que sa femme et son fils leur emboîtaient le pas. Lorsqu'ils furent hors de vue, dans le jardin à colonnes de leur ancienne maison, il serra la chair entre ses doigts.

— Tu croyais vraiment qu'une pauvre fille impuissante comme toi pouvait m'atteindre ? fit-il d'une voix sifflante.

— Non, dit-elle en plissant les yeux et en cherchant à lui échapper. Mais au moins, j'ai pensé que je pouvais essayer.

Son calme le déconcerta.

— Ah oui ? dit-il en la tirant vers lui. Et comment comptais-tu t'y prendre ?

— En montrant les documents à l'aquarius. En les montrant à tout le monde. Pour que tout le monde sache qui tu es vraiment.

— Et qu'est-ce que je suis ? demanda-t-il, le visage tout près de celui de sa fille.

— Un voleur. Un meurtrier. Moins qu'un *esclave*.

Elle cracha le dernier mot, et il leva la main. Cette fois, il l'aurait certainement frappée si Celsinus ne lui avait saisi le poignet par-derrière.

— Non, père, dit-il. Nous ne voulons plus de ça.

Pendant un instant, Ampliatus fut trop surpris pour parler.

— Toi ? dit-il enfin. Toi aussi ? répéta-t-il en dégageant sa main et en foudroyant son fils du regard. Tu n'aurais pas un rite religieux qui t'attend quelque part ? Et toi ? ajouta-t-il en se tournant vers sa femme. Ne devrais-tu pas prier la sainte matrone, Livie, pour lui demander conseil ? Ah, cracha-t-il. Poussez-vous de mon chemin, tous les deux !

Il traîna Corelia sur l'allée, vers l'escalier. Les autres ne bougèrent pas. Il poussa sa fille en haut des marches, dans le couloir puis dans sa chambre. Elle tomba sur son lit.

— Espèce de sale petite ingrate !

Il chercha autour de lui quelque chose pour la punir, mais ne vit que de petits objets féminins soigneusement rangés – un peigne d'ivoire, un châle de soie, une ombrelle, des rangs de perles de verre – et quelques vieux jouets que l'on avait conservés pour les offrir à Vénus avant le mariage. Une poupée de bois aux membres amovibles, qu'il lui avait achetée des années plus tôt pour son anniversaire, était appuyée contre le mur, dans un coin, et sa vue le remua. Qu'était-il arrivé à sa petite fille ? Il l'avait tellement aimée. Comment la haine avait-elle pu naître ? Il fut soudain déconcerté. N'avait-il pas tout fait, construit tout ceci, ne s'était-il pas hissé à la force du poignet pour eux, elle et son frère ? Il était là, essoufflé, vaincu, devant sa fille qui le contemplait avec fureur sur son lit.

— Tu restes ici, dit-il enfin, sans grande conviction, jusqu'à ce que j'aie décidé de ce que je vais faire de toi.

Puis il sortit et verrouilla la porte derrière lui.

Sa femme et son fils avaient quitté le jardin. Typique de ces rebelles de pacotille, songea-t-il, de se volatiliser dès qu'il avait le dos tourné. Corelia avait toujours eu plus de cran que tous les autres réunis. Sa petite fille ! Dans le salon, les magistrats se tenaient appuyés sur la table et chuchotaient. Ils se turent à son approche et se tournèrent vers lui pour le regarder se diriger vers le buffet et se servir un verre de vin. Le bord de la carafe heurta le verre. Sa main tremblait-elle ? Il en examina la paume et le revers. Cela ne lui ressemblait pas. Elle lui parut assez stable. Il se sentit mieux après avoir vidé son verre. Il s'en servit un autre, se composa un sourire et affronta les magistrats.

— Alors ?

Ce fut Holconius qui parla en premier.

— Où as-tu trouvé ça ?

— Corax, le contremaître de l'Augusta, me les a apportés hier après-midi. Il les a trouvés dans la chambre d'Exomnius.

— Tu veux dire qu'il les a volés ?

— Trouvés, volés... fit Ampliatus en écartant les mains.

— Nous aurions dû en être avertis aussitôt.

— Et pourquoi cela, honorables magistrats ?

— N'est-ce pas évident ? intervint Popidius avec agitation. Exomnius pensait qu'un autre grand tremblement de terre allait avoir lieu !

— Du calme, Popidius. Ça fait dix-sept ans que tu nous rebats les oreilles de tes tremblements de terre. Je ne prendrais pas tout cela très au sérieux.

— Exomnius prenait cela au sérieux.

— Exomnius ! s'exclama Ampliatus en le regardant avec mépris. Exomnius a toujours été un trouillard.

— C'est possible. Mais pourquoi avoir fait recopier ces documents ? Celui-ci, surtout. Qu'est-ce qu'il voulait en faire, d'après toi ? demanda-t-il en agitant l'un des papyrus.

Ampliatus y jeta un coup d'œil et but une gorgée de vin.

— C'est en grec. Je ne lis pas le grec. Tu oublies, Popidius, que je n'ai pas eu la chance d'avoir ton instruction.

— Eh bien, moi, je lis le grec, et je crois reconnaître ce texte. Je pense que c'est l'œuvre de Strabon, le géographe, qui a parcouru cette région à l'époque du Divin Auguste. Il parle ici d'un sommet plat et nu qui aurait été autrefois en continuel incendie. Il ne peut s'agir que du Vésuve, non ? Il dit que le sol fertile autour de Pompéi lui rappelle Catane, où la terre est couverte des cendres rejetées par les feux de l'Etna.

— Et alors ?

— Exomnius n'était-il pas sicilien ? questionna Holconius. De quelle ville venait-il, déjà ?

Ampliatus écarta la question d'un geste de son verre.

— Catane, je crois. Mais qu'est-ce que ça change ? Il devait absolument apprendre des rudiments de grec, songea-t-il. Si un imbécile comme Popidius arrivait à maîtriser cette langue, n'importe qui le pourrait.

— Quant au document en latin, je n'ai pas manqué de le reconnaître, continua Popidius. Il sort d'un livre, et je connais à la fois celui qui l'a écrit et à qui le passage en question était adressé. C'est d'Annaeus Sénèque, le mentor de Néron. Je suis sûr que même *toi*, tu dois avoir entendu parler de lui ?

— Je m'occupe de bâtiments, pas de livres, s'écria Ampliatus, le visage empourpré. Pourquoi parlaient-ils tout le temps de ça ?

— Le Lucilius auquel il fait référence est Lucilius le jeune, natif de cette même ville. Il avait une maison près du théâtre. Il était procurateur outremer, en Sicile, si je me souviens bien. Sénèque décrit le grand tremblement de terre de Campanie. Ça sort de son livre, *Questions naturelles*. Je crois même qu'il doit y en avoir un exemplaire à notre bibliothèque du forum. Cet ouvrage pose les fondements de la philosophie stoïcienne.

— De la philosophie stoïcienne ! railla Ampliatus.

Et qu'est-ce que le vieil Exomnius serait allé faire avec la philosophie stoïcienne ?

— Encore une fois, répéta Popidius avec une exaspération croissante, n'est-ce pas évident ?

Il posa les deux documents côte à côte.

— Exomnius pensait qu'il y avait un lien, tu comprends ? reprit-il montrant l'un et l'autre. L'Etna et le Vésuve. La fertilité de la terre autour de Catane et celle de la région de Pompéi. Le terrible présage d'il y a dix-sept ans – l'empoisonnement des moutons – et tous les présages qu'il y a eus cet été. Il était sicilien. Il a vu les signes du danger. *Et maintenant, il a disparu.*

Personne ne parla pendant un moment. Les effigies tintèrent dans la brise autour du bassin.

— Je pense que ces documents devraient être examinés par une réunion plénière de l'Ordo. Le plus tôt possible.

— Non, décréta Ampliatus.

— Mais c'est l'Ordo qui conduit les affaires de la ville ! Ils ont le droit de savoir...

— Non, répéta Ampliatus, catégorique. Combien de citoyens sont membres de l'Ordo ?

— Quatre-vingt-cinq, répondit Holconius.

— Et voilà. Toute la ville serait au courant en moins d'une heure. Vous voulez déclencher une panique au moment même où nous commençons à nous remettre en selle ? Alors que nous avons la prophétie de la sibylle ? Rappelez-vous qui a voté pour vous, honorables magistrats : les commerçants. Ils ne vous remercieront pas de faire fuir la clientèle. Vous avez vu ce qui s'est passé ce matin, simplement parce que les fontaines se sont arrêtées de couler pendant quelques heures. En fait, à quoi tout cela se résume-t-il ? Exomnius s'en faisait pour les secousses du sol ? La Campanie bénéficie d'un terrain cendreux, comme la

Sicile, et de fumerolles nauséabondes ? Et alors ? Les fumerolles font partie de la vie dans la baie depuis l'époque de Romulus. (Il voyait que ses paroles commençaient à porter.) Et puis, le vrai problème n'est pas là.

— Quel est donc le vrai problème ? demanda Holconius.

— Les autres documents, ceux qui montrent combien Exomnius recevait pour que l'eau soit aussi peu chère dans cette ville.

— Je t'en prie, Ampliatus, intervint aussitôt Holconius. Tes petits arrangements ne nous concernent pas.

— *Mes* petits arrangements ! s'esclaffa Ampliatus. Elle est bien bonne !

Il posa son verre et prit la carafe pour se resservir. Une fois encore, le lourd cristal tinta. Ampliatus se sentait un peu gris, mais il s'en moquait.

— Allons, honorables magistrats, ne faites pas les innocents ! Comment croyez-vous que la ville ait pu renaître si rapidement après le tremblement de terre ? Je vous ai fait gagner une fortune avec mes « petits arrangements ». Oui, et je me suis servi au passage, c'est vrai. Mais sans moi, vous ne seriez pas ici. Tes chers thermes, Popidius – où Brittius aime tant se faire branler par ses petits garçons – combien te coûtent-ils ? Et toi, Cuspius, avec tes fontaines ? Et toi, Holconius, avec ta piscine ? Et tous les bains privés, les jardins arrosés, la grande piscine publique de la palestre et les canalisations qui alimentent les nouveaux appartements ! Cette ville survit depuis plus de dix ans grâce à mes « petits arrangements » avec Exomnius. Et voilà qu'un petit salopard d'aquarius de Rome a eu vent de la chose. *Ça*, c'est le vrai problème.

— C'est un scandale ! s'exclama Brittius, la voix vibrante. Un scandale – qu'un petit esclave parvenu ose nous parler de la sorte !

— Alors, je suis un parvenu, hein ? Ça ne paraissait pas te gêner autant quand j'ai financé les jeux qui ont assuré ton élection, Brittius. « À l'arme blanche, pas de quartier, et l'abattoir en plein milieu, bien visible de toutes les tribunes. » C'est bien ce que tu avais demandé, non, et c'est ce que je t'ai donné.

— C'est bon, messieurs, coupa Holconius en levant les mains. Gardons notre calme.

— Mais nous pourrions sûrement trouver un terrain d'entente avec ce nouvel aquarius, dit Cuspius, dans le genre de ce que tu avais avec l'ancien.

— Je n'en ai pas l'impression. J'ai fait une allusion, hier, mais il m'a regardé comme si je lui avais touché les parties. Je me suis senti insulté de m'être montré si généreux. Non, je crois que je connais ce genre de type. Il va aller tout raconter à Rome, ils vérifieront les comptes et nous aurons une commission impériale sur le dos avant la fin de l'année.

— Qu'est-ce qu'on va faire, alors ? questionna Popidius. Si ça vient à se savoir, nous en subirons tous les conséquences.

Ampliatus sourit par-dessus son verre.

— Ne t'en fais pas. Je m'en suis occupé.

— Comment ?

— Popidius ! avertit promptement Holconius. Fais attention.

Ampliatus ne parla pas tout de suite. Ils ne voulaient pas savoir. Tout de même, ils étaient les magistrats de la ville. L'innocence de l'ignorance, voilà ce qu'ils voulaient. Mais pourquoi devraient-ils rester en paix ? Il ne serait pas seul à tremper ses mains dans le sang.

— Il va rejoindre ses ancêtres, répondit-il enfin en les jaugeant du regard. Avant qu'il puisse retourner à Misène. Un accident en pleine campagne. Quelqu'un s'y oppose ? Dites-le, si vous êtes contre. Popidius ? Holconius ? Brittius ? Cuspius ?

Il attendit. Ce n'était qu'une comédie. Quelle que pût être leur réponse, l'aquarius devait déjà être mort. Corax s'était montré très impatient de lui trancher la gorge.

— Je prends cela pour un consentement. Un verre ?

Il tendit le bras vers la carafe mais s'immobilisa, la main figée à mi-chemin. Le lourd flacon de cristal ne frémissait plus : il se déplaçait sur la surface de bois poli. Ampliatus le contempla d'un air stupide. Ce n'était pas possible. Pourtant, la carafe arriva au bord du buffet et alla se fracasser par terre. Il contempla le carrelage. Il sentait une vibration sous ses pieds. Celle-ci s'amplifia peu à peu, puis un souffle d'air chaud traversa la maison, assez puissant pour faire claquer les volets. Un instant plus tard, lointain mais très distinct, différent de tout ce qu'Ampliatus ou n'importe qui d'autre avait jamais entendu, retentit le son d'une double détonation.

Hora sexta

12 h 57

La surface du volcan céda peu après midi, permettant la décompression explosive du magma... la vitesse de sortie du magma atteignait les 1 440 km/h (Mach 1). La convection projeta les gaz incandescents et les pyroclastes à une hauteur de 28 km. En général, l'énergie thermique libérée au cours de l'ensemble de l'éruption se calcule à l'aide de la formule suivante :

$Eth = V.D.T.K$

où Eth est en joules, V est le volume en km cubes, D est la gravité spécifique (1,0), T est la température des expulsions (500 degrés centigrades), et K une constante incluant la chaleur spécifique du magma et l'équivalent mécanique de la chaleur $(8,37 \times 10^{14})$.

Ainsi, l'énergie thermique libérée pendant l'éruption de l'an 79 de notre ère devait être approximativement de 2×10^{18}, soit à peu près 100 000 fois celle de la bombe atomique de Hiroshima.

Dynamics of Volcanism

Après, lorsqu'ils compareraient leurs expériences, les survivants s'étonneraient toujours de ce que ce moment leur avait paru à chacun si différent. À cent vingt milles de là, à Rome, il fut entendu comme un bruit mat, semblable à une statue ou à un arbre se renversant. Ceux qui fuyaient Pompéi et se trouvaient à cinq milles sous le vent jurèrent toujours avoir entendu deux détonations distinctes alors qu'à Capoue, à une vingtaine de milles de distance, le bruit évoqua un coup de tonnerre particulièrement prolongé et assourdissant. Mais à Misène, qui se trouvait beaucoup plus près que Capoue, il n'y eut aucun bruit, juste l'apparition soudaine d'une étroite colonne de débris brunâtres surgissant en silence dans le ciel sans nuages.

Pour Attilius, ce fut comme une grande vague de chaleur sèche qui s'abattit sur sa tête. Il se trouvait à peu près à deux milles du sommet et suivait à cheval un vieux sentier de chasse à travers la forêt, dévalant rapidement le flanc occidental de la montagne. Les effets de l'empoisonnement se manifestaient à présent par une boule de douleur qui l'élançait derrière les yeux tandis que son engourdissement avait fait place à une étrange acuité des sens, un renforcement de ses perceptions. Il était certain de ce qui allait venir. Son plan était de prendre la route côtière d'Herculanum et de filer directement sur Misène pour prévenir l'amiral. Il pensait pouvoir y être en milieu d'après-midi. La baie étincelait sous le soleil, entre les arbres, assez proche pour lui permettre de distinguer les vagues successives. Il regardait le dessin chatoyant des toiles d'araignée souplement accrochées au feuillage des arbres, et remarqua un nuage de moucherons qui tournoyaient sous une branche, juste devant lui, et disparurent soudainement.

Le choc de l'explosion le heurta par-derrière et le

poussa en avant. De l'air chaud, comme à l'ouverture d'un four. Puis quelque chose parut éclater à ses oreilles et le monde ne fut plus qu'un lieu de silence absolu et d'arbres couchés, de feuilles tourbillonnantes. Son cheval trébucha et faillit tomber en avant. Attilius s'accrocha à son encolure tandis que sa monture se précipitait vers le bas, chevauchant la crête de la vague brûlante. Puis, brusquement, le souffle cessa. Les arbres se redressèrent d'un coup, les débris retombèrent et l'air redevint respirable. Il essaya de parler à son cheval, mais il n'avait plus de voix, et lorsqu'il se retourna pour regarder le sommet de la montagne, il vit qu'il n'y avait plus de sommet, et qu'à sa place, un jet de pierres et de terre brûlantes s'élevait dans le ciel.

De Pompéi, on aurait dit qu'un bras brun et puissant avait fracassé le sommet et cherchait maintenant à percer un trou dans la voûte céleste – Bang, bang, cette double détonation, puis ce grondement sonore, qui ne ressemblait à rien de ce qu'on pouvait entendre dans la nature et traversait la plaine. Ampliatus sortit en courant avec les magistrats. De la boulangerie voisine et jusqu'en haut de la rue, les gens sortaient pour regarder le Vésuve, s'abritant les yeux, le visage tourné vers ce nouveau soleil noir qui se dressait au nord sur son piédestal de roc rugissant. Il y eut quelques cris, mais pas de panique générale. C'était trop tôt, la chose trop impressionnante, trop étrange et lointaine, pour être perçue comme une menace immédiate.

Ampliatus se dit que cela allait s'arrêter d'un instant à l'autre. Il le voulait. *Disparais maintenant, et la situation restera contrôlable.* Il avait le sang-froid nécessaire, la force de caractère ; tout n'était qu'une question de présentation. Il pouvait gérer cela : « Les dieux nous ont envoyé un signe, citoyens ! Suivons leurs instructions ! Construisons une grande colonne, à l'image de cette inspiration céleste. Nous vivons dans un lieu béni ! » Mais la chose ne voulut pas s'arrêter. Elle montait toujours plus haut. D'un seul mouvement, un millier de têtes se penchèrent en arrière pour suivre sa trajectoire, et, peu à peu, les cris isolés devinrent plus nourris. La colonne, étroite à sa base, s'élargissait en montant, son sommet formant comme une ombrelle déployée dans le ciel.

Quelqu'un cria que le vent la poussait dans leur direction.

C'est alors qu'Ampliatus sut qu'il allait perdre la partie. Une foule était animée par des instincts basiques – la cupidité, le désir, la cruauté – dont il pouvait jouer comme des cordes d'une harpe parce qu'il faisait partie de cette foule et que la foule, c'était lui. Mais la terreur pure noyait toutes les autres notes. Il essaya tout de même. Il s'avança vers le milieu de la rue et écarta les bras.

— Attendez ! cria-t-il. Cuspius, Brittius, venez tous former une chaîne ! Pour montrer l'exemple !

Ces lâches ne le regardèrent même pas. Holconius fut le premier à céder à la panique et enfonça ses coudes maigres dans la masse des corps pour se forcer un passage vers le bas de la ville. Brittius l'imita, bientôt suivi par Cuspius. Popidius, lui, fit demi-tour et rentra dans la maison. En amont de la place, la foule formait un mur de plus en plus dense à mesure que les gens affluaient des ruelles latérales. Elle tournait à présent le dos à la montagne et fonçait vers la mer, poussée par une seule impulsion : fuir. Ampliatus eut une dernière vision du visage blanc de sa femme avant d'être englouti par la foule en marche, qui le fit tournoyer comme les mannequins pivotants en bois sur lesquels les apprentis gladiateurs s'entraînaient à l'école.

Il fut rejeté de côté, roulé par le flux, et aurait été piétiné si Massavo, l'ayant vu tomber, ne l'avait pas hissé sur le perron. Il vit une mère lâcher son enfant et entendit les cris du petit écrasé par la masse, il vit une vieille femme projetée contre le mur d'en face, disparaître, inconsciente, tandis que la cohue aveugle continuait d'avancer. Certains criaient, d'autres sanglotaient. La plupart gardaient les lèvres serrées, sachant qu'il fallait économiser leurs forces pour la bataille qui les attendait en bas de la côte, quand il faudrait se battre pour franchir la porte de Stabies.

Appuyé contre le chambranle, Ampliatus eut vaguement conscience de quelque chose de mouillé sur son visage. Il porta le revers de la main à son nez et s'aperçut qu'il était ensanglanté. Il regarda par-dessus les têtes en direction de la montagne, mais elle avait déjà disparu. Un immense mur de nuages avançait vers la ville, plus sombre qu'un orage, projetant une pluie de pierres assourdissante. Il regarda vivement dans l'autre direction. Il avait toujours son bateau de croisière or et rouge mouillé dans le port. Ils pouvaient essayer d'embarquer pour naviguer jusqu'à la villa de Misène où ils trouveraient refuge. Mais l'amas des corps bouchait tout entière la rue conduisant à la sortie de la ville. Il n'atteindrait jamais le port. Et même s'il y arrivait, l'équipage ne l'aurait sûrement pas attendu.

La décision était donc déjà prise. Ainsi soit-il, pensa Ampliatus. Cela se passait exactement comme dix-sept ans plus tôt. Les lâches avaient fui, il était resté, puis ils étaient tous revenus, la queue basse ! Il sentait son énergie et sa confiance revenir. Une fois de plus, l'ancien esclave allait donner à ses maîtres des leçons en matière de courage à la romaine. La sibylle ne se trompait jamais. Il jeta un dernier regard méprisant vers le fleuve affolé qui se bousculait devant lui, recula et ordonna à Massavo de fermer la porte. De la fermer et de la verrouiller. Ils resteraient, et ils survivraient.

Vu de Misène, cela ressemblait à de la fumée. La sœur de Pline, Julia, qui se trouvait sur la terrasse avec son ombrelle et qui cueillait les dernières roses de la saison pour la table du dîner, supposa que ce devait être encore un de ces feux de brousse qui avaient empoisonné la baie tout l'été. Mais la hauteur du nuage, son ampleur et la vitesse de son ascension ne ressemblaient à rien de ce qu'elle connaissait. Elle décida qu'elle ferait mieux de réveiller son frère qui sommeillait sur ses livres dans le jardin, en contrebas.

Même à l'ombre dense de l'arbre, il avait le visage aussi écarlate que les fleurs dans le panier de sa sœur. Elle hésita à le déranger, certaine qu'il s'emballerait aussitôt. Il lui rappelait leur père durant les jours qui précédèrent sa mort – la même corpulence, le même essoufflement, la même irritabilité inhabituelle. Mais si elle le laissait dormir, il serait sans doute encore plus furieux d'avoir manqué cette fumée si étrange, aussi lui caressa-t-elle les cheveux en murmurant :

— Réveille-toi, mon frère. Il y a quelque chose que tu voudras voir absolument.

Il ouvrit aussitôt les yeux.

— L'eau... coule-t-elle à présent ?

— Non, ce n'est pas l'eau. On dirait un grand incendie dans la baie, qui viendrait du Vésuve.

— Du Vésuve ? fit-il en clignant des yeux. Mes chaussures, cria-t-il à un esclave qui se tenait là. Vite !

— Allons, mon frère, ne te fatigue pas trop...

Il n'attendit même pas ses souliers et, pour la deuxième fois de la journée, partit pieds nus sur l'herbe sèche en direction de la terrasse. Lorsqu'il y arriva, la plupart des esclaves de la maison s'étaient rassemblés le long de la balustrade et regardaient à l'est, de l'autre côté de la baie, ce qui ressemblait à un gigantesque pin parasol de fumée qui croissait sur la côte. Un épais tronc brunâtre, taché de blanc et de noir, s'étira dans les airs sur des milles, couronné par une fronde immense. Puis le bord inférieur de cette frondaison parut à son tour se dissoudre, provoquant une pluie fine couleur de sable qui se mit à retomber vers le sol.

L'un des axiomes de l'amiral, un de ceux qu'il se plaisait à répéter à l'envi, voulait que plus il observait la Nature, moins il était enclin à juger impossible tout ce que l'on pouvait dire à son sujet. Mais cela, sûrement, était impossible. Rien de ce qu'il avait lu – et il avait tout lu – ne parviendrait à égaler ce spectacle. Peut-être la Nature lui accordait-elle le privilège d'assister à un phénomène jamais enregistré auparavant ? Ces longues années passées à accumuler des faits, la prière sur laquelle il avait achevé son *Histoire naturelle* – « Ave Nature, mère de toute création, et attentive au fait que moi seul entre tous les hommes de Rome t'aie loué dans toutes tes manifestations, sois bonne avec moi... » Recevait-il enfin sa récompense ? S'il n'avait pas été si gros, il serait tombé à genoux.

— Merci, murmura-t-il. Merci.

Il fallait qu'il se mette au travail sur-le-champ. *Pin parasol... Haute tige... Branches duveteuses...* il fallait qu'il note tout cela pour la postérité, pendant que les images étaient encore fraîches dans son esprit. Il cria à Alexion de prendre plume et papyrus, et à Julia d'aller chercher Caius.

— Il est à l'intérieur et travaille sur la traduction que tu lui as donnée à faire.

— Eh bien, dis-lui de venir me rejoindre ici tout de suite. Il ne voudra pas manquer cela.

317

À bien y réfléchir, ce ne pouvait pas être de la fumée. C'était trop épais. Et puis il n'y avait aucune trace de feu à la base. Mais si ce n'était pas de la fumée, qu'est-ce que c'était ?

— Taisez-vous, bon sang ! s'écria-t-il en faisant signe aux esclaves de cesser leur bavardage.

Il tendit l'oreille et parvint à discerner le grondement bas et continuel qui traversait la baie. Si tel était le bruit à une distance de quinze milles, qu'est-ce que ce devait être tout près ?

Il fit signe à Alcman.

— Envoie un coursier à l'école navale pour trouver un capitaine de vaisseau. Dis-lui que je veux une liburne à ma disposition.

— Mon frère... non !

— Julia ! fit-il en levant la main. Tu veux bien faire, je sais, mais garde ton souffle. Ce phénomène, quel qu'il soit, est un signe de la Nature. C'est à *moi*.

Corelia avait repoussé ses volets et se tenait sur le balcon. À sa droite, au-dessus du toit en terrasse de l'atrium, un nuage gigantesque approchait ; d'un noir d'encre, pareil à un lourd rideau refermé sur le ciel. Le tonnerre faisait vibrer l'air. Elle percevait les cris en provenance de la rue. Dans le jardin, des esclaves couraient en tous sens, sans but apparent. Ils lui rappelaient des loirs dans une jarre juste avant qu'on ne les fasse cuire. Elle se sentait d'une certaine façon détachée de la scène, spectatrice dans une boîte, au fond du théâtre, d'un spectacle très compliqué. À tout moment, un dieu arriverait par les coulisses et l'emporterait pour la mettre en sécurité. Elle appela :

— Que se passe-t-il ?

Mais personne ne lui prêta attention. Elle essaya encore, et s'aperçut qu'on l'avait oubliée.

Le grondement du nuage devenait plus sonore. La jeune fille courut à la porte, mais sa serrure était trop solide pour céder. Elle retourna en courant sur le balcon, mais il était trop haut pour qu'elle puisse sauter. En bas, à gauche, elle vit Popidius pousser sa vieille mère Taedia Secunda devant lui. Deux esclaves chargés de sacs fermaient la marche. Elle hurla : « Popidius ! » En entendant son nom, il s'arrêta et regarda autour de lui. Elle lui fit de grands signes.

— Aide-moi ! Il m'a enfermée !

— Il essaye de nous enfermer tous ! répliqua-t-il en secouant la tête avec désespoir. Il est devenu fou !

— Je t'en prie... viens m'ouvrir la porte !

Il hésita. Il voulait l'aider. Et il allait le faire. Mais alors qu'il esquissait un pas vers elle, quelque chose heurta les tuiles du toit, derrière lui et rebondit dans le jardin. Une pierre légère, de la taille d'un poing d'enfant. Il la vit atterrir. Une autre frappa la pergola. Et soudain, ce fut l'obscurité et des projectiles tombaient partout. Il fut frappé à la tête et aux épaules. On aurait dit des pierres d'écume, des éponges blanchâtres pétrifiées. Ces pierres n'étaient pas lourdes, mais elles piquaient. Popidius eut l'impression d'être pris sous une averse de gros grêlons – une averse chaude, sombre et sèche, si une telle chose était imaginable. Il courut s'abriter sous l'atrium sans plus prêter attention aux cris de Corelia, poussant sa mère vers l'avant. La porte devant lui – l'ancienne porte d'entrée d'Ampliatus – était grande ouverte, et il sortit en trébuchant dans la rue.

Corelia ne le vit pas partir. Elle se réfugia dans sa chambre pour échapper au bombardement. Elle eut une dernière impression du monde extérieur, obscurci par la poussière, puis toute lueur s'évanouit, et il n'y eut plus rien d'autre que l'obscurité complète, pas même un cri, juste le rugissement de l'averse de pierres.

À Herculanum, la vie suivait un cours particulièrement normal. Le soleil brillait et le ciel était d'un bleu lumineux. Lorsque Attilius atteignit la route côtière, il vit même des pêcheurs sortis dans leurs bateaux, en train de jeter leurs filets. C'était comme si, par quelque tour du temps estival, la moitié de la baie disparaissait sous un violent orage pendant que l'autre moitié bénissait sa bonne fortune et continuait de profiter de sa journée. Le bruit même qui provenait de la montagne ne paraissait guère menaçant – un grondement en fond sonore qui traversait le voile de pierre en direction de la péninsule de Sorrente.

Devant les portes de la ville d'Herculanum, une petite foule s'était rassemblée pour observer les événements, et un couple de commerçants entreprenants dressait un étal pour vendre du vin et des pâtisseries. Une file de réfugiés poussiéreux commençait à apparaître au bas de la route, la plupart allant à pied et portant leurs bagages, d'autres tirant des charrettes croulant sous leurs affaires. Des enfants couraient derrière, excités par l'aventure alors que leurs parents avaient le visage figé par la peur.

Attilius avait l'impression d'évoluer dans un rêve. Un gros homme assis sur une borne, la bouche pleine de gâteau, demanda d'un ton enjoué comment c'était là-bas.

— À Oplontis, aussi noir qu'à minuit, répondit quelqu'un. Et ça doit être pire à Pompéi.

— Pompéi ? répéta vivement Attilius, comme tiré d'un sommeil. Que se passe-t-il à Pompéi ?

Le voyageur secoua la tête et se passa l'index en travers de la gorge. Attilius eut un mouvement de recul en pensant à Corelia. Lorsqu'il l'avait forcée à quitter l'aqueduc, il avait cru la mettre à l'abri. Mais à présent, alors qu'il suivait des yeux la courbe de la route vers

Pompéi, jusqu'à l'endroit où elle disparaissait dans les ténèbres, il comprenait qu'il avait fait exactement l'inverse. Ce qui jaillissait du Vésuve était poussé par le vent directement sur la ville.

— Ne pars pas par là, citoyen, l'avertit l'homme. On ne peut pas passer.

Mais Attilius faisait déjà prendre à sa monture le sens inverse de celui du flot des réfugiés.

Plus il avançait, plus la route était encombrée, et plus l'état de la population en fuite était pitoyable. La majorité des gens étaient recouverts d'une épaisse couche de poussière grise, les cheveux comme givrés, le visage semblable à un masque mortuaire éclaboussé de sang. Certains portaient des torches encore allumées, armée vaincue de vieillards blanchis, de fantômes fuyant une défaite calamiteuse, incapables ne fût-ce que de parler. Leurs animaux – bœufs, ânes, chevaux, chats et chiens – ressemblaient à des statues d'albâtre dont certaines avaient visiblement du mal à s'animer. Derrière eux, sur la chaussée, ils laissaient une longue piste d'empreintes de roues et de pas couleur de cendres.

D'un côté, des fracas isolés provenaient des oliveraies. De l'autre, la mer semblait bouillonner en une myriade de fontaines minuscules. Il y avait un bruit de pierres qui s'abattaient un peu plus loin sur la route. Son cheval s'immobilisa, baissa la tête et refusa d'avancer. Soudain, le nuage qui avait paru encore à un demi-mille de distance se précipita sur eux. Le ciel s'assombrit et ne fut plus qu'un tourbillon de projectiles minuscules. En une seconde, le soleil de l'après-midi céda la place au crépuscule, et Attilius se retrouva pris sous un bombardement. Il ne s'agissait pas de pierres dures mais de scories blanchâtres, de petits amas de cendres solidifiées qui tombaient d'une hauteur prodigieuse. Elles rebondissaient sur sa tête et ses épaules. Des hommes et des chariots surgissaient de la pénombre. Des femmes criaient. Des torches perçaient difficilement la nuit. Son cheval se cabra et fit demi-tour. Attilius cessa d'être un sauveur pour ne plus faire partie que du flot paniqué des réfugiés qui cherchaient frénétiquement à échapper à la tempête de scories. Son cheval glissa dans le fossé, sur le bas-côté, et se mit à galoper. Puis l'air s'allégea, passa au brunâtre et ils jaillirent à nouveau dans la lumière du soleil.

Les fuyards pressaient tous le pas maintenant, galvanisés par le danger à leurs trousses. Attilius voyait bien que non seulement la route de Pompéi était impraticable, mais que le vent tournait légèrement, poussant le fléau vers l'ouest le long de la baie. Un couple âgé s'était assis au bord de la route et pleurait, trop épuisé pour continuer. Une charrette s'était renversée, et un homme cherchait désespérément à la redresser pendant que sa femme calmait un bébé et une petite fille accrochée à ses jupes. La cohorte des réfugiés les contournait, et Attilius fut emporté par le courant, ramené vers Herculanum.

L'avancée de la pluie de pierres avait été remarquée aux portes de la ville, et les commerçants s'empressaient de remballer leurs biens. La foule se fragmentait, certains allant chercher abri en ville, d'autres préférant quitter celle-ci pour rejoindre l'exode, sur la route. Et pourtant, au milieu du tumulte, Attilius voyait encore, par-dessus les toits de tuiles rouges, les pêcheurs travailler normalement dans la baie, et, au-delà, les grands navires à grain en provenance d'Égypte mettre le cap sur le port de Putéoles. *La mer*, pensa-t-il ; s'il pouvait prendre un bateau, il serait peut-être possible de contourner l'averse de pierres et d'approcher Pompéi par le sud – *par la mer*. Il supposa qu'il serait inutile d'essayer de gagner le front de mer par Herculanum, mais à la grande villa qui se trouvait juste avant, la maison du sénateur Pedius Cascus, avec sa colonie de philosophes, ils auraient peut-être un bateau qu'il pourrait utiliser.

Il continua un peu plus loin sur la route encombrée, jusqu'à ce qu'il arrive à deux piliers qui devaient être l'entrée de la villa Calpurnia. Il attacha son cheval à une balustrade, dans le jardin, et chercha des signes de vie, mais l'immense palais semblait désert. Il entra par la porte ouverte du grand atrium puis longea un jardin clos. Il entendit des cris, un bruit de pas précipités dans les couloirs de marbre, puis un esclave surgit à un coin, poussant une brouette débordant de rouleaux de papyrus. Il ignora l'appel d'Attilius et franchit une grande porte pour sortir dans la lumière éclatante de l'après-midi au moment où un autre esclave qui poussait lui aussi une brouette – vide, cette fois – entrait dans la maison par la même porte. L'ingénieur lui bloqua le passage.

— Où est le sénateur ?

— Il est à Rome, répondit l'esclave, jeune, terrifié et en sueur.

— Et ta maîtresse ?

— Près du bassin. S'il te plaît... laisse-moi passer.

Attilius s'écarta. En contrebas de la terrasse, il découvrit l'énorme piscine qu'il avait remarquée depuis la liburne, pendant sa traversée vers Pompéi, et, tout autour, des gens : des dizaines d'esclaves et de savants en tunique blanche qui couraient d'un côté, puis de l'autre, les bras chargés de papyrus, qu'ils fourraient dans des caisses, au bord de l'eau, tandis qu'un petit groupe de femmes se tenait à l'écart, scrutant la côte en direction de la tempête lointaine, qui ressemblait, d'ici, à un immense brouillard brun. Les navires au large d'Herculanum ne paraissaient plus que de simples fétus de paille contre un tel mur. La pêche s'était arrêtée. Les vagues s'intensifiaient. Attilius les entendait se fracasser contre le rivage de plus en plus rapidement. À peine une vague déferlait-elle sur la côte qu'une autre s'abattait par-dessus. Des femmes pleuraient, mais la vieille dame qui se tenait au milieu du groupe, en robe bleu foncé, paraissait calme lorsqu'il approcha. Il se souvenait d'elle : c'était la femme au collier de perles géantes.

— Es-tu la femme de Pedius Cascus ?

Elle acquiesça d'un signe.

— Marcus Attilius. Ingénieur de l'empire. J'ai rencontré ton mari il y a deux jours, à la villa de l'amiral.

— C'est Pline qui t'envoie ? fit-elle avec empressement.

— Non. Je suis venu te demander une faveur. Pourrais-tu me prêter un bateau ?

— Crois-tu que je serais ici si j'avais un bateau ? répliqua-t-elle, assombrie. Mon mari l'a pris hier pour aller à Rome.

Attilius contempla le vaste palais autour de lui, ses statues, ses jardins, les œuvres d'art et les livres entassés sur la pelouse. Il s'apprêta à partir.

— Attends ! appela-t-elle. Tu dois nous aider.

— Il n'y a rien que je puisse faire. Tu n'as qu'à partir sur la route avec les autres.

— Je ne crains pas pour ma vie. Mais la bibliothèque... il faut sauver la bibliothèque. Il y a trop de livres à emporter par la route.

— Je me soucie des gens, pas des livres.

— Les gens meurent. Les livres sont immortels.

— Si les livres sont immortels, ils survivront sans moi.

Il se mit à gravir le sentier qui remontait vers la maison.

— Attends ! cria-t-elle en rassemblant ses jupes pour lui courir après. Où vas-tu ?

— Trouver un bateau.

— Pline a des bateaux. Pline dirige la plus grande flotte du monde.

— Pline se trouve de l'autre côté de la baie.

— Mais regarde la mer ! C'est toute une montagne qui menace de nous tomber dessus ! Crois-tu qu'un seul homme dans un petit bateau puisse y faire quelque chose ? Il nous faut une flotte. Viens avec moi.

Il devait lui reconnaître ça : elle avait la volonté de n'importe quel homme. Il la suivit sur l'allée à colonnes qui entourait le bassin, monta quelques marches et se retrouva dans une bibliothèque. La plupart des rayonnages avaient été vidés. Deux esclaves chargeaient ce qui restait dans une brouette. Les têtes de marbre des philosophes antiques contemplaient, pétrifiés, ce qui se passait.

— C'est ici que nous conservons les ouvrages que mes ancêtres ont rapportés de Grèce. Cent vingt pièces signées du seul Sophocle. Toutes les œuvres d'Aristote, certaines écrites de sa propre main. C'est irremplaçable. Nous n'avons jamais permis de les laisser copier. (Elle lui agrippa le bras.) Les hommes naissent et meurent par milliers toutes les heures. Nous importons peu. Ces grandes œuvres sont ce qui restera de nous. Pline comprendra.

Elle s'assit à une petite table, prit une plume et la plongea dans un superbe encrier de laiton. La flamme d'une chandelle rouge vacillait à côté d'elle.

— Porte-lui cette lettre. Il connaît cette bibliothèque. Dis-lui que Rectina le supplie de venir à la rescousse.

Derrière elle, de l'autre côté de la terrasse, Attilius voyait la masse menaçante avancer régulièrement autour de la baie, comme l'ombre sur un cadran solaire. Il avait cru qu'elle diminuerait, mais la puissance de la nuée croissait au contraire d'instant en instant. Rectina avait raison. Il faudrait de gros navires, des navires de guerre, pour avoir le moindre effet sur un ennemi de cette stature. Elle roula la lettre et la scella en faisant couler la bougie dessus avant de presser sa bague sur la cire molle.

— Tu as un cheval ?

— J'irais plus vite en en prenant un nouveau.

— Tu en auras un.

Elle appela un esclave.

— Conduis Marcus Attilius à l'écurie et selle le cheval le plus rapide que nous ayons.

Elle remit la lettre à Attilius et, au moment où il la prit, saisit son poignet entre ses doigts maigres et noueux.

— Ne me déçois pas, ingénieur.

Il dégagea sa main et courut derrière l'esclave.

Hora nona

15 h 32

> *L'expulsion de volumes considérables de magma peut avoir pour effet d'altérer la géométrie du système de conduits et de déstabiliser le réservoir superficiel, aboutissant à un effondrement structurel. Une telle situation accroît fréquemment l'intensité de l'éruption, provoquant souvent un contact entre les fluides phréatiques et le magma, ainsi qu'une décompression explosive du système hydrothermique associé au réservoir superficiel.*

Encyclopaedia of Volcanoes

Il fallut à Attilius près de deux heures de course difficile pour atteindre Misène. La route serpentait le long de la côte, suivant parfois de près le rivage, se hissant parfois sur les hauteurs intérieures, près des immenses villas de l'élite romaine. Tout au long du chemin, il croisa de petits groupes de badauds rassemblés au bord de la chaussée pour contempler le phénomène au loin. Il tourna la plupart du temps le dos à la montagne, mais lorsqu'il suivit la courbe au nord de la baie pour descendre vers Néapolis, il la vit à nouveau, sur sa gauche, et découvrit alors un spectacle d'une extraordinaire beauté. Un voile délicat de brume blanche drapait à présent la colonne centrale et s'élevait, mille après mille, en un parfait cylindre translucide jusqu'au bord inférieur du nuage en forme de champignon qui recouvrait peu à peu la baie.

Il n'y avait aucune panique perceptible à Néapolis, ville plutôt endormie de façon générale. Il avait dépassé depuis longtemps la colonne de réfugiés surchargés et épuisés qui avaient échappé à la pluie de pierres, et la nouvelle de la catastrophe qui touchait Pompéi n'avait pas encore atteint la ville. Les théâtres et les temples de style grec qui faisaient face à la mer resplendissaient d'un blanc éclatant sous le soleil de l'après-midi. Des touristes se promenaient dans les jardins. Il aperçut, dans les montagnes qui s'élevaient derrière la ville, les arcades en brique rouge de l'Aqua Augusta, là où l'aqueduc passait en surface. Il se demanda si l'eau s'était déjà remise à couler, mais n'osa pas s'arrêter pour vérifier. En vérité, cela lui importait peu. Ce qui lui apparaissait auparavant comme le problème le plus vital du monde se réduisait à présent à néant. Que restait-il d'Exomnius et de Corax sinon de la poussière ? Pas même de la poussière, à peine un souvenir. Il se demanda ce qu'étaient devenus les hommes avec qui il avait travaillé. Mais l'image qui le hantait était celle de Corelia – la façon dont elle avait rejeté ses cheveux en arrière en enfourchant son cheval, puis dont elle avait disparu dans le lointain, suivant la route qu'il avait tracée pour elle, vers le destin que lui, et non la fatalité, lui avait réservé.

Il traversa Néapolis pour regagner la campagne,

franchit l'immense tunnel routier qu'Agrippa avait fait creuser sous le promontoire de Pausilypon – dans lequel, comme le fit observer Sénèque, les torches des esclaves de la voirie ne perçaient pas tant l'obscurité qu'elles ne la révélaient –, dépassa les gigantesques quais à grain en béton du port de Putéoles (encore un projet d'Agrippa), doubla les alentours de Cumes – où, disait-on, la sibylle était pendue tête en bas dans une bouteille et espérait en vain la mort – passa devant les vastes parcs ostréicoles du lac d'Averne, devant les grands thermes en terrasses de Baïes, devant les ivrognes sur les plages et les boutiques de souvenirs avec leur verroterie aux couleurs vives, devant les enfants qui jouaient au cerf-volant, les pêcheurs qui réparaient leurs filets de lin, sur les quais, les hommes qui jouaient aux osselets à l'ombre des lauriers-roses, devant une centurie de la marine qui regagnait la base navale au pas de course... devant la vie grouillante de la toute-puissance romaine, pendant que, de l'autre côté de la baie, le Vésuve émettait un nouveau roulement de tonnerre, faisant fuser plus haut encore la fontaine de pierres dont le jet passa du gris au noir.

Ce que Pline redoutait le plus, c'était que tout fût terminé avant son arrivée. Il ne cessait de sortir de sa bibliothèque pour s'assurer de l'évolution de la colonne. Chaque fois, il était rassuré. En fait, elle paraissait même grossir. Il était impossible d'estimer précisément sa hauteur. Posidonius soutenait que les brumes, vents et nuées ne s'élevaient jamais à plus de cinq milles de la surface de la terre, mais la plupart des spécialistes – et Pline, à tout prendre, s'en remettait à la majorité – portaient ce chiffre à cent onze milles. Quelle que fût la vérité, la chose – la colonne ou la

« manifestation », comme il avait décidé de l'appeler – était gigantesque.

Afin que ses observations fussent aussi précises que possible, il avait ordonné que sa clepsydre fût descendue au port et installée à la poupe de la liburne. Pendant qu'on exécutait ses ordres et qu'on préparait le bateau, il fouilla sa bibliothèque en quête de références sur le Vésuve. Il n'avait jamais prêté beaucoup d'attention à la montagne auparavant. Elle était si imposante, si évidente, si inévitablement *là*, qu'il avait préféré se concentrer sur des aspects plus ésotériques de la Nature. Mais le premier ouvrage qu'il consulta, la *Géographie* de Strabon, l'arrêta net. « *Cet emplacement était autrefois en continuel incendie et couvert de cratères de feu...* » pourquoi ne l'avait-il jamais remarqué ? Il pria Caius de jeter un coup d'œil.

— Tu vois, là ? Il compare notre montage à l'Etna. Mais comment cela se peut-il ? L'Etna a un cratère de deux milles de diamètre. Je l'ai vu de mes yeux projeter une lueur rouge la nuit, sur la mer. Et toutes ces îles qui crachent des flammes... Strongyle, qui est sous la coupe d'Éole, le dieu du vent, Lipari et l'île Sainte, où vivrait Vulcain... on les voit toutes brûler. Personne n'a jamais dit avoir vu des braises sur le Vésuve.

— Il dit que l'incendie « *finit par s'éteindre faute d'aliments* », fit remarquer son neveu. Cela signifie peut-être que la montagne a trouvé de nouvelles sources de combustible qui l'ont rendue à la vie. Cela pourrait-il expliquer la présence de soufre dans l'eau de l'aqueduc ? demanda Caius en levant les yeux avec excitation.

Pline le dévisagea avec un respect tout neuf. Oui, le garçon avait raison. Ce devait être ça. Le soufre était le combustible universel de tous ces phénomènes... Le rouleau de fumée de Comphantium, à Bactres, le vivier enflammé de la plaine de Babylone, le champ d'étoiles près d'Hespérus, en Éthiopie. Mais les implications d'une telle éventualité étaient épouvantables : Lipari et l'île Sainte avaient autrefois brûlé pendant des jours entiers dans la mer, jusqu'à ce qu'une délégation du Sénat fût envoyée pour procéder à une cérémonie propitiatoire. Une telle explosion de feu sur le continent italien, au milieu d'un territoire très peuplé, serait un désastre.

Il se leva et appela son esclave :

— Alexion ! Je dois me rendre sur mon bateau. Caius, pourquoi ne m'accompagnerais-tu pas ? Laisse là ta traduction. – Il tendit la main et sourit. – Je te délivre de tes leçons.

— Vraiment, mon oncle ?

Caius regardait de l'autre côté de la baie en se mordillant la lèvre. De toute évidence, les conséquences potentielles d'un nouvel Etna sur la baie ne lui avaient pas échappé.

— C'est très gentil à toi, mais, pour être franc, je suis arrivé à un passage assez délicat. Mais bien sûr, si tu insistes...

Pline voyait bien qu'il avait peur, et qui eût pu le lui reprocher ? Lui-même sentait l'appréhension se nicher au creux de son estomac, et c'était un soldat endurci. Il lui traversa l'esprit qu'il devrait obliger le garçon à l'accompagner – un Romain ne devait jamais succomber à la peur ; qu'étaient devenues les valeurs rigoureuses de sa jeunesse ? – mais alors il pensa à Julia. Était-il juste d'exposer son fils unique à un danger inutile ?

— Non, non, répliqua-t-il avec un entrain forcé, je n'insiste pas. La mer est assez grosse et tu risques d'être malade. Reste ici et veille sur ta mère, ajouta-t-il en pinçant la joue boutonneuse de son neveu et en ébouriffant ses cheveux gras. Tu feras un bon avocat, Caius Plinus. Peut-être même un grand juriste. Je te verrais bien au Sénat un jour. Tu seras mon héritier. Mes livres te reviendront. Le nom de Pline survivra à travers toi...

Il s'interrompit. Cela ressemblait trop à un discours d'adieu. Puis il reprit d'une voix bourrue :

— Retourne à tes études. Dis à ta mère que je serai de retour avant la nuit.

Puis, prenant appui sur le bras de son secrétaire et sans un regard en arrière, l'amiral sortit d'un pas traînant de la bibliothèque.

Attilius était passé devant la Piscina Mirabilis, avait descendu la rue menant au port et entamait à présent l'ascension du raidillon conduisant à la villa de l'amiral lorsqu'il vit un détachement de soldats dégager le passage pour la voiture de Pline. Il n'eut que le temps de descendre de cheval et de se précipiter sur la voie avant que la procession n'arrive à sa hauteur.

— Amiral !

Pline, qui regardait fixement devant lui, tourna vaguement la tête dans sa direction. Il vit une silhouette qu'il ne reconnut pas, couverte de poussière, la tunique déchirée, le visage, les bras et les jambes maculés de sang séché. L'apparition reprit la parole :

— Amiral ! C'est Marcus Attilius !

— Ingénieur ? s'étonna Pline en faisant signe à son équipage de s'arrêter. Que t'est-il arrivé ?

— C'est une catastrophe, amiral. La montagne explose... il pleut des pierres... (Attilius humecta ses lèvres craquelées.) Les gens fuient vers l'est par centaines sur la route côtière. Oplontis et Pompéi sont ensevelies sous les jets de pierres. J'arrive à cheval d'Herculanum. J'ai un message pour toi, annonça-t-il en fouillant dans sa poche. De la femme de Pedius Cascus.

— Rectina ?

Pline lui prit la lettre des mains et en brisa le sceau. Il la lut deux fois. Son visage s'assombrit et, soudain, il eut l'air malade, malade et accablé. Il se pencha par-dessus le bord de sa voiture et montra l'écriture hâtive de la lettre à Attilius : « *Pline, mon cher ami, la bibliothèque est en péril. Je suis seule. Je te supplie de venir nous chercher par la mer, tout de suite, si tu as encore un peu d'affection pour ces vieux livres et pour ta vieille Rectina toujours fidèle.* »

— C'est vrai ? demanda-t-il. La villa Calpurnia est-elle réellement menacée ?

— C'est toute la côte qui est menacée, amiral.

Le vieillard avait-il un problème ? L'âge et le vin lui avaient-ils obscurci l'esprit ? Ou croyait-il assister à une représentation, un événement à grand spectacle monté pour lui à l'amphithéâtre ?

— La menace avance avec le vent. Elle tourne comme une girouette. Même Misène n'est pas à l'abri.

— Même Misène n'est pas à l'abri, répéta l'amiral. Et Rectina est seule.

Il avait les yeux larmoyants. Il roula la lettre et fit signe à son secrétaire, qui courait avec les soldats près de la voiture.

— Où est Antius ?

— Sur le quai, amiral.

— Nous devons faire vite. Monte avec moi, Attilius, dit-il en frappant de sa bague le flanc de sa voiture. En avant ! (Attilius se coinça près de lui au moment où l'attelage repartait.) Et maintenant, raconte-moi tout ce que tu as vu.

Attilius s'efforça d'ordonner ses pensées, mais il

avait du mal à s'exprimer de façon cohérente. Il essaya néanmoins de transmettre la puissance de ce à quoi il avait assisté quand le toit de la montagne avait sauté. Et l'explosion du sommet, précisa-t-il, n'était que l'apogée de toute une série d'autres phénomènes – le soufre dans le sol, les nappes de gaz empoisonné, les tremblements de terre, le soulèvement de terrain qui avait endommagé la matrice de l'aqueduc, la disparition des sources locales. Tout cela était lié.

— Et personne n'a su voir ce qui se passait, constata Pline en secouant la tête. Nous avons été aussi aveugles que le vieux Pomponianus, qui croyait à l'œuvre de Jupiter.

— Ce n'est pas tout à fait vrai, amiral. Un homme a compris ce que c'était, quelqu'un qui est originaire de la région de l'Etna : mon prédécesseur, Exomnius.

— Exomnius ? répéta Pline d'un ton sec. Qui a dissimulé un quart de million de sesterces au fond de sa propre citerne ?

Il remarqua la confusion peinte sur le visage de l'ingénieur.

— On a découvert ça ce matin, une fois la citerne complètement vide. Pourquoi ? Tu sais comment il les a obtenus ?

Ils arrivaient sur le port. Attilius repéra la silhouette familière de la *Minerve* amarrée au quai, le grand mât dressé, prête à naviguer, et il songea à l'enchaînement imprévisible des événements qui l'avaient conduit ici, à ce moment précis. Si Exomnius n'était pas né en Sicile, il ne se serait jamais aventuré sur le Vésuve et n'aurait jamais disparu. Attilius n'aurait jamais été envoyé ici par Rome, n'aurait jamais mis les pieds à Pompéi et n'aurait jamais connu ni Corelia, ni Ampliatus ni Corax. Pendant un instant fugitif, il entrevit la logique parfaite, extraordinaire, de l'ensemble, des poissons empoisonnés à l'argent caché, et il chercha une façon de la décrire le mieux possible à l'amiral. Mais il avait à peine commencé que Pline l'arrêta d'un geste.

— Il y aurait de quoi écrire tout un livre sur la mesquinerie et l'avarice de cet homme, décréta-t-il avec impatience. Mais quelle importance à présent ? Note tout cela dans un rapport que tu me remettras à mon retour. Et l'aqueduc ?

— Réparé, amiral. Ou du moins, il l'était quand je l'ai quitté ce matin.

— Tu as fait du bon travail, ingénieur. Et cela se saura à Rome, je te le promets. Rentre chez toi maintenant, et repose-toi.

Le vent agitait les drisses contre le mât de la *Minerve*. Torquatus se tenait à l'arrière, près de la passerelle, et s'entretenait avec le capitaine de pavillon Antius et un groupe de sept officiers. Ils se mirent au garde-à-vous en voyant la voiture de Pline approcher.

— Amiral, avec ta permission, je préférerais t'accompagner.

Surpris, Pline le dévisagea, puis sourit largement et donna une claque de sa main replète sur le genou d'Attilius.

— Un scientifique ! Tu es exactement comme moi ! Je l'ai su dès que je t'ai vu ! Nous allons faire de grandes choses aujourd'hui, Marcus Attilius !

Il lança ses ordres d'une voix sifflante avant même que son secrétaire eût fini de l'aider à descendre de voiture :

— Torquatus ! nous embarquons immédiatement. L'ingénieur vient avec nous. Antius, sonne l'alarme générale. Fais envoyer en mon nom un signal à Rome : le Vésuve est entré en éruption juste avant la septième heure. La population de la baie est menacée. Je lance toute la flotte pour évacuer les survivants.

Antius le regarda fixement.

— Toute la flotte, amiral ?

— Tout ce qui peut naviguer. Qu'est-ce que tu as ici ?

Pline scruta d'un regard de myope le mouillage où les navires de guerre étaient ancrés, balancés par des flots de plus en plus agités.

— C'est la *Concordia* que je vois là-bas ? La *Libertas*. *Justinia*. Et celui-là, qu'est-ce que c'est... la *Pietas* ? L'*Europa*. Tous, ajouta-t-il en englobant l'ensemble d'un mouvement du bras. Et tout ce qui est au port qui ne soit pas en cale sèche. Allons Antius. Tu te plaignais l'autre soir de ce que nous avons la flotte la plus puissante du monde sans jamais nous en servir. Eh bien, elle va pouvoir servir.

— Mais pour servir, la marine a besoin d'un ennemi, amiral.

— Le voilà, ton ennemi, répondit l'amiral en désignant le voile noir qui s'étendait dans le lointain. Un ennemi plus puissant que toutes les armées que César a jamais dû affronter.

Pendant un instant, Antius n'esquissa pas un geste, et Attilius se demanda s'il n'envisageait pas de désobéir, mais alors, une lueur s'alluma dans son œil et il se tourna vers les officiers.

— Vous avez entendu les ordres. Transmettez le message à l'empereur et sonnez le rassemblement. Et qu'il soit bien clair que je coupe les couilles du premier capitaine qui n'est pas en mer dans une demi-heure.

Ce fut, d'après la clepsydre de l'amiral, à la demie de la neuvième heure que la *Minerve* s'écarta du quai et entreprit de virer lentement pour mettre le cap sur le large. Attilius retrouva son poste contre le bastingage et adressa un signe de tête à Torquatus. Le capitaine lui répondit en secouant légèrement la tête, comme pour dire qu'il considérait cette expédition comme une folie.

— Note bien l'heure, recommanda Pline, et Alexion, accroupi près de lui, trempa sa plume dans l'encre et griffonna un nombre.

Un fauteuil confortable, avec : des accoudoirs et un haut dossier, avait été dressé pour l'amiral sur le petit pont, et, de ce poste d'observation surélevé, il embrassait toute la scène du regard. Au cours de ces deux dernières années, il n'avait cessé d'entretenir le rêve de mener la flotte au combat – de tirer ce sabre immense de son fourreau – même s'il savait pertinemment que Vespasien l'avait nommé administrateur en temps de paix, juste pour empêcher la lame de rouiller. Mais assez des exercices ! Il allait enfin voir à quoi ressemblait la bataille : les notes perçantes des trompettes appelant les hommes de tous les coins de Misène, les chaloupes transportant les premiers marins vers les énormes quadrirèmes, l'avant-garde embarquant déjà sur les vaisseaux de guerre et s'affairant sur les ponts pour dresser le grand mât et apprêter les avirons. Antius lui avait promis vingt navires opérationnels sur-le-champ. Cela faisait quatre mille hommes – une légion !

Quand la *Minerve* eut mis le cap sur l'est, les doubles rangées d'avirons plongèrent dans l'eau, le tambour, sous les ponts, entama son battement régulier, et le vaisseau fut propulsé en avant. Pline entendait son pavillon personnel, frappé de l'aigle impériale, claquer au vent derrière lui, à la poupe du navire. Il avait le vent de face et ressentait un pincement d'excitation au creux de l'estomac. Toute la ville s'était tournée vers la mer pour regarder. Il voyait les gens border les rues, se pencher aux fenêtres, se presser sur les toits en terrasse. Des acclamations assourdies traversèrent le port. Il fouilla la colline du regard, cherchant sa propre villa. Il repéra Caius et Julia devant la bibliothèque et leva la main. Une nouvelle clameur accueillit son geste.

— Tu vois l'inconstance de la foule ? lança-t-il joyeusement à Attilius. Hier soir, on me crachait dessus dans la rue. Aujourd'hui, je suis un héros. Tout ce qu'ils veulent, c'est du spectacle !

Il salua à nouveau de la main.

— Oui, et on verra ce qu'ils feront demain si la moitié des hommes ne reviennent pas, marmonna Torquatus.

Attilius fut décontenancé par un tel pessimisme.

— Tu crois qu'il y a un tel danger ? demanda-t-il à mi-voix.

— Ces navires ont l'air solide, ingénieur, mais ils ne tiennent qu'avec des cordes. Je combattrais avec joie n'importe quel ennemi mortel. Mais il faut être fou pour aller défier la nature.

Le pilote, à la proue, cria un avertissement, et le timonier, qui se tenait derrière l'amiral, tira sur la barre. La *Minerve* se faufila entre les bateaux à l'ancre, passant assez près pour qu'Attilius puisse voir les visages des marins sur les ponts, puis vira encore et longea la muraille de roches naturelle du port, qui parut s'ouvrir lentement, comme la porte sur roue d'un grand temple. Pour la première fois, ils eurent une vision complète de ce qui se passait de l'autre côté de la baie.

Pline s'agrippa à ses accoudoirs, trop saisi pour parler. Puis il se rappela son devoir envers la science.

— Au-delà du promontoire de Pausilypon, dicta-t-il d'une voix hésitante, le Vésuve et la côte environnante sont tout entiers masqués par un nuage mouvant, gris clair strié de noir.

Une description bien terne, songea-t-il, qui ne transmettait en rien l'aspect terrifiant du phénomène.

— Projetée à la verticale, la colonne centrale de la manifestation enfle et se déploie, comme si l'on arrachait les entrailles brûlantes de la terre pour les propulser vers les cieux. (Voilà qui était mieux.) Elle croît, poursuivit-il, comme poussée par un souffle continuel. Mais dans sa partie supérieure, le poids des matériaux expulsés devient trop grand et pousse dans l'autre sens, ce qui étire la masse de côté. Tu es d'accord, ingénieur ? demanda-t-il. C'est bien le poids qui étire la masse latéralement ?

— Le poids, amiral, ou le vent, cria Attilius pour lui répondre.

— Oui, un bon point. Ajoute ça au dossier, Alexion. Le vent paraît plus intense à haute altitude, et fait en conséquence chavirer la masse en direction du sud-est. Nous devrions profiter de ce vent, capitaine ! dit-il en faisant signe à Torquatus. Mettez toute la voilure !

— Folie, grommela Torquatus à l'adresse d'Attilius. Quelle sorte de commandant va chercher la tempête ?

Mais, à ses hommes, il cria :

— Hissez la grand-voile !

La vergue portant la grand-voile fut soulevée du centre du navire où elle reposait, et Attilius dut se pousser vers l'avant et laisser les marins s'emparer des drisses de chaque bord pour la hisser en haut du mât. La voile était encore ferlée, et, une fois la vergue mise en place, juste sous le carchesium – la « coupe à deux anses », comme on appelait la hune –, un gamin qui ne devait pas avoir plus de dix ans grimpa au mât pour la déployer. Il se promena sur la vergue, défaisant les cargues. Lorsque la dernière fut dénouée, la lourde toile de lin tomba et se gonfla immédiatement, tendue par un vent puissant. La *Minerve* grinça et prit de la vitesse, filant sur la crête des vagues et soulevant des gerbes d'écume blanche de part et d'autre de l'étrave, tel un ciseau attaquant un bois tendre.

Pline sentit son optimisme se gonfler avec la voile. Il tendit le bras vers la gauche.

— Voici notre destination, capitaine. Herculanum ! Mets le cap sur le rivage... sur la villa Calpurnia !

— À tes ordres, amiral. Timonier, prends à l'est !

La voile claqua, et le bateau vira. Attilius eut le visage fouetté par les embruns et en éprouva un vrai bonheur. Il frotta sa figure maculée de poussière et se passa les mains dans ses cheveux souillés. Sous les ponts, le tambour battait maintenant à un rythme effréné et les avirons se brouillaient dans le fracas des vagues et les paquets d'écume. Le secrétaire de Pline dut croiser les bras sur ses feuilles pour les empêcher de s'envoler. Attilius regarda l'amiral. Pline était penché en avant sur son siège, ses joues rebondies luisantes d'eau de mer, les yeux brillants d'excitation, un grand sourire aux lèvres et toute trace de son épuisement visiblement envolée. Il était redevenu un officier de cavalerie chevauchant sa monture dans les plaines de Germanie, le javelot à la main, pour semer la déroute chez les Barbares.

— Nous allons secourir Rectina et sa bibliothèque pour les conduire en sûreté ; puis nous rejoindrons Antius et le reste de la flotte afin d'évacuer la population plus loin le long de la côte. Qu'est-ce que tu en dis, capitaine ?

— Comme voudra l'amiral, répondit Torquatus avec raideur. Puis-je te demander quelle heure indique ton horloge ?

— Le début de la dixième heure, répondit Alexion. Le capitaine haussa les sourcils.

— Cela ne nous laisse donc : que trois heures de plein jour.

Il laissa le sous-entendu planer, mais l'amiral le balaya d'un geste.

— Vois à quelle vitesse nous avançons, capitaine. Nous toucherons bientôt la côte.

— Oui, et avec le vent qui nous pousse vers la terre, nous aurons d'autant plus de mal à repartir.

— Les marins ! railla l'amiral par-dessus le bruit des vagues. Tu entends, ingénieur ? Je te jure qu'ils sont pires que les fermiers dès qu'il s'agit du temps qu'il fait. Ils se plaignent quand il n'y a pas de vent, et ils récriminent encore plus fort quand il y en a !

— Amiral ! salua Torquatus, si tu veux bien m'excuser...

Il tourna les talons, la mâchoire serrée, et gagna d'un pas vacillant l'avant du navire.

— Observations à la dixième heure, dicta Pline. Tu es prêt, Alexion ?

Il pressa les extrémités de ses doigts les unes contre les autres et plissa le front. C'était un défi technique considérable que de devoir décrire un phénomène pour lequel le vocabulaire n'avait pas encore été inventé. Au bout d'un moment, les métaphores diverses telles que colonne, tronc d'arbre, fontaine et autres paraissaient obscurcir la vision au lieu de l'éclairer, faute de pouvoir transmettre la puissance sublime de ce dont il était témoin. Il aurait dû amener un poète avec lui – un poète aurait été plus utile que ce capitaine pusillanime.

— Alors que nous nous rapprochons, le phénomène apparaît comme un gigantesque nuage de pluie très dense et de plus en plus noir. Comme lors d'un orage observé à quelques milles de distance, il est possible de distinguer des traits de pluie poussés, comme une fumée, devant la surface sombre. Pourtant, d'après l'ingénieur Marcus Attilius, ce ne sont pas des gouttes d'eau qui tomberaient, mais des pierres

Il désigna le pont de dunette, près de lui.

— Viens ici, ingénieur. Décris-moi à nouveau ce que tu as vu. Pour les archives.

Attilius gravit la petite échelle conduisant au pont. Il y avait quelque chose de totalement incongru dans la façon dont l'amiral s'était installé – avec son esclave, son bureau portable, son espèce de trône et son horloge à eau – par rapport à la furie vers laquelle ils se précipitaient. Même s'il gardait le vent dans le dos, il entendait à présent le rugissement de la montagne, et la gigantesque cascade de pierres se trouva brusquement beaucoup plus près, leur navire aussi fragile qu'une feuille au pied d'un torrent. Il entreprit de refaire son récit lorsqu'un éclair traça un arc sur la masse nuageuse en marche – ni blanc, ni lumineux mais comme un trait rouge déchiqueté. L'éclair subsista un instant, comme une veine de sang en suspens, et Alexion fit claquer sa langue, suivant la façon dont les superstitieux honoraient le tonnerre.

— Ajoute cela à la liste des manifestations, commanda Pline. Des éclairs : un présage sérieux !

— Nous naviguons trop près ! cria Torquatus.

Par-dessus l'épaule de l'amiral, Attilius vit les quadrirèmes de la flotte de Misène, encore au soleil, sortir du port disposées en V, comme une escadre d'oies sauvages. Puis il fut conscient que le ciel s'obscurcissait soudain. Un barrage de chute de pierres explosait à leur droite à la surface de la mer, se rapprochant à toute vitesse. La proue et les voiles des quadrirèmes se brouillèrent pour ne plus appartenir qu'à des navires fantômes, et l'air se remplit de pierres qui tournoyaient.

Dans le désordre indescriptible qui suivit, Torquatus était partout et hurlait des ordres. Des hommes couraient sur le pont dans la pénombre. On défit les cordages qui soutenaient la vergue, et la voile s'affaissa. Le timonier vira brusquement à l'est. Un instant plus tard, la foudre traversa le ciel, vint toucher le sommet du mât, le dévala et suivit ensuite la vergue. Dans sa lumière éblouissante, Attilius vit l'amiral, tête baissée, les mains pressées contre la nuque, et son secrétaire penché sur le bureau pour protéger ses documents. La boule de feu se détacha de l'extrémité de l'espar et plongea dans la mer dans une traînée de fumée sulfureuse. Là, elle mourut avec un sifflement violent, emportant sa lumière avec elle. Attilius ferma les yeux. Il sentait le martèlement des pierres sur ses épaules, les entendait frapper le pont. Il comprit que la *Minerve* devait suivre la lisière du nuage et que Torquatus poussait ses rameurs à l'en faire sortir... et, brusquement, il y parvint. Il y eut une dernière volée de projectiles, et leur bateau émergea dans la lumière du soleil.

Attilius entendit Pline tousser et ouvrit les yeux. Il vit l'amiral debout, qui brossait les débris des plis de sa toge. Pline avait gardé une poignée de pierres dans sa main et il se rassit pour les examiner dans sa paume. Sur toute la longueur de la liburne, des hommes secouaient leurs vêtements et se tâtaient pour chercher les blessures. La *Minerve* faisait toujours route sur Herculanum, maintenant distante de moins d'un mille et clairement visible, mais le vent forcissait, de même que la mer, et le timonier avait de plus en plus de mal à garder le cap alors que les vagues s'écrasaient sur le flanc gauche du navire.

— Rencontre avec le phénomène, dicta Pline d'une voix posée avant de s'interrompre pour tousser et s'essuyer à nouveau le visage sur sa manche. Tu notes ? Quelle heure est-il ?

Alexion poussa les pierres de ses papiers et souffla sur la poussière. Il se pencha vers l'horloge.

— Le mécanisme est cassé, amiral, annonça-t-il, presque en larmes, d'une voix tremblante.

— Bon, eh bien tant pis. Disons, la onzième heure.

Pline prit l'une des pierres et l'examina attentivement.

— Le matériau est une ponce mousseuse, remplie d'air, reprit-il. Gris blanchâtre. Aussi léger que la cendre, qui tombe en fragments pas plus gros que le pouce.

Il s'interrompit puis ajouta d'une voix douce :

— Prends ta plume, Alexion. S'il y a une chose que je ne tolère pas, c'est la couardise.

Le secrétaire avait la main qui tremblait. Il lui était difficile d'écrire dans les tangages et roulis de leur embarcation. Sa plume courut sur le papyrus, traçant une écriture illisible. Le siège de l'amiral glissa sur le pont, et Attilius le retint.

— Vous devriez descendre sous le pont, dit-il alors que Torquatus approchait en trébuchant, tête nue.

— Amiral, prends mon casque.

— Merci, capitaine, mais mon vieux crâne m'offre une protection tout à fait adéquate.

— Amiral, je t'en supplie, ce vent va nous pousser au cœur de la tempête... nous devons faire demi-tour !

Pline ne l'écouta pas.

— La ponce ressemble moins à de la pierre qu'à un fragment de nuage solidifié. (Il tendit le cou pour regarder par-dessus bord.) Elle flotte à la surface de l'eau comme des morceaux de glace. Vous voyez cela ? C'est extraordinaire !

Attilius ne l'avait pas remarqué. La mer était couverte d'un tapis de pierres. Les pelles les repoussaient à chaque coup d'aviron, mais d'autres prenaient aussitôt leur place. Torquatus courut jusqu'au plus bas du pont. Ils étaient encerclés.

Une vague de ponces vint heurter l'étrave du navire.

— Amiral...

— La fortune sourit aux audacieux, Torquatus. Cap sur le rivage !

Ils parvinrent à avancer pendant encore un court instant, mais le rythme des avirons faiblissait, vaincu non par le vent ni par les vagues, mais par la masse des ponces accumulées sur l'eau. Plus ils s'approchaient de la côte, plus la couche de ponces était épaisse, atteignant deux ou trois pieds de remous secs. Les pelles des avirons battirent en vain la masse fuyante, se trouvant soudain dans l'impossibilité de trouver une force de propulsion, et le bateau se mit à dériver avec le vent vers la pluie de pierres. La villa Calpurnia était incroyablement proche. Attilius reconnut l'endroit où il avait parlé avec Rectina. Il vit des silhouettes qui couraient le long du rivage, des piles de livres, les robes blanches des philosophes épicuriens.

Pline avait cessé de dicter et, avec l'aide d'Attilius, s'était levé. Le bois grinçait par tout le navire, dont la coque était comprimée par une gangue de ponces. L'ingénieur sentit le vieil homme s'affaisser légèrement lorsque, pour la première fois, il parut comprendre qu'ils étaient vaincus. Il tendit la main vers la côte.

— Rectina, murmura-t-il.

Le reste de la flotte commença à se disperser, et la formation en V se désintégra tandis que chaque navire luttait pour trouver la voie du salut. Puis ce fut à nouveau l'obscurité, et le grondement familier des ponces contre le bois engloutit tous les autres sons. Torquatus cria :

— Nous avons perdu le contrôle du bateau ! Tout le monde aux abris ! Ingénieur, aide-moi à le descendre de là.

— Mes notes ! protesta Pline.

— Alexion les a prises, amiral.

Attilius le soutenait par un bras, et le capitaine par l'autre. Il était incroyablement lourd. Il trébucha sur la dernière marche et faillit s'étendre de tout son long, mais ils parvinrent à le rattraper et, alors que l'air se changeait en pierres, le traînèrent sur le pont, vers la trappe ouverte qui donnait sur les postes des rameurs.

— Faites de la place pour l'amiral, fit Torquatus, à bout de souffle.

Et ils le jetèrent presque au bas de l'échelle. Alexion descendit juste après avec les précieuses notes, marchant sur les épaules de l'amiral, suivi par Attilius, qui sauta sous un déluge de pierres ponces, et enfin par Torquatus, qui referma la trappe derrière lui.

Vespera

20 h 00

Pendant la [première] phase, le rayon de la bouche éruptive devait être de l'ordre de 100 mètres. À mesure que l'éruption se poursuivait, l'élargissement inévitable de la bouche entraînait une augmentation du volume de magma émis. Le soir du 24 août, la hauteur de la colonne avait encore augmenté. Progressivement, les niveaux inférieurs de la chambre magmatique remontèrent, produisant, après environ sept heures d'éruption, le taux le plus élevé de ponces grises mafiques. Ce flux de magma atteignit 1,5 million de tonnes par seconde et fut poussé, par convection, à des hauteurs maximales de l'ordre de 33 kilomètres.

Volcanoes : A planetary Perspective

Dans la chaleur étouffante et la quasi-obscurité qui régnaient sous les ponts de la *Minerve*, ils restèrent tapis, à écouter les pierres s'abattre au-dessus d'eux.

Les cales empestaient la sueur et l'haleine de deux cents marins. De temps à autre, quelqu'un vociférait dans une langue étrangère impossible à identifier, mais était aussitôt réduit au silence par la voix rude d'un des officiers. Près d'Attilius, un homme gémissait en latin que c'était la fin du monde, et c'est exactement l'impression qu'avait l'ingénieur. C'était la Nature à l'envers, et ils allaient mourir en pleine mer, noyés sous les pierres, errant dans les ténèbres aux heures où le soleil brillait. Le bateau tanguait violemment, mais aucun des avirons ne bougeait. Il n'aurait servi à rien de s'agiter puisque personne n'avait la moindre idée de la direction dans laquelle ils allaient. Il n'y avait rien d'autre à faire que de subir, chacun recroquevillé dans ses pensées.

Attilius n'aurait su dire combien de temps dura cette situation. Peut-être une heure ; peut-être deux. Il ne savait même plus trop où il se trouvait sinon que c'était sous le pont et qu'il s'accrochait à un étroit portique de bois qui semblait courir sur toute la longueur du bateau, ses doubles rangées de rameurs entassés sur les bancs. Il entendait la respiration sifflante de Pline quelque part près de lui, Alexion pleurnichant comme un enfant. Torquatus se taisait complètement. Le martèlement constant des ponces, très sonore au début lorsque les pierres heurtaient le bois, lui parut peu à peu plus étouffé à mesure que les ponces heurtaient d'autres ponces, les coupant du reste du monde. Et cela, pour lui, était bien le pire – l'impression que cette masse pesait lourdement sur eux, pour les enterrer vivants. Les minutes s'écoulèrent et il commença à se demander combien de temps les joints du bateau allaient tenir, ou si le simple poids de ce qui s'accumulait au-dessus allait les ensevelir sous les vagues. Il essaya de se rassurer en se disant que les ponces étaient légères : les ingénieurs de Rome, lorsqu'ils construisaient un grand dôme, en mêlaient parfois au mortier à la place du gravier ou du tuileau. Il s'aperçut néanmoins que le bateau commençait à s'enfoncer et, peu après, un cri de panique s'éleva parmi les marins à sa droite pour signaler que l'eau entrait par les sabords d'aviron.

Torquatus leur intima rudement le silence et cria à Pline qu'il avait besoin de prendre quelques hommes avec lui sur le pont pour essayer de déblayer les pierres.

— Fais ce que tu as à faire, capitaine, répondit l'amiral d'une voix parfaitement calme. C'est Pline qui vous parle ! reprit-il bientôt avec force pour se faire entendre par-dessus le vacarme de la tempête. J'attends de vous que chacun se comporte comme un soldat romain ! Et quand nous serons rentrés à Misène, vous serez récompensés, je vous le promets !

Quelques huées fusèrent dans l'obscurité.

— Si on rentre un jour !

— C'est à cause de toi, si on en est là !

— Silence ! hurla Torquatus. Ingénieur, veux-tu m'aider ?

Il avait gravi la courte échelle menant à la trappe et s'efforçait de la repousser, mais le poids des ponces rendait l'ouverture difficile. Attilius suivit à tâtons le portique en bois et le rejoignit sur l'échelle, s'y retenant d'une main pour pousser de l'autre la trappe en bois au-dessus de leur tête. Ensemble, ils parvinrent à la soulever, lentement, libérant une cascade de fragments qui rebondirent sur leur crâne et s'éparpillèrent dans la cale.

— Il me faut vingt hommes, lança Torquatus. Vous, les cinq premiers rangs de rameurs, suivez-moi.

Attilius sortit juste derrière lui dans la tempête de

pierres ponces. Il régnait une lumière étrange, presque brunâtre, comme en pleine tempête de sable et, alors qu'il se redressait, Torquatus lui prit le bras pour lui montrer quelque chose. Il fallut à l'ingénieur un moment pour voir ce qu'on lui montrait, mais il finit par le repérer aussi : une rangée de lueurs jaunes clignotantes, à peine visible dans la pénombre. Pompéi, pensa-t-il... Corelia !

— Nous avons dérivé sous le plus fort de la tempête et nous nous sommes rapprochés de la côte ! cria le capitaine. Les dieux seuls savent où ! Nous allons essayer d'accoster. Aide-moi à la barre !

Il se retourna et repoussa le plus proche des rameurs vers la trappe.

— Retourne en bas et dis aux autres de ramer... de ramer de toutes leurs forces ! Les autres... hissez la voile !

Il courut vers la poupe du navire, suivi par Attilius, tête baissée, les pieds s'enfonçant dans l'épais tapis de ponces blanches qui recouvrait le pont comme de la neige. Ils se trouvaient si bas sur l'eau qu'il semblait suffire de descendre sur le lit de ponces pour gagner le rivage à pied. Il grimpa sur le pont de dunette et saisit avec Torquatus la grande barre qui gouvernait la liburne. Mais même avec deux hommes pesant dessus de tout leur poids, le gouvernail n'arrivait pas à pivoter dans la masse de pierres flottantes.

Confusément, Attilius vit la forme de la voile monter devant eux. Il l'entendit claquer lorsqu'elle se tendit et, en même temps, il y eut un premier mouvement du côté des avirons. Le gouvernail frémit sous ses mains. Torquatus poussait et il tirait, ses pieds dérapant sur les pierres pour trouver une prise, puis, lentement, il sentit la barre de bois bouger. Pendant un moment, la liburne sembla gîter, immobile, jusqu'à ce qu'un coup de vent la propulse en avant. L'ingénieur entendit le tambour se remettre à battre en dessous, et les avirons prirent un rythme régulier tandis que de l'obscurité, en face d'eux, commençait à émerger la forme de la côte – une digue, une plage de sable, une rangée de villas avec des torches allumées tout au long des terrasses, des gens qui s'agitaient au bord de l'eau, où les vagues déferlaient, soulevant les bateaux sur les hauts-fonds et les rejetant vers le rivage. Quel que fût cet endroit, Attilius découvrit avec déception que ce n'était pas Pompéi.

Soudain, le gouvernail bondit puis bougea avec tant de facilité que l'ingénieur le crut brisé. Torquatus le poussa à fond pour les diriger vers la plage. Ils s'étaient dégagés de la masse de ponces et naviguaient à présent dans les vagues, poussés droit sur la rive par le vent et les déferlantes. Il vit la foule des gens sur la plage, qui essayaient d'entasser leurs biens dans des bateaux, se tourner vers eux pour les regarder avec stupéfaction, puis s'écarter précipitamment en voyant la liburne foncer sur eux.

— Tenez-vous bien, cria Torquatus.

Et aussitôt, la coque racla des rochers, Attilius fit un vol plané qui l'expédia sur le pont, où sa chute fut amortie par l'épais matelas de ponces.

Il resta là un instant, le souffle coupé, la joue pressée contre la pierre chaude et sèche, alors que le bateau roulait sous lui. Il entendit les cris des marins dans la cale, et les éclaboussures lorsqu'ils commencèrent à sauter à l'eau. Il se souleva et vit qu'on amenait la voie et qu'on jetait l'ancre par-dessus bord. Des hommes munis de cordages remontaient la plage au pas de course, en quête de points où assurer le navire. Le crépuscule tombait – pas la pénombre provoquée par l'éruption, dont ils semblaient sortir, mais le déclin naturel du jour. La pluie de pierres se faisait légère et intermittente, et le bruit des projectiles contre le pont du bateau ou la surface de l'eau se perdait à présent dans le fracas des vagues et le rugissement du vent. Pline venait de surgir de la trappe et avançait prudemment sur les ponces, soutenu par Alexion, silhouette massive et digne au milieu de la panique générale. S'il éprouvait la moindre peur, il n'en montrait rien, et, en voyant Attilius approcher, il leva le bras presque joyeusement.

— Eh bien, nous avons de la chance, ingénieur. Sais-tu où nous sommes ? Je connais bien cet endroit. C'est Stabies – une ville tout à fait agréable où passer une soirée. Torquatus ! appela-t-il en faisant signe au capitaine. Je suggère que nous passions la nuit ici.

Torquatus le dévisagea avec incrédulité.

— Nous n'avons pas le choix, amiral. Aucun bateau ne peut appareiller par un vent pareil. La question est : dans combien de temps va-t-il nous apporter ce déluge de pierres ?

— Peut-être qu'il ne le poussera pas par ici, répliqua Pline.

Il regarda par-dessus les vagues, en direction des lumières de la petite ville qui s'élevait au pied du coteau. Elle était séparée de la plage par la route côtière qui faisait le tour de la baie. La chaussée était encombrée par la même circulation dense qu'Attilius avait rencontrée plus tôt à Herculanum. Sur la plage proprement dite, une centaine de personnes s'étaient rassemblées avec leurs affaires dans l'espoir de pouvoir fuir par mer, mais se trouvaient incapables de pouvoir faire autre chose que contempler les déferlantes avec désespoir. Un gros homme âgé se tenait à l'écart, entouré de sa maisonnée. Il levait régulièrement les bras en signe de détresse, et Attilius eut une impression familière. Pline l'avait remarqué, lui aussi.

— C'est mon ami Pomponianus. Le pauvre vieil imbécile, commenta-t-il tristement. Lui qui est déjà nerveux quand tout va bien. Il va avoir besoin de notre réconfort. Nous devons faire la meilleure figure possible. Aidez-moi à gagner le rivage.

Attilius sauta à la mer, imité par Torquatus. L'eau leur arrivait à la taille pour se mettre aussitôt après à leur tourbillonner autour du cou. Transporter un homme du poids de l'amiral et dans son état physique n'avait rien d'évident. Avec l'aide d'Alexion, Pline finit par s'asseoir sur son postérieur et se jeta en avant, et ils purent le prendre chacun par un bras alors qu'il glissait dans l'eau. Ils parvinrent à lui maintenir la tête au-dessus de la surface jusqu'au moment où, avec un sang-froid impressionnant, il les repoussa pour marcher sans aide jusqu'à la plage.

— Quel vieux fou têtu, lâcha Torquatus alors qu'ils le regardaient traverser la plage et étreindre Pomponianus. Quel vieux fou têtu, magnifique et courageux. Il a bien failli nous tuer deux fois aujourd'hui, et je ne doute pas qu'il essayera encore avant d'en avoir terminé.

Attilius regarda la côte en direction du Vésuve, mais il ne put distinguer grand-chose dans la nuit qui s'épaississait sinon les lignes blanches des vagues qui frappaient la côte et, au-delà, la masse d'un noir d'encre de l'averse de pierres. Un nouvel éclair rouge fendit le ciel.

— À combien sommes-nous de Pompéi ? demanda-t-il.

— Trois milles, répondit Torquatus. Peut-être moins. On dirait que c'est eux qui prennent le plus gros, les malheureux. Ce vent... les hommes feraient mieux de se chercher un abri.

Là-dessus, il partit vers la plage, laissant Attilius seul.

Si Stabies était à trois milles sous le vent de Pompéi, et que le Vésuve était à environ cinq milles de l'autre côté de la ville, alors ce nuage monstrueux devait atteindre huit milles de long. Huit milles de long, sur combien ? Au moins cinq milles de large selon son avancée sur la mer. À moins d'avoir fui très tôt, Corelia n'avait sans doute eu aucune chance d'en réchapper.

Il demeura là un instant, battu par les flots, puis il entendit l'amiral l'appeler par son nom. Il remonta donc les flots agités jusqu'à la plage, pour rejoindre les autres.

Pomponianus avait une villa sur le front de mer, non loin de la route, et Pline suggérait qu'ils y retournent tous. Attilius les entendit discuter lorsqu'il s'approcha. Pomponianus, paniqué, protestait de sa voix haut perchée qu'ils n'auraient aucune chance de trouver place sur un bateau s'ils quittaient la plage. Mais Pline écarta l'argument d'un geste.

— Ça ne sert à rien d'attendre ici, dit-il, la voix pressante. Et puis vous pourrez toujours repartir avec nous quand le vent et la mer seront plus favorables. Viens, Livia... prends mon bras.

Alors, flanqué d'un côté par la femme de Pomponianus, et par Alexion de l'autre, les esclaves de la maisonnée se traînant derrière eux avec bustes de marbre, tapis, coffres et candélabres, l'amiral leur fit regagner la route.

Il marchait aussi vite qu'il le pouvait, soufflant à pleines joues, et Attilius se dit qu'il savait – d'après ses observations antérieures, il savait ce qui allait se passer. Effectivement, ils avaient à peine eu le temps d'arriver au portail de la villa qu'ils furent rattrapés par le nuage comme par un orage d'été – quelques grosses pierres tout d'abord, comme un avertissement, puis l'air parut exploser sur les buissons de myrte et les pavés du jardin. Attilius sentit quelqu'un lui rentrer dedans, et lui-même télescopa celui qui se trouvait devant. Ensemble, ils pénétrèrent à tâtons dans la villa sombre et déserte. Des gens pleuraient, se cognaient dans les meubles. Il entendit une femme crier et un fracas. Le visage comme désincarné d'un esclave apparut, illuminé par une lampe à huile, puis ce visage s'évanouit et l'ingénieur entendit le bruit familier d'une torche qu'on allume. Ils se serrèrent autour du réconfort de la lumière, maîtres et esclaves ensemble, tandis que les ponces frappaient le toit de tuiles de la villa et se précipitaient dans le jardin d'ornement. Quelqu'un partit avec la lampe à huile chercher d'autres torches et quelques chandelles, et les esclaves continuèrent à en allumer alors qu'on y voyait largement assez clair, comme si la lumière vive pouvait leur apporter plus de sécurité. La salle bondée prit un air presque festif, et c'est alors que Pline, qui entourait du bras les épaules frissonnantes de Pomponianus, déclara qu'il aimerait bien manger quelque chose.

L'amiral ne croyait pas à la vie après la mort. « Le corps et l'esprit n'ont pas plus de sensations après la mort qu'ils n'en avaient avant la naissance. » Au cours des quelques heures qui suivirent, il fit néanmoins montre d'une bravoure qu'aucun de ceux qui survécurent à cette nuit n'oublierait jamais. Il avait depuis longtemps décidé que lorsque la mort viendrait pour lui, il s'efforcerait de l'accueillir suivant l'exemple de Marcus Sergius, qu'il avait érigé dans son *Histoire naturelle* en homme le plus courageux qui eût jamais vécu – blessé vingt-trois fois au cours de ses campagnes, estropié, capturé deux fois par Hannibal et enchaîné pendant vingt mois d'affilée, Sergius s'était lancé dans son ultime combat avec une main droite en fer pour remplacer celle qu'il avait perdue. Il ne fut pas aussi victorieux que Scipion ou César, mais quelle importance cela avait-il ? « En vérité, tous les autres triomphateurs ont remporté des victoires sur les hommes, avait écrit Pline, mais Sergius vainquit aussi le sort. »

« Vaincre le sort »... voilà ce que tout homme devait chercher à accomplir. Ainsi, pendant que les esclaves lui préparaient à dîner, il confia à un Pomponianus stupéfait qu'il voulait d'abord prendre un bain, et, escorté par Alexion, il partit en se dandinant se tremper dans un bain froid. Il retira ses vêtements sales et pénétra dans l'eau claire, immergeant complètement sa tête dans un monde silencieux. Une fois revenu à la surface, il annonça qu'il voulait encore dicter quelques observations – comme l'ingénieur, il estimait que le phénomène devait atteindre une envergure de huit milles sur six – puis se laissa sécher par l'un des esclaves de Pomponianus préposé à la toilette, masser à l'huile de safran et revêtir d'une toge propre appartenant à son ami.

Ils furent cinq à se mettre à table – Pline, Pomponianus, Livia, Torquatus et Attilius – ce qui n'était pas un nombre de convives idéal à en croire l'étiquette, et le vacarme des ponces sur le toit rendait la conversation difficile. Mais cela donnait au moins une couche à chacun et de l'espace pour s'étendre. On avait apporté la table et les lits de la salle à manger, et dressé le couvert dans la grande salle illuminée. Et si la gastronomie n'était pas au rendez-vous – les fourneaux étaient éteints et le mieux que purent proposer les cuisines fut des morceaux de viande, de gibier et de poisson – Pomponianus, sur la demande discrète de Pline, compensa avec le vin. Il sortit un falerne vieux de deux cents ans, un millésime du consul Lucius Opimius. C'était sa dernière jarre. (« Ça ne servirait plus à grand-chose d'attendre », fit-il observer sombrement.)

À la lueur des flammes, le liquide avait la couleur du miel brut. Après qu'il fut décanté, mais avant de le couper avec un vin plus jeune – il était bien trop amer pour être bu pur – Pline le prit à l'esclave et le huma, aspirant avec son arôme de moisi une bouffée de la vieille République, l'odeur des hommes de la trempe de Caton et de Sergius, de la poussière du Champ de Mars, de procès par le fer et le feu.

L'amiral fit presque tous les frais de la conversation et s'en tint à des sujets légers, évitant par exemple de parler de Rectina et de la précieuse bibliothèque de la villa Calpurnia, ou de la débandade de la flotte, qui avait dû, supposait-il, s'éparpiller tout le long de la côte. (Il prit conscience que cela seul devait suffire à le pousser au suicide : il avait pris la mer sans attendre les ordres des autorités impériales ; Titus pourrait très bien ne pas le lui pardonner.) Il préféra donc parler de vin. Il avait une bonne connaissance du vin. Julia le traitait même de « casse-pieds avec son vin ». Mais qu'est-ce que cela pouvait faire ? Casser les pieds des autres était le privilège de l'âge et du rang. Sans le vin, son cœur aurait lâché des années auparavant.

— D'après les archives, l'été du consulat d'Opimius a été très semblable à celui-ci. De longues journées étouffantes sous un soleil incessant... « mûr », comme disent les viticulteurs. (Il fit tourner le vin dans son verre et le renifla.) Qui sait ? Peut-être que dans deux siècles, des hommes goûteront au millésime de cette année et se demanderont à quoi nous pouvions bien ressembler. Quels étaient nos talents. Notre courage. Le tonnerre du déluge de pierres semblait s'amplifier. Quelque part, du bois céda. Il y eut un fracas de tuiles brisées. Pline regarda les convives autour de la table – Pomponianus, qui contemplait le plafond avec inquiétude et s'accrochait à la main de sa femme ; Livia, qui parvint à lui adresser un petit sourire crispé (elle avait toujours été deux fois plus valeureuse que son mari) ; Torquatus, qui regardait le sol d'un air sombre ; et enfin l'ingénieur, qui n'avait pas prononcé un mot de tout le repas. Il éprouvait une sorte d'élan chaleureux envers l'aquarius – un homme de science comme il les aimait, qui l'avait suivi au nom de la connaissance.

— Portons un toast au génie de la technique romaine, proposa-t-il. À l'Aqua Augusta, qui nous a avertis de ce qui allait arriver, si seulement nous avions eu la présence d'esprit de lui prêter attention. À l'Aqua Augusta ! répéta-t-il en levant son verre en direction d'Attilius.

— À l'Aqua Augusta !

Ils burent, avec des degrés variés d'enthousiasme. C'était un vin vraiment excellent, songea l'amiral avec un claquement de lèvres. Un mélange parfait entre l'ancien et le nouveau. Comme lui-même et cet ingénieur. Et si ce devait être le dernier vin qu'il buvait ? Tant mieux : c'était le vin idéal sur lequel finir.

Lorsqu'il annonça qu'il allait se coucher, il vit bien qu'ils crurent tous à une plaisanterie. Mais non, assura-t-il, il parlait sérieusement. Il s'était entraîné à s'endormir à volonté – même en position verticale, en selle, dans les forêts glacées de Germanie. Ceci ? Mais ce n'était rien du tout ! Ton bras, ingénieur, si tu veux bien avoir l'amabilité. Il leur souhaita à tous bonne nuit.

Attilius brandissait une torche d'une main et soutenait l'amiral de l'autre. Ils sortirent dans le jardin central. Pline avait séjourné ici souvent au cours des ans, et c'était son coin préféré : les taches de lumière sur la pierre rose, le parfum des fleurs, les roucoulements du pigeonnier aménagé dans le mur, au-dessus de la véranda. Mais à présent, le jardin était plongé dans les ténèbres et vibrait au grondement de la cascade de pierres. L'allée couverte était jonchée de ponces, et les nuages de poussière provenant de la roche sèche et friable lui rendirent à nouveau la respiration difficile. Il s'arrêta devant la porte de sa chambre habituelle et attendit qu'Attilius eût dégagé un espace suffisant pour pouvoir l'ouvrir. Il se demanda ce qu'étaient devenus les oiseaux. S'étaient-ils envolés juste avant le début du phénomène, offrant ainsi un présage qu'un augure aurait pu interpréter s'il y en avait eu un de disponible ? Ou bien se trouvaient-ils quelque part dans la nuit noire, malmenés et bousculés ?

— As-tu peur, Marcus Attilius ?

— Oui.

— C'est bien. Pour être brave, par définition, il faut d'abord éprouver la peur, commenta Pline en s'appuyant sur l'épaule de l'ingénieur pour retirer ses chaussures. La Nature est un dieu impitoyable, dit-il, mais sa colère ne dure jamais longtemps. Les incendies meurent. Les tempêtes se dissipent. Les inondations disparaissent. Et cela aussi s'arrêtera. Tu verras. Repose-toi un peu.

Il pénétra dans la chambre dépourvue de fenêtre et laissa Attilius refermer la porte derrière lui.

L'ingénieur resta un moment où il était, appuyé contre le mur, à observer la pluie de ponces. Un instant plus tard, il entendit des ronflements sonores émaner de la chambre. Extraordinaire, se dit-il. Soit l'amiral faisait semblant de dormir, ce dont il doutait, soit il s'était réellement assoupi. Attilius contempla le ciel. Peut-être Pline avait-il raison et le phénomène, comme il persistait à l'appeler, allait commencer à faiblir. Mais ce n'était pas encore le cas. La force de la tempête paraissait pour le moins s'intensifier encore. Il détecta un bruit différent, plus violent que la chute des ponces, et sentit le sol trembler sous ses pieds, comme à Pompéi. Il s'aventura prudemment à découvert, torche baissée vers le sol, et reçut aussitôt un coup puissant sur le bras. Il faillit lâcher la torche. Il saisit un morceau qui venait de tomber et, se pressant contre le mur, l'examina à la lumière.

C'était plus foncé que les ponces précédentes, plus dense et plus gros aussi, comme si l'on avait soudé plusieurs morceaux ensemble, et cela heurtait le sol plus violemment encore. La pluie de roches blanches et légères avait été désagréable et effrayante, mais pas réellement douloureuse. Être heurté par ces nouveaux projectiles suffirait à assommer quelqu'un. Depuis combien de temps cela durait-il ?

Il porta la pierre dans la grande salle et la remit à Torquatus.

— Ça empire, annonça-t-il. Pendant qu'on mangeait, les pierres sont devenues plus lourdes.

Puis, s'adressant à Pomponianus :

— Qu'y a-t-il comme toitures, ici ? Plates ou en pente ?

— Plates, répondit Pomponianus. Elles forment des terrasses. Tu sais... pour la vue sur la baie.

Oh oui, songea Attilius, la fameuse vue. S'ils avaient passé un peu moins de temps à contempler la baie et un peu plus à surveiller la montagne derrière eux, ils auraient peut-être été mieux préparés.

— Quel âge a cette maison ?

— Elle est dans ma famille depuis des générations, répondit fièrement Pomponianus. Pourquoi ?

— Elle n'est pas sûre. Avec le poids des roches qui tombent dessus, et l'âge des poutres, les solives céderont tôt ou tard. Il faut sortir.

Torquatus soupesa la pierre dans sa main.

— Dehors ? Là-dessous ?

Pendant un moment, personne ne parla. Puis Pomponianus se mit à gémir que tout était fini, qu'ils auraient dû faire un sacrifice à Jupiter, comme il l'avait suggéré dès le début, mais que personne ne l'écoutait jamais...

— Tais-toi, lui dit sa femme. Nous avons des coussins, n'est-ce pas ? Et des draps, des oreillers ? On peut se protéger des pierres.

— Où est l'amiral ? s'enquit Torquatus.

— Il dort.

— Il semble qu'il se soit résigné à la mort. Toutes ces bêtises à propos du vin ! Mais je ne suis pas prêt à mourir. Et toi ?

— Non.

Attilius fut surpris par la fermeté de sa réponse. Après la mort de Sabine, il avait vécu dans l'hébétude, et si on lui avait dit qu'il était sur le point de mourir, cela lui aurait été assez indifférent. Ce n'était plus le cas maintenant.

— Retournons à la plage alors.

Livia cria aux esclaves d'aller chercher des oreillers et du linge de lit tandis qu'Attilius retournait au pas de course dans le jardin. Les ronflements de Pline étaient toujours aussi sonores. Il frappa à la porte et essaya de l'ouvrir, mais sa courte absence avait suffi pour que l'allée se recouvre à nouveau de projectiles. Il dut s'agenouiller pour les écarter, tira sur la porte et s'engouffra dans la chambre avec sa torche. Il secoua l'épaule charnue de l'amiral, et le vieillard grogna et cligna des yeux à la lumière.

— Laisse-moi.

Pline essaya de rouler sur le côté. Attilius ne chercha pas à discuter. Il passa son coude sous l'aisselle de Pline et le releva. Puis, vacillant sous le poids, il poussa, malgré ses protestations, l'amiral vers la porte. Ils venaient à peine de franchir le seuil qu'il entendit l'une des poutres du plafond céder derrière eux, entraînant l'effondrement de toute une partie du toit.

Ils placèrent les coussins en travers de leur tête, les firent retomber de chaque côté sur leurs oreilles et les maintinrent en place à l'aide de bandes de draps déchirés qu'ils nouèrent bien serrées sous leur menton. Ces grosses têtes blanches démesurées leur donnaient une allure d'insectes aveugles surgis des profondeurs. Puis chacun prit une torche ou une lampe à huile et, la main posée sur l'épaule de la personne le précédant – sauf Torquatus, qui prit la tête du cortège et portait son casque au lieu d'un oreiller –, suivit le sentier qui descendait vers la plage.

Tout autour d'eux, ce n'était que bruit et fureur – la mer déchaînée, l'avalanche de pierres, le fracas des toits qui s'écroulaient. De temps à autre, Attilius sentait le choc étouffé d'un projectile lui heurtant le crâne, et ses oreilles lui sonnaient alors comme au temps où, enfant, il était battu par ses professeurs. Il avait l'impression d'être lapidé par la foule – comme si les dieux avaient décidé de décerner un triomphe à Vulcain et que cette pénible procession, dépouillée de toute dignité humaine, était ce que le dieu avait choisi pour humilier ses prisonniers. Ils progressaient lentement, s'enfonçant jusqu'aux genoux dans les ponces, incapables d'avancer plus vite que l'amiral, dont la toux et la respiration sifflante semblaient empirer à chaque pas. Pline s'accrochait à Alexion et avait sur l'épaule la main d'Attilius ; après l'ingénieur venaient Livia et, derrière elle, Pomponianus, les esclaves formant une file de torches à l'arrière.

La puissance du déluge de pierres avait dégagé la route de tous les réfugiés, mais, en bas sur la plage, il y avait une lueur, et c'est vers elle que Torquatus les conduisit. Quelques citoyens de Stabies et certains des hommes de la *Minerve* avaient fracassé l'un des bateaux inutilisables et s'en étaient servis pour allumer le feu. Avec des cordes, l'épaisse voile de la liburne et une douzaine d'avirons, ils s'étaient construit un grand abri près du brasier. Des gens qui avaient fui le long de la côte étaient descendus sur la plage et les suppliaient de les abriter, ce qui fait qu'une centaine de personnes se bousculaient pour être à couvert. Ils ne voulaient pas que ces nouveaux venus d'allure repoussante partagent leur tente de fortune, aussi y eut-il quelques cris et débuts d'échauffourée jusqu'à ce que Torquatus vocifère qu'il avait l'amiral Pline avec lui et ferait crucifier tout soldat de la marine qui n'obéirait pas à ses ordres.

On s'écarta à contrecœur, de sorte qu'Alexion et Attilius purent déposer Pline sur le sable, à l'entrée. Il réclama de l'eau d'une voix faible, et Alexion prit une gourde à un esclave et la porta à ses lèvres. Il en avala un peu, toussa et s'allongea sur le côté. Alexion dénoua avec douceur l'oreiller et le glissa sous la tête de l'amiral avant d'interroger Attilius du regard. L'ingénieur haussa les épaules. Il ne savait pas quoi dire. Il lui paraissait peu probable que le vieillard puisse endurer encore longtemps un tel traitement.

Il se détourna et scruta l'intérieur de l'abri. Les gens étaient pressés les uns contre les autres, incapables de bouger. Le poids des pierres affaissait la toile et, régulièrement, deux des marins en faisaient tomber les projectiles en la soulevant avec l'extrémité de leurs

avirons. Des enfants pleuraient. Un petit garçon récla-
mait sa mère en sanglotant. Sinon, personne ne parlait
ni ne criait. Attilius essaya de déterminer quelle heure
il était – il supposait que ce devait être le milieu de la
nuit, mais il serait une fois encore impossible de voir
si l'aube se levait – et il se demanda combien de temps
ils pourraient tenir. Tôt ou tard, la faim ou la soif, ou
la pression des ponces qui s'accumulaient de part et
d'autre de leur tente, les forcerait à abandonner la
plage. Et ensuite ? Une mort lente par suffocation sous
les pierres ? Plus cruelle et ingénieuse que tout ce que
l'homme avait pu concevoir dans l'arène. Au temps
pour Pline, qui croyait à la mansuétude de la déesse
Nature !

Il retira l'oreiller de sa tête en nage, et c'est lorsque
son visage fut à découvert qu'il entendit une voix
rauque prononcer son nom. Dans la quasi-obscurité où
se trouvait la foule, il ne put au premier abord repérer
qui c'était, et même en voyant l'homme se frayer un
chemin jusqu'à lui, il ne reconnut pas ce visage poussiéreux d'un blanc crayeux qui semblait sculpté dans
la pierre, les cheveux dressés comme des baguettes,
rappelant la chevelure de Méduse. Ce ne fut que lorsqu'il dit son nom – « C'est moi, Lucius Popidius » –
qu'Attilius s'aperçut qu'il s'agissait d'un des édiles de
Pompéi.

— Et Corelia ? questionna Attilius en lui prenant le
bras. Est-elle avec toi ?

— Ma mère... elle s'est effondrée sur la route, fit
Popidius dans un sanglot. Je n'arrivais plus à la porter.
J'ai dû la laisser.

Attilius le secoua.

— Où est Corelia ?

Les yeux de Popidius étaient comme des orbites
vides dans le masque de son visage. Il ressemblait aux

364

effigies des ancêtres qui garnissaient le mur de sa maison. Il déglutit avec peine.

— Espèce de lâche, fit Attilius.

— J'ai essayé d'aller la chercher, pleurnicha Popidius. Mais ce dément l'avait enfermée dans sa chambre.

— Alors tu l'as abandonnée ?

— Qu'est-ce que je pouvais faire d'autre ? Il voulait nous enfermer tous ! Emmène-moi avec toi ! fit-il en s'accrochant à la tunique d'Attilius. C'est Pline là-bas, n'est-ce pas ? Vous avez un bateau ? Par pitié... je ne peux pas continuer tout seul...

Attilius le repoussa et trébucha vers l'entrée de la tente. Le brasier avait été éteint par la pluie de pierres, et, sans ses flammes, l'obscurité de la plage n'était pas seulement celle de la nuit, mais celle d'une pièce condamnée. Il scruta néanmoins les ténèbres en direction de Pompéi. Qui pouvait dire que le monde entier n'allait pas être détruit ? Que la force même qui maintenait la cohésion de l'univers – le *logos*, comme l'appelaient les philosophes – n'était pas en train de se désintégrer ? Il tomba à genoux, enfonça ses mains dans le sable et sut à cet instant, alors que les grains se glissaient entre ses doigts, que tout serait annihilé – lui-même, Pline, Corelia, la bibliothèque d'Herculanum, la flotte, les villes autour de la baie, l'aqueduc, Rome, César, tout ce qui avait jamais vécu ou été bâti : tout finirait par se réduire à un tas de pierres et une mer impitoyable. Ils ne laisseraient pas même une empreinte derrière eux ; ils ne laisseraient pas même un souvenir. Il allait mourir ici, sur cette plage avec les autres, et leurs os seraient réduits en poussière.

Mais la montagne n'en avait pas encore fini avec eux. Il entendit une femme crier et leva les yeux. Très loin, ténu et miraculeux, mais s'intensifiant peu à peu, un anneau de feu s'allumait dans le ciel.

VÉNUS

25 août
Le dernier jour de l'éruption

Inclinatio

00 h 1 2

> *Il arrive un moment où une telle quantité de magma a été expulsée à une telle vitesse que la densité de la colonne éruptive devient trop importante pour que puisse se maintenir une convection stable. Lorsque cet état est atteint, on assiste à un effondrement de la colonne qui provoque des coulées pyroclastiques et des surges, bien plus meurtrières que les chutes de téphra.*

Volcanoes : A Planetary Perspective

La lueur descendait de la droite vers la gauche. Un nuage lumineux en forme de faucille – c'est ainsi que le décrivit Pline – *un nuage lumineux en forme de faucille* qui s'écoulait le long du versant ouest du Vésuve, laissant dans son sillage une mosaïque de foyers. Certains, pas plus gros que des têtes d'épingle clignotaient – fermes et villas brusquement enflammées. Mais, en d'autres endroits, des pans entiers de forêt étaient en feu. Des langues de flammes bondissantes, rouge vif

369

et orangées, trouaient l'obscurité. La faucille avança, implacablement, pendant au moins le temps qu'il aurait fallu pour compter jusqu'à cent, puis s'embrasa brièvement et disparut.

— Le phénomène, dicta Pline, est entré dans une autre phase.

Attilius trouva que cette crête mouvante et silencieuse avait quelque chose d'ineffablement sinistre – son apparition mystérieuse, sa fin énigmatique. Née dans le sommet déchiqueté de la montagne, elle avait dû dévaler la pente pour mourir dans la mer. Il se remémora les vignes verdoyantes, les lourdes grappes de raisin, les esclaves enchaînés. Il n'y aurait pas de millésime cette année, ni gorgé de soleil ni autre.

— C'est difficile à dire d'ici, intervint Torquatus, mais à en juger par sa position, je crois que ce nuage de feu a dû passer sur Herculanum.

— Pourtant, on ne voit pas d'incendie, répliqua Attilius. Cette partie de la côte est plongée dans l'obscurité, comme si la ville s'était volatilisée.

Ils scrutèrent le pied de la montagne en feu, cherchant un point de lumière, mais n'en trouvèrent aucun.

Sur la plage de Stabies, cela eut pour effet de bousculer l'équilibre de la terreur, d'abord dans un sens, puis dans l'autre. Le vent ne tarda pas à leur apporter des odeurs d'incendie, un goût de soufre et de cendre, âcre et piquant. Quelqu'un hurla qu'ils allaient tous être brûlés vifs. Des gens sanglotaient, surtout Lucius Popidius, qui appelait sa mère. Puis une autre voix – l'un des marins qui vérifiait la toile au-dessus de leur tête avec son aviron – annonça que la lourde voile ne pochait plus. Cela fit taire la panique.

Attilius étendit prudemment le bras hors de l'abri, paume vers le haut, comme pour vérifier s'il pleuvait. Le marin avait raison, l'air était encore chargé de petits fragments, mais la tempête n'était plus aussi violente. On aurait dit que la montagne avait trouvé dans cette avalanche de feu un autre exutoire à son énergie malfaisante que cet interminable bombardement de pierres. C'est à cet instant qu'Attilius se décida. Mieux valait mourir en agissant... plutôt périr près de la route côtière et gésir dans une tombe de fortune, que rester tapi sous cet abri fragile, assailli par les pires fantasmes, en spectateur attendant la fin. Il reprit l'oreiller qu'il avait posé et le coinça fermement sur sa tête, puis il chercha à tâtons la bande de drap dans le sable. Torquatus lui demanda à voix basse ce qu'il faisait.

— Je pars.

— Tu pars ? s'exclama Pline, allongé sur le sable, ses notes autour de lui lestées avec des monticules de pierres, en levant vivement les yeux. Tu ne feras rien de tel. Je te refuse absolument la permission de t'en aller.

— Avec tout le respect que je te dois, amiral, je ne reçois mes ordres que de Rome.

Il était étonné qu'aucun des esclaves n'ait essayé de se sauver. Pourquoi ? L'habitude, supposa-t-il. L'habitude et le fait qu'ils n'avaient nulle part où se réfugier.

— Mais j'ai besoin de toi, ici, fit la voix rauque de Pline sur un ton enjôleur. Et s'il devait m'arriver quelque chose ? Quelqu'un doit s'assurer que mes observations ne seront pas perdues pour la postérité.

— D'autres peuvent se charger de ça, amiral. Je préfère tenter ma chance sur la route.

— Mais tu es un homme de science, ingénieur. Je le sais. C'est pour ça que tu es venu. Tu m'es beaucoup plus utile ici. Torquatus, empêche-le.

Le capitaine hésita, puis défit sa mentonnière et retira son casque.

— Prends ça, dit-il. Le métal protège mieux que les plumes.

Attilius voulut protester, mais Torquatus le lui fourra de force dans les mains.

— Prends-le... et bonne chance.

— Merci. (Attilius lui prit la main.) Et que la chance soit avec toi aussi.

Le casque lui allait à peu près. Il n'en avait jamais porté auparavant. Il se redressa et prit une torche. Il se sentait comme un gladiateur sur le point d'entrer dans l'arène.

— Mais où vas-tu ? protesta Pline.

Attilius sortit dans la tempête. Les pierres légères rebondissaient sur le casque. Mis à part les quelques torches plantées dans le sable autour du périmètre de l'abri et le brasier lointain et rougeoyant du Vésuve, il faisait complètement noir.

— À Pompéi.

Torquatus avait estimé à trois milles la distance entre Stabies et Pompéi. Une heure de marche sur une bonne route et par beau temps. Mais la montagne avait modifié les lois du temps et de l'espace et, pendant un long moment, Attilius eut l'impression de ne pas avancer du tout.

Il parvint à quitter la plage et à gagner la route sans trop de difficulté. Par chance, il avait le Vésuve en point de mire grâce aux foyers qui brûlaient de façon ininterrompue sur son flanc. Il savait que tant qu'il marcherait dans cette direction, il finirait par arriver à Pompéi. Mais il allait contre le vent, et il avait beau garder tête baissée, réduisant son univers à ses jambes blêmes et au petit carré de pierres dans lequel il marchait, la pluie de ponces lui piquait le visage et formait des croûtes de poussière autour de sa bouche et de ses narines. Chaque pas le plongeait jusqu'aux genoux dans les fragments de ponces, et il avait l'impression de chercher à gravir une montagne de gravier, ou du grain dans une grange – une côte interminable et monotone qui lui irritait la peau et lui déchirait les muscles supérieurs des cuisses. Tous les cent pas environ, il s'arrêtait, vacillant, et, levant sa torche, il devait dégager un pied après l'autre des fragments qui s'accrochaient à lui et sortir les pierres de ses sandales.

La tentation de s'allonger pour se reposer était terrible, mais il savait qu'il ne devait pas y céder. Il trébuchait régulièrement sur les corps de ceux qui avaient capitulé. Sa torche montrait des formes vagues, simples contours d'humanité avec, parfois, un pied qui ressortait ou une main qui étreignait l'air. Les hommes n'étaient pas les seuls à avoir péri sur la route. Il buta aussi sur un attelage de bœufs coincé dans les amoncellements, et un cheval qui s'était effondré entre les brancards d'un chariot abandonné, sa charge devenue trop lourde à tirer : un cheval pétrifié tirant une charrette de pierre. Il devait y en avoir beaucoup d'autres qu'heureusement, il ne voyait pas. Des vivants surgissaient aussi, parfois, fugitivement de l'obscurité : un homme qui portait un chat ; une jeune femme nue qui avait perdu la raison ; un couple qui transportait sur leur épaule un grand candélabre de cuivre, l'homme devant, la femme derrière. Ils se dirigeaient dans la direction inverse de celle d'Attilius. D'un peu partout provenaient des cris et des gémissements isolés, à peine humains, comme on devait, imaginait-il, en entendre sur les champs de bataille après les combats. Il ne s'arrêta pas, sauf une fois, quand il entendit un enfant appeler en pleurant ses parents. Il s'immobilisa, tendit l'oreille et essaya un moment de repérer la source de la voix. Puis il appela à son tour, mais l'enfant se tut, peut-être par peur des inconnus, et Attilius finit par abandonner les recherches.

Tout cela dura plusieurs heures.

À un moment, le croissant de lumière réapparut au sommet du Vésuve et commença à dévaler la pente, suivant plus ou moins la même trajectoire qu'auparavant. Le rougeoiement était plus vif et, lorsqu'il atteignit le rivage, ou ce que l'ingénieur pensait devoir être le rivage, il ne s'éteignit pas tout de suite mais roula jusque dans la mer avant de se fondre dans l'obscurité. La coulée fut suivie de la même accalmie de chutes de pierres. Mais cette fois, sur le flanc de la montagne, elle parut éteindre les foyers d'incendie plutôt qu'elle ne les attisait. Peu après, sa torche commença à crachoter. La poix s'était presque intégralement consumée. Il poursuivit son chemin avec une énergie renouvelée née de la peur, car il savait que sans torche, il se retrouverait à la merci des ténèbres. Et ce fut effectivement terrible, plus horrible encore que ce qu'il avait redouté. Ses jambes disparurent et il ne put plus rien voir, pas même s'il approchait sa main de ses yeux. Les incendies sur le flanc du Vésuve s'étaient réduits eux aussi à de petites fontaines occasionnelles d'étincelles orangées. Des éclairs rouges projetaient une lueur rosâtre sous le nuage noir. Il n'était plus si sûr de suivre la bonne direction. Il était absolument seul, comme désincarné, enfoui jusqu'aux cuisses dans les fragments de pierres, la terre tonnant et tourbillonnant autour de lui. Il jeta sa torche consumée et se laissa sombrer en avant. Il étendit les mains et resta ainsi, sentant les ponces s'accumuler lentement autour de ses épaules en une sensation étrangement réconfortante, comme un enfant qui se fait border le soir dans son lit. Il posa la joue sur la pierre chaude et éprouva une impression de détente. Un sentiment de profonde tranquillité l'envahit. Si c'était cela, la mort, alors ce n'était pas trop désagréable : il pouvait bien l'accepter, l'accueillir même, comme un repos bien mérité après une dure journée de travail sur les arcades d'un aqueduc.

Dans ses rêves, le sol se dissolvait et Attilius tombait, dégringolait dans une cascade de pierres, vers le centre de la terre.

Il fut réveillé par la chaleur, et par l'odeur de brûlé.

Il ne savait pas combien de temps il avait dormi. Assez longtemps pour être presque entièrement enseveli, en tout cas. Il était dans sa tombe. Paniqué, il poussa sur ses avant-bras et sentit la masse qui pesait sur ses épaules céder lentement et se fendre, il entendit les pierres rouler et se souleva. Il secoua la tête, crachant la poussière qui lui remplissait la bouche et clignant des yeux, toujours enterré jusqu'à la taille.

La pluie de ponces avait pratiquement cessé – signal d'avertissement familier maintenant – et, au loin, juste en face de lui, il découvrit un nouveau nuage rougeoyant en forme de faucille. Mais cette fois, au lieu de se déplacer comme une comète, de gauche à droite, il descendait à toute vitesse et se répandait latéralement en venant dans sa direction. Juste derrière, il y avait une étendue obscure qui s'enflamma quelques secondes plus tard, alors que la fournaise trouvait du carburant neuf sur le flanc sud de la montagne ; précédant le nuage, porté par un vent brûlant, lui parvint comme un roulement de tonnerre pour lequel, se fût-il appelé Pline, il n'aurait pas manqué de trouver des métaphores variées, décrivant le phénomène non comme un nuage mais comme une vague – une vague ardente de vapeur chauffée au rouge qui lui brûla les joues et fit pleurer ses yeux. Il sentit ses cheveux roussir.

Il lutta pour se dégager de l'emprise des ponces alors

que l'aube sulfureuse traversait le ciel dans sa direction. Quelque chose de sombre se dressait au milieu, surgissant de terre, et il comprit que la lumière rouge profilait une ville à moins d'un demi-mille de distance. La vision se précisa. Il repéra des remparts et des tours de guet, les colonnes d'un temple sans toit, une rangée de fenêtres détruites, aveugles désormais... et des *gens*, des ombres d'humanité qui couraient, affolées, sur les remparts. La vision ne fut nette que pendant un instant, juste assez pour qu'il puisse reconnaître Pompéi, puis la lueur s'évanouit lentement au-delà, emportant la ville avec elle, la replongeant dans les ténèbres.

Diluculum

06 h 00

Il est dangereux de penser que le pire est passé après la première phase explosive. Prédire la fin d'une éruption est plus difficile encore que de prédire son début.

Encyclopaedia of Volcanoes

Il retira son casque et s'en servit comme d'un seau, plongeant le bord métallique dans les ponces pour les vider par-dessus son épaule. Peu à peu, alors qu'il œuvrait, il s'aperçut qu'il distinguait la forme blanchâtre de ses bras. Il s'interrompit et les leva avec émerveillement. Quel détail insignifiant que de parvenir à voir ses mains, et pourtant, il en aurait pleuré de soulagement. Le matin se levait. Une nouvelle journée luttait pour exister, et il était toujours en vie.

Il finit de creuser, libéra ses jambes et parvint à se lever. Les nouveaux foyers allumés sur les flancs du Vésuve lui permettaient de s'orienter. Peut-être était-ce dû à son imagination, mais il croyait même entrevoir l'ombre de la ville. Encore floue dans l'obscurité, la plaine de ponces s'étendait tout autour de lui en un paysage légèrement ondulant et fantomatique. Il se remit en marche vers Pompéi, avançant dans les pierres à nouveau jusqu'aux genoux, transpirant, crasseux, assoiffé, une odeur âcre de brûlé lui emplissant les narines et la gorge. Il supposa, vu la proximité des remparts, qu'il devait se trouver dans le port, auquel cas il devait y avoir une rivière quelque part. Mais la pluie de ponces avait fondu le Sarnus en un désert pierreux. À travers la poussière, il entrevit vaguement des murs bas sur sa droite et sa gauche. Il avança en trébuchant et s'aperçut bientôt que ce n'étaient pas les remparts mais les murs des maisons, des bâtisses ensevelies, et qu'il avançait en fait dans une rue, au niveau des toits. La couche de ponces devait atteindre au moins sept ou huit pieds d'épaisseur.

Impossible de croire que des gens avaient pu survivre à un tel bombardement. Et pourtant, il y en avait. Il en avait vu s'agiter sur les remparts de la ville et il en voyait d'autres maintenant, émergeant de trous dans le sol, des tombes qu'étaient devenues leurs maisons – des personnes isolées, des couples se soutenant mutuellement, des familles entières dont une mère portant un enfant. Ils se tenaient dans la pénombre brunâtre et granuleuse, époussetant leurs vêtements et scrutant le ciel. Mis à part quelques fragments qui tombaient encore, la pluie de pierres avait cessé. Mais elle reprendrait, Attilius en était sûr. Rien ne se faisait au hasard. Plus le flux d'air brûlant dévalant les flancs du Vésuve était important, plus il semblait tirer d'énergie de la tempête, et plus l'accalmie qui suivait était longue avant un nouveau déluge. Il ne faisait pas non plus de doute que ces flux croissaient en violence. Le premier semblait avoir touché Herculanum ; le deuxième avoir dépassé la. ville pour s'abîmer dans la mer ; le troisième s'être arrêté non loin de Pompéi. Et l'on pouvait s'attendre à ce que le suivant balaye toute la ville. Attilius se remit en marche.

Le port avait entièrement disparu. Quelques mâts surgissant de la mer de ponces, un étambot fracassé et le contour spectral d'une coque étaient les seuls indices qui eussent jamais existé. Attilius entendait encore le bruit de la mer, mais il lui semblait très lointain. Le contour de la côte avait été altéré. Le sol tremblait régulièrement, et l'on entendait alors le fracas étouffé de murs et de charpentes qui s'écroulaient, de toitures qui s'effondraient. Une boule de feu fusa à travers le ciel et vint heurter les colonnes du temple de Vénus. Un incendie s'alluma. Il devenait de plus en plus difficile d'avancer. Il sentit qu'il gravissait une côte et essaya de se représenter le port tel qu'il avait été, les voies en pente qui menaient des quais aux portes de la ville. Des torches surgissaient dans l'air enfumé et le dépassaient. Il s'était attendu à croiser une foule de survivants profitant de l'occasion pour s'enfuir, mais la plupart des gens allaient dans l'autre sens et retournaient au contraire dans Pompéi. Pourquoi ? Pour tenter de retrouver ce qu'ils avaient perdu, supposa-t-il. Pour voir ce qu'ils pouvaient récupérer chez eux. Ou piller chez les autres. Il aurait voulu leur dire de fuir pendant qu'il était encore temps, mais il n'avait pas assez de souffle. Un homme l'écarta de son chemin et le dépassa, sautillant de manière saccadée, comme une marionnette, pour remonter tant bien que mal l'amoncellement de pierres.

Attilius arriva en haut de la voie d'accès. Il erra à l'aveuglette dans la pénombre poussiéreuse jusqu'à ce qu'il trouve un coin de maçonnerie solide, puis le suivit à tâtons pour pénétrer sous le tunnel bas qui était tout ce qui restait de la grande porte de la ville. Il aurait pu toucher la voûte de pierre. Quelqu'un s'approcha de lui par-derrière et lui prit le bras.

— Tu n'as pas vu ma femme ?

Il tenait une petite lampe à huile dont il protégeait la flamme du creux de la main. C'était un homme jeune, beau, et d'une propreté incongrue, comme s'il était sorti faire une promenade avant le petit déjeuner. Attilius vit que les doigts qui enserraient la lampe étaient manucurés.

— Je suis désolé...

— Julia Felix ? Tu dois la connaître. Tout le monde la connaît, ajouta-t-il d'une voix tremblante avant de lancer à la cantonade : quelqu'un ici a-t-il vu Julia Felix ?

Il y eut un mouvement, et Attilius s'aperçut qu'il y avait au moins une douzaine de personnes entassées dans le tunnel, s'abritant sous la voûte de la porte.

— Elle n'est pas passée par ici, marmonna un homme.

Le jeune homme poussa un grognement et partit en vacillant vers la ville. « Julia ! Julia ! » fit sa voix, déclinant avec la lueur de sa lampe qui disparaissait dans l'obscurité. « Julia ! »

— Quelle est cette porte ? demanda Attilius.

— Celle de Stabies, répondit le même homme que précédemment.

— C'est donc la rue qui mène à la Porte du Vésuve ?

— Ne lui dis rien, siffla une voix. Ce n'est qu'un étranger qui vient pour nous voler !

Des hommes munis de torches remontaient péniblement la. côte.

— Voleurs ! cria une femme. Nos affaires ne sont pas gardées ! Voleurs !

Un coup de poing partit. Quelqu'un jura et, soudain, le passage étroit ne fut plus qu'une confusion d'ombres et de torches qui partaient dans tous les sens. L'ingénieur suivit le mur en s'aidant de sa main et avança en trébuchant sur des corps. Un homme pesta et referma les doigts sur sa cheville. Attilius se libéra d'une secousse. Il arriva au bout du passage et jeta un coup d'œil derrière lui, juste à temps pour voir une femme recevoir une torche en pleine figure et ses cheveux s'enflammer. Les hurlements de la malheureuse le poursuivirent alors même qu'il essayait de fuir, cherchant désespérément à échapper à la bagarre générale, qui semblait à présent absorber les gens des rues alentour, hommes et femmes qui surgissaient de la nuit, ombres sortant de l'ombre et dévalant la côte pour rejoindre la mêlée.

De la folie pure : toute une ville plongée dans la démence.

Il avançait péniblement en essayant de trouver des repères. Il était certain de se diriger vers la Porte du Vésuve : il voyait les langues de feu orangées traverser la montagne, loin devant, ce qui signifiait qu'il était bien dans la rue de la maison des Popidii et ne devait plus en être loin. Sur sa gauche, il y avait une grande bâtisse dont le toit était parti. Un incendie brûlait quelque part à l'intérieur, éclairant une tête barbue géante du dieu Bacchus – un théâtre sans doute ? À sa droite, des ombres épaisses de maisons dont il n'apparaissait plus que quelques pieds de hauteur formaient comme une rangée de dents déchaussées. Il tangua dans leur direction. Des torches se déplaçaient. On avait allumé quelques feux. Des gens creusaient avec frénésie, certains à l'aide de simples planches, d'autres avec leurs mains nues. On appelait des noms, on traînait des boîtes, des tapis, des fragments de meubles cassés. Une vieille femme poussait des cris hystériques. Deux hommes se battaient pour quelque chose – Attilius ne put voir quoi – pendant qu'un autre essayait de s'enfuir en étreignant un buste en marbre dans ses bras.

L'ingénieur vit un couple de chevaux figé en plein galop jaillir de la pénombre au-dessus de sa tête. Il les contempla un instant d'un air stupide, jusqu'à ce qu'il prenne conscience qu'il s'agissait du monument équestre du grand carrefour. Il revint alors un peu en arrière, passa devant ce qui, dans son souvenir, devait être une boulangerie, et enfin, à peine visible sur un mur, à hauteur de genoux, il découvrit une inscription : « SES VOISINS SOUTIENNENT LE CANDIDAT LUCIUS POPIDIUS SECUNDUS AU POSTE D'ÉDILE. IL SAURA S'EN MONTRER DIGNE. »

Il réussit à s'introduire par une fenêtre donnant sur une rue latérale et se fraya un chemin parmi les décombres en appelant son nom. Il n'y avait aucun signe de vie.

Il était encore possible de déterminer la disposition des deux maisons d'après les murs des étages supérieurs. Le toit de l'atrium s'était effondré, mais l'espace plat qui s'étendait à côté devait correspondre à la piscine, et, au-delà, il devait y avoir une seconde cour. Il passa la tête dans certaines des chambres de ce qui avait été l'étage supérieur. Il identifia confusément des meubles brisés, de la vaisselle fracassée, des lambeaux de tentures. Les toits en pente eux-mêmes avaient cédé sous l'assaut des pierres. Les tas de ponces se mêlaient aux fragments de tuiles, de briques et aux poudres éclatées. Il trouva une cage à oiseaux vide sur ce qui avait dû être un balcon, et il pénétra dans une chambre abandonnée au plafond éventré. C'était de toute évidence la chambre d'une jeune femme : des bijoux abandonnés, un peigne, un miroir brisé. Dans la pénombre sale, une poupée à demi ensevelie sous les gravats présentait une allure grotesque d'enfant mort. Il souleva ce qu'il prit d'abord pour une couverture et s'aperçut qu'il s'agissait d'une mante. Il essaya d'ouvrir la porte – verrouillée – puis s'assit sur le lit et examina la mante de plus près.

Il n'avait jamais été très fort en matière de vêtements féminins. Sabine disait toujours qu'elle aurait pu mettre des haillons sans qu'il le remarque. Mais là, il était sûr que cette mante était celle de Corelia. Popidius avait dit qu'elle était enfermée dans sa chambre, et c'était bien une chambre de femme. Mais il n'y avait pas trace de corps, ni dedans ni à l'extérieur. Pour la première fois, il osa espérer qu'elle avait pu s'échapper. Mais quand ? Et où ?

Il retourna le vêtement entre ses mains et s'efforça de se mettre à la place d'Ampliatus. *Il voulait nous enfermer tous !* avait dit Popidius. Sans doute avait-il bloqué toutes les issues et ordonné à tout le monde de ne pas bouger jusqu'à la fin du cataclysme. Mais il y avait sûrement eu un moment, dans la soirée, quand les toits avaient commencé à céder, où même Ampliatus avait dû se rendre compte que la vieille maison était un piège mortel. Il n'était pas du genre à attendre la mort sans se battre. Mais Attilius ne l'imaginait pas non plus fuyant la ville : cela n'aurait pas été dans son caractère et, de toute façon, à ce moment-là, il n'aurait pas été possible d'aller bien loin. Non : il avait dû emmener sa famille dans un endroit plus sûr.

Attilius porta la mante de Corelia à son visage et respira son odeur. Peut-être aurait-elle voulu essayer d'échapper à son père. Elle le détestait assez pour cela. Mais il ne l'aurait jamais laissée partir. Il imagina qu'ils avaient dû organiser une procession très semblable à celle de la villa de Pomponianus, à Stabies. Des oreillers ou des couvertures fixés autour de leur tête. Des torches pour fournir un peu de lumière. Dehors sous le déluge de pierres. Et ensuite... où ? Quel était l'endroit le plus sûr ? Il essaya de réfléchir en ingénieur. Quelle sorte de toit était assez solide pour supporter la contrainte imposée par huit pieds de ponces ? Rien de plat, c'était évident. Quelque chose qui aurait été construit suivant des méthodes modernes. Un dôme aurait été idéal. Mais où trouver un dôme moderne à Pompéi ? Il laissa tomber la mante et retourna d'une démarche incertaine sur le balcon.

Ils hantaient les rues par centaines à présent, arpentant les voies à hauteur des toits dans la pénombre, pareils à des fourmis dont on aurait détruit la fourmilière à coups de pied. Certains erraient sans but – perdus, hébétés, fous de chagrin. Il vit un homme se déshabiller calmement et plier ses vêtements, comme s'il allait nager. D'autres semblaient au contraire décidés, poursuivant leurs propres projets de recherches ou de fuite. Des voleurs – à moins que ce ne fût les propriétaires légitimes, qui aurait encore su le dire ? – filaient dans les rues avec tout ce qu'ils pouvaient porter. Le pire était les noms qu'on appelait plaintivement dans le noir. Quelqu'un avait-il vu Felicio ou Pherusa, Vérus ou Appuleia – la femme de Narcisse ? – ou Specula ou le juriste Terentium Néon ? Des parents avaient été séparés de leurs enfants. Des enfants pleuraient devant des ruines. Des torches s'avançaient vers Attilius dans l'espoir qu'il fût quelqu'un d'autre – un père, un mari, un frère. Il les repoussait d'un geste et répondait d'un haussement d'épaules à leurs questions, trop occupé à compter les pâtés de maisons qu'il dépassait en gravissant la côte vers la Porte du Vésuve – un, deux, trois, les croisements semblaient ne jamais devoir venir, et il ne pouvait qu'espérer pouvoir se fier à sa mémoire.

Une centaine de foyers au moins brûlaient sur le flanc sud de la montagne, répartis en une constellation complexe suspendue au ras du ciel. Attilius avait appris à distinguer les flammes du Vésuve. Celles-ci ne présentaient guère de danger – ce n'étaient que les conséquences d'un choc maintenant terminé. En revanche, la perspective d'un autre nuage ardent surgissant à la crête de la montagne l'emplissait de terreur et le poussait à soulever ses jambes douloureuses bien au-delà de l'épuisement alors qu'il traversait les ruines de la ville.

Au coin du quatrième pâté de maisons, il trouva la rangée de boutiques, aux trois quarts ensevelies, et monta sur le tas de ponces pour gagner la toiture basse. Il s'accroupit juste derrière le parapet. Le contour était si net qu'il devait y avoir du feu derrière. Lentement, il leva la tête. Au-delà de l'étendue plane du chantier enterré, se dressaient les neuf hautes fenêtres des bains d'Ampliatus, chacune étant illuminée, comme pour défier le sort, par des torches et d'innombrables lampes à huile. Il parvenait à discerner les dieux peints sur les murs opposés, et des silhouettes qui s'agitaient devant. Il ne manquait plus que de la musique, et l'on aurait pu croire qu'une fête battait son plein.

Attilius se faufila dans l'enceinte et traversa ce qui serait devenu le jardin. L'intensité de la lumière était telle qu'il projetait une ombre. En se rapprochant, il découvrit que les silhouettes étaient celles des esclaves et qu'ils dégageaient les tas de ponces qui s'étaient introduits dans les trois grandes salles – le vestiaire, le tepidarium et le caldarium – comme on dégagerait des congères, à l'aide de pelles en bois là où la couche était la plus épaisse, sinon, avec des balais. Ampliatus arpentait les salles pour les surveiller, leur criant d'y mettre plus de cœur, saisissant à l'occasion une pelle ou un balai pour leur montrer comme il fallait procéder, avant de reprendre ses va-et-vient compulsifs. Attilius les observa quelques instants, dissimulé dans l'ombre, puis, à pas prudents, entreprit ce gagner la salle du milieu, le tepidarium, au fond duquel il voyait l'entrée de l'étuve au dôme.

Il n'avait aucune chance de pouvoir entrer sans être vu, aussi finit-il par décider d'entrer sans se cacher. Il marcha sur les ponces, passa par la fenêtre ouverte et entra, faisant crisser le sol carrelé sous ses pieds devant les yeux médusés des esclaves. Il était à mi-chemin de l'étuve quand Ampliatus le vit et se précipita pour l'intercepter.

— Aquarius ! s'exclama-t-il avec un large sourire, bras grands ouverts. Aquarius ! Je t'attendais !

Il avait une blessure à la tempe, et ses cheveux, sur le côté gauche de son crâne, formaient une grosse masse collée par le sang. Il avait des écorchures sur les joues, et du sang avait traversé la pellicule de poussière, creusant des sillons rouges dans la couche blanche. Les coins de la bouche remontaient, et le tout semblait un masque de comédie. La lumière aveuglante se reflétait dans ses yeux écarquillés. Avant qu'Attilius puisse répondre quoi que ce soit, il s'était remis à parler.

— Il faut immédiatement remettre l'aqueduc en service. Tout est prêt, comme tu peux voir. Rien n'a été endommagé. Nous pourrions ouvrir demain, si seulement on pouvait rétablir l'eau.

Il parlait très vite, les mots semblant se déverser de sa bouche, terminant à peine une phrase qu'il en commençait une autre. Il avait tant à dire ! Il avait tout prévu !

— Les gens vont avoir besoin d'un endroit qui fonctionne. Ils auront besoin de bains – ce sera très salissant de remettre tout en état. Mais il n'y a pas que ça. Ce sera un symbole autour duquel se rassembler. S'ils voient que les bains fonctionnent cela leur redonnera confiance, et la confiance est la clé de tout. Et la clé de la confiance, c'est l'eau. L'eau est tout, tu comprends ? J'ai besoin de toi, aquarius. Cinquante-cinquante. Qu'est-ce que tu en dis ?

— Où est Corelia ?

— Corelia ? fit Ampliatus, dont les yeux cherchaient encore un marché potentiel. Tu veux Corelia ? En échange de l'eau ?

— Peut-être.

— Un mariage ? Je veux bien l'envisager. (Il eut un geste du pouce.) Elle est là-dedans. Mais je veux que mes avocats établissent le contrat.

Attilius se dirigea aussitôt vers la porte étroite du laconium. Corelia, sa mère et son frère étaient assis sur les bancs de pierre qui faisaient le tour de la petite étuve au toit en dôme, éclairés par des torches fixées au mur dans leurs supports métalliques. En face d'eux, se tenaient l'intendant Scutarius et le gardien, le géant Massavo. Une deuxième porte conduisait au caldarium. Corelia leva les yeux en voyant l'ingénieur entrer.

— Il faut partir, annonça-t-il. Vite. Tout le monde. Derrière lui, Ampliatus bloqua la porte.

— Oh non, dit-il. Personne ne part. Nous avons passé le pire. Ce n'est pas le moment de fuir. Pense à la prophétie de la sibylle.

Attilius ne lui prêta pas attention et ne s'adressa qu'à Corelia. Elle semblait profondément commotionnée.

— Écoute. La pluie de pierres n'est pas le pire danger. C'est quand la pluie s'arrête que des vents de feu dévalent la montagne. Je les ai vus. Ils détruisent tout sur leur passage.

— Non, non. Nous sommes plus en sécurité ici que partout ailleurs, insista Ampliatus. Crois-moi. Les murs ont trois pieds d'épaisseur.

— À l'abri de la chaleur dans une étuve ? leur demanda à tous Attilius. Ne l'écoutez pas. Si le nuage brûlant arrive jusqu'ici, vous cuirez là-dedans comme dans un four. Corelia, appela-t-il en lui tendant la main.

Elle jeta un bref regard vers Massavo, et Attilius prit conscience qu'ils étaient sous sa garde : le laconium était en fait leur prison.

— Personne ne part, répéta Ampliatus. Massavo !

Attilius prit Corelia par le poignet et essaya de l'entraîner vers le caldarium avant que Massavo n'ait le temps de l'arrêter, mais le colosse fut trop rapide. Il bondit vers la porte et lui bloqua le passage, et quand Attilius voulut le pousser d'un coup d'épaule, Massavo le saisit à la gorge avec son avant-bras et le ramena dans l'étuve. Attilius lâcha Corelia et se débattit pour desserrer l'étreinte sur sa trachée. En général, il pouvait se débrouiller dans une bagarre, mais pas contre un adversaire de cette taille, et pas dans l'état d'épuisement où lui-même se trouvait. Il entendit Ampliatus ordonner à Massavo de lui briser la nuque – « Tords-lui le cou, à cette poule mouillée ! » – puis il sentit une flamme passer près de son oreille. Massavo poussa un hurlement de douleur. Son bras se desserra. Attilius vit alors Corelia debout, étreignant une torche à deux mains, et Massavo, à genoux. Ampliatus appela sa fille, et il y avait quelque chose de presque suppliant dans sa façon de dire son nom, en tendant la main vers elle. La jeune femme pivota brusquement, la flamme dessinant une traînée lumineuse, puis lança la torche sur son père et franchit la porte d'un bond, courant dans le caldarium en criant à Attilius de venir.

Il la suivit d'un pas chancelant dans le tunnel puis

dans la salle chaude illuminée, sur le sol d'une propreté immaculée, devant les esclaves puis par la fenêtre, où ils s'enfoncèrent dans les pierres, fonçant à travers l'obscurité. Arrivé au milieu du jardin, Attilius regarda derrière lui et crut un instant qu'Ampliatus avait abandonné car il ne voyait plus trace de leurs poursuivants. Mais ce n'était, bien entendu, qu'une illusion. Dans sa folie, Ampliatus n'avait pas renoncé et ne renoncerait jamais. La stature reconnaissable de Massavo apparut, son maître sur ses talons, et les lumières aux fenêtres se divisèrent rapidement tandis qu'on distribuait les torches aux esclaves. Une douzaine d'hommes armés de pelles et de balais sautèrent par la fenêtre du caldarium et se déployèrent en éventail dans la cour.

Il fallut, sembla-t-il, glisser et déraper pendant une éternité pour arriver à remonter sur la toiture la plus basse et se laisser retomber dans la rue. Ils durent avoir été brièvement visibles sur le toit – assez longtemps en tout cas pour être repérés par l'un des esclaves, qui avertit les autres. Attilius éprouva une douleur vive dans la cheville en atterrissant. Il s'accrocha au bras de Corelia et remonta une partie de la côte en boitillant. Puis ils se fondirent dans l'ombre du mur alors que les torches des hommes d'Ampliatus surgissaient dans la rue, derrière eux. Toute fuite vers la Porte de Stabies leur était coupée.

Il crut alors que c'était sans espoir. Ils étaient bloqués entre deux feux – les flammes des torches et celles du Vésuve –, et alors même qu'il regardait, affolé, l'un et l'autre, il repéra une lueur diffuse qui commençait à se former à l'endroit même d'où les nuées ardentes étaient parties, tout en haut de la montagne. Une idée germa dans son désespoir. Absurde : il l'écarta aussitôt. Mais il ne put penser à autre chose et se demanda si elle n'était pas là, dans un coin de son esprit, depuis un long moment. Qu'avait-il fait d'autre, en fin de compte, que se diriger vers le Vésuve quand tout le monde soit restait sur place soit fuyait dans l'autre sens ? D'abord en prenant la route côtière de Stabies jusqu'à Pompéi, puis en remontant la ville vers le nord. Peut-être était-ce ce qu'on attendait de lui depuis le début : un signe du destin.

Il scruta la montagne. Il n'y avait aucun doute possible. Le croissant de lumière enflait.

— Tu peux courir ? chuchota-t-il à Corelia.

— Oui.

— Alors cours comme tu n'as jamais couru.

Ils quittèrent furtivement le couvert du mur. Les hommes d'Ampliatus leur tournaient le dos et scrutaient l'obscurité en direction de la Porte de Stabies. Attilius entendit encore Ampliatus donner des ordres – « Vous deux, vous prenez la rue latérale, vous trois, vous descendez la côte » – puis il n'y eut plus qu'à fendre à nouveau la mer de ponces. Il devait serrer les dents pour supporter la douleur qui lui vrillait la jambe, et, comme cela avait déjà été le cas à Misène pour monter à la villa, Corelia se montra plus rapide que lui, rassemblant d'une main ses jupes autour de ses cuisses, ses longues jambes pâles battant la pénombre. Il trébuchait derrière elle, conscient de nouveaux cris d'Ampliatus – « Les voilà ! Suivez-moi ! » – mais lorsqu'ils arrivèrent au bout du pâté de maisons et qu'il osa regarder par-dessus son épaule, il ne vit plus qu'une seule torche vaciller derrière eux.

— Lâches criait Ampliatus. De quoi avez-vous peur ?

La raison de la mutinerie ne laissait pourtant aucun doute. La vague de feu dévalait indubitablement le Vésuve, s'amplifiant de seconde en seconde, pas en hauteur, mais en souffle – bouillonnante, gazeuse, plus torride que des flammes, chauffée à blanc, et seul un fou se précipiterait à sa rencontre. Massavo lui-même ne suivait plus son maître. Les gens abandonnèrent leurs efforts futiles pour récupérer quelques biens et s'enfuirent vers le bas de la ville. Attilius sentait la chaleur sur son visage. Le vent brûlant soulevait des tourbillons de cendres et de débris. Corelia l'interrogea du regard, mais il la poussa en avant ; contre tout instinct, contre toute raison, vers la montagne. Ils venaient de remonter un nouveau pâté de maisons. Plus qu'un à franchir. Devant eux, le ciel rougeoyant traçait les contours de la Porte du Vésuve.

— Attends ! cria encore Ampliatus. Corelia !

Mais sa voix faiblissait. Il perdait du terrain.

Attilius atteignit l'angle du castellum aquae tête baissée contre le vent corrosif, à demi aveuglé par la poussière, et tira Corelia à sa suite dans l'allée étroite. Les ponces avaient presque enseveli la porte et seul un petit triangle de bois apparaissait encore. Il donna des coups de pied dedans et, à la troisième tentative, le verrou céda et les ponces dégringolèrent dans l'ouverture. Il poussa Corelia et se laissa glisser derrière elle dans l'obscurité totale. Il entendait le bruit de l'eau et se dirigea à tâtons vers le réservoir, sentit le bord en béton, grimpa par-dessus et, de l'eau jusqu'à la taille, tira Corelia avec lui. Puis il chercha les fixations du filtre, les retira et souleva la grille. Il poussa alors la jeune femme dans l'entrée du tunnel et s'y engouffra à son tour.

— Avance. Aussi loin que tu pourras.

Un grondement, comme une avalanche. Corelia n'avait pas pu l'entendre. Il n'avait pas pu s'entendre lui-même. Mais elle avança instinctivement. Il fit de même, posa la main sur la taille de la jeune femme et appuya pour la forcer à se mettre à genoux, de sorte que la majeure partie de son corps soit immergée. Il se jeta sur elle. Ils s'accrochèrent l'un à l'autre dans l'eau. Puis il n'y eut plus que la chaleur terrible et la puanteur du soufre dans l'obscurité de l'aqueduc, juste au-dessous des murs de la ville.

Hora altera

07 h 57

Le corps humain ne peut survivre plus de quelques secondes à des températures de plus de 200 degrés centigrades, surtout lors du déplacement très rapide d'une déferlante basale. Essayer de respirer dans le nuage dense de cendres brûlantes, en l'absence d'oxygène, entraîne l'inconscience en quelques bouffées, ainsi que de graves brûlures du système respiratoire... cependant, la survie est possible dans la partie la plus distale d'une nuée ardente s'il y a une protection suffisante contre la puissance de la déferlante et sa haute température, ainsi que contre les projectiles (roches, fragments de construction) emportés par le nuage en mouvement.

Encyclopaedia of Volcanoes

Une tempête de sable incandescente dévala la montagne vers Ampliatus. Des pans de murs exposés furent rasés, des toitures volèrent en éclats, tuiles, briques,

393

poutres, pierres et corps se précipitèrent sur lui avec, crut-il, une lenteur si extrême, dans ce moment étiré qui précède la mort, qu'il pouvait les voir tournoyer dans la lumière. Puis le souffle le heurta de plein fouet, lui éclata les tympans, enflamma ses cheveux, lui ôta ses vêtements et ses chaussures et le renversa complètement pour le projeter contre un mur.

Il succomba dans l'espace de temps qu'il fallut à la nuée pour atteindre les bains et s'engouffrer par les fenêtres ouvertes, asphyxiant sa femme qui, soumise jusqu'à la fin, était restée assise dans l'étuve. La déferlante faucha son fils, qui s'était échappé et essayait de rejoindre le temple d'Isis. Elle le souleva de terre, puis rattrapa l'intendant et le portier, Massavo, qui couraient vers la Porte de Stabies. Elle passa sur le bordel où le propriétaire, Africanus, était revenu pour récupérer ses affaires et où la prostituée Zmyrina se cachait sous le lit d'Exomnius. Elle tua Brebix, qui s'était réfugié à l'école des gladiateurs dès le début de l'éruption pour être avec ses anciens camarades, ainsi que Musa et Corvinus, qui, se fiant à sa connaissance des lieux, avaient préféré l'accompagner pour mieux se protéger. Elle tua même le fidèle Polites, qui s'était abrité dans le port et revenait en ville pour voir s'il ne pouvait pas aider Corelia. Elle tua ainsi plus de deux mille personnes en moins de trente secondes, et laissa leurs corps disposés en une collection de tableaux grotesques pour une postérité ébahie.

Même si leurs cheveux et leurs vêtements avaient pris feu, les flammes s'éteignirent en effet presque aussitôt par manque d'oxygène, et la nuée ardente fut suivie par une coulée de cendres fines incandescente de près de deux mètres d'épaisseur, qui recouvrit toute la ville d'un suaire enveloppant, figeant le paysage et moulant chaque détail des victimes. Cette cendre durcit. De nouvelles pluies de ponces s'abattirent. À l'intérieur de leurs moules ajustés, les corps se décomposèrent, finissant par emporter avec eux pendant des siècles jusqu'au souvenir qu'une ville avait existé là. Pompéi devint une cité de citoyens en creux, serrés les uns contre les autres et isolés, leurs vêtements arrachés ou remontés sur leur tête s'accrochant désespérément à leurs biens les plus chers ou n'étreignant que du vide... de parfaites formes creuses suspendues à hauteur de leurs toits.

À Stabies, le vent de la déferlante s'engouffra sous l'abri de fortune confectionné avec la voile de la *Minerve* et l'arracha à la plage. Ceux qui étaient réfugiés dessous virent la nuée ardente rouler vers Pompéi puis se diriger droit sur eux.

Tout le monde se mit à courir, Pomponianus et Popidius en tête.

Ils voulaient emmener Pline. Torquatus et Alexion l'avaient pris sous les bras et aidé à se relever. Mais l'amiral ne voulait plus bouger, et quand il leur dit d'une voix brusque de le laisser et de sauver leur vie, ils comprirent que ce n'étaient pas des paroles en l'air. Alexion rassembla ses notes et répéta sa promesse de les remettre au neveu de son maître. Torquatus salua. Puis Pline se retrouva seul.

Il avait fait tout ce qu'il pouvait. Il avait mesuré la durée du phénomène à tous les stades. Il en avait décrit chaque phase – colonne, nuage, tempête, feu – et avait pour cela épuisé tout son vocabulaire. Il avait vécu une longue existence, avait été témoin de maintes choses, et maintenant, la Nature lui avait accordé ce dernier aperçu de Sa puissance. Lors de ces moments ultimes de son existence, il continua ses observations avec la même clarté que lorsqu'il était jeune – et, franchement, que demander de plus ?

La coulée de lumière était extrêmement brillante, et pourtant peuplée d'ombres dansantes. Quelle était leur signification ? Il était encore curieux de tout.

Les hommes confondaient l'observation et l'entendement. Et il fallait toujours qu'ils se mettent au centre de tout. C'était leur plus grande vanité. La terre se réchauffe... ce doit être de notre faute ! La montagne nous détruit... nous n'avons pas su nous concilier les dieux ! Il pleut trop, ou trop peu... il est rassurant de penser que ces phénomènes sont, d'une certaine façon, liés à notre comportement et que si seulement nous faisions un petit effort pour vivre mieux, plus simplement, nos vertus ne manqueraient pas d'être récompensées. Mais voilà la Nature, qui se précipitait sur lui – inconnaissable, conquérante, indifférente – et il lut dans Ses flammes toute la vanité des prétentions humaines.

Il devenait difficile de respirer, ou même de tenir debout dans la bourrasque. L'air était rempli de cendres, de sable et d'une formidable luminosité. Pline suffoquait, la douleur lui enserrant la poitrine comme un étau de fer. Il vacilla en arrière.

Fais face, ne recule pas.

Fais face, comme un Romain.

La marée l'engloutit.

L'éruption se poursuivit encore durant le reste de la journée, avec de nouvelles nuées ardentes et de terribles explosions qui ébranlèrent le sol. Puis, dans la soirée, les manifestations s'apaisèrent et la pluie se mit à tomber. L'eau éteignit les incendies, chassa les cendres de l'atmosphère et détrempa le paysage gris et mouvant tout en dunes et dépressions qui avait effacé la plaine pompéienne fertile et la côte merveilleuse, de Stabies à Herculanum. Elle remplit les puits, reconstitua les sources et créa le lit de nouveaux ruisseaux qui allèrent se jeter dans la mer. Le Sarnus emprunta un cours résolument différent.

Lorsque le temps s'éclaircit enfin, le Vésuve réapparut, mais revêtu d'un tout autre aspect. Son sommet ne formait plus un pic, mais un creux, comme si un coup de dents géant en avait emporté l'extrémité. Une lune énorme, rougie par les poussières, se leva alors sur un monde altéré.

Le corps de Pline fut récupéré sur la plage – « Il semblait davantage endormi que sans vie », commentera son neveu – et ramené à Misène avec toutes ses notes. Celles-ci se révélèrent par la suite si précises qu'un nouveau terme s'imposa dans le langage scientifique : une éruption volcanique sera dite plinienne pour décrire « une éruption magmatique explosive caractérisée par la projection dans l'atmosphère d'énormes volumes de gaz et de pyroclastes sous forme de colonne pouvant atteindre plusieurs dizaines de kilomètres de hauteur avant de s'évaser sur les côtés ».

L'Aqua Augusta continua de fonctionner, et serait en service pendant encore des siècles.

Des gens qui avaient fui leurs maisons pour se réfugier à l'est de la montagne tentèrent un retour prudent avant la tombée de la nuit, et nombreuses furent les rumeurs et histoires qui circulèrent au cours des jours qui suivirent. On raconta qu'une femme avait accouché d'un enfant de pierre, et qu'on avait aussi vu des roches s'animer et prendre forme humaine. Une rangée d'arbres plantée d'un côté de la route de Nola traversa la chaussée et fut porteuse d'un fruit vert mystérieux qui soignait, disait-on, tous les maux, des vers à la calvitie.

On parla aussi de survies miraculeuses. Un esclave aveugle avait réussi à quitter Pompéi et s'était enfoui dans le ventre d'un cheval mort, sur la route de Stabies, échappant de cette façon aux pierres et à la chaleur. Deux beaux enfants blonds, des jumeaux, furent retrouvés en train d'errer en tunique dorée, sans une égratignure mais incapables de parler. Ils furent envoyés à Rome et accueillis chez l'empereur.

Mais le récit qui revint le plus souvent fut celui d'un homme et d'une femme surgissant de terre le soir même de la fin de l'éruption. Ils avaient, disait-on, creusé comme des taupes un tunnel de plusieurs milles depuis Pompéi, et avaient ressurgi là où le sol était dégagé, trempés par l'eau bienfaitrice d'une rivière souterraine qui leur avait accordé sa protection sacrée. On rapportait les avoir vus se diriger ensemble vers la côte alors que le soleil tombait sur le contour bouleversé du Vésuve et que la brise du soir familière qui soufflait de Caprée soulevait les dunes de cendres.

Mais les gens raisonnables jugèrent tous cette histoire trop tirée par les cheveux et la rangèrent parmi les légendes.

REMERCIEMENTS

Vous aurez une preuve de cette humeur dont je suis, en lisant en tête de ces livres le nom des auteurs que j'ai consultés. C'est, en effet, je pense, un acte de bienveillance et plein d'une candeur honorable, de déclarer quels sont ceux qui nous ont été utiles...
Pline, Histoire naturelle, *Préface*

Je ne peux prétendre avoir consulté, à l'exemple de Pline, deux mille ouvrages au cours de mes recherches. Ce roman n'aurait néanmoins pas pu être écrit sans l'érudition de beaucoup d'autres, et, comme Pline, je pense qu'il serait « un acte de bienveillance » – pour moi du moins, sinon pour eux – de citer certaines de mes sources.

Outre les ouvrages de volcanologie déjà cités dans le texte, j'aimerais faire état de ma dette envers Jean-Pierre Adam (*Dégradation et restauration de l'architecture pompéienne*), Carlin A. Barton (*Roman Honor*), Mary Beagon (*Roman Nature*), Marcel Brion (*Pompéi et Herculanum*), Lionel Casson (*Les Marins de l'Antiquité*), John D'Arms (*Romans on the Bay of Naples*), Joseph Jay Deiss (*Herculanum*), George

Hauck (*The Aqueduct of Nemausus*), John F. Healy (*Pliny the Eider on science and Technology*), James Higginbothan (*Piscinae*), A. Trevor Hodge (*Roman Aqueducts & Water Supply*), Wilhelmina Feemster Jashemski (*The Gardens of Pompeii*), Willem Jongman (*The Economy and Society of Pompeii*), Ray Laurence (*Roman Pompeii*), Amedeo Maiuri (*Pompeii*), August Mau (*Pompeii : Its Life and Art*), David Moore (*The Roman Pantheon*), Salvatore Nappo (*Pompeii : Guide to the Lost City*), L. Richardson Jr (*Pompeii : An Architectural History*), Chester G. Starr (*The Roman Imperial Navy*), Antonio Varone (*Pompei, i misteri di una città sepolta*), Andrew Wallace-Hadrill (*Houses and Society in Pompeii and Herculanum*) et Paul Zanker (*Pompeii : Public and Private Life*).

Les traductions de Pline, Sénèque et Strabon sont principalement tirées des éditions de leurs œuvres publiées par la Loeb Classical Library. Je me suis beaucoup servi de l'édition des *Ten Books on Architecture* de Vitruve publiée par Ingrid D. Rowland et Thomas Noble Howe. Le *Barrington Atlas of the Greek and Roman World*, édité par Richard L. Talbert, m'a aidé à faire revivre la Campanie d'alors. L'analyse volcanologique de l'éruption donnée par Haraldur Sigurdsson, Stanford Cashdollar et Stephen R. J. Sparks dans *The American Journal of Archaeology* (86 : 39-51) a été d'une aide inestimable.

J'ai eu le grand plaisir de pouvoir parler des Romains dans la baie de Naples avec John D'Arms, au cours d'un dîner avec sa famille, dans un jardin anglais passablement torride, juste avant qu'il ne nous quitte ; je me souviendrai toujours de sa gentillesse et de ses encouragements. Le professeur A. Trevor Hodge, dont le travail novateur sur les aqueducs romains a été fondamental pour me permettre de visualiser l'Aqua

Augusta, a répondu avec obligeance à toutes mes questions. Le soutien du professeur Jasper Griffin m'a permis d'utiliser la bibliothèque du Ashmolean Museum d'Oxford. Le Dr Mary Beard, chargée de cours au Newnham College de Cambridge, a lu le manuscrit avant sa publication et m'a fait de nombreuses et précieuses suggestions.

Je tiens donc à remercier tous ces érudits, et à leur assurer également la protection de ce paragraphe familier : toutes les fautes, erreurs d'interprétation et libertés prises avec la réalité des faits contenus dans ce texte relèvent uniquement de la responsabilité de l'auteur.

Robert Harris
Kintbury, juin 2003

Le triomphe du Mal ?

(Pocket n° 4485)

Berlin, 1964. Depuis que les forces de l'Axe ont gagné la guerre en 1944, la paix nazie règne sur l'Europe. Jusqu'ici, l'Amérique était la seule à s'être refusée au joug mais le président Kennedy s'apprête à conclure une alliance avec le Reich… Alors que les préparatifs sont en cours, deux hauts dignitaires SS sont retrouvés assassinés : quelle est cette vérité indicible qui tue tous ceux qui la détiennent et semble menacer les fondements mêmes du régime ? L'inspecteur March mène l'enquête dans une atmosphère aux allures de fin du monde…

Il y a toujours un Pocket à découvrir

Épopée antique

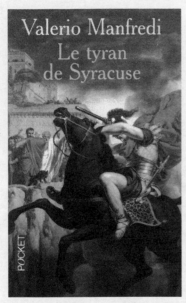

Valerio Manfredi
Le tyran de Syracuse

POCKET

(Pocket n° 12899)

Corinthe, 320 av. J.-C. Un ivrogne confie à un mendiant l'extraordinaire destinée de son père. Né pauvre parmi les pauvres au Ve siècle av. J.-C., l'homme devint seigneur de Sicile et d'une vaste partie de l'Italie. Il repoussa les Carthaginois, remporta de nombreuses batailles et battit la plus grande armée de l'Antiquité. Chef de guerre, stratège et poète, il épousa deux femmes mais mourut en évoquant son premier amour… Son nom ? Denys l'Ancien, dit « le Tyran de Syracuse ». Monstre ou génie, sa vie est un roman…

Il y a toujours un Pocket à découvrir

Entre histoire et légende

(Pocket n° 12048)

476 après Jésus-Christ. Aurélius, à la tête de la légion « Nova Invicta », est chargé de repousser les hordes barbares qui tentent inlassablement d'envahir l'Empire romain, tout en prenant soin de Romulus, fils d'Oreste, le dernier empereur romain. Lorsque le Goth Odoacre parvient à envahir l'Empire, il laisse la vie sauve à l'adolescent. Celui-ci s'exile alors en Grande-Bretagne, où il est accueilli par Merryd, celte plus connu sous le nom de Merlin...

Il y a toujours un Pocket à découvrir

Impression réalisée sur Presse Offset par

BRODARD & TAUPIN

GROUPE CPI

34590 – La Flèche (Sarthe), le 04-04-2006
Suite du premier tirage : avril 2006

POCKET – 12, avenue d'Italie - 75627 Paris cedex 13

Imprimé en France